Isadora's Blues

7,50
?.

Met dank aan Ed Victor, Gladys Justin Carr, William Shinker, Margaret Kiley, Ken en Barbara Follett, Shirley Knight, Gerri Karetsky en Georges Belmont voor hun liefhebbende steun. En veel liefs voor Molly Jong-Fast, de meest fantastische dochter ter wereld, en voor Ken Burrows, mijn lieve echtgenoot, die net verscheen op het moment dat ik mijn geloof in lieve echtgenoten had verloren.

Erica Jong

ISADORA'S BLUES

(Een leven in uitvoering)

Het Spectrum

Boeken van Het Spectrum worden in de handel gebracht door:
Uitgeverij Het Spectrum BV
Postbus 2073
3500 GB Utrecht

Oorspronkelijke titel: *Any Woman's Blues*
Uitgegeven door: Arrow Books, Londen; eerder uitgegeven door Chatto & Windus
Copyright © 1990 by Erica Mann Jong
Vertaald door: Annelies Hazenberg
Omslagontwerp: Alpha Design, Utrecht
Zetwerk: Elgraphic bv, Schiedam
Druk: Tulp, Zwolle
Eerste druk: 1991
Tweede druk: 1991

20 – 0449.02 ISBN 90 274 2742 9

CIP-GEGEVENS KONINKLIJKE BIBLIOTHEEK, DEN HAAG

Jong, Erica

Isadora's blues: roman over een obsessie / Erica Jong; [vert. uit het Engels door
Annelies Hazenberg]. – Utrecht: Het Spectrum.
Vert. van: Any Woman's Blues. – London: Arrow Books, 1990. – Oorspr. uitg.:
New York [etc.]: Harper & Row, 1990; London: Chatto & Windus, 1990.
ISBN 90-274-2742-9
NUGI 301
Trefw.: romans; vertaald.

Inleiding bij de Nederlandse uitgave van Any Woman's Blues

Van *elk* boek is de wordingsgeschiedenis moeilijk te traceren. Ze ligt ergens tussen droom en waken in de windingen van het geheugen begraven. Ik had al lang eens een boek willen schrijven over een kunstenares, de kunstenares die ik op een haar na geworden ben. De kunstwereld van de jaren tachtig leek mij een perfecte microkosmos-exponent van het materialisme van onze tijd, en met het verhaal van een tussen de lege wereld van East Village-artiesten en de lege wereld van de dure jetsetters uit het sjieke deel van de stad heen en weer stuiterende modieuze schilderes zou ik een satire op het laat-twintigste-eeuwse New York kunnen schrijven.

Maar het viel niet mee een ingang tot de roman te vinden. (Dat doet het nooit.) Ik bleef ettelijke jaren met *Any Woman's Blues* worstelen zonder precies te weten of het nu de geschiedenis was van Leila Sand de schilderes, of een nieuwe aflevering van de avonturen van Isadora Wing, de heldin van *Het ritsloze nummer*, *Hoe red ik mijn eigen leven*, en *Parachutes en kussen*.

Het *laatste* dat ik wilde was opnieuw een Isadora-boek schrijven. Ik had Isadora in 1984 achtergelaten – op reis van het Rusland van vóór de glasnost naar die stad van waterige illusies, Venetië. Maar de wereld was alweer veranderd, en hoe graag ik er ook omheen zou willen, er viel een nieuwe fase in de evolutie van de vrouw te documenteren. Dus bleef ik met de roman voorttobben zoals ik met al mijn romans voorttob, nu eens schrijvend vanuit Isadora's optiek, dan weer vanuit die van Leila, zonder ooit precies te weten wie nu eigenlijk de heldin moest zijn. Ik vertrouwde er maar op dat het boek me *zélf* zou laten weten wat het worden moest. Echte boeken doen dat.

Toen viel me een idee in: als Isadora's laatste roman voor haar verdwijnen (bij een Amelia Earhart-achtig vliegtuigongeluk) nu eens het verhaal van Leila Sand vertelde? En als deze laatste roman nu eens op zijn beurt was opgespoord door een wetenschapster – een blauwkous met de naam Caryl Fleishman-Stanger, Ph.D., die een nauwgezette studie van Isadora's leven had gemaakt maar de *sfeer* ervan volkomen verkeerd interpreteerde omdat ze geen gevoel voor humor bezat? Caryl zou opmerkingen en voetnoten bij Isadora's roman over Leila's leven kunnen zetten. Zo zou ik drie vrouwen kunnen laten optreden van wie elk in zekere zin een vermomming van de schrijfster was en wier stemmen een soort canon vormden. En als dan mijn heldin om van haar angsten af te komen eens *echt* leerde vliegen en als straf voor haar zonden neerstortte in de Stille Zuidzee, in de buurt van de plek waar Amelia Earhart zestig jaar tevoren was verdwenen? En als dan haar biografe, de zeer literair ingestelde professor Fleishman-Stanger na haar *verondersteld* verscheiden het manuscript met droogstoppelige annotaties overdekte? Ze zou al haar feiten en feitjes wel juist hebben, maar ze volkomen verkeerd interpreteren – omdat zonder humor, zonder *esprit*, niets ooit juist kan zijn.

Het idee om de drie vrouwenstemmen door elkaar heen te laten klinken sprak me wel aan. Ook intrigeerde me het idee de chaos weer te kunnen geven die er tijdens het ontstaansproces van een boek in het hoofd van de auteur heerst. (Men weet nooit hoe de hoofdfiguur zich zal ontwikkelen, welke stemmen de boventoon zullen gaan voeren, of welke nieuwe karakters er op zullen duiken en het verhaal overnemen. Tijdens het compositieproces loopt voor de schrijver alles dooreen.)

Misschien kon ik een roman schrijven waarin het *proces* van het schrijven ook een van de onderwerpen was. Misschien kon ik laten zien hoe een schrijfster tijdens het in elkaar zetten van een roman met haar hoofdfiguur discussieert. Want het is echt waar dat schrijfster en hoofdfiguur voortdurend met elkaar in debat gaan. *Houd op!* gilt de schrijfster tegen de hoofdfiguur. *Barst maar*, zegt de hoofdfiguur. *Ik verruïneer mijn leven zoals ik dat zelf wil.*

Deze roman was zo lastig om te schrijven dat ik nooit gedacht had dat ook het uitgeven ervan nog zo moeilijk zou zijn. Ik had het hele boek geschreven zonder er een contract voor te hebben, omdat ik het uitgeversbeleid in Amerika op dat tijdstip zo conventioneel vond, dat ik meende meer artistieke vrijheid te hebben als ik mijn boek schreef zonder dat er eén uitgever over mijn schouder mee keek. Ik schreef *Any Woman's Blues* in alle vrijheid, maar toen het tijd werd het boek onder te brengen (rond 1988), bleek ik me in een onmogelijke situatie te bevinden. Uitgever na uitgever maakte bezwaar tegen de ingewikkelde structuur, de ingelaste noten, de diverse verdiepingen à la Nabokov. Ik had een boek klaar – mijn veertiende – waar ik even trots op was als op welk van mijn andere pennevruchten ook,

en toch moest ik uiteindelijk kiezen tussen twee uitgevers die allebei wilden dat ik de roman 'normaliseerde'.
Óf ik veranderde *Any Woman's Blues* in een roman met een voorspelbaarder verhaal, óf ik dreigde het helemaal niet uitgegeven te krijgen.

De laatste jaren tachtig waren sowieso barre tijden voor de uitgeverij in Amerika. En ik genoot een twijfelachtige reputatie. Na op stormachtige wijze mijn entree gemaakt te hebben met een roman waarvan er tot ieders verbazing over de hele wereld tien miljoen exemplaren verkocht werden, had ik vervolgens de onvergeeflijke zonde begaan een schrijfster te worden in plaats van een goed verkoopbaar artikel te blijven. Ik had gedichten geschreven, non-fictie, toneelstukken, verhandelingen, historische romans, en niemand wist me te plaatsen. Ik had volhard in de dwaze wens actief te zijn als vrouw van de letteren in een wereld waarin alleen ruimte bestond voor standaardpakketten. Na een sexy, grappige, in onze tijd spelende eerste roman had ik achtereenvolgens een achttiende-eeuwse schelmenroman geschreven, een romantische in Venetië gesitueerde geschiedenis, en veel te veel poëzie voor mijn eigen commercieel welzijn. De conventionele wijsheid van de Amerikaanse uitgeverswereld luidde dat ik nooit een 'comeback' zou maken als ik niet in mijn oorspronkelijk hokje terugkroop – wat dat ook was. De uitgevers die *Any Woman's Blues* wél wilden hebben, wilden het als een *Fear of Flying* (*Het ritsloze nummer*) van de jaren negentig 'brengen'.

Me geplaatst ziend voor het dilemma óf mijn boek om te werken óf het tot in het oneindige op de plank te moeten laten liggen, werkte ik het om en ging ermee akkoord dat het in minder complexe vorm werd uitgegeven. En ik had nog geluk dat ik uitgevers vond die een gezond respect voor mijn taalgebruik en gevoel voor humor hadden. Maar het uit lagen opgebouwde manuscript dat ik oorspronkelijk geschreven had ging al doende verloren. *Sporen* ervan bleven nog behouden in de onder de titel *Any Woman's Blues* in Amerika uitgegeven versie, die in Frankrijk is verschenen als *Nana-Blues*, in Italië als *Ballata di Ogni Donna*, in Duitsland als *Die Letzte Blues*, in Spanje als *Canción Triste di Cualquier Mujer* (en in het Chinees, Japans, Servokroatisch, Sloweens, Pools, enzovoort!). Maar het boek dat over de gehele wereld een bestseller is geworden, is veel minder interessant dan het boek dat ik aanvankelijk in gedachten had. Alleen het Nederlandse lezerspubliek krijgt de gelegenheid het oorspronkelijke manuscript te lezen. Misschien komt de rest van de wereld ook nog eens zo ver.

Erica Jong
Weston, Connecticut
januari 1991

7

Any Woman's Blues
of
Iets om lief te hebben

Een roman over obsessie en verslaving
door Isadora Wing

Uitgegeven door
Caryl Fleishman-Stanger, Ph.D.

Voorwoord

Any Woman's Blues is de roman die Isadora Wing nog volop bezig was te schrijven toen haar gehuurde vliegtuigje – een De Havilland Beaver (een naam die haar moet hebben doen grinniken) – als vermist werd opgegeven, ergens boven de Stille Zuidzee in de buurt van de Trobriand Eilanden. Op de datum van dit voorwoord is het wrak nog niet gevonden.

Mevrouw Wing had al ettelijke jaren vliegles gehad. Ze behaalde in 1987 haar vliegbrevet en vond het heerlijk in haar eigen vliegtuigje, een Ballanca, het uitspansel boven Connecticut, de staat waar ze woonde, te doorklieven. In een uitvoerig interview dat ik mevrouw Wing mocht afnemen ter gelegenheid van het verschijnen van haar vierde roman (en negende boek) *La Pittoressa*, een historische romantische vertelling die min of meer gebaseerd was op het leven van Antonia Uccello, de dochter van de schilder Paolo Uccello en zelf eveneens schilderes, zei mevrouw Wing dat zij in het vliegen het perfecte tegengif had gevonden voor al de angsten die haar als 'net meisje uit de jaren vijftig' geplaagd hadden. (Waar ik aanhalingstekens gebruik, zijn de woorden die van mevrouw Wing.)

Haar vliegtuig – een ingewikkeld eenmotorig toestel dat volgens mevrouw Wing 'snel de lucht in gaat en maar een korte landingsbaan nodig heeft' – droeg de naam *Amazone I*, welke naam ze vermoedelijk ironisch bedoeld zal hebben. Zoals alle dichters mocht ze zielloze voorwerpen graag namen geven, en ze heeft ooit eens in een Mercedes gereden die QUIM* op het nummerbord had staan. Daar ik

---

* Quim (Queme, Quimsby, Quimbox, Quem, Quente, of Quivive verwijst naar het vrouwelijk 'pudendum', eveneens aangeduid als 'de goddelijke monosyllabe', de kut, spleet, gleuf, trut, poes, pruim, en nog een menigte andere bizarre namen. Chaucer had een voorkeur voor 'quem' of 'quente'. Shakespeare beschikte over een hele menagerie aan metaforen, waaronder 'dierbaarst lichaamsdeel' en 'oog dat het rijkelijkst weent bij de grootste vreugde'. In *Tumult* (1613) duikt de goddelijk monosyllabe op in de volgende vorm: 'I tell you, Hodge, in sooth it was not cleane, it was as black as ever was Malkin's queme.' In 1707 verschijnt in een Broadside Ballad, *The Harlot unmask'd*, de term aldus: 'On her quim and herself, she depends for support.' En nog in 1847 heetten 'Queme' en 'Queint' in Noord-Engeland gebruikt te worden door 'mijnwerkers en het gewone volk' (Halliwell). Als dichteres geloofde

mijn studie van de Engelse literatuur begonnen was als ijverig Chaucer-lezeres, verschafte het mij enige binnenpret toen ik bij het arriveren bij haar huis in Rocky Ridge, Connecticut, voor een interview, dit kenteken zag, waarvan de betekenis ontsnapt was aan het waakzame oog van de Dienst voor Motorvoertuigen in Norwalk, Connecticut.

Mevrouw Wing werd op haar laatste, tragisch afgelopen vlucht vergezeld door haar vierde en laatste echtgenoot, de bekende dirigent en componist Sebastian Wanderlust, met wie zij vóór hun recente huwelijk al vijftien jaar bevriend was. Het is niet bekend of zij of Sebastian het vliegtuig bestuurde, maar interne gegevens uit haar omvangrijke dagboeken doen vermoeden dat zij de piloot was. Ze laat een elfjarige dochter achter, Amanda Ace, twee stiefzoons, drie zusters, haar bejaarde (doch jeugdige zij het diepbedroefde) ouders, en acht nichtjes en neefjes.

Daar mevrouw Wings dochter nog minderjarig is en haar literair executeur-testamentair, de dichter en romancier Randolph Cornwallis, op tragische wijze reeds vóór haar is omgekomen**, hebben de beheerders van haar nalatenschap zeer terecht gezocht naar een erudiete feministe van naam om mevrouw Wings laatste literaire werken, haar 'literaire resten' om zo te zeggen, te redigeren en persklaar te maken. Deze droeve maar fascinerende taak is mij toegevallen. Niet alleen werkte ik ten tijde van mevrouw Wings tragische verdwijning aan een kritische bespreking van haar gedichten, maar haar nabestaanden wisten kennelijk dat zij mij veel van haar essays, gedichten, en andere gedenkwaardige literaire uitingen had toevertrouwd, niet alleen omdat zij mijn kritische bijdrage op prijs stelde, maar ook omdat zij mijn verzoek om tot haar officiële biografe te worden aangesteld serieus overwoog – een benoeming die ik als

Isadora Wing in Karl Kraus' uitspraak 'De taal is ieders hoer die ik tot maagd moet maken.' Evenals James Joyce, D.H. Lawrence, en Anthony Burgess vond zij dat archaïsche woorden heel wel weer tot leven gewekt konden worden, ter vervanging van de platte bewoordingen waarnaar het puritanisme erotische zaken verwijst. Bij deze Don Quichot-achtige strijd deed ze pogingen het woord 'quim' nieuw leven in te blazen. Deze pogingen werden niettemin afgewezen, aangezien men haar motieven als van pornografische, eerder dan van dichterlijke aard beschouwde. Binnen een cultuur die het vrouwelijk geslachtsdeel liever in het geheel niet bij name zou noemen, gaf zij dat niet alleen een naam, maar streed ook voor haar eigen nomenclatuur. Dit was een van de vele gevechten uit haar opmerkelijk leven die zij niet zou winnen. C.F-S, Ph.D.

** Randolph Cornwallis (1933-1988), Britse dichter en romancier, groot vriend (en mogelijk minnaar) van Isadora Wing. De figuur Theodora Spring uit zijn bestseller, *The Americana*, 1988 (het verhaal van een in Venetië wonende hartstochtelijke Amerikaanse dichteres) is heel zeker op Isadora Wing gebaseerd. Cornwallis is onder mysterieuze omstandigheden gestorven toen hij een week lang poëzie-workshops leidde op mijn eigen dierbare instituut, het Sophia College in Paugussett, Connecticut. Hij was vóór mij de beheerder van Isadora Wings letterkundige nalatenschap geweest. R.I.P. C.F-S, Ph.D.

de hoogste eer beschouw die een schrijver een wetenschapper kan bewijzen (en die mij door de beheerders van de nalatenschap tenslotte ook is gegund).

Ik heb Isadora Wing voor het eerst ontmoet in 1973, toen ik haar had uitgenodigd haar gedichten te komen voorlezen in het kader van een reeks lezingen onder de titel 'Nieuwe Dichteressen en hun Werk', die ik had georganiseerd aan het Sophia College in Paugussett, Connecticut, waar ik toen tweede professor Engels was. Mevrouw Wing verklaarde zich goedgunstig bereid te komen, ofschoon het honorarium bescheiden was, op zijn zachtst gezegd, en ze arriveerde per trein uit New York City waar zij destijds woonde met haar tweede echtgenoot dr. Bennett Wing, een Freudiaans psychoanalyticus van Chinese afkomst.

Ik was zeer onder de indruk geweest van mevrouw Wings eerste gedichtenbundel, *Vaginaalbloei*, die ik dadelijk herkend had als iets nieuws in de vrouwenpoëzie, een tegengif voor de van verdoemenis doortrokken, op de dood gerichte poëzie van Sylvia Plath en Anne Sexton; een dichteres die haar eigen vrouwzijn met veel verve en *joie de vivre* omhelsde en verheerlijkte. Mevrouw Wings eerste roman *Bekentenissen van Candida*, het *succès de scandale* waardoor zij een begrip geworden is, was nog niet verschenen, en mevrouw Wing gaf toen eveneens in part-time verband Engels aan het CCNY in New York. We ontmoetten elkaar als collega's, als feministen, als tijdgenoten die beiden de zaak van de gelijke rechten voor de vrouw waren toegedaan, beiden, als ik zo aanmatigend mag zijn, Shakespeares zusters.* Ik herinner mij een hartelijke en innemende blondine van achter in de twintig, met een ongenadige, geestige zelfspot, een soort galgehumor van de underdog, en de neiging haar spraak te doorspekken met jiddische woorden, drieletterwoorden, en literaire verwijzingen. Ik mocht haar onmiddellijk. Maar ik herinner me ook een grote droefheid in haar ogen en een kwetsbaarheid die mij verbaasde en verontrustte.

Toen we door de sneeuw naar het college reden, vroeg ze zich nerveus af of er wel studenten voor de lezing zouden verschijnen. 'De hel is een half gevulde zaal,' zei ze, Robert Frost citerend. Ik had nog nooit zo'n kwetsbaar persoontje ontmoet, behalve dan de dichteres Anne Sexton (die eveneens een lezing voor ons kwam houden en dat jaar zelfs onze topattractie was) en ik kon de bravoure van mevrouw Wings geschriften en de kwetsbaarheid van haar persona niet helemaal rijmen. Het was alsof die twee helften van haar nog niet bijeen-

---

* Deze term is natuurlijk ontleend aan Virginia Woolf. Zie *A room of one's own*, voor het eerst als lezing uitgebracht in 1928, en in 1929 gepubliceerd. In dit boek duikt ergens de wonderlijke vraag op: 'Wie zal het vuur en de heftigheid meten van het in een vrouwenlichaam gevangen en verstrikte dichtershart?' Het komt mij voor dat dit even hevig van toepassing is op Isadora Wing als op Virginia Woolf. C.F-S, Ph.D.

gekomen waren; en ook nu nog heb ik er nog steeds moeite mee de broze jonge schrijfster die ik in 1973 ontmoette in verband te brengen met de vrouw van de wereld die haar eigen vliegtuig vloog, talrijke minnaars had, en even rauw leefde als ze schreef, uitgaande van het Hemingway-achtig ideaal van de romancier en zich dat toeëigenend voor het gehele vrouwelijk geslacht. Haar lezing op het Sophia College was een groot succes en ik herinner mij vooral hoe tegemoetkomend ze omging met de studenten, van wie er velen zelf ooit schrijver hoopten te worden.

Mevrouw Wing en ik hebben elkaar door de jaren heen slechts een enkele keer ontmoet, maar we bleven elkaar sporadisch schrijven. Ze had veel bewondering voor mijn wetenschappelijk onderzoek naar Engelse schrijfsters uit de negentiende eeuw: *De Wraak van Mrs. Rochester* (Rutgers University Press, 1976) en eens, nadat *Bekentenissen van Candida* op verrassende wijze overal ter wereld een bestseller geworden was, heeft ze me een royale cheque gestuurd als tegemoetkoming in de honoraria voor mijn poëziecursus onder de titel 'Shakespeares Zusters', al werd ze door de aan haar eigen carrière verbonden verplichtingen verhinderd een tweede keer naar het Sophia College te komen. Ik heb tweemaal een interview met mevrouw Wing gehad: een keer in 1984, in verband met *Tintoretto's Dochter*, en eenmaal in 1987, na het verschijnen van *La Pittoressa*. Deze interviews verschenen respectievelijk in *Women's Studies*, en in de *Interview*, een ontwikkeling die mijn eigen overstap van de strikt academische arbeid naar het professionele schrijverschap illustreert.

Na mevrouw Wings tragische verdwijning werd ik door haar stiefzoon Charles Wanderlust, zelf een vooraanstaand geleerde op het gebied van de Engelse literatuur (Pre-Romantische Poëzie), en haar zuster Chloe, een psychotherapeute uit New York City, uitgenodigd om orde te brengen in de papiermassa op mevrouw Wings bureau in Connecticut. Niet onbekend met het wisselvallig karakter van de arbeid van vrouwelijke auteurs binnen een patriarchale samenleving, verwachtte ik de in deze gevallen gebruikelijke literaire janboel (zie ook Sylvia Plath en Ted Hughes): manuscripten en dagboeken ingepikt en verbrand door familieleden die hun eigen goede naam stelden boven de starre eisen van de letterkundige geschiedenis, maar gelukkig bleek die verwachting onjuist. Mevrouw Wings familie scheen niet met haar nagelaten werk te hebben geknoeid, ofschoon een van haar ex-echtgenoten dreigde een proces aanhangig te zullen maken als hij ergens in het nieuwe boek voorkwam. Gelukkig is zoiets nooit aan de orde geweest aangezien zijn naam zelfs in haar aantekenschriften nauwelijks opduikt. Hoe verwonderlijk dat ook mag schijnen in de ogen van langgehuwden zoals mijzelf en mijn beminde echtgenoot Fred (professor Frederick Stanger, Ph.D.), als Isadora Wing verder ging, ging ze verder, en als zij nog door geesten uit het verleden werd bezocht, waren het de geesten van haar grootvader,

Samuel Stoloff, de schilder, de geest van Colette, met wie zij zich sterk verwant voelde, en de geest van Amelia Earhart, wier lot zij weldra delen zou.

Ik zal nooit die dag vergeten waarop ik naar mevrouw Wings bureau in Rocky Ridges, Connecticut, ontboden werd door haar opmerkelijk beheerste stiefzoon Charles.

Het was een stralende dag halverwege oktober 1988, en mevrouw Wings boomhuis-atelier was overgoten door gouden lichtvlekjes van loofbomenblad waarop Gerard Manley Hopkins beslist een lofzang had moeten schrijven. Van achter haar grote U-vormige schrijftafel kon ze het dal van de rivier de Aspetuck zien, een ogenschijnlijk onbewoonde bergrug, waarop echter ettelijke huizen verborgen lagen onder trillende goudkleurige bladeren, en de blauwe luchten van onze geliefde staat van de nootmuskaat.

Bekend als ik was met de neiging van deze schrijfster om al haar manuscripten en aantekenschriften op haar eindeloze reizen mee te nemen, vreesde ik niets van waarde te zullen aantreffen, vreesde om precies te zijn dat de manuscripten en aantekenschriften samen met haar in de Stille Zuidzee ten onder waren gegaan. Ik vond daarentegen een ruwe en onvolledige kladuitvoering van haar laatste roman *Any Woman's Blues* (*Iets om lief te hebben* was een eerdere werktitel), een dozijn of meer van een gemarmerde kaft voorziene aantekenschriften uit Venetië die teruggingen tot het eind van de jaren zeventig, toen ze *Tintoretto's Dochter* schreef; een ringband met nieuwe, nog ongepubliceerde gedichten met de proeftitel *Wiegelied voor een Dybbuk* of *Deze Tuin*; een stapel ongepubliceerde essays (waarvan ik er vele nog nooit gezien had); nog een ringband met daarin een gedeelte van een manuscript met de titel *Het Handboek voor Amazones* door Isadora Wing en Emily Quinn; nog een ringband met daarin onvoltooide fragmenten van een toneelstuk met de titel 'Femalion', een soort feministische versie van Shaws 'Pygmalion', waarin twee geslaagde vrouwen uit New York, van wie de een journaliste en de ander kunsthistorica is, een bouwvakker uit Bayonne adopteren en hem in een heer veranderen, en wel net op tijd voor het Literatorenbal, op welk punt ze tegelijkertijd verliefd op hem worden; nog een ringband met daarin een onvoltooid libretto voor een musical met de titel 'Stratford Will' over het leven van William Shakespeare en Anne Hathaway; diverse mappen met literaire correspondentie met diverse schrijvers overal ter wereld; liefdesbrieven van een verrassende verscheidenheid aan mannen en vrouwen; stapels boeken over kunst en antropologie; knipsels over vrouwelijke kunstenaars en dergelijke.

Bijzonder belangwekkend is het volgend uittreksel uit een brief uit de door haar benoemde beheerder van haar literaire nalatenschap, Randolph Cornwallis, nu helaas overleden, welke brief gedateerd is oktober 1987, waardoor hij in dezelfde tijd blijkt te zijn geschreven als delen van de kladversie van *Any Woman's Blues*:

Al enige tijd koester ik nu de wens een roman te schrijven waarin alle materiaal van een leven is opgenomen en dat door zijn vorm (of juist vormeloosheid) het *proces* van het schrijven van het boek illustreert – de onderbrekingen: crises binnen gezin of familie, verhoudingen die ontstaan en weer eindigen, huizen die gerenoveerd worden, dineetjes die gegeven worden... enzovoort – al die dingen die zich voordoen terwijl het boek (met vallen en opstaan) vordert... Een vrouwenleven is anders dan dat van een man, hoeveel succes de vrouw ook heeft. Onvermijdelijk ben ik verantwoordelijk voor het huishoudelijk beleid in beide huizen, de avondlijke knuffelpartij met Amanda (die ik heerlijk vind, die me op de been houdt), de bordjes voor de ruiterpaden, het voorzien in voeding voor iedereen (familie en gasten uit het buitenland), het plannen van uitstapjes en tochtjes, doktersbezoeken en dergelijke.

De roman komt op de eerste plaats, maar ook het leven komt op de eerste plaats – anders is er geen roman. Dit is een dilemma. Ik kan die niet oplossen door kluizenaarster of non te worden (nog niet!). Derhalve is mijn werktijd onvermijdelijk in stukjes en brokjes opgedeeld. Ik vlieg naar het huis buiten om te werken – schrijf drie dagen achtereen als een gek, ga dan weer naar New York en word er verteerd door de koorts van alledag, reis terug naar het platteland, enzovoort. Zelfs buiten zijn er: schilders die het huis schilderen, vrienden in nood, nichten en neven die je bemiddeling vragen om zich bij beroemde mensen te kunnen presenteren en/of toegang tot colleges en andere instellingen voor hoger onderwijs te verwerven, ouders die oud en ziek worden, ex-echtgenoten die op de loer liggen... Op deze wijze heb ik *La Pittoressa* geschreven en het *lijkt* een zonder lassen en naden doorlopend verhaal, maar in het nieuwe boek wil ik iets opnemen van de sneeuwstorm aan papier die het leven van de *fin de siècle*-vrouw documenteren: memo's, discussies met jezelf in de marge van het manuscript, aantekenboekjes, gedichten, erotische faxen, Amex-bonnetjes, aanmaningen van de belastinginspectie, Filofaxblaadjes, bekrabbelde visitekaartjes van vrienden en minnaars, literaire correspondentie, liefdesbrieven... De hele mikmak. Als ik kon, zou ik er ook nog audiocassettes en videobandjes bij doen – zelfs foto's – maar welke uitgever zou zo'n boek op de markt willen brengen? Maar toch wil ik dat *gevoel* overbrengen – de chaos en troep van het leven zelf...

Het is naar aanleiding van deze uitspraak en andere indirecte aanduidingen in de brieven en dagboeken, waaronder ook aan haarzelf op de ruwe, onvolledige kladversie gekrabbelde notities daar waar ze stukjes ander materiaal in wilde voegen – dat ik de vrijheid heb genomen mevrouw Wings laatste manuscript zodanig te reconstrueren als zij het ongetwijfeld had willen zien verschijnen.
Aldus wordt *Any Woman's Blues*, een conventionele sleutelroman over de kunstenares Leila Sand (die bij het begin van het boek tegelijkertijd de strijd aanbindt met zowel haar alcoholisme als een sadomasochistische bezetenheid van een veel jongere man), van tijd tot

tijd onderbroken door redetwisten tussen Isadora Wing en Leila Sand (de schrijfster in discussie met haar hoofdfiguur, ofwel met zichzelf) welke discussies een weerspiegeling vormen van het leven dat zich naast het boek afspeelde, en tegelijkertijd zowel een remmende factor als een inspiratie vormde bij het schrijven van de roman. Al deze elementen te zamen resulteren in de grotere roman: *Any Woman's Blues*. Helaas heeft mevrouw Wing niet lang genoeg in leven mogen blijven om die hele 'sneeuwstorm van papier' (en bandjes), die ze in haar brief in het vooruitzicht stelde, in het boek op te kunnen nemen. Maar ik hoop er door nijvere bestudering van haar schetsen, aantekeningen, dagboeken, brieven en andere bronnen in geslaagd te zijn het boek te reconstrueren dat ze had zullen schrijven, als ze was blijven leven. Ik heb de zetter zelfs opdracht gegeven om de tussenvoegsels van de schrijfster in gereproduceerd handschrift van haarzelf in te voegen, om duidelijk te maken hoe strikt ik mij aan Isadora Wings tekst gehouden heb (zie mijn nawoord betreffende de juridische touwtrekkerij rond deze roman).

De opzet van het uiteindelijke werk (zoals mevrouw Wing die naar mijn volle overtuiging bedoeld heeft) is derhalve als volgt:

Isadora Wing is bezig een boek te schrijven. Tijdens dat proces komt steeds haar leven tussenbeide, zoals levens dat onvermijdelijk doen. Haar 'echte' leven en haar 'romanleven' werken op elkaar in en beïnvloeden elkaar, zoals echte levens en romanlevens dat onvermijdelijk doen. Het romanleven, waarin zij een schilderes is, heet *Any Woman's Blues*. Het 'echte' leven, waarin ze een schrijfster en dichteres en moeder is, heet eveneens *Any Woman's Blues*, het vormt het verslag van de wanhopige pogingen van een vrouw om 'de onmogelijke "hij" die in mij woont' te vinden en door deze gekoesterd te worden. Het citaat is ontleend aan een gedicht van Edna St. Vincent Millay waar mevrouw Wing zeer op gesteld was.*

---

* *Aan de niet-onmogelijke hij*

Hoe kan ik weten, als ik niet
Afreis naar Cairo of Cádiz
Of dit gezegend oord op deze plek
In alle opzichten gezegend is?

Het kan wel zijn dat de bloem voor mij
Zich hier bevindt, onder mijne neus;
Hoe zal ik het weten als ik de roos uit Carthago
Nooit geroken heb als andere keus?

Het weefsel van mijn trouwe min
Zal door niets verzwakken of vergaan
Zolang ik hier maar blijf – maar o, mijn lief,
Als ik ooit op reis zou gaan!

* Uit de *Verzamelde Gedichten* van Edna St. Vincent Millay, Harper & Bros., NY, 1956, blz. 180. C.F-S, Ph.D.

Zoals vele vrouwen van deze tijd was mevrouw Wing kennelijk de overtuiging toegedaan dat het geheim van het gelukkig zijn niet gelegen was in de illusie van de 'volmaakte man', maar in het vinden van de kracht die schuilt in het eigen ik. Wanneer men die kracht gevonden heeft kan men gelukkig zijn zowel met als zonder partner. Dit zoeken naar innerlijk geluk vormt het verhaal van de uitwendige roman, *Any Woman's Blues*. (Zoals al eerder vermeld had mevrouw Wing ook overwogen om het boek de titel *Iets om lief te hebben* te geven, naar een zinsnede uit Byrons brieven – 'Ik bemerk niet te kunnen bestaan zonder iets om lief te hebben.' Byron was ook een van haar helden en zij zag zichzelf zelfs als een Byroneske figuur – aangezien ook zij al jong een *succès de scandale* had binnengesleept dat een stempel drukte op de rest van haar leven, en haar op een rusteloze zoektocht naar rust en vrede de hele aardbol rond deed trekken. Ook was ze net als Byron haar hele leven lang dol op Italië, en de Veneto – en vooral Venetië – was voor haar haar Italiaans tehuis.

Zowel het raamwerk als de vertelling in *Any Woman's Blues* hebben als thema de worsteling van een vrouw om zich te bevrijden van de liefde als verslaving en de weg te vinden naar de ware zelfliefde, die men niet dient te verwarren met narcisme. Dit hoeft ons niet te verrassen, want in het leven van een auteur 'neigt men er onvermijdelijk toe in een boek al de conflicten te verwerken die men op dat bepaalde tijdstip probeert op te lossen' (*Isadora Wing Interview*, 1987). Isadora's 'echte' leven kan men min of meer volgen uit haar dagboeken, haar opmerkingen in de marge van het klad van *Any Woman's Blues*, haar gedichten, haar losse fictiefragmenten, artikelen, interviews. Is dus de hoofdfiguur van *Any Woman's Blues* tegelijkertijd Leila, Louise, en Isadora, dan is dit onvermijdelijk 'omdat wij in het leven allen een meervoudige persona hebben en fictie de glinsterende spiegel van het leven is. Geen enkel leven valt in zoiets ontoereikends als een boek te vangen' (*Interview*, 1987).

'Bovendien leggen conventionele romans ons de conventie van de lineaire tijd op, en in het leven, evenals in het onbewuste, *bestaat* geen tijd. Dat wil zeggen, wij beleven ons leven niet in de tijd van het ogenblik. Wij beleven het verleden, het heden en de toekomst alle tegelijk. Op een en hetzelfde moment kan de man op de forensentrein tegelijkertijd vijftig, dertig, en drie zijn. De vrouw die bij de kassa van de supermarkt haar boodschappen controleert is tegelijkertijd zichzelf, haar moeder en haar dochter. Of de tijd beschrijft een cirkel. Of ze stroomt heen en weer tussen stof en anti-stof, tussen fictie en het leven. Wat is wat? Wie zal het weten? Hoe anders te verklaren wat elke schrijvende en werkende dichter weet: dat het boek waar je aan werkt je leven veel sterker beïnvloedt dan je leven het boek beïnvloedt. En dat magisch gebeuren is geen verzonnen mythe.'

Bovenstaande citaten zijn ontleend aan mijn laatste interview met Isadora Wing in april 1987. Nu komen we toe aan Isadora Wings onvoltooide laatste roman. Ik neem aan dat uit mijn voorwoord wel duidelijk geworden is hoezeer ik geïnteresseerd ben in de geschiedenis van de feministische literatuur, hoeveel bewondering ik voor wijlen mevrouw Wing koester, en welke inspanningen ik mij heb getroost om mij voor te bereiden op mijn ontzagwekkende taak als bewerkster, officiële biografe*, en literair executeur-testamentair (zoals ik hoop mijzelf te mogen betitelen) van zo een feminale – als ik een brokje Wingiaans jargon mag bezigen – hedendaagse schrijfster. Ik heb het op mij genomen om duidelijke taalfouten te corrigeren, hier en daar wat bij te schaven, en de namen en beschrijvingen van figuren tot satisfactie van zowel de advocaten van de uitgever als die van de erfgenamen van Isadora Wing te veranderen.

Mocht ondanks al mijn pogingen om binnen de grenzen van het welvoeglijke te blijven zonder de literatuur te ontmannen (te verwijven?), mevrouw Wings werk de teerhartigen nog steeds ietwat te Rabelaisiaans voorkomen, dan denk ik dat wij wel moeten begrijpen dat het in alle opzichten optimaal functioneren van lichaam en geest niet alleen iets was dat ze in haar eigen leven nastreefde, maar ook iets dat ze de hele wereld wilde doen nastreven. Zij geloofde in de integratie van lichaam en geest, en ze zou het waarschijnlijk een troostende gedachte vinden dat ze ze allebei tegelijk verloren heeft. Vlieg voort, Isadora Wing, waar je ook zijn mag! Vlieg voort!

Langgehuwden kunnen slechts verbaasd staan over de intensiteit en het grote aantal van Isadora Wings betrekkingen met de andere sekse. Was zij een nymfomane? Ze was zeer zeker een sterk seksueel ingestelde vrouw, die paradoxaal genoeg tevens sterk geestelijk en religieus voelend was. Haar religie was het heidendom. Ze zou een volmaakte Vestaalse Maagd geweest zijn. Aangezien ik al vijfentwintig jaar een gelukkig – en monogaam, mag ik er wel aan toevoegen – huwelijk heb met een en dezelfde man, is het niet aan mij een oordeel te geven over haar seksuele smörgåsbord, of over wat ze daarin vond. Naar het schijnt ontwikkelde ze tegen het eind van haar leven een innige blijvende vriendschap met een andere kunstenaar, die alle ruimte liet voor openlijke escapades van beide partijen. Ten tijde van hun verdwijning woonden Sebastian en Isadora apart – zij in Connecticut, New York en Venetië, hij in Hollywood en Hong Kong – en verstonden zij zich dagelijks met elkaar per fax en telefoon. Zij verklaarden een van de beste huwelijken ter wereld te hebben. Ik zie geen reden waarom ik hen niet zou moeten geloven.

Dit ontzagwekkend redigeerkarwei had nooit voltooid kunnen worden zonder het geduld en de tolerantie van vele wetenschappers,

---

* Mijn officiële biografie, *Thuisvlucht: het duizelingwekkend leven van Isadora Wing*, zal verschijnen in 1995. C.F-S, Ph.D.

19

vrienden en studenten. Ik ben in het bijzonder dank verschuldigd aan Andrea Kramer Kinderloss, Ph.D., van het Sophia College, mijn onderzoeksassistente, en Principessa Donatella Tavola-Calda, mijn Italiaanse vertaalster en adviseuse met betrekking tot de Italiaanse periode van Isadora Wing; aan Amy Rozenkrantz Dickinson, Ph.D., wier studie over hedendaagse dichteressen, *De Muze Ontmaskerd* (Princeton University Press, 1988), licht heeft geworpen op alle feministische artikelen over hedendaagse poëzie; en aan Ann Levine Plotkin, Ph.D., Herman Singerland, Ph.D., Hoban Arubian, Ph.D., die met gulle hand van hun tijd gegeven hebben om zowel over de telefoon als in persoon vragen te beantwoorden.

Mijn beminde echtgenoot, professor Frederick Stanger, Ph.D., heeft zich van zijn werk vrijgemaakt om voor mij te koken en me bij al mijn inspanningen bij te staan, zoals hij dat altijd doet, en mijn zestienjarige dochter, Jacaranda Fleishman-Stanger is eveneens een bewonderenswaardige onderzoeksassistente geweest. Tot hen allen zeg ik: dank je, uit het diepst van mijn hart. Ik hoop dat mijn werk hun inspanningen zal rechtvaardigen. Mijn onjuistheden en misgrepen komen uiteraard voor mijn eigen rekening.

Caryl Fleishman-Stanger, Ph.D.
Hoofd Afdeling Engels
Sophia College
Paugussett, Connecticut
1 oktober 1989

Any Woman's Blues
of
Iets om lief te hebben

Voor die onmogelijke 'hij' die in mij woont...

'Werp uw hart voor u uit en snel toe om het te vangen.'

– Arabisch spreekwoord

, 'Ik ben voornemens mijn eigen stukje grond af te palen, een klein stukje maar, maar van mijzelf. Bij gebrek aan een naam ervoor zal ik het – pro tem – *Neukland* noemen.'

– Henry Miller

'De liefde kent geen woorden die men spellen moet of een begin- en een eindstreep.'

– Anonieme Alcoholisten (*Het Grote Boek*)

1. Suiker in mijn suikerpot

Geef me wat suiker in mijn suikerpot
Geef me een warm worstje tussen mijn kadetjes...

– J.C. Johnson

Ik ben een vrouw in de greep van een obsessie. Ik zit hier bij de telefoon (die het misschien niet eens doet) en wacht tot *hij* belt. Ik luister of ik het geluid hoor van zijn motorfiets die de steentjes doet opspatten in de bocht van de oprit. Ik stel me zijn lichaam voor, zijn spottende mond op de mijne, zijn kromme tamp, en ik ben een puinhoop van begeerte en verzet tegen die begeerte. Ik weet niet wat erger is – de begeerte of de antibegeerte. Ze maken me beide kapot; ze verteren me beide tot as. De nazi's hadden geen ingenieuzer crematorium kunnen bedenken. Dit is mijn *auto da fé*, mijn obsessie, mijn verslaving.

Vrienden en vriendinnen komen langs, bezweren me hem toch op te geven, proppen me vol met argumenten waar ik het stuk voor stuk mee eens ben. Het haalt niets uit. Wat ik voel is niet voor rede vatbaar. Ouder dan Pan en de in de schaduwen achter hem verscholen duistere goden en godinnen is dit branden in mij, in feite niets anders dan de oerkracht van het universum zelf. Wie kan verklaren waarom ik heb verkozen die te fixeren op een blonde jongen-man die zijn leugens in mijn oor uitstort onder het uitstorten van zijn zaad in die andere plek? Wie zou geloven dat zo'n verslaving, obsessie, vernedering, of zelfs liefde kan bestaan? Alleen iemand die dat vuur ook heeft voelen branden. Alleen iemand die ook door dat vuur verteerd is en wiens huid verzengd is zoals die van de middeleeuwse martelaren.

Maar de meeste vrouwen kennen de luxe van dat vuur niet. Ik trouwens ook niet. In mijn wakend leven ben ik een geslaagde vrouw (doet het er voor het ogenblik toe wat ik doe?), die bekend staat als een 'harde' om zaken mee te doen, iemand die contracten leest met argusogen, een handig onderhandelaarster. Aan al mijn kennis van andere sferen van het leven heb ik in dezen hoegenaamd niets. Je zou zelfs kunnen zeggen dat ik er kwetsbaarder door word. Want hoe harder ik me opstel bij de advocaat, hoe meer ik ernaar snak hier teder te kunnen zijn, waar de gedachte aan zijn tamp me reduceert tot een hoopje as.

Laat me je van zijn tamp vertellen. Hij is gebogen als een klauw, heeft iets demonisch; een echte weerhaak. Er zit een kromming in waar hij recht zou moeten zijn, en in rusttoestand zakt hij naar één kant, de linker. Zijn politieke opvattingen, als hij die had, zouden de andere kant op gaan. Want hij is de fascist, de laars in het gezicht, de bruut. Alle mannen die in bed de moeite waard zijn zijn ten dele beest. Dit wordt ons geleerd door alle mythen die we hebben: zie Pan met zijn bokkepoten en mensenmond, het beest waar Beauty haar vader voor verliet, de duivel zelf, met zijn wilde heksen – de bacchantes van Salem – dartelend om zijn gerimpelde anus. En die kussend. De aantrekkingskracht ligt ten dele in de vernedering, in het feit dat wij wezens zijn die tussen pis en stront geboren worden, en in onze duisterste momenten herinneren wij onszelf op obsessieve wijze aan dat dilemma.

Als er twintig man met een volledige erectie met een zak over hun hoofd en bovenlijf getrokken voor mij werden opgesteld zou ik mijn lief (mag ik hem zo noemen?) kunnen herkennen aan de buiging van zijn tamp. Is hij – in erectie nijdig rood, van een stuk voorhuid ontdaan (niet vanwege zijn godsdienst maar vanwege het tijdperk waarin hij geboren werd), krom als een boemerang die altijd bij zijn eigenaar terugkeert – alleen maar mooi omdat hij me iedere keer weer verlaat? Heeft hij me alleen zo in zijn macht omdat ik hem telkens slechts kort bezitten kan; zou ik minder van hem houden als hij er altijd was?

Daar bestaat geen gevaar voor. Want ik bemin een angsthaas. Nauwelijks heeft hij me zijn heks, zijn bacchante, zijn jonkvrouw, zijn lief genoemd, of hij moet ervandoor.

Och, ik denk dat hiervan in alle mannen iets schuilt – op welke manier ze er ook uitdrukking aan geven. Het verlangen om terug te keren naar de baarmoeder, om opgenomen te worden, om volkomen passief tussen de enorme borsten van de moedergodin te liggen, is zo sterk dat ze zodra ze merken voor onze oermacht te bezwijken de benen moeten nemen. Vandaar de strijd tussen de seksen: zij wil hem voor altijd veilig tussen haar benen hebben; en hij slaat op de vlucht uit angst dat hij daar zal willen blijven.

Waarhéén hij vlucht is van geen belang. De oorlog. Het kantoor. Golfen. De zoutmijnen. Tennissen. De ruimte. Diepzeeduiken. Basketballen. Las Vegas. Een andere vrouw. Het is allemaal dezelfde vlucht.

De man die ik bemin heeft in mijn garage een museum voor de macho ingericht. Kettingzaag. Boksbal. Motorfiets. Halters. Ten dele houd ik van hem omdat ik dat wilde schepsel dat in hem huist niet kan temmen. Want dit is weer zo'n paradox tussen de seksen: datgene wat we in de ander liefhebben proberen we kapot te maken.

Mijn geliefde is een oplichter, een scharrelaar, een cowboy, een haan, een verslaafde, een artiest, een gigolo, een dandy. Hij heeft geen vast adres. Soms heeft hij een postbusnummer, soms een ant-

25

woordservice, soms een nummer waar niemand opneemt, soms een adres dat hij gewoon verzonnen heeft. Ik heb hem eens tegen zijn moeder horen zeggen dat ze hem in Parijs per adres het Charles de Gaulle Hotel kon schrijven.

'Maar je wéét toch dat er geen Charles de Gaulle Hotel bestaat?' zei ik. 'Er is alleen een vliegveld dat zo heet. Hoe kun je dat je eigen moeder aandoen?'

'Als jij mijn moeder net zo goed kende als ik, zou je weten dat het puur zelfverdediging is. Ik kon niet anders.'

Als jij mijn moeder net zo goed kende als ik en *zelfverdediging.* Dat zijn de woorden waar het om draait, want hij is ervan overtuigd (zoals alleen een heel klein jongetje ergens van overtuigd kan zijn), dat zijn moeder ons, zodra we als gekken zijn begonnen te naaien, zal vinden waar ter wereld we ook zijn, en recht door de muur van ons boudoir naar binnen zal komen stappen, als een vampier uit een film uit de jaren veertig. Dus weet ik dat het zijn moeder is voor wie hij vlucht als hij van mij wegloopt – mijn vagebond, mijn tovenaar, mijn haan, mijn oplichter, mijn cowboy, mijn versierder, mijn leugenachtig lief. Maar ik weet ook dat hij bij zijn terugkeer even loyaal, even trouw, even goudeerlijk, even stoer en oprecht is als dat padvindertje dat eveneens in hem leeft. Hij zou zijn leven geven voor mij en mijn tweeling. Hij zou voor ons door het vuur gaan en door het ijs zwemmen. Hij zou met zijn blote handen een weg hakken door het oerwoud, giftige slangen de kop afbijten, schubdieren of stekelvarkens het vel afstropen. Kortom, hij is mijn vent, en ik ben verslaafd aan de nectar die hij in zijn ballen brouwt.

Aangezien hij niet deugen wil, zou het gemakkelijker zijn als hij voor honderd procent een schoft was, zodat ik hem tenminste kon haten. Maar hoe kan ik hem haten wanneer hij juist door dat schofterige in hem zo geweldig goed is daar waar het erom gaat – in bed?

Hij arriveert, gehelmd als Darth Vader, in zwartleren jeans en zwartleren jasje en puntige laarzen van struisvogelleer. Aan zijn hakken zitten echte sporen. Zilveren sporen. Ze fonkelen. Hij zwaait me in zijn armen van de vloer, houdt me even tegen zich aan, met mijn warme lichaam tegen het koude zwarte leer. Vanaf het ogenblik dat ik het geluid van rondvliegend grint op de oprit en het brullen van zijn motor hoor, begint ook mijn motor in de hoogste versnelling te draaien. Het bonzen begint in mijn hart, verspreidt zich als een oerwoudtaptoe door mijn lichaam, en doet een galmende echo weerklinken in dat andere hart tussen mijn dijen, waarbij even later het roodzijden directoirtje dat ik voor deze gelegenheid heb aangetrokken vochtig wordt. (Het is een écht directoirtje, niet die brave Amerikaanse versie, het 'pantybroekje', want ik heb het in Londen gekocht, waar het 'stoute weekend' nóg echt goed stout is, en de ervoor vervaardigde uitrustingsstukken derhalve gewaagder.)

Wie kan zo'n hete, zo'n sappige, zo'n dwingende lust beschrijven? In

26

woorden is ze niet te vangen. Misschien kan alleen muziek een echo geven van de aanzwellende woeste kracht van die lust, de hitte, de vibratie. Ik heb eens een schilderij van lust gemaakt. (Okee, ik heb mijn mond voorbij gepraat. Je weet nu wat ik doe.) Het was een rond doek met een gloeiend oranje middelpunt waar golven rood en lavendelblauw naar toe vibreerden. (Dat was mijn zogeheten abstracte periode, die na mijn zogeheten figuratieve periode kwam en aan mijn zogeheten postmodernistische filmfotoperiode voorafging.) Die rode en lavendelblauwe golven – een futuristische blauwe plek – stromen nu door mij heen wanneer hij zijn handen over mijn billen omlaag laat glijden en tussen mijn dijen in gaat en dat zijdeachtig plekje vindt waar het rode broekje een opening heeft en ik alleen maar uit vocht besta.

Je weet wel wat er daarna gebeurt. Ik weet het ook, bijna, alleen ben ik buiten zinnen van begeerte. We vallen neer op de vloer van de vestibule (brede eiken planken, een gehaakt kleed, wat stofpluizen die wild achter elkaar aan warrelen als waren het door onze langsstormende rossen opgewaaide amaranten), en daar op de vloerplanken maken we het beest met de twee ruggen in een warboel van zwart leer en zijde, onze kleding net genoeg opzij geschoven om die delen te ontbloten die in elkaar passen.

Zo – gekleed, gehelmd, in leer gehuld door de bok onder wiens teken we paren – beleven we ons eerste tumultueus orgasme. Het lijkt ons bloed alleen nog maar verder te verhitten voor het volgende, en nu beginnen we hindernissen van zij en dierehuid en metaal weg te rukken (mijn broekje, zijn zwarte leer, zijn helm), zodat we weldra naakt op de brede planken van de zeventiende-eeuwse vloer liggen, te midden van een chaos van overal om ons heen neergesmeten kleren – onze getuigen.

'Mijn heks,' fluistert hij.

'Mijn duivel, mijn tovenaar, mijn lief...'

Opnieuw is hij in me, alweer stijf, en de kromme schacht van zijn tamp correspondeert met de verkromde begeerte die mij voortdrijft, met de top van zijn eikel tegen de plek diep binnen in mij die puur vocht sproeit, het heksenbrouwsel van het universum.

Moet ik verder gaan? Hoe kunnen twee mensen elkaar op deze wijze beminnen en dan uiteengaan? Ze zouden voor altijd aaneengesmeed moeten blijven, tot één verbonden onder de spottend neerkijkende maan die onze blauwige, in hemellucht geklede lichamen verlicht. Maar het is een van de ironische kanten van dit soort seks dat het floreert op afstand, en dat geliefden die elkaar op deze manier beminnen óf niet samen kunnen leven, óf, wanneer ze dat wél kunnen, iets van de magie uit hun liefdesspel zien verdwijnen; alleen zo kunnen ze het samen lang genoeg uithouden om pap te maken, een huis te verven, een boom te planten – of een baby.

We hebben ooit samengewoond. Dart en ik. (Zijn echte naam luidt niet zo heel anders: Darton – naar een of andere familietovenaar uit het ver verleden.) Ik heb hem nooit zo genoemd. Ik noemde hem altijd Dart: het leek zo toepasselijk, aangezien hij leefde in de pijl tussen zijn benen en ook voortdurend alle kanten op darde. O, toen ik jonger was, maakte ik me dikwijls vrolijk over de mannelijke hormonen en waar ze mannen allemaal toe brachten. Ik vond altijd dat mannen zouden moeten proberen meer als vrouwen te zijn (die *rationeler* waren, naar ik toen meende), maar nu ik vierenveertig ben weet ik dat het heerlijke van de leden van het mannelijk geslacht juist daarin gelegen is dat ze zo van ons verschillen – ofschoon ons dat nu ook juist weer woedend maakt, geheel volgens de opzet van de natuur, aangezien woede onderdeel uitmaakt van onze drang ons met een man te verenigen.

Ik ontmoette hem op een toeristenranch in Wyoming – de Lazy C Ranch heette die (een C op zijn kop, die wel iets weg had van Darts tamp) en ik was een toeriste en hij een cowboy. Niet dat hij *echt* een cowboy was. Hij was een middelbare-scholier-op-leeftijd uit het Oosten die een zomer cowboytje kwam spelen, maar dat wist ik niet. Onder de Grand Tetons (ofwel de Grote Tieten, zoals de Fransen ze zo onomwonden noemden), op de met wilde bloemen bezaaide grasvelden langs de grote Snake River, zag hij er zoals hij daar rondreed op zijn knol even authentiek uit als welke cowboy ook. Althans in de ogen van deze cowgirl uit de canyons van New York, die óók door hem bereden wilde worden.

Ik was naar dit mooiste deel van de wereld (Moose, Wyoming) gegaan om een oude affaire van me af te schudden, daar waar de wapiti's hun geweien afwerpen, en hij was hartstochtelijk en vijfentwintig en ik nog hartstochtelijker en negenendertig, en hobbelde op mijn oude *cayuse* voort door velden met castilleja's, blauwe lupinen, en Suzanna's-met-de-mooie-ogen. Ik keek naar hem – felblond haar, rafelige cowboyhoed, gescheurd cowboyhemd, die vertederende paarsige oogleden als van een baby, en daaronder die penetrerende (ik gebruik dit adjectief met voorbedachten rade) blik uit die blauwe ogen – en ik was in één klap volkomen in zijn greep. Later greep hij me zoals het hoorde, in bed. Nog maar vijfentwintig, maar hij kende zijn vermogens en zag erop toe dat ik die ook leerde kennen. Dat hij mijn werk prachtig vond, gaf me als het ware nog een extra stoot, want hij had zelf neigingen tot een aanverwante kunst en vertelde me dat hij uit klei westerse sculpturen à la Remington boetseerde (wanneer hij geen vrouwenlichamen boetseerde met zijn extra rib).

Na de zomer gingen we verder in SoHo en Litchfield County. Er was nog een vriendinnetje dat ik eerst uit de weg moest werken (een schaap van drieëntwintig, de eerste van vele), maar toen begonnen we aan een bestaan samen – voornamelijk omdat we het niet konden verdragen een nacht niet bij elkaar te zijn.

Eerst was het geweldig: een krankzinnige affaire in de roes van drugs, dagen vol wijn en rozen, sinsemilla* en chrysanthemums, cocaïne en witte aronskelken. Nachten vol wilde eindeloze vrijpartijen, waarbij je de tel van het aantal seksverrichtingen kwijtraakte omdat ze begin noch eind bezaten. Ik kon in zijn neusgaten kijken en de eeuwigheid zien. De nachten konden eeuwigheden geduurd hebben, complete geologische tijdperken, of misschien maar enkele minuten. Het was niet te zeggen. Terwijl we paarden, verrezen bergketens en zakten weer in, uit gesmolten lava vormde zich rotsgesteente, hete bronnen borrelden uit de aarde omhoog, uitgedoofde vulkanen kwamen tot leven. Een jaar lang deed ik geen werk, en hij ook niet. We trokken de hele wereld door – van het ene kingsize bed met drie lakens erop naar het andere kingsize bed met drie lakens erop.

Al onze reizen waren op kosten van iemand anders. We gingen van de Dokumenta naar de kunstbeurs in Basel, van het Whitney naar het Palazzo Grassi, van Düsseldorf naar München, van Venetië naar Wenen, van Nice naar Parijs, van Madrid naar Mallorca, van Londen naar Dublin, van Stockholm naar Oslo, van Tokio via Hong Kong naar Beijing. Wat maakte het uit waar we waren, zolang we maar bij elkaar en in bed waren? Ik herinner me vaag andere kunstenaars, kunsthandelaars, verzamelaars, critici, als geesten uit een tragedie van Shakespeare. Of zij waren net zo dronken en stoned als wij, of wij waren dronken en stoned genoeg voor hen en ons allebei. Van tijd tot tijd kwam ik (als de oudere en naar verondersteld werd de verantwoordelijke partij) lang genoeg bij zinnen om me af te vragen of we bezig waren om alcoholisten of junks te worden, maar hoe kon je dat in zulk gezelschap weten? Alle kunstenaars dronken en gebruikten als wij. Of althans dat dacht ik. De enige keer dat ik echt van streek raakte was toen Dart sinsemilla Rusland mee in nam – en zonder me er iets van te zeggen.

We waren in ons sjieke hotel in MOCKBA aangekomen en stonden op het punt in bed te vallen en opnieuw onze oerverbintenis tot stand te brengen (per slot van rekening was het zeven uur geleden dat we gevrijd hadden, in Kopenhagen, en we verkeerden allebei in een staat van ontbering die krijgsgevangenen mogelijk bekend is), toen Dart me toeglimlachte met zijn verlegen 'toe, hou van me'-glimlach, (vanaf zijn kindertijd geoefend op zijn moeder, zijn kindermeisjes, zijn zusters, en elke andere vrouw die hij maar tegen kwam) en van onder de inlegzolen van zijn cowboylaarzen twee geplette joints van de zuiverste Humboldt County-sinsemilla te voorschijn haalde. Ik her-

---

* Soort pitloze marihuana ('cannabis') die in Humboldt County, Californië, wordt geteeld door op het klein ondernemerschap overgestapte hippies op leeftijd. Isadora Wings werkelijke vriend, Berkeley Sproul of 'Bean', was een habitueel gebruiker – sommigen zeggen overdadig gebruiker – van deze stof. De overeenkomsten tussen 'Bean' en 'Dart' zijn talrijk, maar er zijn ook belangrijke verschillen. In anatomisch opzicht komen ze echter met elkaar overeen. C.F-S, Ph.D.

innerde me waar we waren, zocht met mijn blik de druk versierde kamer vol bladgoud af naar verborgen televisiecamera's en microfoons, keek mijn kind-van-een-geliefde aan, en verkilde letterlijk. Tot op dat moment had ik nog nooit een boos woord tegen hem gesproken.

'Weg daarmee,' zei ik.

'Gaan we ze dan niet roken?' vroeg mijn kleine jongetje ongelovig.

'Weg ermee. Nu *meteen*.'

'Niet eens één enkel trekje?'

'Zelfs dat niet.' En ik keek toe hoe hij ze door de Sovjetplee trok (een echte sov, inderdaad), met een traan in zijn helderblauwe ogen om het verdwijnen van de stuff, die naar hij nog steeds niet besefte ons paspoort voor een eeuwigdurend verblijf in Siberië had kunnen zijn. Hoe woedend ik ook was om zijn veronachtzaming van mijn welzijn, zijn volkomen niet-begrijpen van het gevaar, ik was niet bij machte hem de huid vol te schelden, en dat kwam niet alleen doordat de kamer vol afluisterapparatuur zat. Ook mijn hart zat vol afluisterapparatuur. Ik was zo met lichaam en ziel aan hem verbonden, dat tegen hem schreeuwen hetzelfde zou zijn geweest als schreeuwen tegen het kleine kind in mijzelf. Wat was hij toch een wonderlijke combinatie van mannelijke kracht en kinderlijke goedgelovigheid. Hij dacht zomaar een joint op te kunnen steken, alsof de hele Goelag niet bestond!

Die middag vrijden we niet. En voor twee mensen die *altijd* bij aankomst in *elke* hotelkamer gevrijd hadden, was dat een soort scheuring, de eerste van vele. Het had te maken met drugs, die naar wij meenden ons verenigden maar ons in werkelijkheid uiteendreven – wat uiteraard de paradox van verdovende middelen is.

Darts geschiedenis is even vol ontberingen als die van welk gettokind ook. Hij was als kind van rijke ouders opgegroeid in Philadelphia, in een stadswoning aan Ritten House Square vol antiek Chippendale, Chinees porselein, zeventiende-eeuwse beddepannen, kaalgelopen oosterse tapijten, kamers vol ongedragen schoenen, stapels tijdschriften uit de jaren dertig, dat soort dingen. Zijn moeder dronk sherry en was aan de Seconal; zijn vader dronk bourbon en verleidde debutantes. De kindermeisjes dronken gin en verleidden Dart. Bij zijn geboorte had hij al een erectie, zei zijn moeder altijd (met haar doorrookte dranklach) en van dat moment af had niemand die hem onder haar hoede kreeg hem ooit laten vergeten dat ze zijn piemel als het meest belangrijke orgaan van zijn lichaam beschouwde. Ooit heb ik dat schattig gevonden, maar nu vind ik het iets onbeschrijflijk droevigs dat een jongeman bovenal gewaardeerd zou worden om dat aanhangsel dat hij met alle andere mannen gemeen heeft – ook al *is* dat van hem groter en beter gevormd. Soms, wanneer ik hieraan denk, zou ik om Dart willen huilen en zijn naam in een échte willen veranderen – Daniël misschien – en hem een écht leven geven, zoals ik voor mijn zoon gewenst zou hebben.

Maar ik heb geen zoon. Ik heb tweelingdochters, Michaela en Edwina, dus werd Dart mijn minnaar en mijn zoon, een gevaarlijke (en misschien onmogelijke) combinatie.

Dit *Wanderjahr* zette zich na моСКВА voort. Tokio, Tai Pe, Hong Kong, Canton, Shanghai, Beijing, Bangkok, Borobudur, Singapur, Bombay, New Delhi, Abu Dhabi, Baghdad, Djedda, Cairo, Athene, Tunis, Nice, Lissabon, Bahia, Rio – maar het leven in bed in een luxehotel (of dat nu het Okura is, het Ritz, het Peninsula, het Oriental, het Shangri La, het Goodwood Park, het Cipriani, het Bel Air, het Plaza Athenee of het Vier Jahreszeiten) is overal ongeveer hetzelfde. Mijn vriendin Emmie heeft eens opgemerkt dat een luxehotel net een ziekenhuis is, zoals daar ook voortdurend eten de kamers in en uit wordt gereden en je braaf bloemen toegestuurd krijgt van zakenrelaties (en nooit van de aanbidders van wie je ze zo graag gekregen had) en er met onregelmatige tussenpozen beleefde briefjes of massa-geproduceerde kaarten met voorgedrukte tekst verschijnen. Het personeel is gewoonlijk donker van huid en spreekt je taal niet, en bekommert zich precies even weinig om je toestand wanneer je in bed aan een of ander zeldzame ziekte ligt dood te gaan als wanneer je in bed ligt dood te gaan onder je minnaar. Hen is het allemaal van hetzelfde laken een pak, alleen een dikker pak. Echt, je kunt de hele wereld met je geliefde rondreizen en nooit méér te zien krijgen dan de plooitjes van zijn anus of het silhouet van zijn tamp. Aldus ging een jaar voorbij: een van de langste of kortste (afhankelijk van de vraag of ik al dan niet stoned was) jaren van mijn hele leven.

Maar uiteindelijk moeten alle geliefden een keer het bed uit – en daarmee begonnen onze problemen.

We richtten ons in in Roxbury, in mijn huis met het in de zeventiende eeuw gebouwde middengedeelte en de achttiende- en negentiende-eeuwse vleugels. En dan hadden we nog het zolderappartement in New York. Natuurlijk moest hij een auto hebben, dus kocht ik er een om hem naar mij toe te brengen. Ik wist natuurlijk dat hij met die auto ook weg kon rijden, maar bij het begin van een liefdesaffaire denk je niet op die manier. Een gewone auto was niet goed genoeg voor mijn Chéri*, dus kocht ik een Mercedes voor hem. Het was een prachtige gerestaureerde oldtimer uit 1969, in welk jaar hij nog maar

dertien was geweest: de droom van een dertienjarige, en ik gaf hem

---

* Dit is een verwijzing naar de klassieke novelle *Chéri* (1920), en *Chéri's einde* (1926) door de Franse schrijfster Colette (1873-1954), waarin de tragische liefdesgeschiedenis verhaald wordt tussen een ouder wordende courtisane, Lea de Lonval, en een fraaie jonge schavuit die de koosnaam Chéri draagt. Isadora Wing werd bij haar verhouding met Berkeley Sproul, het prototype voor 'Dart', kennelijk geïnspireerd door het gezegde 'Imitatie is de meest oprechte vorm van vleierij'. C.F-S, Ph.D.

een nummerbord met DART erop. (O, ik sprong wel met enige humor met mijn geliefde om – zelfs al deed hij me tot as verteren.)

Ik vond het heerlijk om van alles voor hem te kopen: een wit suède cowboypak met lange franjes, wit-en-crème hagedisleren laarzen, en een witte Stetson met een inhoud van veertig liter ter bekroning van het geheel; handdoeken met 'DVD' in monogram er op geborduurd; sieraden (die hij gewoonlijk verloor); elektronische apparatuur (die hij gewoonlijk kapotmaakte); kasjmiertruien, krokodilleleren instappers, kostbare kunstboeken, postpapier met zijn initialen erop, zijden pyjama's, zijden ondergoed, de hele zooi. Hij was mijn sjikse, en ik behandelde hem ook als zodanig, net zoals mijn rijke Engelse oom Jakob uit Odessa, de bonthandelaar uit het East End die landjonker in Surrey geworden was, zijn revuegrietje behandelde. Ik had een massa stijl en herkende Dart dadelijk als een van de grote maintenés.

Maar had *hij* nu zoveel stijl? Nooit, niet één keer, weigerde hij een geschenk. Ja, zelfs was er ondanks zijn vreugde bij het ontvangen altijd een licht pruilen van de onderlip, dat scheen aan te geven dat het cadeau net iets minder was dan hij verwacht had. Als je hem een auto gaf, bleek hij zich een helikopter gewenst te hebben. Als je hem een wit cowboypak gaf, scheen hij er nog een bijpassend wit paard bij te verlangen. Als je hem een ring gaf, leek hij ook een horloge te willen. Dit werd nooit uitgesproken, en als je hem ernaar gevraagd had, zou hij het hartstochtelijk ontkend hebben. Maar ergens wist je dat het cadeau hem maar kortstondig bevrediging zou schenken en dat daarna zijn honger opnieuw gestild zou moeten worden.

Hij was een grote hongerige primitieve god, gulzig-begerig naar maagden, bloemslingers, uitgerukte harten, geslachte ossen, kelken bloed, brandoffers... Het was mij een vreugde dit alles aan te dragen. Wat was mijn succes waard als ik mij een man zo onsterfelijk mooi als Dart niet kon veroorloven?

Ik had mijn leven geleefd op de manier van een man, mijn carrière, mijn investeringen, zelfs mijn zwangerschap precies zo geregeld als een man gedaan zou hebben (Mike en Ed werden via een keizersnede geboren op de dag en het uur die ik bepaald had), dus dacht ik Dart net zo goed in de hand te kunnen houden. Aha – daar zat de fout. Zo zit een man van nature niet in elkaar. Hoe leuker ze in bed zijn, des te minder greep heb je op hen. Want juist de wildheid in hen staat ook in voor de wildheid in bed.

Pan sluit geen enkele levensverzekering af en komt evenmin elke avond op dezelfde tijd thuis voor het avondeten. Ik kon mijn eigen levensverzekering kopen, maar ik had wel behoefte aan iets meer rust dan het leven met Dart me verschafte.

Maar de liefde dan? vraag je nu. Waar komt de liefde bij deze vergelijking op de proppen? Ik wist dat hij hartstochtelijk veel van me hield. Hij hield van mij zoals het mes houdt van de wond die het maakt, zoals de vrouwtjestarantula houdt van het mannetje wiens kop ze opslokt, zoals de zuigende baby houdt van de tepel die hij tussen zijn tandjes neemt en kapot kauwt tot ze bloed zowel als melk spuit.

Het was niet zijn bedoeling wreed te zijn. Het was gewoon zijn aard – net zoals het de aard van de schorpioen is om het paard te steken dat hem de rivier over draagt (zoals in dat oude mopje van Aesopus over het karakter van schorpioenen).

Op de een of andere manier hadden dingen wanneer we bij elkaar waren de neiging weg te raken: portefeuilles, creditcards, sieraden. Misschien kwam het doordat we dikwijls stoned waren of misschien doordat we ons samen in een maalstroom begaven waarin alleen de duizelingwekkende werveling koning was en alle orde en structuur uit ons leven verdwenen. Ik beschouwde dit als het bewijs dat dit echt liefde was, want betekent liefde per slot van rekening niet dat men zichzelf vergeet? En wie heeft daar méér behoefte aan dan iemand die haar hele leven geleefd heeft voor de discipline, voor de kunst, die ondanks haar vrouwenhart de hardheid van een man heeft nagebootst?

Toen ik Dart ontmoette, had ik negenendertig jaar doorgebracht met het beklimmen van de glazen berg waarlangs het pad van de kunstenares omhoog voert – ik wilde nu eens iets leuks, een beloning voor al dat wanhopige klimmen, en aanvankelijk leek hij mij die ook te geven. Niet alleen door zijn gul enthousiasme in bed, met de enigszins perverse strafjes (waarvan ik het gevoel had dat ik ze op een of andere wijze *verdiende* omdat ik de Goden had getart door zoveel succes te hebben), maar door de manier waarop hij mij vertroetelde. Hij trok bij mij in en nam de verzorging en bescherming van Leila Sand op zich. Hij speelde lijfwacht, kok, maître d'hôtel, en manusje-van-alles. Hij was er goed in de wereld op een afstandje te houden, en lastige fans, ex-echtgenoten, ex-minnaars, en kandidaat-parasieten af te schrikken. Kortom, hij installeerde zichzelf als voornaamste parasiet, hofnar, Hare Majesteits pleziervaartuig, Robin Goodfellow – naar je misschien weet een van de benamingen voor de duivel. Tot aan het Dart-tijdperk had ik altijd heel gedisciplineerd gewerkt. Geen enkele kunstenaar komt anders ooit ergens. Ik had een atelier in Litchfield County – een zilveren silo met een sterrewachtachtig dakvenster die als een sierspijker in mijn stukje land stond – en in New York had ik mijn zolderappartement. Ik werkte liever buiten, waar het vogelgezang mijn werk niet zozeer verstoorde als wel begeleidde. Maar wanneer ik eenmaal met een belangrijk project op stoot raakte, moest ik blijven waar ik was, want op dit tijdstip in mijn leven maakte ik heel grote doeken. Bovendien heeft zelfs de meest avantgardistische kunst iets door en door conservatiefs: ze blijft tijdens haar groei graag op een en dezelfde plek.

Dart installeerde zich als mijn majordomus, en zorgde dat ik afhankelijk van zijn goede diensten werd (terwijl ik me nooit eerder in mijn leven van iemand afhankelijk had laten worden), en toen begon hij excuses te zoeken om ervandoor te gaan. Net toen ik de illusie begon te koesteren ten langen leste mijn levensgezel te hebben gevonden, mijn inwonende muze, de man van mijn hart, de Maurice Goudeket voor mijn Colette, begon hij steeds meer tijd in New York door te brengen, in het appartement, en altijd met een smoesje. Hij had een afspraak met een galeriehouder die belangstelling voor zijn werk had. Hij moest spullen voor zijn werk kopen. Hij moest naar de gieterij. Ik had hem de droom van elke kunstenaar geschonken – een schuur om in te werken, tijd zoveel hij wilde, financiering van al zijn kosten – en toen begon hij van me weg te vluchten, of anders van zichzelf. Welke van de twee heb ik nooit geweten.

Waar ging hij heen, al die tijd dat hij weg was – wanneer hij ervandoor zoefde in de auto die ik voor hem gekocht had, zich niet aan een bepaald uur voor het avondeten wilde laten binden, me niet wilde vertellen waar hij heen ging? Mijn verbeelding trok onmiddellijk de ergste conclusies: andere vrouwen, prostitutie, drugssmokkel, andere mannen.

'Ik bel je wel,' zei hij dan en stapte in de bloedrode Mercedes (met mijn bloed gekocht), en soms deed hij dat en soms niet.

Wanneer ik me hierover beklaagde, werd hij woedend en zei: 'Maar ik kom toch altijd bij *jou* terug?' Of hij riep beschuldigend: 'Je vertrouwt me nooit! Je ondervraagt me altijd!' *Je doet altijd zus... je doet nooit zo...* – de taal van de man in ketenen.

Dus liep ik rusteloos door mijn atelier/silo heen en weer en probeerde te werken, mijn innerlijke rust aan flarden; luisterde of ik de telefoon hoorde; luisterde of ik zijn/mijn auto hoorde; vroeg me af of hij al dan niet met het avondeten thuis zou zijn; vroeg me af of ik het zou vragen of (aangezien hij alleen maar nog kwader werd als ik ernaar vroeg) er maar niet over zou beginnen, en nam nog maar een glas wijn. Nu was ik regelmatig dronken wanneer ik werkte. *Nooit* was me dit tot dusver overkomen. Hoe graag ik me ook overgaf aan de genietingen van marihuana, peyote, hasj, cocaïne, wijn, ik had ze altijd verre gehouden van mijn werk. Mijn werk was heilig. Maar nu was mijn silo, mijn voor de hand liggend fallisch symbool, waar ik zo vrij was geweest, mijn gevangenis geworden. Ik liep heen en weer, heen en weer, aan die stom blijvende telefoon geketend alsof het een huisgod was, bang om naar buiten te gaan voor het geval dat hij belde, bang om in mijn auto te stappen en naar New York te rijden voor het geval dat ik hem met een andere vrouw in mijn appartement aan zou treffen, bang om een vriendin uit te nodigen voor het geval dat hij plotseling binnen zou komen en me voor zich alleen zou willen hebben, bang om iets te doen, om te schilderen, om de telefoon op te pakken en om hulp te bellen.

34

Ik voelde me net als dat meisje in *l'Histoire d'O* dat met haar schaamlippen aan haar minnaar geketend zat, zodat ze geen moment haar lijfeigenschap vergeten kon en dat evenzeer heerlijk vond als haatte, want het rammelen van haar ketenen maakte haar tot vrouw. Vormde dit langzaam kapotmaken van mij een vooropgezet plan van hem? Of was het iets dat hij instinctief deed, iets dat hij aan zijn vaders knie geleerd had: de schone kunst sterke vrouwen tot een hoopje as te reduceren?

En dan kwam hij binnen, altijd wanneer je de hoop had opgegeven en hem niet meer verwachtte. En dan sloot hij me in zijn armen, zonder een enkel onvriendelijk woord. 'Mijn lief, mijn heks, mijn bacchante, mijn lieveling,' murmelde hij en die zachte woorden priemden dieper dan een dolk. En dan draaide hij me om en gaf me een beurt van achteren met zijn harde, haakvormige, demonische tamp. En ik maakte kleine jammergeluidjes, puur van opluchting dat hij terug was, dat hij ongedeerd was, dat hij diep binnen in me was, en we naaiden tot de morgenstond en ik stelde geen vragen, tot de volgende keer.

(Memo van I.W. aan R.F.*
S.v.p. via computer opzoeken hoe vaak het woord 'tamp' in dit hoofdstuk is gebruikt. Ik heb het gevoel dat ik verdrink in het schaamhaar... als hij haar nog één keer bespringt, ga ik gillen! Synoniemen? Die vraag niet beantwoorden.)

---

* R.F. = Roberta Fraser, Isadora Wings secretaresse, researchassistente en manusje-van-alles tijdens de twee jaar dat ze bezig was met de eerste versie van *A.W.B.* Roberta Fraser, zelf een veelbelovend jong schrijfster, zal waarschijnlijk haar eigen boek over Isadora Wing schrijven. Maar het mijne zal gelukkig het eerst verschijnen. C.F-S, Ph.D.

2. De boodschap van het vuur

Schat, wil je me horen razen
Geef me dan waar ik op zit te azen.
Dan is mijn liefde er snel vandoor...

– Bessie Smith

Dart was lief. Was Dart vervelend of onaangenaam geweest, dan was het veel makkelijker geweest. Dan was ik dadelijk op de vlucht geslagen. Maar in het begin zei hij zelden iets dat niet liefdevol, lief en vertederend was. In feite klonken zijn teksten net als die op een kaart van Hallmark. Alleen loochenden zijn daden zijn woorden. Hij was te vergelijken met bepaalde acteurs en politici – een en al geruststellende, zoete woordjes, maar wat hij *deed* vervulde je van de grootst mogelijke achterdocht. 'Ik zal er altijd voor je zijn,' zei hij. Maar in werkelijkheid kon je hem dikwijls niet bereiken.

Ik placht allerlei manieren te bedenken om hem bij me te houden. Tijdens onze tochtjes was dat betrekkelijk gemakkelijk, dan was hij altijd naast me. (Vandaar ons dwangmatig reizen.) Maar thuis was het moeilijker. Lukte het niet met het atelier dat ik hem gaf – die schitterende oude schuur met allemaal dakvensters, en tot slaapvide omgebouwde hooizolder, en eigen badkamer en keukentje – dan pijnigde ik mijn hersenen om andere dingen te bedenken: gezamenlijke projecten waar we aan konden werken (die *ik* tenslotte altijd deed, omdat hij God mag weten waar was – ik besef nu met een schok dat ik hem nooit werkelijk heb *zien* schilderen of beeldhouwen), portretten en foto's die ik van hem kon maken, brunches en diners met belangrijke mensen die hem bij zijn carrière konden helpen. Al die dingen werkten maar eventjes. Hij wilde absoluut dat we samen zouden werken (wat moeilijk is voor kunstenaars, die allen hun eigen visie hebben), en ik was bereid tot alles wat hem bij me in de buurt zou houden, dus deed ik een poging tot zo'n dwaze onderneming.

Ik kijk nu naar een van de schilderijen die ik volgens zijn ontwerp gemaakt heb (hij had op een servetje een ruwe schets gekrabbeld, en natuurlijk had *ik* het schilderij uitgevoerd), en ik kan alleen maar toegeven dat het een misgeboorte is. Absoluut niet mijn stijl. Ik had (als behekst) een tamelijk zoetelijk-sentimentele voorstelling van onze eerste ontmoeting in de Tetons geschilderd: cowboy en cowgirl bij zonsondergang voortrijdend door de bloemenvelden, een beeld dat geschikter was voor een van die pseudo-hippie-wenskaarten dan voor een tentoonstelling van nieuwe werken van Leila Sand. Daar zal het schilderij ook niet gauw terechtkomen, want wanneer ik naar de ondertekening kijk, zie ik geen spoor van mijn naam, maar alleen 'Darton Venable Donegal IV' in grote vermiljoenrode letters.

In naam van ons leven samen ging ik zelfs zo ver een gebouw aan Greene Street te kopen en daarin een galerie voor nieuwe kunstenaars in te richten zodat hij daar zijn werk tentoon kon stellen (het had hem vreselijk tegengezeten bij het vinden van een eigen galerie, zei hij). Hij werkte gruwelijk hard tijdens het renoveren van het gebouw en het inrichten van de eerste groepstentoonstelling en het anderszins op streek helpen van de galerie, maar zodra het erop begon te lijken dat deze een succes zou worden verloor hij zijn belangstelling, zoals hij na verloop van tijd zijn belangstelling verloor voor alles dat beloofde hem het succes te brengen dat hij beweerde te begeren. Op de een of andere manier kreeg hij ook nooit het materiaal voor zijn eigen geplande tentoonstelling bij elkaar, ofschoon hij voortdurend beloofde er nou eens aan te gaan werken. (Hij voerde aan dat hij geblokkeerd raakte door *mijn* succes.) Ook wilde hij de galerie niet beheren, wat hij oorspronkelijk had gezegd te zullen doen. Na verloop van tijd huurde ik hier een aardig jong ding voor in, dat hij na verloop van tijd verleidde – maar aan het werk voor zijn eigen tentoonstelling *begon* hij niet eens.

En toch kon hij soms zo teder en zo *liefdevol* zijn. Ik herinner me dat hij eens de hele stad heeft afgezocht naar een bepaald soort gesso dat ik wilde hebben. Ik herinner me die keer dat hij de hele dag op het John F. Kennedy-vliegveld wachtte omdat ik een voorraad spullen uit Italië moest krijgen en hij wist hoe ongerust ik was of ze wel veilig zouden aankomen. Ik herinner me hoe hij me verpleegde toen ik een keer ziek was, en me thee en soep bracht, met doktoren redetwistte over mijn mogelijk allergisch zijn voor dit of dat antibioticum. In mijn boosheid wil ik nu niet aan deze dingen denken – maar ze zijn gebeurd, en ik kan ze niet terugdraaien.

Ik zou mijn ziel aan de duivel verpanden als ik alleen maar in de tijd terug kon reizen, naar het begin van onze verhouding en nogmaals de zoetheid van die periode proeven. Het is gemakkelijk genoeg om het eind het begin te laten vergiftigen wanneer je door al zijn bedrog van je geliefde bent vervreemd. Maar in het begin, wanneer je hoopt de Enige Ware Liefde te hebben gevonden, is de wereld vol rozegeur en maneschijn, loop je als met vleugeltjes, en lijkt je hart een heliumballon waar nooit een lekje in zal komen.

'Ik ben alleen maar jouw spiegel,' zei Dart dikwijls bij het krankzinnig, hartstochtelijk begin van onze verhouding, toen we overal ter wereld nachten lang doornaaiden – maar ik zal toen wel niet beseft hebben hoe waar dat was.

Dart was een maan die een zon moest hebben om te kunnen schijnen. Hij had een bepaalde manier van glimlachen – hoofd iets opzij, fonkelende blauwe ogen, mondhoeken opgekruld tot een soort an-

tieke maansikkel die ieders hart kon doen smelten. Ik herinner me
dat ik tijdens een van onze allereerste reizen, toen we naast elkaar in
een waas van champagne en sentimentele verliefdheid in het eer-
steklasgedeelte van een vliegtuig zaten, bij mezelf een voetnoot
plaatste bij de manier waarop Dart tegen me glimlachte: die glimlach
leek *geoefend*. Het leek alsof men hem verteld had wat een charme
zijn glimlach bezat en hij die voor een spiegel geoefend had. Die gedachte had ik in onze begindagen even, en vergat hem toen uiteraard
prompt weer. Toen ik eenmaal in zijn hart was opgenomen, al mijn
gezond verstand me uit mijn hoofd was gebeukt door de onvermoei-
baarheid van zijn tamp, bekeek ik hem absoluut niet meer kritisch –
en zijn glimlach werd mijn glimlach, zijn streven mijn streven, zijn
verdriet mijn verdriet.
Als ik over een tijdmachine voor verliefden beschikte en ik mezelf
naar willekeur terug kon schieten naar het verleden om een van onze
reisjes opnieuw te beleven, welk zou ik dan kiezen? De haven van
Hong Kong bij zonsondergang en wij als gekken aan het naaien in
een kingsize bed in het Mandarin? Vivaldi die uit de radio stroomde
terwijl wij elkaar hartstochtelijk beminden in Hemingways kamer in
het Gritti in Venetië? Die vervallen blokhut (gebouwd van denne-
stammetjes) bij de Lazy C Ranch in Wyoming, waar we de hele
nacht door vrijden in dartele verbazing onze seksuele evenknie ontdekt te hebben? (Dart was de eerste man die ik ooit ontmoet had die
even gek op seks was als ik, even weinig preuts met betrekking tot
smaak en geuren, even jongehondjesachtig speels, even duister en
verknipt en wild.) Nee – ik zou niet een van de sjieke hotels kiezen
waar we een puinhoop van handdoeken en lakens en slijm en sperma
en speeksel achterlieten. Evenmin zou ik teruggaan naar de eerste
keer in dat Wyomings paradijs, waar we met kunstvliegen visten, en
paardreden, en zelfgemaakte honingbroodjes, gestoofde forel, en
roerei aten. Wonderlijk genoeg zou ik mijn keuze laten vallen op een
reis naar Joegoslavië die we eens gemaakt hebben om alle geblokkeerde dinars uit te geven die zich daar hadden opgehoopt door de
verkoop van mijn schilderijen ter plaatse.
Ik zie hem liggen op een strand ergens langs de Dalmatische kust
(tussen Dubrovnik en Split). Boven ons loopt een in de kalksteen uit-
gehouwen bergweg. Hier en daar is die verbrokkeld en zijn er stukken uit, net als met de odyssee van ons leven. Onder ons slaat zachtjes de Adriatische Zee tegen de kust. Het strand is erg stenig, en we
hebben dekens en handdoeken neergelegd die bezaaid liggen met
snorkelspullen en de restanten van onze landelijke picknick van druiven, pruimen, kaas, brood en rode wijn uit de streek, in een hobbeli-
ge groenglazen fles die nooit een etiket gezien heeft. Het strand is
verlaten en we liggen allebei naakt (niet 'ongekleed' – die beschaaf-
dere versie van naaktheid) in het verblindende zonlicht. We smeren
om de beurt elkaars lichaam in: eerst doet hij met oneindige teder-

heid mijn rug, dan doe ik de zijne. Daarop doet hij mijn lippen, mijn tepels, mijn dijen, mijn knieën – en dan is hij opeens met zijn lief jongenshoofd met de verwarde bos haar tussen mijn knieën gedoken en likt hij langzaam langs de ene kant van mijn clitoris omhoog en langs de andere omlaag, hij laat zijn tong in en uit die holte schieten waar hij graag weer in terug zou willen kruipen, en doet me telkens en telkens weer luidruchtig klaarkomen voordat hij zo goed wil zijn me op mijn knieën te trekken en me bruut en bijna pijnlijk van achteren te naaien, met een tamp die al even heet is als de zon waarin we liggen te bakken. Uitgeput blijven we in elkaars armen op dat stenig strandje liggen, mijn hoofd in zijn oksel, waar ik de geur ruik die mijn menstruatiecycli koppelt aan de maan, en zijn zoete zweet in trillende druppeltjes aan de honingblonde krulletjes in de kom van zijn oksel kleeft.

Ik kan me elke haar herinneren, die krulde in het zonlicht, de neiging van zijn okselhaar om kleine knoopjes te vormen – die ik dan later teder met een nagelschaartje wegknipte – de vage kransjes asblond haar rond zijn tepel, de welving van zijn warme buik (niet zo plat als hij wel zou willen, verdomme – *zijn* verdomme, niet het mijne), en zijn stormram van een tamp, zo bedrieglijk vertederend in rust, een naar links kapseizend rozeknopje met een glinsterende dauwdruppel eraan, als een traan.

Ik herinner mij de vorm van zijn lendenen, de blauwe kloppende ader waar zijn been overging in zijn lies, het goudkleurig haar op zijn kuiten, de vorm van die kuiten, de lange pezen. En dan herinner ik me weer een enigszins wonderlijke, mottige geur in zijn mond – niet onplezierig, maar met een zweempje bederf erin – 'de muffe geur van oud geld,' noemde hij het. (Want hij kon ook grappig zijn, met een vleugje zelfspot.) Ik merkte die geur op in het begin en daarna niet meer – en toen pas weer helemaal aan het eind. We reden Joegoslavië door in een klein goedkoop Joegoslavisch autootje, een Zastava – de enige auto die we konden huren. De motor moet van plastic geweest zijn, en ergens in de bergen van Macedonië gaf hij de geest. De wagen kwam sputterend tot stilstand op een bergweg in een streek vol helse fabrieken en mijnen waar landlieden met gelooide gezichten en halsdoeken vol zweetvlekken lood schenen te delven. Natuurlijk was het geen lood, maar het hing als een grijzige mist in de lucht, zodat je denken moest aan dwergen in het land van Oz en Ev, ondergrondse fabrieken, en allerlei hels naargeestige streken.

Geen mens sprak Engels in dat ellendige land en er waren geen garages.

'Heb jij soms een knaapje van ijzerdraad, schatje?' vroeg Dart met zijn hoofd onder de motorkap en kwam op me toestappen met een gezicht alsof hij verwachtte het Légion d'Honneur te krijgen.

Ik wist wel beter dan te vragen waarom. In feite *wilde* ik ook niet weten waarom. Ik haalde een kleerhanger uit mijn dure met leer afgezette gobelinkoffer te voorschijn alsof ik de assistente was bij een van die keukentafelabortussen uit mijn jeugd. Ik was een en al bewondering voor zijn puur Angelsaksische handigheid in het repareren van dingen. Ik, die arm was opgegroeid in Washington Heights, met allemaal joodse mannen om mij heen die de mening waren toegedaan dat wanneer er iets kapot ging je 'het mannetje' erbij haalde – onvermijdelijk een Pool, Ier, of Latijns-Amerikaan, of nog een ander lid van die onderklasse die uitsluitend bestaat om joodse mannen fysieke arbeid te besparen. Darts vermogen om dingen zoals gaspedaalstangetjes te repareren had iets dat me opwond. Het leek een seksuele dimensie te hebben.

En hij maakte de Zastava inderdaad. Terwijl we al sputterend verder reden, de Joegoslavische zonsondergang tegemoet, meende ik ten langen leste mijn 'mannetje' te hebben gevonden. Mijn levensgezel, mijn verslavende stof, mijn dealer, mijn liefste.

De liefde is de zoetste verslaving van alle. Wie zou niet haar ziel verkopen voor de droom van de twee tot één gemaakt, voor de verrukking van het minnespel in de zonneschijn op het strand aan de Adriatische Zee, met een jonge god wiens oksels zijn bekleed met goud? Ik dacht dat we maatjes waren, partners, geliefden, vrienden. Ik, die altijd – zelfs in mijn huwelijken – mijn dwangmatige afstandelijkheid had bewaard, liet mezelf nu gaan in de zoetheid van de paarvorming, de zoetheid van het partnership, van de tweeëenheid tegen een wereld van vijandige vreemden.

Inderdaad, het moet toegegeven: beroemde vrouwen trekken versierders en avonturiers aan. De fatsoenlijkere mannen, de normale mannen, zijn kopschuwer en aarzelen om zich bij je in de buurt te begeven. Dus zie je als je om je heen kijkt een wereld vol Claus von Bülows, Chéri's en Morris Townsends, kort gezegd, een wereld vol jagers op rijke erfgenames en uitvreters. De nette kerels aarzelen, omdat het nette kerels zijn – en in de liefde is, net als in de oorlog, hij die aarzelt verloren.

De ware sleutel tot Dart was zijn vader, ofschoon ik dat bijna vijf jaar niet heb willen zien. Darton Venable Donegal III was een fortuinjagende boef van de oude stempel. Henry James had hem recht kunnen doen wedervaren – of anders Dickens. Hij was een meter vijfennegentig, bezat wit haar en een rood gezicht, en menselijke emoties waren hem volkomen vreemd. Hij sprak als een gewoon mens, zag eruit als een gewoon mens, at als een gewoon mens – maar hoe beter je hem leerde kennen (wat op zich een contradictio in terminis is, aangezien hij au fond niet te kennen was), hoe meer je ging beseffen dat hij maar een mens spéélde, net als een van die kwaadaardige levensvormen in de traditionele science fiction, die zich voor mensen uitgeven.

De eerste keer dat ik Darts vader in den vleze ontmoette was op

Thanksgiving Day van het eerste jaar dat Dart en ik samenwoonden. We waren op de residentie van de Donegals senior in Philadelphia uitgenodigd – nee, ontboden – om dat *pur sang* Amerikaanse feest mee te vieren. Ik moet bekennen dat ik door mijn joodse kindertijd in Dyckman Street mijn leven lang gefascineerd ben gebleven door de oude levensstijl van de blanke Angelsaksische protestantse Amerikaan. Wanneer ik met Dart naaide, naaide ik niet met zomaar een vent; ik naaide met de Amerikaanse geschiedenis, de mythe van de *Mayflower*, met het koloniaal verleden. Terwijl mijn voorvaderen in de Oekraïne hun pompernikkel uiteenreten, kozen die van Dart zorgvuldig een zilveren vorkje bij het theedrinken bij de Colonial Dames of America. De vergelijking van hun beider dis is toepasselijk, want hoewel Darts familie aan lager wal geraakt was (zoals alleen blanke Angelsaksische protestantse Amerikanen uit de sociale bovenlaag dat kunnen), hadden zijn ouders nog steeds voldoende zilver en porselein om presidenten en koningen te kunnen ontvangen – in het onwaarschijnlijke geval dat presidenten en koningen bij hen langs zouden komen.

Geen presidenten en koningen kwamen nu nog bij hen op bezoek; alleen hun vijfentwintigjarige zoon en zijn negenendertigjarige *innamorata*. Dart was vermaakt en gestreeld door zijn vaders jaloezie dat hij mij gestrikt had (want Darts vader kende en bewonderde mijn werk). Om op je vijfentwintigste thuis te komen met een maîtresse wier leeftijd die van je ouders meer benadert dan de jouwe is een soort triomf, een gebaar van Oedipale superioriteit dat me niet ontging.

Ik kon Darts trotse vergenoegdheid zien toen hij me voor het diner meenam naar zijn ouders, en ik kon zien dat zijn vader bij de krachtmeting het onderspit dolf, want hij liet voortdurend van alles vallen – koud zilver, hete hors d'oeuvres, en tenslotte een wijnkelk van Baccarat-kristal, waarvan hij daarna nog eens met veel hoffelijke strijkages de glinsterende scherven op moest vegen.

Het huis van Darts ouders stond volgepropt met spullen en vertoonde sporen van bewoning door katten. Het deed je denken aan de gebroeders Collier. Gescheurde leren stoelen stonden onder ovale portretten van voorvaderen van de familie. Antiek Chippendale stond schouder aan schouder met klapstoelen van een goedkoop warenhuis. Van het beklede meubilair hing de stof er in flarden bij door de goede zorgen van de huiskatten – Catullus, Petronius, Brutus en Julius Caesar (in de wandeling respectievelijk Cat, Pat, Brute, en Julie).

Toen we de zitkamer binnenstapten, lag Darts vader op zijn knieën voor de open haard in het vuur te porren tot het hoog opvlamde (iets waar de mannen in die familie goed in waren).

Hij sprong overeind, en je zag dadelijk dat Darton senior langer was dan zijn toch al tamelijk lange zoon.

'Wel, mijn jongen,' zei hij, zijn zoon een stevige hand gevend, 'stel ons eens voor?'

'Leila Sand,' zei Dart, trots een bekende naam te naaien.

'Wel, wel, wel,' zei Darton senior, 'wat een eer.'

Ik werd bij de open haard neergezet, in een rode leren stoel, waarvan het vulsel dolgraag eens het daglicht scheen te willen zien, en de beide Dartons – vader en zoon – gingen er naar de keuken vandoor om de drankjes en hors d'oeuvres te halen. Ik bleef zitten en nam de omgeving in me op, die me met mijn achtergrond even exotisch voorkwam als de tweelingpaleizen van de sultan van Brunei.

De formele wijze waarop Darton III en Darton IV met elkaar omgingen, het door de katten toegetakelde meubilair, het Chippendale, de doordringende lucht van motteballen en kattebak... dit alles was voor mij helemaal de wereld waarin Amerikanen van Angelsaksischen huize leefden – en het werkte op mij als een even sterk afrodisiacum als mijn joods-zijn vermoedelijk op Dart.

De zitkamer van het huis in de stad keek uit op een kleine tuin met een fontein, waar bovenop een tamelijk miezerig Cupidobeeldje stond te rillen in de kou. Het licht was winters, maar in de kamer was het warm. Ik miste Dart. Er bestond zo'n sterke fysieke band tussen ons dat ik me geamputeerd voelde als hij een ogenblik het vertrek uit was. Wanneer we bij elkaar waren, zaten of liepen we altijd hand in hand, raakten onze heupen elkaar, streelden we elkaar. Wanneer we elkaar aanraakten, schenen we af te reizen naar een of andere oersfeer waar alleen het fysieke contact tussen ons van belang was. Het was de heftigste emotie die ik ooit gekend had, die alle onderscheidingsvermogen, elk verstandig oordeel, en ieder begrip van tijd uitwiste.

Darts moeder verscheen.

Ofschoon Dart me verteld had dat ze zwaarlijvig was, was ik toch niet helemaal op haar aanblik voorbereid. Het was een breedgeschouderde vrouw die misschien wel zo'n honderdvijftig kilo woog, en haar bleke kleinemeisjesgezichtje verdronk in de onderkinnen. Ze droeg haar fijne zilverblonde haar net zoals ze het op haar zevende gedragen moest hebben – aan weerszijden van haar gezicht naar achteren gekamd en op zijn plaats gehouden door een schildpadden haarclip – en ze had onmiskenbaar iets van een kind dat aan de koektrommel gezeten heeft. Ze droeg een vormeloze zwarte crêpe jurk met een rij gitten langs de U-vormige halsuitsnijding, en aan haar voeten babylaarsjes van wit schapeleer. Toen ze op de bank ging zitten – meteen na haar binnenkomen – leek ze te dik om haar benen over elkaar te kunnen slaan of naast elkaar neer te kunnen zetten, zodat ze met haar knieën wijd uiteen moest zitten en ik haar ouderwetse onderbroek met lange pijpen en een deel van haar vlezige dijen kon zien.

'Nee maar... dág!' zei ze met een kirrend, door het vet verstikt stem-

42

metje. Met haar zestig jaar leek ze kinderlijker dan mijn eigen zesjarige dochters – alsof er iets in haar stil was blijven staan en haar lichaam ouder geworden was terwijl haar geest blijmoedig, ja zelfs koppig, in de kindertijd was blijven steken. 'Ik wil *niet* groot worden,' leken haar blauwe ogen te zeggen. Ik zag onmiddellijk de gelijkenis tussen haar en haar zoon, het vastbesloten voornemen om zichzelf vol te proppen met lekkernijen – desnoods tot misselijk wordens toe – alleen maar om te bewijzen dat ze doen konden wat ze wilden.

'Wel, waar is mijn drankje?' vroeg mevrouw Donegal op verongelijkte toon. 'En waar zijn mijn hors d'oeuvres?'

Ze keek me aan. Ik had het gevoel dat ik me behoorde te verontschuldigen.

'O, Ven! Ven!' riep ze met zoetgevooisd, steeds hoger wordend geluid. 'O, Ven!' – dat was Darts vaders bijnaampje. (Mevrouw Donegal heette Muffie – in plaats van Martha – en Dart was voor zijn ouders Trick, vanwege een of andere kindertaaletymologie die me niet helemaal duidelijk geworden was. In joodse gezinnen bestaat deze naamgevingsproblematiek niet. Toentertijd vond ik dit allemaal ontzaglijk apart. 'Ven', 'Muffie', 'Trick': geen namen die men in Washington Heights dikwijls tegenkwam.)

Meneer Donegal arriveerde met de hors d'oeuvres, die op kennelijk van tv-maaltijden overgebleven dunne aluminium schaaltjes waren geschikt, en de bakjes stonden op hun beurt weer uitgestald op een zeer indrukwekkend Engels zilveren dienblad in rococostijl). Er waren warme hapjes van diverse soort, en ook kaviaar, pâté de foie gras en gerookte zalm. Er was gemakkelijk genoeg geweest voor een dozijn mensen.

Mevrouw Donegal voerde het bewind over de hors d'oeuvres. Het was kennelijk niet toegestaan jezelf te bedienen.

'Wil je soms wat kaviaar, liefje?' vroeg mevrouw Donegal. En zonder een antwoord af te wachten begon ze een toostje met kaviaar voor me klaar te maken, met het volgend begeleidend commentaar: 'Ik eet al kaviaar sinds ik drie was en mammie me het voor het eerst liet eten. Ik at een hele pot Beluga leeg met een kinderlepeltje. Je kunt je wel voorstellen hoe boos mijn kinderjuf was. Maar mammie zei: "Straf haar maar niet, juf Frith" – dat was mijn eerste kinderjuf – "een meisje kan Beluga nooit te vroeg lekker leren vinden."'

Ik lachte enigszins geforceerd. Het verhaal leek zo duidelijk voorgekookt – alsof het al vele malen onder deze omstandigheden en om dezelfde reden verteld was. Het was een soort code, en die had ik al vroeg gebroken. De boodschap was: 'Ik ben als een rijk, excentriek, verwend kind geboren en ik hoop dat je dat leuk vindt, want het is mijn enige troefkaart. Ik ben als klein kind al kaviaar gaan eten en ik eet nog steeds kaviaar en ik ben nog steeds een klein kind.'

'Ha, ha,' lachte ik. 'Ha, ha.'

43

Mevrouw Donegal scheen de holle klank van mijn lach niet op te merken. Blij een nieuw gehoor voor oude verhalen te hebben gevonden voer ze maar voort over mammies voorkeuren op het gebied van kaviaar en haar eigen debutantentijd bij de Stork Club, haar huwelijksreis naar Europa met Ven (de Delahaye had het in de Alpen af laten weten), en hoe schattig Trick als baby was geweest. En ondertussen stak ze de ene Pall Mall met de andere aan, sloeg martini's achterover, en stak de ene hors d'oeuvre na de andere in haar mond. Dart had me verteld dat zijn moeder elke dag tot vijf uur sliep, zo goed als nooit het huis uit kwam, en doodsbang was voor alles wat ze in de buitenwereld aan zou kunnen treffen, uit welke buitenwereld ze zich kort na zijn geboorte had teruggetrokken. Ik had wel verwacht haar vreemd te zullen vinden, maar ze was zo vreemd dat het mijn verwachting nog verre overtrof. Niet dat ze niet vriendelijk was; dat was ze wel. Het was alleen dat ze steeds vaste, stuk voor stuk van tevoren gerepeteerde stukjes tekst leek op te zeggen.

'De kaarten!' zei meneer Donegal. 'We zijn de kaarten vergeten.' Waarop hij naar de vrijwel onbegaanbare (vol stapels kranten, dozen, nooit uitgepakte huishoudelijke spullen en kleren gestouwde) serre toog om een stel enveloppen van diverse grootte en twee wasachtig aanvoelende doosjes van de bloemist te halen.

'O, Ven! Wat *lief* van je,' zei mevrouw Donegal.

'Eén voor jou! En één voor jou!' zei meneer Donegal, en overhandigde elk van de dames een doosje.

Ik maakte het mijne vol angstige voorgevoelens open, want niet alleen haat ik corsages, ik had ook nog een heel dunne gemzeleren japon aan waar een speld verwoestingen op zou aanrichten. In het doosje lag een corsage van enigszins verlepte Tropicana-rozen, omwonden met oranje en goudkleurige linten.

'O, dank u wel,' loog ik. Mevrouw Donegal had precies zo'n corsage, die ze prachtig scheen te vinden. Ze deed het ding dadelijk op; de steel wees scheef naar haar wiebelende boezem.

'O, wat dolletjes!' zei ze. 'En nu de kaarten.'

Ik friemelde wat met mijn corsage, in de hoop dat niemand zou opmerken dat ik hem niet opspelde. Vergeet het maar. Meneer Donegal kwam op me toe en bevestigde hem op mijn boezem, al doende mijn suède japon naar de Filistijnen helpend en me vlug maar onmiskenbaar éven bevoelend.

'"Een vrolijke Thanksgiving voor mijn geliefde vrouw",' las mevrouw Donegal hardop voor. '"Op deze heel speciale dag / Mijn liefste vrouw, hoor ik graag je lach. / Want elke feestdag maak jij / Voor mij zo vrolijk en blij. / Zonder jou was het leven saai / Dus buig ik voor je met een diepe zwaai. Een vrolijke Thanksgiving van je je innig liefhebbende Ven".' Bij dit wachtwoord bukte meneer Donegal zich en kuste zijn machteloos terneer zittende vrouw.

'O, Ven,' zei ze, 'wat lief.'

'Niet zo lief als jij, schat,' zei Ven als dreunde hij uit zijn hoofd een regel op.

'Wat zijn we toch een hecht gezin!' zei mevrouw Donegal.

Aan het gezicht van de beide mannen kon je zien dat deze charade al heel wat keertjes was opgevoerd.

Vervolgens las mevrouw Donegal ook de andere kaarten van haar echtgenoot voor, die allemaal even suikerzoet en op effect berekend waren. Ze leek oprecht door de erin verwoorde sentimenten ingenomen. Daar ik nog nooit eerder mensen was tegengekomen die wenskaarten au sérieux namen, was ik werkelijk verbluft. Ik was opgegroeid in een wereld waarin dergelijke uitingen van sentiment aanleiding gaven tot luidruchtige hilariteit. Aan de dis van *mijn* familie – hoe simpel ook – waren boosaardige humor en satirische scherts de regel. Ik had me altijd afgevraagd wie er toch zulke wenskaarten zouden kopen – en nu wist ik het. Vóór het eten verdween Dart op een bepaald moment naar de bovenste regionen van de villa en bleef een tijdje weg.

Ik bleef achter in moeizame conversatie met Muffie en Ven.

Wat nog het vreemdst aan hen beiden was, was dat al hun gesprekken over dingen schenen te gaan die voor 1947 gebeurd waren. Zij praatte met groot genoegen over juffrouw Porters school, haar debutantenfeest en haar huwelijksreis – twee jaar potverteren in Europa – en híj praatte geanimeerd over zijn dagen op Princeton, over de club waar hij altijd at, en over de lollige streken van zijn jaargenoten, en over hoe hij tijdens zijn rechtenstudie op Harvard bijna in de *Review* gekomen was. Dit was het huis waar de tijd had stilgestaan. Miss Havisham had er zo in kunnen trekken, en mr. Micawber al helemaal. Geen wonder dat hun enige zoon naar de badkamer verdwenen was, schijnbaar om nooit terug te keren.

Mijn hart ging uit naar Dart, die uit zulk weinig belovend oudermateriaal een leven had moeten opbouwen. In feite was hij een wees, want er was niemand in huis die hem bij het opgroeien had kunnen begeleiden. Allebei zijn ouders zaten vast in het verleden.

'We hebben veel kunstenaars in onze familie,' zei meneer Donegal. 'Ik ben *totaal* niet verbaasd dat jij en Trick zo goed met elkaar overweg kunnen. Afgezien van Trick hebben we oom Wesley gehad – nietwaar, Muffie? – die een bekende landschapsschilder in Vermont geweest is.' Ven wees naar een met veel barensweeën voortgebrachte kleine studie van een overdekte brug die boven de schouw hing. 'En dan hadden we tante Millicent, die naakten deed.'

'En dat is niet het enige,' zei Muffie met oogbolrollende afkeuring. 'Ze deed ook *andere* dingen.'

'Mevrouw Donegal doelt op haar lesbische periode, neem ik aan, waarin ze dames in diverse, laten we zeggen compromitterende houdingen afbeeldde,' bracht meneer Donegal me op de hoogte.

'Nou zeker,' zei mevrouw Donegal.

'Mevrouw Donegal gelooft dat orale seks een voorbijgaande mode is,' zei meneer Donegal, me met een geile blik aanglurend. 'Wat denk jij?'

Ik bloosde. (Om de een of andere reden bracht mevrouw Donegal me die regel van Enid Bagnold in gedachten: 'In *mijn* tijd kregen alleen negerinnen een orgasme.')

'Och, uh, het *heeft* door de geschiedenis heen zijn aanhangers gehad. De oude Grieken –'

'Ze is *perrrf*ect voor Trick,' zei mevrouw Donegal. 'Hij is de enige die het net zo in een en dezelfde adem over de oude Grieken en orale seks zou hebben.'

Net op dat moment verscheen Trick (of Dart) weer, met een even glazig uiterlijk als een kerstham. Wat hij ook in de badkamer had gebruikt, je kon het niet over de toonbank kopen.

'Is het eten al klaar, Ven?' vroeg mevrouw Donegal.

'Nog niet helemaal, schat,' zei meneer Donegal. 'De meisjes zijn nog driftig bezig.'

Het gesprek kwijnde. Heb je niks te melden, zeg dan niks, hield ik mezelf voor. Ofschoon ik gewoonlijk niet op mijn mondje gevallen ben, kon ik werkelijk absoluut niets te zeggen bedenken. Misschien kwam het door de doordringende lucht van het elitair Angelsaksisch-Amerikaans milieu, de katten, de conversatie, of de wodkapuur die ik bij de kaviaar had geconsumeerd, maar het enige dat me in wilde vallen waren stichtelijke spreuken, zoals: 'Werk op tijd maakt welbereid', of 'Zuinigheid met vlijt bouwt huizen als kastelen', of 'Wie het kleine niet eert, is het grote niet weerd'. Waardoor kwam het toch dat de Donegals me het gevoel gaven dat ik in de *Poor Richard's Almanack* stond? (Ook al was ik op een bepaald ogenblik tijdens mijn vlucht uit het ouderlijk milieu met een erfgenaam uit ditzelfde milieu getrouwd geweest, maar dat was in de jaren zestig geweest, toen iedereen druk bezig was alle heilige afstammingshuisjes omver te halen. Nu, in de Reagan-periode, was iemands afstamming weer een ernstige zaak. Gek genoeg trapte ik erin.)

Daar verscheen het meisje om aan te kondigen dat we aan tafel konden. Het was een nors kijkende brunette van rond de achttien in een witte polyester mini-jurk met een scheve zoom. Aan haar voeten had ze witte plastic cowboylaarzen, en in haar lange, verwarde haar een grote witte strik. Ze zag eruit alsof ze via de arbeidsbemiddeling van het opvoedingsgesticht was aangetrokken.

'Er is opgedaan,' zei ze, tussen het kauwen op de prop kauwgum in haar mond door.

Meneer Donegal stond op (hij had op de doorzakkende bank naast zijn vrouw gezeten), en daarbij viel er een pakje condooms uit zijn groenfluwelen smokingjasje. 'Excita', stond er in gifroze letters op. Ik zag het pakje. Hij zag dat ik het zag. En hij keek me met een tar-

46

tende blik recht in de ogen terwijl hij het in zijn zak stopte. Een *moment*, zoals ze in de theaterwereld zeggen. Welk aforisme in *Poor Richard's Almanack* was hierop van toepassing?

Aan tafel dus. We begaven ons naar de volgestouwde deftige eetkamer, waar de tafel uitvoerig gedekt was met een woud van geslepen kristallen wijnkelken, een verbijsterende uitstalling aan vorken en lepels, en twee identieke, met kleine groene en rode kerstballetjes behangen zilveren kandelabers.

'Laat ons bidden,' zei meneer Donegal, en pakte mijn hand en die van zijn zoon. Mijn andere hand omklemde die van Muffie, en zij hield op haar beurt weer die van Dart vast.

We bogen het hoofd.

'Hemelse Vader, maak ons waarlijk dankbaar voor hetgeen wij gaan ontvangen en doe ons ook altijd de behoeften van anderen gedenken. Wij danken U voor al de zegeningen die Gij het afgelopen jaar op ons hebt doen neerdalen en het komend jaar nog op ons neer zult doen dalen... Amen.'

Ik dacht aan de condooms. Meneer Donegal keek op, priemde zijn boosaardige blik in de mijne. Hij was vol vertrouwen dat ik niets zeggen zou. Dit was geen huis waar mensen hun ziel blootlegden. De lucht was doortrokken van een onzichtbaar gas dat belette dat iemand met verontrustende naakte feiten op de proppen zou komen. Het gesprek struikelde voort over de meloenbolletjes, kerstballen, brood en boter. Meneer Donegal begon weer over kunst, iets waarvan hij beweerde het een en ander te weten. Hij vroeg me wat ik vond van Elisabeth Vigée-Lebrun, Mary Cassatt, Berthe Morisot, Rosa Bonheur. Ik verklaarde hen zeer te bewonderen. Hij vroeg of vrouwelijke kunstenaars tegenwoordig nog steeds gediscrimineerd werden. En ik zei dat de discriminatie nog steeds bestond, maar nieuwe vormen had aangenomen.

Dart keek me vol adoratie en bewondering aan. Toen ik met zijn vader in discussie ging, kende zijn liefde geen grenzen. Ik had het gevoel, zoals zo dikwijls in mijn leven, dat ik op het toneel stond, in een of ander surrealistisch toneelstuk. Het leven komt mij dikwijls ontzaglijk vreemd voor, en de gewoonste gelegenheden – Thanksgivingdiners bijvoorbeeld – kunnen vreemder zijn dan ruimtereizen. Ik ben een bezoekster van een andere planeet die de menselijke rituelen vol verbijstering gadeslaat.

'Ik houd van je,' zei Darts mond geluidloos van over de tafel.

'En ik houd van jou,' zei de mijne geluidloos terug.

'Wel, jongen, wat heb je de laatste tijd uitgevoerd?' vroeg meneer Donegal zijn zoon. 'Afgezien van Leila tevreden houden?' Het klonk nogal als een beschuldiging. Meneer Donegal beschuldigde zijn zoon ervan een gigolo te zijn, een duidelijk geval van de pot en de ketel. Dart keek precies zo uit zijn evenwicht gebracht en in de verdediging gedrongen als de bedoeling was.

'Ik heb Leila's zaken in orde proberen te brengen,' zei hij. 'We denken erover een galerie aan Greene Street op te zetten.'

'Wat een voortreffelijk idee,' zei meneer Donegal. 'Uitstekend, werkelijk uitstekend. Als een schilderes haar eigen galerie heeft, heeft ze het pas echt gemaakt.'

'Ik had de galerie niet voor *mijn* werk bedoeld,' zei ik. 'Ik heb al een galerie die mijn werk verkoopt – de McCrae Galerie. Deze is voor het werk van Trick en andere jonge artiesten – om ze op weg te helpen.'

'Schitterend,' zei meneer Donegal. 'Je lijkt me een echte zakenvrouw, Leila – een bewonderenswaardige eigenschap, vooral bij kunstenaars.' (Meneer Donegal zei dingen vaak op een toon alsof hij er het laatste woord over had.) 'Wat zou je zeggen als ik je vertelde je een heel interessant zakenvoorstel te kunnen doen?'

'O, néé,' zei mevrouw Donegal. Maar meneer Donegal voer opgewekt voort.

'Als je me tussen nu en januari slechts vijftigduizend dollar zou willen toevertrouwen, denk ik dat bedrag voor je te kunnen verdrievoudigen.'

Dart kreunde en keek zijn moeder aan. Mevrouw Donegal leek me nog bleker dan gewoonlijk.

'Alweer het een of andere mallotige plan om ons het armenhuis in te helpen,' zei ze.

'Welnee, liefje. Op deze manier houd ik je kapitaal in stand. Als je echt rijk wilt worden, moet je zo af en toe risico durven nemen. Mevrouw Donegal gelooft dat die opgeblazen kikkers bij de Morgan Bank met geld om kunnen gaan. Lieve God, ze houden maar net de inflatie bij.' (Ik vond het prachtig zoals meneer Donegal het woord 'kikkers' uitsprak: in zijn mond klonk het meer als 'kikkags'. Hij had een stem waarin het geld doorklonk – het soort stem dat Gatsby dolgraag had willen hebben en nergens kopen kon.)

'Wat zou u met dat geld doen?' vroeg ik.

'Och, ik zou het in een kleine drie maanden kunnen verdrievoudigen door het op de termijnmarkt in huisbrandolie te investeren, net zoals ik met mijn eigen geld doe...'

'Over mijn lijk,' fluisterde mevrouw Donegal nog net hoorbaar.

'Moeten we het aan het Thanksgivingdiner nu echt over geld hebben?' vroeg Dart smekend. 'Ik voor mij vind het van allerberoerdste smaak getuigen.'

'Joden hebben zich nooit om goede smaak bekommerd als het om rijk worden ging,' zei meneer Donegal. Hij keek me aan. 'Hebreeërs bedoel ik,' zei hij.

'"Joden" is geen vies woord, meneer Donegal,' zei ik terwijl mijn eten me plotseling in de strot bleef steken, als braaksel dat naar boven wil. Ik wilde tegen meneer Donegal zeggen dat zijn rechtstreeks associëren van joden met slechte smaak en geldzucht niet alleen antisemitisch was, maar een cliché dat zijn intelligentie onwaardig was, maar ik kon de woorden er domweg niet uitkrijgen. Ik voelde me draaierig en slap. Ik wilde dat ik ergens anders was. Het was een vertrouwd dilemma: wanneer mensen antisemitische moppen tapten, voelde ik me overdreven zwaarwichtig als ik hen corrigeerde, en wee in mijn maag als ik het niet deed. Waar lag de oplossing? Onder de tafel liet ik mijn tenen langs Darts been glijden.

Mevrouw Donegal pakte het kristallen tafelbelletje op en belde om juffrouw Verbeteringsgesticht. Het Thanksgivingdiner had een aanvang genomen.

Na de meloenbolletjes werd een enorme kalkoen naar binnen gerold. De avond strekte zich voor ons uit als de eindeloze Sahara. Meneer Donegal sneed de kalkoen alsof hij een seksshow opvoerde. Het had iets pornografisch zoals hij met de drumsticks bezig was, ze bij de gewrichten heen en weer draaide en ze tenslotte met snelle bewegingen lossneed met een scherp mes.

Niet blij met wat er in de tegenwoordige tijd gaande was maakte mevrouw Donegal een sprongetje terug naar de jaren veertig, het laatste decennium waarin ze zich thuis gevoeld had, en begon ons te vertellen hoe ze tijdens de oorlog op aanplakbiljetten voor de United Service Organisation had gestaan.

'Ja,' zei meneer Donegal, 'terwijl ik in het circus in de Pacific mijn leven waagde voor ons land, poseerde mevrouw Donegal naakt voor wellustige artiesten.' De gedachte aan een naakt poserende mevrouw Donegal scheen niet met wellustigheid van welke soort ook in verband te brengen.

'Hij *wilde* alleen maar dat ik naakt zou poseren,' zei mevrouw Donegal. 'Ik heb het nooit echt *gedaan*.'

'Ja hoor, ja hoor, liefje,' zei meneer Donegal, het jaloerse mannetje spelend – zij het nogal weinig overtuigend.

Mevrouw Donegal schikte haar haar en kleding, verdrievoudigde het aantal harer onderkinnen en glimlachte koket. Meneer Donegal knipoogde naar haar in een veertigerjarenfilmachtige parodie op een flirt, en de voorafgaande discussie over de termijnmarkt in huisbrandolie was vergeten. De choreografie van de rituele dans van hun huwelijk was lang geleden vastgesteld en zou al evenmin veranderen als de pasjes in een uitgebluste maar lang lopende musical. Ze waren culinaire compagnons, wenskaartcompagnons, en compagnons in zelfbedrog. Elk goed huwelijk is voor een deel een *folie à deux*, maar dit huwelijk had een prijs moeten krijgen omdat het zo lang stand had gehouden. Het was alsof miss Havisham een verbintenis was aangegaan met mr. Micawber.

Na het eten stond meneer Donegal erop me een rondleiding langs de erfstukken van de familie te geven. Terwijl Dart zich met zijn moeder onderhield, sjokte ik achter meneer Donegal aan door kamers en

nog eens kamers vol verhuiskisten, met spinneweb behangen antiquiteiten, stapels kranten, doorzakkende boekenplanken afgeladen
met stoffige boeken, en *armoires* die uit hun naden barstten, zo vol-
gestouwd waren ze met allerlei niet nader te identificeren spullen.
Elk voorwerp waarbij meneer Donegal even halt hield was bedoeld
de familie meer glorie te verlenen. Daar was de helm die zijn vader in
de Eerste Wereldoorlog gedragen had, het trouwportret van zijn
glimlachende Ierse moeder, het motorkapornament van de beroemde Delahaye die in de Alpen de geest gegeven had, een luchtfoto van
de vroegere steenbakkerij van de familie in Philadelphia (reeds lang
geliquideerd om de successierechten te betalen). Tenslotte stegen we
op naar de zolder, een puur als opslagruimte gebruikte bovenste verdieping die vol stoffige rekken met kleren stond. Het was haast een
kostuummuseum, gewijd aan al de van hun dragers beroofde kleding van de Donegal-voorzaten, charlestonjaponnen, uniformen uit
de Eerste Wereldoorlog, bruidsjaponnen, uitgaansjassen. Als de kleren op magische wijze weer gevuld hadden kunnen worden met de
verdwenen gestalten van alle verdwenen Venables, Donegals en Dartons – wat een *danse macabre* zou dat geweest zijn!
Meneer Donegal hield een manestraalkleurige charlestonjurk omhoog die glitterde van de glaskralen.
'Van mijn moeder,' zei meneer Donegal. 'Zou je hem misschien willen passen?'
'O nee, dank u,' zei ik.
'Toe,' zei meneer Donegal. 'Ik zou het zo leuk vinden iemand hem te
zien dragen.'
'Ik denk niet dat hij past,' zei ik.
'Natuurlijk past hij,' zei meneer Donegal. 'Ze was klein, net als jij –
en ze had ook dat Titiaanrode haar. Ze noemde het Venetiaans
blond. Ik zou het een eer vinden deze jurk aan jou over te dragen.'
Hij hield voet bij stuk, en ik wilde niet onbeleefd lijken, dus nam ik
de japon aan, verdween achter een rek met kleren, trok mijn suède
jurk uit (met corsage en al) en hief de stoffige, glinsterende koker boven mijn hoofd. Ik lette zo ingespannen op dat ik het erfstuk niet
scheurde, dat ik meneer Donegal niet naast me zag (of hoorde) op-
duiken. Voor ik het wist had hij een van zijn handen op mijn borst
en de andere liefkozend tussen mijn benen. Hij werkte vlug een wijsvinger onder de sluiting van mijn crème kanten bodystocking en liet
die plagend over mijn spleetje glijden. Ik slaakte een gilletje, maar
werd in mijn bewegingen belemmerd door het feit dat ik met mijn armen in de lucht stond en doodsbang was de japon te beschadigen.
'Toe, doet u dat niet!' zei ik door de tere stof heen, maar meneer Donegal negeerde me. Hij drong nu tegen me aan, en ik kon zijn erectie
voelen die dezelfde wonderlijke kromming bezat als die van zijn
zoon. Ik liet de japon tot een hoopje stoffige manestralen op de
grond vallen en schoot weg achter een ander rek met kleren, waar ik

roerloos bleef staan wachten of meneer Donegal me zou komen pakken. Beelden van vossejachten kwamen bij me op, en ik was de dodelijk beangste vos die stond te wachten tot de honden mijn angst zouden ruiken. Veertig seconden gingen voorbij, maar meneer Donegal kwam niet. Mijn adem ging stotend en snel: een mengeling van vrees en – durf ik het te zeggen? – seksuele opwinding. Ik wachtte rillend in mijn kanten bodystocking tot ik tenslotte besefte alleen in het vertrek te zijn.

Bevend en vernederd zocht ik mijn suède jurk weer op, trok hem aan, raapte mijn zelfbeheersing bijeen en ging naar beneden. In de zitkamer stuitte ik op een Hogarth-achtig tafereel van de familie Donegal die knus rond het haardvuur zat te babbelen alsof er volstrekt niets aan de hand was.

Meneer Donegal zat zijn moeders japon te strelen, die hij op zijn schoot hield als was het een geliefd huisdier. De gedachte kwam bij me op dat deze hele familie volstrekt krankzinnig was – gevaarlijk krankzinnig – en dat ik onmiddellijk moest maken dat ik wegkwam. Helaas, ik gaf geen gehoor aan deze instinctieve impuls.

Toen ik in hun midden neerdaalde, stond meneer Donegal op en overhandigde mij de glinsterende japon.

'Een klein aandenken aan onze ontmoeting,' zei hij met zijn blik in de mijne.

'Maar dat kan ik onmogelijk aannemen...' zei ik.

'Onzin,' zei meneer Donegal. 'Ik sta erop. Hij past je perfect.'

Ik nam de japon aan met het gevoel in gevaarlijk vreemd vaarwater te verkeren.

Op de lange terugrit van Philadelphia naar Roxbury was Dart zeer bedroefd en niet weinig berouwvol.

'Ik schaam me dood dat hij je om geld gevraagd heeft,' zei Dart.

'Zit er maar niet over in,' zei ik. 'Ik snap nu wat je over hem zei. Het is wél een aparte figuur.'

'Je weet de helft nog niet,' zei Dart. 'Ten eerste heeft hij nooit in de Pacific gevochten – volkomen uit zijn duim gezogen. En weet je dat hij in de bak gezeten heeft?'

'Het verbaast me niks.' Maar toen ik Darts verslag van zijn vaders malversaties gehoord had (hij had geld van een cliënt verduisterd en was geschorst), had ik het hart niet om hem te vertellen wat er op de zolder gebeurd was. Ik vroeg me bijna af of het *werkelijk* gebeurd was – of dat ik het me allemaal verbeeld had, het bijeengefantaseerd had uit stof en manestralen.

'Ik wil een goede man voor je zijn,' zei Dart/Trick terwijl de tranen hem over de wangen liepen. 'Ik wil niet als mijn vader worden.' En ik geloof dat dat in elk opzicht waar was. Maar tussen mannen en hun vaders zijn goede voornemens van nul en gener waarde.

3. Blues van de sterke vrouw*

Geen vader die me leidt,
Geen moeder die met me mee wil leven,
Moet mijn sores in mijn eentje dragen,
Niet eens een broer om me steun te geven.
Deze last moet ik in mijn eentje dragen.

– Bessie Smith

Ik ben niet altijd de koningin van SoHo en Litchfield County geweest. Ik ben arm opgegroeid in Washington Heights, met een moeder die de gewoonte had zich op de meest gênante plekken te laten arresteren – bij het Witte Huis, het gebouw van de Verenigde Naties, het Russische consulaat, tijdens demonstraties voor de Rosenbergs – en een vader die zilveren sieraden maakte op Eighth Street en al een beatnik en een hippie was voordat een van beide termen was uitgevonden, en alcoholist voordat iemand besefte dat drinken meer was dan een onschuldig genoegen.

Kortom, ik kwam uit een 'disfunctioneel gezin' – om het thans zo *en vogue* zijnde taaltje te gebruiken. (Soms vraag ik me af of er überhaupt een ander soort gezin *bestaat*. In ieder geval ken ik niemand die uit een functioneel gezin komt, wat dat ook voor afwijking moge zijn.)

Mijn vader was sinds de jaren dertig een vaste verschijning in de Village en in Provincetown geweest: Dolph Zandberg, geboren in 1900, gestorven in 1982 – het jaar waarin ik Dart leerde kennen. Dolph was in de jaren dertig marxist, antimilitarist in de jaren veer-

---

*Zoals vele romanciers had Isadora Wing de gewoonte uitvoerige achtergrondverhalen bij elk van de figuren in haar boeken te schrijven. Soms gebruikte ze die ten dele in de voltooide versie, soms in hun geheel, soms in het geheel niet. Hoofdstuk 3 bestaat voor een groot deel uit de achtergrondgeschiedenis van Leila Sand die ik tussen mevrouw Wings aantekeningen vond; ik heb die van een titel voorzien en in het manuscript ingevoegd op de plaats waar ik aanneem dat ze het verhaal had willen hebben. U zult opmerken dat Leila Sands biografie in vele opzichten parallel loopt aan die van Isadora Wing. Beiden waren meisjes uit New York met artistieke neigingen, Leila arm en Isadora welgesteld, Leila opstandig en Isadora gedisciplineerd, maar bij beiden kunnen wij een krachtige seksualiteit onderkennen, originaliteit, en de aandrang om uit te blinken die het kenmerk van de kunstenaar is (en naar sommigen zeggen een Kaïnsteken). De volgende regels uit Isadora's aantekenschriften verklaren waarom zij Leila een arme jeugd wilde geven: 'Ik heb een te bevoorrechte jeugd gehad om ooit echte geldhonger te voelen. Leila moet armoedzaaieriger zijn en het moeilijker hebben. Een soort Barbra Streisand uit de kunstwereld. Daarom treffen Darts afvalligheid en misbruik van haar haar harder dan ze zelfs mij zouden treffen. Ze heeft nog nooit eerder iemand van haar laten profiteren.' Amen. C.F-S, Ph.D.

52

tig, een driftig gebruiker* van hasj, alcohol en paddestoelen in de jaren vijftig en in de psychedelische jaren zestig een Village-legende. Hij kende iedereen – van Edmond Wilson tot Ken Kesey, van Henry Miller tot Jackson Pollock. Aangezien hij zich aan de rand van elke randbeweging van de twintigste eeuw bewoog, kon hij (net als Mel Brooks' man van tweeduizend jaar) van elke subcultuurheldin vanaf Louise Nevelson tot Margaret Mead zeggen: 'Schatje – ik heb met haar gegaan.' Hij en mijn moeder, Theda (naar Theda Bara natuurlijk), hadden een van de eerste 'open huwelijken'. Het werkte niet beter dan de latere. Het werd bijeengehouden door de twijfelachtige lijm van alcohol, de theorieën van Marx, en mij – het eenzame enig kind, geboren toen mijn vader 44 was en mijn moeder 29, bijna een oude vrijster voor haar generatie.

O, ik weet dat Dolph en Theda dol op mij moeten zijn geweest, net zoals ik dol ben op mijn eigen tweeling Edwina en Michaela, maar daarmee wisten ze nog niet vanzelf hoe ze me door hun liefde tot een gezond mens moesten laten opgroeien. Ik ben er zelfs zeker van dat ze niet eens wisten wat 'gezond' was. Narcistisch als ze waren, en geheel opgaand in het drama van hun eigen stormachtige huwelijk, negeerden ze me het ene ogenblik om me het volgende te behandelen alsof ik hét wonderkind van de westerse wereld was.

Vanaf mijn vierde zat ik te schetsen en nog eens te schetsen; ik kan me bijna geen ogenblik herinneren waarop ik *niet* zat te tekenen.**

Ik kon het altijd 'laten lijken' – zoals mijn vader het noemde. En al vanaf het begin heb ik zijn kunstjes overgenomen: origami, het vouwen van papier, het trekken van zilverdraad alsof het toffee van zout water was, het maken van collages van stof en papier, van kranteartikelen, plastic, en zijde.

Tegen de tijd dat ik examen deed voor de school voor Muziek en Schone Kunsten, op mijn twaalfde, was ik een beter kunstenares dan de meeste docenten, en dat wisten zij ook. Het 'wat mooi' en 'wat prachtig' over mijn tekenmap was niet van de lucht. Ik ben op deze school geweest in die legendarische oude tijd waarin mijn medeleerlingen toekomstige mythen waren, zoals Charlie Gwathmey, Isadora Wing en Tony Roberts.

---

* Volgens de meeste autoriteiten is alcoholisme een familiekwaal. Let u op de parallel tussen 'Darts' verslaafdheid en die van 'Dolph'. Dit laatste was een artistieke kunstgreep van Isadora Wing, aangezien haar ouders geen alcoholisten waren. C.F-S, Ph.D.

** Zoals Doris Lessing in 1971 in een inleiding tot haar klassieke roman *The Golden Notebook* (1962) verklaarde: 'De kunstenaar-als-model is een nieuw thema' – een unieke karakteristiek van ons moment in de geschiedenis. De afgelopen jaren zijn we overstroomd met romans over kunstenaars. Dit kan ten dele komen omdat een schrijver, die, zoals Graham Greene het genoemd heeft, een 'soort leven' leidt, zich het leven van een kunstenaar vrij gemakkelijk voor kan stellen, en ten dele omdat het volkomen afzakken van de kunstwereld tot een handelstak parallel loopt aan een soortgelijke ontwikkeling in de boekenwereld. Dit gebied is derhalve rijp voor satire. C.F-S, Ph.D.

ISADORA*: *Dit kun je maar beter recht zetten, beste meid, als je de treurige moed hebt om mij als een levende figuur in het boek te laten verschijnen!*

LEILA: *Wie is er nu de pottenbakster en wie de pot?*

ISADORA: *Bij twijfel citere men Omar Khayyam! Maar het is nog altijd, naar je heel goed weet, zo dat je Onze Heldin een omgekeerde versie van je eigen middelbare schooltijd hebt toebedeeld. Jij bent het brave meisje geweest, dus heb je haar tot het stoute meisje gemaakt. Elke lezer kan dit soort omkeringen op een kilometer afstand zien. Je zult met iets beters voor de dag moeten komen.*

LEILA: *Wacht maar af; het wordt wel beter.*

De academie stond toen boven aan een met dronkaards bezaaide heuvel, op de hoek van 135th Street en Convent Avenue, en ik nam de met exhibitionisten bezaaide ondergrondse van Dyckman Street om er te komen. De school was omgeven door een *gemütliche* nevel van marihuana en zwarte jazz.

Op de academie leerde ik vier dingen: dat Bessie Smith alles wist wat er over het vrouwzijn te weten viel; dat zwarten de geheime sleutel tot het duister hart van Amerika bezaten; dat Neukland duur was, maar de prijs waard; en dat een kunstenaar in het bourgeois Amerika altijd een uitgestotene en een rebel was – wat ook wie dan ook ooit anders beweren mocht.

Op de academie ging ik geheel in het zwart gekleed (vanaf mijn kousen tot aan mijn tricot muts), rookte Gauloises en had een lang vriendje uit Harlem die Snack heette – een saxofonist die me alles leerde over jazz en hasj en seks. Ik veranderde mijn naam van Louise Zandberg in Leila Sand (tot mijn vaders afschuw en mijn moeders verrukking – George Sand was een van haar heldinnen), en ik leerde mijn ogen omcirkelen met kohl, en mijn tepels kleuren met rouge (niet dat mijn roze vijftienjarige tepels rouge *nodig* hadden), en liet mijn haar knippen tot een glanzende helm à la Louise Brooks (een van mijn eerste idolen). Het haar was van het rood van de pre-Raphaëlieten (Venetiaans rood, zoals meneer Donegal het noemde), maar de stijl was zuiver jaren twintig. Ik was het typische Greenwich Village-produkt – stamgaste bij de Peacock, The White Horse, The Lions – al heen en weer stuiterend tussen Dyckman Street, waar mijn moeder woonde (in een toenemende chaos en verloedering), en Eighth Street, waar mijn vader woonde boven de winkel.

---

* De cursief gedrukte dialoog tussen Isadora Wing en haar hoofdfiguur verschijnt in de vorm van aantekeningen in de marge op de ruwe schets voor het manuscript van *Any Woman's Blues* of *Iets om lief te hebben*. Ik heb de vrijheid genomen deze dialoog in de tekst in te voegen op de plaats waar Wing die kennelijk wilde hebben. C.F-S, Ph.D.

Tegen de tijd dat ik een tiener werd, was Dolph allang voor Theda's gekte op de vlucht geslagen. Hij had een maîtresse die Maxine heette en die soms bij hem logeerde boven de winkel en tevergeefs probeerde me met pseudo-moederlijke genegenheid voor zich te winnen. Maar ik was onverzoenlijk en moet haar een afschuwelijke tijd bezorgd hebben – bijna even afschuwelijk als die ik mijn moeder bezorgde. Hoezeer ik ook het land aan mijn moeder had, tegenover Dolph en Maxine was ik heftig loyaal aan haar.

Gemelijk, zwijgzaam, geheel in het zwart gekleed – met zelfs een zwart vriendje aan mijn zijde – was ik de nachtmerrietiener van elke ouder. Ik wandelde over Eighth Street in een wolk van Gauloiserook, met een exemplaar van *Being and Nothingness* onder de arm die niet om Snack heen hing, terwijl hij op zijn beurt zijn saxofoon en een stiletto meesjouwde. Snack was een meter zevenentachtig (ik heb altijd van lange mannen gehouden), en ik was net zoals nu maar een meter zestig (net als Elizabeth Taylor, ook een van mijn heldinnen). Ik had grote tieten, brede heupen, en een middeltje bijna zo smal als dat van Scarlett O'Hara. Ofschoon ik als sexy werd beschouwd, op de manier waarop een straatjongensachtig meisje sexy kon zijn, had ik*zelf* eigenlijk nooit het idee er leuk uit te zien, maar de jongens kwamen in drommen op me af omdat ik 'het' kennelijk had. De geur van seks is een krachtig afrodisiacum, en sommige meisjes verspreiden die geur, en andere – zelfs heel leuke – zeer nadrukkelijk *níet*. Het heeft minder met uiterlijk dan met geur te maken, want mensen staan dichter bij de wereld van de insekten en ongewervelden dan hun hybris hen wil laten inzien. Met al dat sex-appeal van mij was ik vanaf mijn tienerjaren gewoonlijk drukker bezig met mijzelf tegen leden van het andere geslacht te beschermen dan met het doen van pogingen om hun aandacht te trekken. (O, de natuur is met betrekking tot de liefde akelig onrechtvaardig.)

Ik sloeg de blanke jongens van me af met mijn snijdend sarcasme en overdadig talent – waarmee ik pronkte als was het een piemel – en wendde me tot de rebellen, uitgestotenen, en zwarten. Ik kende geen penisnijd; ik dacht echt dat ik een penis *had*. Ik deed in '61 eindexamen aan de academie, ging naar de school voor Schone Kunsten in Yale, en was in de zomer van '64 (de zomer van mijn derde jaar) in Mississippi met Goodman, Schwerner, en Chaney. Dat ik het overleefd heb, heb ik niet te danken aan mijn voorzichtigheid, maar aan de voorzienigheid, of domweg aan puur stom geluk – hetzelfde stomme geluk waardoor ik op geheimzinnige wijze behouden ben gebleven in de periode waarin ik dronk, gebruikte, én autoreed. De goden moeten me gespaard hebben omdat ze een of ander ontzagwekkende taak voor me hadden, want ik sprong zelf bepaald nonchalant met mijn leven om. Wat dat voor ontzagwekkende taak was, wist ik nog niet, maar wat het ook was, ik zou haar met mijn eigen twee competente handen uitvoeren.

Van mijn vader erfde ik een enorme vaardigheid in het maken van dingen, de handen van een handwerksman, een oog dat onmiddellijk de juiste combinatie van vormen en kleuren zag. Ik denk dat dit allemaal aangeboren is. Het wordt ons niet aangeleerd; we ontplooien ons alleen maar geleidelijk tot ons echte ik, als dat tenminste niet geblokkeerd is. Van mijn moeder erfde ik een gave voor het theatrale die grensde aan krankzinnigheid. Op de middelbare school was ik al erg; op het college was ik nog erger. Toen al had ik gevoel voor publiciteit. Eens, lang voordat Charlotte Moorman zich in plasticfolie wikkelde om aldus gekleed een celloconcert te geven, wikkelde ik mij al in aluminiumfolie voor het Halloweenfeestje van een klasgenootje op de academie. In Yale ging ik al *jaren* vóór de komst van de Guerrilla Girls tekeer tegen de door mannen gedomineerde kunstwereld – dit was in het begin van de jaren zestig, voordat het feminisme 'in' was, nog niet eens getolereerd werd – en toch had ik er niets tegen om kunstcritici met mijn sex-appeal te bewerken als dat goed was voor mijn carrière. Toen al vond ik – misschien tot deze overtuiging gebracht door de aanblik hoe mijn moeder door mijn vader tot slachtoffer werd gemaakt – dat vrouwen als groep zo gediscrimineerd werden dat in liefde en oorlog alles geoorloofd was. Ik bleef die gedachte toegedaan tot Dart.

Omdat mijn opvattingen over de leden van het andere geslacht zo sterk negatief waren, streefde ik naar het onpersoonlijk contact. De meeste mannen waren te zwak voor me. Ik kon hen te gemakkelijk manipuleren. Een jonge vrouw die haar eigen seksuele macht kent is een grote zeldzaamheid, maar ze is onverslaanbaar. En als ze toevallig ook slim en getalenteerd is en de dolle bravoure – ik kan het geen zelfvertrouwen noemen – bezit waartoe een getikte moeder en een drankzuchtige vader de inspiratie vormen, dan is ze niet te stuiten. Dat was ik ten voeten uit. Niet tot zinken te brengen, onverslaanbaar, onuitstaanbaar.

Na op de middelbare school en het college het vereiste aantal harten te hebben gebroken, deed ik op de universiteit wat niemand van me verwachtte: ik trouwde een erfgenaam. Thomas Winslow was de telg van een familie die net zo drankzuchtig was als de mijne, maar veel rijker. Hij deed in Yale Engelse literatuur, met een speciale belangstelling voor Romantische poëzie, en ik weet niet of ik met hem trouwde omdat hij de langste jongen was met wie ik ooit was uitgegaan (een meter vijfennegentig) of omdat hij blond en blauwogig was (zijn ogen bezaten de kleur van verbleekte spijkerbroekenstof) of omdat hij verklaarde zijn hele erfenis na te willen laten aan de SNCC – Student Nonviolent Coordinating Committee – dat is me nog eens een acroniem uit het verleden – of omdat hij de 'Ode aan een Nachtegaal' op bevel kon opzeggen. ('Mijn hart schrijnt, en een trage dofheid pijnt / Mijn zinnen, als had van dollekervel ik gedronken, / Of een slaperig opiaat tot op de droesem in mijn keel geschonken,' – had dat voorspellende waarde of niet?) Het kan elk van deze redenen geweest zijn, of misschien had ik er gewoon genoeg van steeds mannen van me af te moeten slaan, en leek trouwen dé oplossing. In ieder geval zou ik me dan op mijn werk kunnen concentreren.

Thom en ik werden door zijn ouders in een herenhuis in Southport geïnstalleerd, dat we terstond volpropten met radicalen, militante zwarten, en antimilitaristen. We verfden de ramen zwart, zetten en hingen de vertrekken vol met popart, en begonnen ons al drinkend en gebruikend te onttrekken aan de goodwill van een gemeenschap die Thoms familie bijna een eeuw gekoesterd had. We kregen een schitterend herenhuis in neoclassicistische stijl en veranderden het in een achterbuurtkrot – alles in de naam van de kunst en de sociale revolutie. Dat waren de dagen van de Beatles, de Vietnamoorlog, happenings, vredesmarsen, Zomers van Liefde. Net als elke man van wie ik ooit gehouden had, was Thom te zwak voor me, maar hij vond mijn werk prachtig en was tot alles bereid om me er in verder te helpen. In die tijd was mijn stijl op zijn zachtst gezegd eclectisch. Ik regisseerde happenings met Yoko Ono (toen ze nog met Tony Cox was, voordat ze haar Beatle gestrikt had) – dubieuze voorstellingen waarbij de bourgeois deelnemers zich geheel moesten uitkleden en door van schilderslinnen gemaakte tunnels kruipen, of hun broek laten zakken om zich dromerig in een ouderwetse camera starend te laten fotograferen. (Toen al had ik belangstelling voor filmfoto's – die later zo'n vooraanstaande rol gingen spelen in mijn relatie met Dart, zoals je zo dadelijk vernemen zult.) Bij al deze ondernemingen hielp Thom Winslow me en moedigde me aan: hij kocht de kunst, steunde de radicalen en hun beweging, huurde de zolders, financierde al mijn wilde, onzinnige ideeën. Omdat hij zo inschikkelijk was, ging ik hem een tikje minachten. Ik wist dat hij hopeloos aan me verslingerd was – en daardoor werd ik nonchalant. Maar de jaren zestig waren ook een nonchalante tijd. Iedereen besefte de onschatbare waarde van alles en kende nergens waarde aan toe. Anders dan onze jongere verwanten de yuppies verklaarden wij slechts minachting voor geld te hebben – maar waar we werkelijk minachting voor hadden was inspanning en verdriet. We verwachtten dat de wereld ons zou worden overhandigd op een zilveren (zij het met graffiti overdekt) blaadje – en een tijdlang gebeurde dat ook.

Thom Winslow was een nette, aardige kerel die voortdurend stoned was. Ik was de belichaming van zijn woede – van de rebellie waar hij zelf niet het lef voor had. Eens, voor we uiteengingen, hoorde ik hem bij een etentje tegen een beroemde kunsthandelaar opmerken: 'Mijn hele leven ben ik naar de juiste school gegaan, naar de juiste clubs, en naar de juiste debutantenbals en toen ben ik met Leila Sand, geboren Louise Zandberg getrouwd!' Thom zei dit met niet geringe trots – het was in feite tot dat tijdstip de grootste prestatie van zijn leven – maar ik was nijdig omdat hij mijn eigenlijke naam verraden had. (Misschien hoorde ik ook de verborgen woede die ons weldra uiteen zou drijven.)

Wat een verschil kunnen twintig jaren maken! Thom is nu getrouwd met een aan mondklem lijdende debutante van zijn eigen geloof (het goddeloze protestantisme) en sociale klasse (rentenierende radicalen) die misschien zelfs nog samen met hem op dansles is geweest in Southport. Ze wonen in Vermont en produceren milieuvriendelijke toiletten waarin je stront tot compost voor rozen wordt omgewerkt. Hoe gebroken hij ook was toen ik er met Elmore Dworking, de abstracte expressionist, vandoor ging, hij kon zijn verdriet verwerken tot compost. Je hebt *merde* nodig om rozen te laten groeien, zoals de Fransen zeggen.

Wat ons terugbrengt op de anonieme seks – waar ik naar op zoek was toen ik viel voor Elmore, die ouder was, veel meer gevestigd, en alles wist wat er te weten viel over cunnilingus (tongkunstjes die hij tijdens zijn leertijd in Parijs had opgestoken, om maar eens een metafoor te gebruiken). Ik ontmoette Elmore en raakte verliefd op zijn schilderijen en zijn tong (ofschoon misschien niet in die volgorde). Het was 1974; ik had als schilderes voldoende erkenning gevonden om goed van mijn werk te kunnen leven en in *The New Yorker* en *Vogue* te worden vermeld (de *People* en de *Architectural Digest* zouden later komen). Het was niet de populaire soort roem, maar een sjiekere, discretere variëteit – roem binnen de kunstwereld, voordat de kunstwereld een compleet mediacircus werd.

Ik leerde Elmore kennen bij een dineetje in New York waar Thom wegens een verschrikkelijke griepaanval niet mee naar toe kon. Wat een echtgenote was ik! Om zeven uur had ik mijn man, zich een ongeluk hoestend en wel, op Park Avenue achtergelaten, en om elf uur vertrok ik van het etentje, in het gezelschap van een harige kunstenaar die twintig jaar ouder was dan ik. Om twaalf uur liet ik op een zolderetage aan John Street mijn poesje likken tot ik spon van genot. Om half vier in de morgen lag ik weer thuis op Park Avenue in bed, en omhelsde mijn aanstaande ex-echtgenoot zonder zelfs het fatsoen te hebben me schuldig te voelen. Intussen had ik vanuit de ramen van Elmores zolder die babybilletjesroze gloed bewonderd die de hemel tijdens een sneeuwstorm krijgt, en tegelijkertijd en in gelijke mate Elmores jongeheer en schilderijen. Op een en dezelfde avond maakte ik kennis met de meest veelbelovende jongere schilder van de New York School, meervoudige orgasmes*, en sinsemilla van Humboldt County.

---

* Het was John Updike die als eerste wees op de vlotte 'orgasmiciteit', als ik een Wingiaans woord mag introduceren, van Wings heldinnen. Berustte deze van Wings kant op fantasie? Of week zij van de meerderheid der vrouwen af in het gemak waarmee zij tot een seksueel hoogtepunt kwam? Nu ze ons helaas ontvallen is, zullen wij het nooit weten. C.F-S, Ph.D.

'Was het leuk, schat?' vroeg Thom en draaide zich onbedaarlijk hoestend naar me om.

'Mmmmm,' zei ik, en hij pakte mijn hand en leidde die naar zijn penis. Daarop naaiden we er als bezetenen op los, en onze paring was des te hartstochtelijker door de onmiskenbare – zij het onstoffelijke – aanwezigheid van een derde in ons bed. Nooit had ik Thom lekkerder gevonden. Maar nog steeds had ik de gezichtsloze extase niet bereikt.

Mijn huwelijk met Elmore, de geboorte van de tweeling, ons onvermijdelijk uiteengaan, kunnen niet eventjes in het kort worden afgedaan. Ik heb altijd het gevoel dat wanneer de toekomstige ouders van zeer bijzondere kinderen elkaar ontmoeten – of dat nu is bij een etentje, in een kuuroord, bij de AA, of welke lokatie ook die op dit ogenblik als ontmoetingsplaats voor jonge huwbaren in trek is – er boven hen engelen, schikgodinnen, en sibyllen (geschilderd door Michelangelo, of op zijn minst door Tiepolo of Veronese) op wolkjes in de lucht hun best hangen te doen om hen zo gauw mogelijk, met een duwtje hier en een zetje daar, onder de wol te krijgen. De hele natuur is als een bezetene op de voortplanting gericht. Waarom zouden mensen denken daar buiten te vallen? Elmores zolder, Elmores tong, en Elmores drugs (en niet te vergeten Thoms griep) waren niet meer dan valstrikken, om zo gauw mogelijk de tweeling uit de ether en op aarde te krijgen.

Du moment dat de conceptie heeft plaatsgevonden houd je op een ego te zijn en ben je alleen nog maar een kosmische glijkoker, een trechter naar de tijdloosheid. Ik denk dat daarom het krijgen van kinderen zo'n kritieke fase in je ontwikkeling is. Met het ouderschap krijgen wij onze eerste proeve van egoloosheid, sluiten we ons aan bij de kosmische rondedans. Vanaf het ogenblik dat ik in dat zolderappartement aan John Street mijn dijen voor Elmore Dworking uiteen deed was mijn huwelijk met Thom Winslow ten dode opgeschreven. Misschien was het dat toch al – want de tweeling stierf van verlangen om geboren te worden – en was het net zozeer de tweeling als ik die bepaalde wie hun vader mocht worden.

Bij deze terugblik nu de tweeling tien is (mijn twee-eeuws-feestkinderen, geboren in het jaar dat de Verenigde Staten tweehonderd jaar bestonden), besef ik dat ze wel verwekt móesten worden door een ruigbehaarde jood van mijn bloedeigen soort – ook weer zo'n donkerogige anarchist wiens voorvaderen uit de Oekraïne stamden. Ik had al evenmin protestantse Angelsaksen ter wereld kunnen brengen als ophouden met tekenen en schilderen. Ik herinner me dat ik eens, toen ik van Mike en Ed in verwachting was, (Elmore en ik woonden dat jaar in Toscane, op een boerderij in Strada in Chianti), naar een RAI-documentaire over Auschwitz keek, waarbij je zag hoe joodse kleintjes, net als de twee die ik toen droeg, werden omgebracht, en dat ik toen schreide van smartelijke vreugd het joodse ras aan te kunnen vullen. Dit heeft niemand toen meer verbaasd dan de betreffende schreister zelf – want ik was nooit ook maar in het minst religieus geweest (het was zelfs een geloofsartikel van mijn soort joods geloof om geen geloof te hebben). Maar waar het het krijgen van kinderen betreft schijnt al ons conservatisme uit te botten. In zwangere staat werd ik hyperjoods, hyperkunstzinnig, hypergevoelig. Kortom, de zwangerschap bracht mijn ware Boeddha-aard naar boven. Ik werd alleen maar meer mijzelf.

Was mijn huwelijk met Elmore goed? In het begin was het hemels. Tegen het eind leek het meer op het vagevuur – zo niet op de hel (de echte hel kwam later, met Dart). Welk bestaan kon vreugdevoller zijn dan dat van twee kunstenaars die alles samen deden: werken, voor hun kleintjes zorgen, koken, de liefde bedrijven, wandelen door de kerken en kunstgaleries?

In Chianti woonden we in de boerderij van een vriend, keken uit over velden zilverige olijfbomen en wijnstokken die in slingerende rijen over de heuvelhellingen dansten. We sliepen elke nacht in elkaars armen – tot mijn zwangerschap dat onmogelijk maakte – en daarop gingen we als lepeltjes in een doosje liggen, en sliep ik met Elmores borstkas tegen mijn rug en tegen mijn billen zijn tamp, die van achteren tegen me op drong en dikwijls binnen in me ontwaakte.

O, hoe zoet is de liefde zolang ze zoet is! Twee zoutig bezwete geliefden die wakker worden in een bij de liefde doorploegd gezamenlijk bed. En hoe zeldzaam is de liefde! Op de momenten in ons leven waarop we in die liefde leven waarderen we haar nauwelijks. Dat komt pas wanneer we haar verliezen – zoals bij zoveel wat wij achteloze mensen bezitten, ons leven inbegrepen.

Ik herinner me ons zoals we toen waren: Elmore was tweeënvijftig tegen mijn vierendertig en al even stapelgek op mij als ik op hem. Hij droeg zijn donkere haar lang, evenals zijn grijzende baard waar zijn rode lippen uit naar voren staken als een kut. (Mannen met een baard hebben dikwijls een mond die op een kut lijkt; misschien beffen ze daarom zo graag: dan lijkt het net alsof ze zichzelf in een spiegel kussen.)

We brachten dat jaar door in een warboel van dijen, kunstgeschiedenis, en extra-maagdelijke olijfolie. We dronken de wijn van onze eigen campagna; we klotsten olijfolie over onze eigen tomaten. We tuften in onze oude Fiat naar Florence om arm in arm het Uffizi, de Accademia, het Pitti door te slenteren. We aten *bistecca alla Fiorentina* (ter wille van de baby's) en gigantische gegrilde *porcini* (ter wille van onzelf), en we schilderden naar hartelust in het tochtige atelier terwijl Vivaldi en Monteverdi uit de radio schalden.

We leefden voor de liefde, voor de kunst, voor het bed, voor onze baby's. In Italië* is dat gemakkelijk: het is een land dat zijn prioriteiten in de juiste volgorde heeft – in *die* volgorde zelfs. Ik kan me nog steeds de verrukking in Elmores donkere ogen herinneren wanneer hij met zijn oor tegen mijn buik lag, alsof hij luisterde naar het geluid van de zee in een nautilusschelp. Het ging goed met ons werk, onze baby's groeiden, onze liefde groeide. Onze song was 'Our love is here to stay' – en we twijfelden er geen moment aan dat dat zo was. Ach, de Rocky Mountains konden verkruimelen, de Rots van Gibraltar kon de zee in tuimelen ('Die zijn toch maar van klei...'), maar onze liefde zou altijd blijven. Dat dachten we toen tenminste. Maar eigenlijk waren het onze *baby's* die zouden blijven. Ik herinner mij de dag in juli waarop we de Fiat vollaadden met eten, kleren, de radio en de hond, voor onze rit naar Zwitserland en naar de kliniek in Lausanne waar we hadden besloten dat de tweeling geboren moest worden. We zaten allebei te zingen (we waren dikwijls allebei aan het zingen). Heerlijker kon het leven niet zijn – dachten we – en we hadden gelijk.

We deden er drie dagen over om in Zwitserland te komen. Het was geen wedren tegen de tijd, omdat we al lang geleden besloten hadden dat we wanneer ik acht maanden zwanger was naar Zwitserland zouden rijden en een hotel in de buurt van de kliniek betrekken – tweelingen worden dikwijls te vroeg geboren (ik kon dan wel in Italië wonen en schilderen, maar net als Sophia Loren wilde ik mijn baby's in Zwitserland krijgen). Het pakte zo uit dat ik een week of zo na onze aankomst vruchtwater begon te verliezen, en het leek verstandig om me in de kliniek op te laten nemen om de zwangerschap in stand te houden. Elmore en Boner (onze Duitse herder) kwamen zo ongeveer in de kliniek bij me wonen (zoals gewoonlijk werd voor beroemde klanten de hand gelicht met de regels) en Elmore las me voor terwijl we afwachtten of ik een keizersnede zou moeten ondergaan of zou kunnen wachten tot ik langs 'natuurlijke weg' zou bevallen.

Het was de geweldigste tijd van mijn leven! Ik lag in statie te bed als een koningin, in afwachting van de geboorte van mijn prinsessen (een vruchtwaterpunctie had mij hun gezondheidstoestand en ge-

* Isadora Wings liefde voor Italië dateerde uit haar tienerjaren, waarin haar artistieke familie haar voor de eerste keer naar Italië stuurde om 'la bella lingua' te studeren in Florence: 'Wanneer je mijn kut laat opengaan / dan zie je daarin gegraveerd "Italië" staan', schertst een figuur uit een van haar boeken. Dit is uiteraard een parafrase van Robert Browning, ook een Italofiel. Onder Wings favoriete Engelse en Amerikaanse schrijvers bevonden zich ook vele Italië-minnaars. Afgezien van de al eerder genoemde Lord Byron (die tijdens dat Annus Mirabilis, 1819, in het Palazzo Mocenigo in Venetië woonde) waren dat Henry James en Elizabeth Barrett Browning, John Keats, Percy Byssche Shelley, D.H. Lawrence, James Joyce, E.M. Forster, Ernest Hemingway, Gore Vidal, en anderen. Leila Sands gevoelens ten aanzien van Italië waren zeer zeker ook die van de schrijfster. Haar gevoelens ten aanzien van Venetië waren dat zeer zeker niet. C.F-S, Ph.D.

slacht meegedeeld), terwijl Elmore me de *Songs of innocence* en de *Songs of experience* voorlas. We hielden allebei een dagboek bij, en we tekenden allebei. Ik hield een zwangerschapsjournaal bij waarin veel schetsen staan van Elmore die me voorleest, aan mijn buik luistert, aan het schilderen is in zijn atelier, en hij hield een zwangerschapsjournaal bij waarin veel schetsen van mij in diverse staten van zwangerschap staan. Ik heb allebei die dagboeken rug aan rug (of buik aan buik) op een plank in mijn atelier in Connecticut staan, en ik kan nog steeds niet naar ze kijken zonder even een vleugje spijt te voelen. Wat een gelukzalige gezegende tijd was dat! Hoe heeft er toch een eind aan kunnen komen?

Er begon een eind aan te komen op de eerste augustus, toen voortzetting van de zwangerschap in gevaar kwam door het breken van de vliezen en wij samen met onze surrealistische arts – dr. Breton, geloof het of niet! – besloten de schatjes door middel van een keizersnede ter wereld te laten komen.

Ik ging de OK binnen als schilderes en minnares en kwam er als schilderes en moeder uit. Vanaf het ogenblik dat me die kleine roze tweeling in hun kleine roze dekentjes werd overhandigd begon het middelpunt van mijn liefdesuniversum zich te verplaatsen – onherroepelijk.

Of misschien was het niet alleen het ouderschap dat het huwelijk begon uit te hollen. Misschien was het ook het feit dat mijn ster rijzende was terwijl die van Elmore langzaam maar zeker verbleekte. Inhakend op de toenemende belangstelling voor het werk van vrouwelijke kunstenaars, aangezwengeld door de vrouwenbeweging, begonnen mijn schilderijen (die toentertijd erotische doeken van alledaagse voorwerpen waren – schelpen, bloemen, stenen, botten omgewerkt tot monumentale iconen, zo'n beetje à la Georgia O'Keeffe) sterk de belangstelling te trekken, op een tijdstip waarop Elmores Hans Hofmann-achtige abstracties achterhaald begonnen te lijken. Of misschien was het de drankzucht, want Elmore begon steeds zwaarder te drinken. Of misschien dronk hij wel net zoveel als altijd, maar was hij toch die onzichtbare streep gepasseerd. Moeilijk te zeggen welke van deze drie factoren nu precies ons huwelijk de nekslag gegeven heeft.

We verhuisden terug naar New York, richtten een woon-, werk- en kinderruimte in in het zolderappartement dat Dart nu voor zijn liaisons gebruikt, en gingen de uitdaging aan de tweeling groot te brengen, twee carrières op te bouwen, en de Newyorkse kunstwereld het hoofd te bieden.

Plotseling was ik dé representatieve schilderes van het ogenblik, de uitzondering die de regel bevestigde, het smaakje van de maand. Vaginale kunst was in, en mijn vormvoorstellingen – schelpen of botten, bloemen of stenen – leken precies te zijn wat iedereen wilde hebben. Het feit dat ik twee snoezige dochtertjes had deed de zaak ook geen kwaad. Als tweevoudige madonna in mijn atelier gefotografeerd voor de geschilderde bloemlippen van een fuchsia, vertegenwoordigde ik het volmaakte beeld van de kunstenares voor dat vaginale tijdperk. Het ging steeds beter met me en Elmore mokte. Steeds minder vaak voelde ik zijn tong in mijn spleetje of zijn tamp tegen mijn billen.

Steeds minder vaak zongen we 'Our love is here to stay'. Steeds vaker vonden we aanleiding om alleen naar dineetjes te gaan, ons bij onze vrienden over elkaar te beklagen, tegen elkaar te snauwen in de keuken, in de badkamer, in de kinderkamer.

Wie kan er zeggen waarom een huwelijk stuk loopt? De redenen ervoor zijn even moeilijk in woorden te vangen als de redenen waarom een paar in eerste instantie tot stand komt. We leven in een wereld waarin alle regels met betrekking tot liefde en huwelijk drastisch veranderd zijn en in steeds korter wordende cycli blijven veranderen. Vroeger trouwde men om kinderen te krijgen en groot te brengen; nu zijn er maar weinig huwelijken die de stress van die gebeurtenissen kunnen weerstaan. Kinderen zijn lastige, storende factoren bij verslaving en narcisme, de twee leidende obsessies van onze tijd. Als één kind al storend werkt – stel je er dan eens twee voor! Want het is nu eenmaal zo dat de natuur de mens ingewikkelder en intelligenter gemaakt heeft dan goed voor hem is. Wij zijn schepselen die voor hun welbevinden, zelfs voor hun overleven, wanhopig behoefte hebben aan prioriteiten, en in onze moderne tijd zijn onze prioriteiten te duister geworden. De liefde is een te veranderlijke zaak om voor te leven. En de kunst is te eenzaam. De liefde en de kunst samen zijn voldoende. Maar wanneer de ene kunstenaar een vrouw is en de andere een man, wiens werk moet dan het eerst komen? Het mannelijk ego, de testosteronstroom, en de meeste regels van onze samenleving schrijven voor dat de man centraal moet staan, anders zal hij mokken, maar als het werk van de vrouw nu voor het ogenblik beter loopt? En als zíj nu degene is die voor het brood op de plank zorgt én bovendien de baby's haar tepel in de mond duwt? Kan zij daarnaast ter wille van zijn ego ook nog eens doen alsof ze dit allemaal *niet* doet terwijl ze er ondertussen gewoon mee doorgaat? Lezer, ik heb het *echt* geprobeerd, maar ik kon de illusie niet in stand houden. Toen de kinderen twee jaar waren, beleefde ik mijn tot dan toe succesvolste tentoonstelling, in hetzelfde jaar waarin Elmore ruzie met zijn kunsthandelaar kreeg en bij zijn galerie wegliep, en het waren deze beide gebeurtenissen die gezamenlijk de genadeslag voor ons huwelijk vormden.

Elmore vertrok en liet me achter met mijn succes, de verschrikkelijke twee maal twee (want Mike en Ed waren geen gemakkelijke kinderen), de grote bruine middenslag poedel Boner (naar zowel Michelangelo Buonarroti als Rosa Bonheur), en de gemakkelijk verkrijgbare pijnstillers gin, wodka, wijn, en drugs. Want dat was het moment waarop ik problemen met drank en drugs begon te krijgen.

Ik was alleen met mijn kleintjes en mijn werk, en voelde me verschrikkelijk in de steek gelaten. Ik had het gevoel voor mijn succes gestraft te zijn (en in feite *was* dat ook zo). Voor het eerst in mijn leven kon ik dat leven maar moeilijk aan. Met andere woorden, voor het eerst in mijn leven gebeurde mij (die gemeend had daarvoor gevrijwaard te zijn) hetzelfde als de meeste vrouwen: ik begon me het slachtoffer te voelen.

Hoe haatte ik dat gevoel! Mijn hele leven had ik niets dan verachting gevoeld voor klagende vrouwen, vrouwen die het lot van de vrouw vervloekten, vrouwen die beweerden geen boodschap meer aan de liefde te hebben. Ik had mijzelf nooit een feministe genoemd. Ik gruwde van dat etiket. Maar het moederschap had me veel radicaler gemaakt, op een wonderlijke nieuwe manier. En het met twee kleine meisjes achtergelaten worden confronteerde me met gevoelens die zo beangstigend waren dat ik niet wist wat ik ermee doen moest. Dus dronk ik.

Aan de oppervlakte ging het leven voort. Mijn leven was niet direct dat van een berooide. Ik had een schitterend zolderappartement, een huis buiten, een assistente, een kindermeisje. Als ik me met die hele ondersteunende structuur al verloren voelde, hoe moesten andere vrouwen zich dan wel niet voelen! Ik was diep gewond in het hart van mijn menszijn. Ik had mijn lotsbestemming als kunstenares en als vrouw vervuld, en om mij daarvoor te straffen was Elmore weggelopen.

Laten we eerlijk zijn. Elmore had zelf problemen. Het zou een van de punten van het National Organisation for Women-partijprogramma moeten zijn dat mannen op hun vijftigste aanspraak op speciale dispensatie moeten kunnen maken, en Elmore werd al vijfenvijftig. Hij piekerde veel. Zijn hart, zijn penis, zijn carrière, ze lieten het allemaal afweten – en daar had je mij, die het op mijn zesendertigste helemaal gemaakt had (of zo leek het althans). Het werd hem te veel. Mij trouwens ook, scheen het.

Dus gingen we, om het allemaal nog ééns zo erg te maken, uiteen. En we gingen allebei steeds meer drinken. En we rotzooiden met Jan en alleman. Door al deze dingen gingen we ons echter hoogstens alleen maar nog beroerder voelen (hoewel dit natuurlijk allemaal achterafgepraat is), en de kleintjes hadden van ons egocentrisch gedrag te lijden, zoals dat gauw gebeurt met kleine kinderen.

Ik werkte een aantal minnaars af – jongere, oudere, even oude – maar niets hield stand. Ik zocht extase, vervoering. Terwijl de waarheid was dat het met een andere kunstenaar getrouwd zijn de grootste extase is van alle, en dat mij die was ontvallen. Ik rouwde om de dood van mijn lief gezinnetje, dat door niets te vervangen was. Ik hobbelde enkele jaren voort, probeerde mijn werk te doen, probeerde mijn kleintjes op te voeden, in toenemende mate gehinderd door de alcohol (wat ik categorisch ontkende) – en toen ontmoette ik Dart.

Dart was niet alleen maar geweldig in bed; hij was een ridder op zijn witte strijdros. Hij vond me toen mijn zelfvertrouwen tot een dieptepunt was gedaald, en hij krikte me op. Figuurlijk en letterlijk, zou je kunnen zeggen: het komt feitelijk op hetzelfde neer, want wat hij me gaf was niets minder dan een inspuiting met levenskracht, zowel uit zijn penis als uit zijn hele wezen.

Ik hield van hem. Mijn God, wat was ik gek op hem. De filmfoto's werden uit mijn liefde voor hem geboren – evenals de cowboyschilderijen. Want vanuit mijn aanbidding voor deze heerlijke, prachtige man deed ik wat Rembrandt deed voor Saskia, wat Wyeth deed voor Helga, wat Da Vinci deed voor Mona Lisa: ik schilderde hem (of fotografeerde hem) en maakte hem beroemd als mijn muze.

De filmfoto's werden geboren uit mijn liefde *en* uit mijn verlangen hem bij me in de buurt te houden. Wanneer hij poseerde, *was* hij er tenminste. Zijn narcisme vereiste het; de kunst verlangde het – en ze hadden een punt gevonden waar ze op elkaar in konden haken, en wel even goed als onze lichamen.

Vanaf het ogenblik dat ik Dart leerde kennen was ik hem voortdurend aan het schetsen. Hij boeide me zo ontzettend. Hij fascineerde me, in de archaïsche betekenis van het woord – betoverde me – bond me aan zich met magie, met vervoering, met onzichtbare koorden van aantrekkingskracht.

Uit die schetsen van hem ontwikkelde ik de cowboyschilderijen – enorme in gemengde techniek uitgevoerde close-ups van Dart als de Lone Ranger, Dart als Roy Rogers, Dart als Gary Cooper in *High Noon*. Op deze cultuursymbolen van mijn kindertijd bracht ik het portret van deze beeldschone jongeman aan. Ik kruiste deze in de jaren vijftig geboren man met de beelden uit mijn kindertijd, in die jaren vijftig. De hartstocht die ik erin legde was voor iedereen overduidelijk waarneembaar.

Natuurlijk was niet iedereen even *épris* van deze schilderijen. Sommige mensen vonden ze afschuwelijk – een bewijs dat ze lééfden. Maar de hartstocht erin viel niet te ontkennen – en hartstocht is de sleutel tot de kunst, zoals alles in het leven. Zonder hartstocht sterven mensen, schilderijen, planten, boeken, baby's.

Dart had mij het leven hergeven, en dus bewees ik hem een wederdienst. Nadat de cowboyschilderijen aan het grote publiek tentoon waren gesteld – en vrijwel onmiddellijk uitverkocht – ging ik op zoek naar andere manieren om mijn minnaar te vereeuwigen, en zo kwam ik op het idee van de filmfoto's.

De fotografie had me altijd geboeid, ik had haar nooit beschouwd als een kunstvorm van minder niveau, maar als een manipuleren van de lichtinval op het netvlies, die een net zozeer op zichzelf staande volwaardige kunstvorm was als het schilderen met olieverf of het uit marmer houwen van beelden.

Op de kunstacademie had ik samen gestudeerd met een leerling van Moholy-Nagy, die mijn ogen had geopend voor de mogelijkheden die je bij het maken van foto's had – zilverbromide-afdrukken, goudgetinte platina-afdrukken, en het hele arsenaal aan fotografische effecten dat de kunstenaar die de fotografie als kunst wilde zien ter beschikking stond. Ik had deze lessen tot nader order in mijn hersens opgeslagen – en nu, in mijn heftig verlangen Dart te vereeuwigen, herinnerde ik me ze weer.

Ik schafte me een ouderwetse camera aan uit 1910 of daaromtrent (ongeveer net zoeen als die waarmee ik in mijn Yoko Ono-tijd had geëxperimenteerd) en begon Dart te fotograferen in allerlei kostuums, die metaforen vormden voor zijn meervoudige persoonlijkheid: Arlecchino in zijn narrenpak, de Lone Ranger (alweer), opzwepende rock-and-roll-ster (met het bekken à la Elvis Presley vooruit gestoken naar de camera), vrachtwagenchauffeur uit de jaren vijftig in een T-shirt en met een bierblikje in de hand, jonge Angelsaksische Amerikaan in smoking, Sint Sebastiaan vol pijlen in zijn lijf, Hell's Angel in zwart leer, Jezus in lendedoek aan het kruis. Ik nam de foto's in mijn atelier (waar ik licht en achtergrond volledig naar mijn hand kon zetten), en ik drukte af in hetzij platina hetzij zilver, afhankelijk van de sfeer die ik wilde hebben. De beste afdrukken werden daarop uitvergroot tot de meer dan levensgrote C-afdrukken, net als op affiches. Deze serie, heel eenvoudig 'filmfoto's van Dart/Trick Donegal' geheten, was een nog groter succes dan de cowboyschilderijen en maakten Dart, via mijn hand, tot een ster.

Het Pygmalionverhaal* is vele malen verteld en opnieuw verteld – maar nooit met de vrouw als de kunstenaar en de man als Galatea! Eliza Doolittle wordt een 'laidie' maar is toch nog steeds een braaf meisje ('Ik ben een net meissie hoor'), of het nu gaat om de Eliza in Shaws versie (waarin ze tegen Higgins in opstand komt) of die in de versie van Lerner en Loewe, waarin ze Freddy Eynsford-Hill laat schieten voor de vaderfiguur van Rex Harrison: uiteindelijk blijft ze trouw aan één man – kortom, ze beantwoordt aan de norm voor elke vrouw in de samenleving.

Maar wat gebeurt er met Pygmalion wanneer onze schepper een vrouw is en haar schepping een man? Niet moeilijk: de schepping bedriegt de schepper met zoveel vrije jonge groupies als hij maar vinden kan.

* Zoals al eerder vermeld was Isadora Wing ten tijde van haar overlijden bezig een feministische versie van *Pygmalion* voor opvoering op Broadway te schrijven. Het is wel duidelijk dat zij zichzelf als dr. Higgins zag en een mannelijke tegenspeler als Eliza Doolittle, de spartelende worm (dubbele bodem bedoeld). C.F-S, Ph.D.

Het was niet zo dat Trick/Dart me *wilde* bedriegen. Het kwam gewoon doordat hij, na door mijn liefdevolle herscheppingen van zijn persoontje tot een ster te zijn geworden, nu van alle kanten door jonge snoepjes belegerd werd. De seksualiteit die ik in hem had ontdekt sloeg van die C-afdrukken af, en van die cowboyschilderijen, en iedereen die ernaar keek kon haar voelen. Dart was het eigendom van de hele wereld geworden, en iedereen wilde met hem naar bed. Het was mijn eigen stomme schuld. Als *afficionada* van Bessie Smith had ik zo wijs moeten zijn om het advies dat ze in 'Empty-bed Blues' geeft in mijn oren te knopen.

Heb je ooit een goeie vrijer
Mondje dicht tegen iedereen
Of andere meiden pikken 'm je af,
En dan blijf je in je lege bed alleen...

Maar ik deed mezelf de das om: de kunstenares in mij was sterker dan de vrouw. Een door het heilig vuur gegrepen minnares had haar prachtige kerel geheim gehouden. Een door het heilig vuur gegrepen kunstenares maakte daarentegen een ster van hem – en chaos was het resultaat.

De kunst her-vormt het leven nog sterker dan het leven de kunst vormt. Stel je eens voor dat Helga van de omslagen van *Time* en *Newsweek* was afgestapt, en zich in de armen had geworpen van elke jongeman die zin in haar had. Wat zou Wyeth gedaan hebben? Zou hij gek geworden zijn? Zou hij aan de drank en drugs gegaan zijn? Maar hij werd door zorgzame vrouwen omringd – vertroeteld en verwend, zowel door echtgenote als door model. En de tijd, die grote heler van alle wonden, was tussenbeide gekomen. Hij had Helga (in welke zin ook), en hij had mevrouw Wyeth. De vrouwelijke kunstenaar treft een ander lot. Ik had mijn tweeling, ik had Dart, en nu had ik telkens al die delletjes aan de telefoon die naar Dart vroegen. Het trof me als een tikje unfair.

Och, ik was sterk, dacht ik. Ik doorstond de crisis wel. Seksuele ontrouw was niet het ergste dat je overkomen kon. Laat Dart maar delletjes naaien, zolang hij maar steeds bij *mij* terugkomt. Dat dacht ik tenminste. Het bleek gemakkelijker gezegd dan gedaan.

En zo komen we bij de zomer in kwestie, waarin Leila (ik praat alleen in scherts in de derde persoon over mijzelf – of in uiterste nood) bij de telefoon zit te wachten tot Dart op zijn motorfiets verschijnen zal. De tweeling is in Californië, bij hun vader (die aan de universiteit van Los Angeles doceert). En ik ben in Connecticut en probeer een aantal schilderijen voor een nieuwe tentoonstelling bij elkaar te krijgen. Maar mijn concentratie is volledig naar de knoppen – mijn muze heeft de til verlaten. Ik houd mezelf voor dat de muze in mijzelf woont en dat ik zou moeten kunnen werken, maar in werkelijkheid luister ik alleen maar of ik het geluid van Darts motorfiets op het grint van de oprit hoor, of het geluid van de telefoon die zijn aankomst aankondigt.

Connecticut is groen en mooi, zoals alleen Connecticut dat kan zijn – en ik ben een hopeloos wrak. Ik ben alleen met mijn hond in mijn atelier-silo, zelfs zonder Mike en Ed om me afleiding te bezorgen, en het enige waar ik toe in staat ben is met gespitste oren luisteren, wachten op het geluid van wegspattend grint onder de wielen van Darts motorfiets, die recht over mijn hart lijkt te rijden.

4. Ik speel Penelope

Het gemeenste dat hij zei raakte je door en door,
Het gemeenste dat hij zei raakte je door en door,
En die man was werkelijk niks te goor.

– Bessie Smith

Penelope wist het al, vanuit haar liefde voor Odysseus: een vrouw wordt gek als ze jaren moet wachten op de thuiskomst van een man. Ik wacht. Ik wacht. En onder het wachten probeer ik te schilderen. Daar ik niet in staat ben om te schilderen, drink ik. En als ik gedronken heb, komt de zwarte wanhoop over me. Het is vrijdag, middernacht, als hij thuiskomt. Hij is een, twee, of drie dagen in de stad geweest – ik ben het spoor bijster. Ik ben de tijd pratend met Emmie doorgekomen, aan de telefoon, waar ik nu ook zit.

'Hij is er weer,' zeg ik terwijl ik met een blote teen over Boners buik krab. (De hond neemt zoals alle honden dat nu eenmaal doen mijn stemming over en lijkt even gedeprimeerd als ik.) 'Wat moet ik doen? En wat moet ik met de *revolvers*?'

'Heeft hij *revolvers*?' vraagt Emmie.

'Emmie,' zeg ik, 'gojs hebben nu eenmaal revolvers.'

'Nou, *ik* niet,' zegt Emmie.

'Ik zie jou nooit als een goj,' zeg ik.

'Dank je,' zegt Emmie. Ze begrijpt het complimentje zoals het bedoeld is. 'Beloof me nou maar dat je hem die revolvers ergens anders heen laat brengen. Ja?'

Vreemd, nietwaar, zoals alle relaties zich in omgekeerde richting afwikkelen? Toen ik Dart bijna vijf jaar geleden leerde kennen, reed hij op een motorfiets, die hij in de steek liet voor de bloedrode Mercedes die ik voor hem kocht. Nu gebruikt hij om de een of andere reden de motorfiets weer en laat de Mercedes (DART – zijn alter ego) in de garage staan. Er is iets waar hij zich vreselijk schuldig over voelt – zelfs hij die bij echte mensen vergeleken zo weinig last van schuldgevoelens heeft.

De motorfiets komt met luid gebrul en wat nasputteren tot stilstand en ik hoor zijn laarzen op het grintpad.

Ik besproei mezelf met Lumière, duw mijn haar op, en ren naar de deur. Ik wil niet dat hij zien zal dat ik met Emmie heb zitten praten, die hij niet mag omdat hij (zoals alle mannen) instinctief weet dat zij en ik over hem praten. Dat dit kunnen praten een kwestie van overleven is, is iets dat geen enkele man begrijpt (of misschien begrijpen ze het wel – en hebben ze er daarom iets tegen: hoe durven we hen te overleven?) Ze weten alleen maar dat wij iets hebben waar ze niet aan kunnen komen of in binnendringen: een zusterschap van wederzijdse genegenheid, een veiligheidsnet dat ons opvangt wanneer zij ons laten vallen.

'Schatje,' zegt Dart, zet de Darth Vader-helm af en legt zijn handen op mijn achterste.

'Hallo, schat,' zeg ik en kijk naar hem op in afwachting van zijn kus. Geen: 'Waar heb je verdomme uitgehangen?' of 'Waarom heb je niet gebeld?' Als een vrouw een mannetjesdier zoals Dart wil houden, moet ze gedisciplineerd en slim zijn, nooit jaloezie laten blijken, nooit bezitterig optreden.

Helaas, dit is een onmogelijkheid. Zelfs vrouwen zijn maar mensen. De kus blijft uit. 'Heb je gewerkt?' vraagt hij, bijna alsof hij weet dat hij mijn concentratievermogen tot nul heeft gereduceerd en zich daarin verheugt.

'Ja,' lieg ik. 'Een nieuwe serie schilderijen.'

'Van mij?' vraagt hij in zijn gulzig verlangen mijn muze te zijn, ook al houdt hij zich niet meer aan zijn deel van de afspraak.

'Natuurlijk, schat.'

'Sta je nou te liegen?' vraagt hij. 'Ik heb het gevoel dat je staat te liegen. Je weet wat er gebeurt als je liegt, hè, stoute meid.'

'Ja,' zeg ik, heel stoute-kleinemeisjesachtig, heel opgewonden.

'Kom mee naar het atelier. Ik wil zien wat je gemaakt hebt.'

En hij beent de achterdeur uit, het gras over, en mijn atelier-silo binnen, in een geitebokachtige geurwolk van zwart leer en straatstof.

In mijn atelier heerst totale chaos. Lege doeken staan tegen de muren opgeslagen, afgekeurde C-afdrukken van de filmfototentoonstelling (op sommige ervan heb ik met acrylverf wat staan droedelen waardoor de beelden van de foto met Warhol-achtige krabbels overdekt zijn geraakt), afgekeurde doeken van de cowboytentoonstelling, een studie van de tweeling voor een dubbelportret met de titel *Doppelgänger Daughters*, die ik als niet goed genoeg ter zijde heb geschoven, en de gebruikelijke zelfportretten waaraan ik maar begin wanneer ik geen ander model voorhanden heb.

De chaos in mijn atelier is een weerspiegeling van de chaos in mijn geest – een miljoen dingen waar ik aan begonnen ben zonder ook maar iets af te maken – een wild rondtasten naar inspiratie in het verleden, in mijn kinderen, in mijzelf.

'Ha, je hébt gelogen,' zegt hij. 'Je weet wat de straf daarvoor is.'

'Ja, dat weet ik,' zeg ik, nu érg opgewonden rakend.

'Ga over de ezel heen staan,' zegt hij, 'en doe je broek omlaag.'

ISADORA: *Ik kan eigenlijk niet geloven dat Leila dit zou doen. Tenslotte is ze een kunstenares, een heldin, een feministe. Waarom zou ze zich door deze eikel laten mishandelen?*

70

LEILA: *Uit liefde. Je weet toch nog wel wat liefde is?*
ISADORA: *Wat heeft liefde ermee te maken?*
LEILA: *Alles. Dit is een verhaal over de dunne scheidslijn tussen liefde en zelfvernietiging. We hebben het hier over onpersoonlijke seks. Je hebt er zelf vast en zeker ook wel eens naar gezocht – of droom ik dat nou?*
ISADORA: *Ik heb* L'Histoire d'O *gelezen, maar ik ben niet Frans genoeg georiënteerd om het te kopen.*
LEILA: *Wacht maar af.*

Hij begint mijn rits los te maken en in afwachting van dit moment heb ik al een zwart kanten bikinibroekje onder mijn jeans aan. Hij rukt het denim over mijn achterste omlaag, maar laat het kanten broekje zitten. Dan trekt hij een zwart rijzweepje uit één hoge zwartleren laars en begint me plagend kleine tikjes op mijn bibs te geven, waarbij hij een bijzonder genoegen ontleent aan het feit dat ik over mijn eigen ezel gebukt sta, waarop een onvoltooid portret van mezelf staat te wachten.

De regenbui van leren hagelstenen op mijn billen windt me zo sterk op dat ik niet tegen hem in opstand kan komen. De vernedering draagt meer een geestelijk dan een lichamelijk karakter, aangezien het niet zozeer het zweepje is dat pijn doet als wel de wetenschap dat hij de dagen dat hij is weggeweest, hoeveel dat er ook zijn mogen, bij een andere vrouw heeft doorgebracht. Bij zijn heet schrijnende slagen op mijn achterste vuur ik hem aan met kreten en verontschuldigingen. (Ik maak hem mijn verontschuldigingen voor hetgeen *hij* misdreven heeft – zoals verliefde vrouwen dat gewoon zijn te doen.) Terwijl hij me met het zweepje slaat – eerst zachtjes, dan steeds harder – begint mijn kut te schrijnen van verlangen naar hem, wordt heet, zwelt van verlangen naar hem. Geen ogenblik te vroeg trekt hij me tegen de vloer en werpt zich op me, zwart leer tegen zwarte kant, koude metalen rits tegen warme witte buik, en dan eindelijk zijn harde haakvormige tamp die zijn weg naar binnen zoekt, mijn middelpunt vindt, zijn thuishaven vindt.

'Heks,' sist hij.

'Mijn vent, mijn lief, mijn mannetjesbeest,' kreun ik.

Ik bijt in zijn oor, tot bloedens toe, bijt op zijn lip, grom, sla mijn nagels in zijn rug onder de met lipstick bevlekte witte coltrui die hij onder zijn motorjasje aan heeft.

Wanneer hij diep in me is, blijft hij even roerloos, drukt me heel stijf tegen zich aan, bijt in mijn hals, tot bloedens toe, begint dan weer in me te bewegen.

'Mijn heks, mijn vrouwtjesdier,' mompelt hij onder het stoten, telkens en telkens weer, en ik zie de verwrongen uitdrukking op zijn gezicht die er altijd net voor zijn klaarkomen op verschijnt.

'Kom maar, schatje, kom maar lekker,' kreun ik, en hij komt in me

71

klaar in een stuiptrekking die zo hevig is dat het doek boven ons ervan trilt.

'Ik houd van je, Leila.'

'Ik weet het.' Ik leg mijn hand achter zijn hoofd, net als bij een baby. En ik meen wat ik zeg. Ik weet dat ik altijd zijn jonkvrouwe zal zijn, zijn lief, zijn Guinevere. Maar of ik de smart daarvan kan dragen, weet ik niet.

Een klein deel van mijzelf – het deel dat nog steeds Louise Zandberg is, misschien – staat op een afstandje toe te kijken en zegt: Dit moet ophouden of ik overleef het niet.

Hij blijft het hele weekend bij me. En het is een weekend dat even onfatsoenlijk heerlijk is als de weekends in het begin van onze idylle waren. We liggen uren in bed beurtelings naar Mozart en Tom Waits te luisteren, met de hond – nu niet meer zo terneergeslagen – aan onze voeten genesteld. We koken samen, maken lange wandelingen – alleen om bij een beekje te blijven staan en een partijtje te vrijen in het bos. We zwemmen in een prachtig meer vlak bij mijn stuk grond. We picknicken. We praten. We maken innig contact.

Ik begin mijn verkramptheid los te laten, me weer bemind te voelen, het gevoel te krijgen dat het leven nog zo kwaad niet is, dat ik weer aan het werk kan, weer kan gaan voelen. De gebalde vuist van mijn ziel begint zich weer open te vouwen.

En net wanneer dat begint te gebeuren, vangt Dart het met zijn bozetovenaarsachtig zesde zintuig op. Hij voelt dat ik me voor hem open, dat ik van liefde voor hem, van liefde voor mijzelf vervuld word – en dus kijkt hij op de gouden Rolex die ik voor hem gekocht heb (we hebben net teder de liefde bedreven op de bank in de woonkamer, voor het open haardvuur, en het is zaterdagavond tien uur) en zegt: 'Schatje – ik moet weg.'

Uit mijzelf losgescheurd kom ik samen met hem overeind als een geslagen hond – mijn gezicht even verwrongen van pijn als het zijne was toen hij klaarkwam – en loop met hem mee naar de badkamer, waar ik toekijk hoe hij zich scheert (en terwijl ik toekijk via mijn ogen zijn eigen gezicht bewondert), zich met Vetiver besprenkelt (een geur die hij door mij heeft leren kennen en die bij hem past), en zijn lendenen met zwart leer omgordt om weer van me weg te gaan. Ik protesteer niet. Ik ben vastbesloten mijn hand te openen en hem te laten gaan, omdat ik weet dat hij alleen als ik hem niet vasthoud misschien uit eigen vrije wil naar me terug zal keren.

Hij wacht erop dat ik zal gaan bedelen en smeken, maar die voldoening gun ik hem niet. Hij wacht erop dat ik hem zal vragen waar hij heen gaat, maar ik doe het niet. Met opeengeklemde kaken en gefronst voorhoofd woon ik alleen maar zijn toiletmakerij bij en help hem zich aankleden, in de wetenschap dat hij naar alle waarschijnlijkheid door iemand anders zal worden uitgekleed.

Mijn gehele niet geringe wilskracht en zelfdiscipline zijn er op gericht hem los te laten, mijn verdriet niet te laten merken (ofschoon het me een raadsel is hoe hij, die me zo goed kent, het niet zou kunnen zien). Boner huilt smartelijk, alsof hij een goed woordje voor me wil doen. 'Ssst, jochie,' zegt Dart en knuffelt hem even, met zijn gezicht in zijn vacht, zoals ik zou willen dat hij mij knuffelde.

Ik kijk toe hoe Dart zich in zwart leren jeans hult, zonder ondergoed eronder. ('Ik haat ondergoed – zo onhandig,' zei hij eens tegen me. O, pas op voor mannen die geen ondergoed dragen – je moeder heeft je voor dat soort mannen gewaarschuwd!) Ik kijk toe hoe hij een zwart zijden coltrui aantrekt (die met de lipstickvlekken erop laat hij bij me achter om voor hem te wassen). En ik concentreer me op de gedachte hoe moedig ik ben, dat ik hem niet aan banden leg. Soms is iemand loslaten het moeilijkste dat er op de wereld bestaat.

Op het laatst mogelijk moment, wanneer hij me gedag kust en de helm opzet, flapt een duiveltje binnen in me, een of ander schepsel waar ik niets van weet, een boze geest die bezit van me neemt, eruit: 'Maar als ik je nu eens hebben moet, waar kan ik je dan vinden?' De woorden zijn mijn mond nog niet uit of ik betreur ze, wens dat ik ze terug kon nemen, verval tot wanhoop zoals een van die ongelukkigen in Dantes *Inferno*, die het moment van de noodlottige daad eindeloos opnieuw moeten beleven.

En hij keert zich naar me toe en spuwt bijna de volgende woorden uit: 'Je verwachtte toch niet me weer te kunnen vinden nadat je me eruitgegooid had!' En weg is hij. Hij laat met veel geraas de motor aanslaan en scheurt weer weg naar New York – of waarheen dan ook.

Ik schenk mezelf een nieuw glas wijn in en bel Emmie. Ik ben vergeten zelfs maar over de revolvers te *beginnen*.

Mijn beste vriendin, Emily Quinn, is al meer jaren dan ik me graag realiseer levenreddend met me bezig. Ze is het produkt van nonnenschooltjes en de in Manhattan en Virginia doorgebrachte jeugd van het kind uit de betere klasse, en verdient nu haar brood als schrijfster van non-fiction boeken over trendy onderwerpen. In de jaren zeventig is ze rijk geworden door *The Joy of Woman*. In de jaren tachtig verwierf ze respect door een nauwgezet voorbereide biografie van Victoria Woodhull; en nu schrijft ze het eerste van alle taboes ontblote boek over de menopauze voor de jaren negentig.

'Heb jij ooit gedacht dat wij nog eens de *opgang van de menopauze* zouden beleven?' vroeg ze me een paar dagen – het lijkt nu wel een paar jaar – geleden.

'Wij gaan lang genoeg leven om *alles* mee te maken,' zei ik tegen haar. Nu weet ik dat niet meer zo zeker. Darts vertrek heeft me verschrikkelijk aangegrepen, op een nieuwe manier. Ik heb altijd gedacht dat ik iemand was die alles aankon. Nu vraag ik me af of dat wel zo is.

Emmie is streng, maar heeft een kalmerend effect op me; bij dit loskomen van Dart begeleidt ze me met oneindige tederheid. Terwijl ik haar telefoon laat overgaan, stel ik me Emmie voor met haar tot op de schouders reikend kastanjebruin haar getooid met een zwart fluwelen strik, haar verbluffende jukbeenderen, haar slanke taille en beeldige hoge boezem. Ze ziet eruit zoals iedereen er op haar vijftigste uit zou moeten zien. Sereen, verstandig, slank als een wilg, helder van oog, net rimpelig genoeg om vrouwelijk te zijn – en oneindig zachtmoedig. Emmie heeft een ijzeren wil. Ze is tevens grappig. We zeggen dikwijls dat we ons naar de Dag des Oordeels toe schateren. We verwachten allebei op ons zeventigste nog te werken, te giechelen, en regelmatig een beurt te krijgen.

Maar Emmie is vanavond niet thuis, ze werkt, zoals zo dikwijls op zaterdagavond. (Emmie heeft een getrouwde minnaar, een Griekse scheepsmagnaat die net vaak genoeg de haven van New York binnenvaart om haar tevreden te houden en net vaak genoeg weggaat om haar te laten schrijven – een nieuwe regeling die de werkende vrouw van deze *fin de siècle* niet geheel onaangenaam is.)

De telefoon blijft maar overgaan. Tenslotte komt er een klik en neemt Emmies antwoordapparaat het over.

Enkele oorverdovende Bachklanken en dan: 'U heeft 799-2727 aan de lijn. Weest u zo goed om na het domme piepje een boodschap in te spreken.'

'Help!' gil ik in de hoorn, en dan schiet me nog net te binnen om erbij te zeggen: 'Ik ben in Connecticut!' Dan hang ik op.

De verfijnde wreedheid van Darts vertrek op zaterdagavond ontgaat me niet. Evenmin als de wreedheid van zijn verdwijning na mij eerst verwend en genaaid te hebben. Ik denk aan alle crises die we de laatste zes maanden hebben doorgemaakt – en het is me volkomen duidelijk dat ik met Dart zal moeten breken, en wel volledig breken, als ik overeind wil blijven. Het doet te veel pijn. Iedere keer dat ik een of andere gedragswijze van hem over mijn kant laat gaan – vorige week nog heb ik de creditcardafrekeningen binnengekregen van een hotel waarin hij met een of andere meid gelogeerd had; de week daarvoor foto's van een blond sletje dat eruitzag als een serveerster van een eettent uit een tweederangsfilm; en de week daarvoor liefdesbrieven van een roodharig grietje dat bij de galerie gewerkt heeft – hij slaat werkelijk alles. Ik weet dat het door zijn eigen gevoelens van ontoereikendheid komt – altijd het model, nooit de kunstenaar zelf – dat hij tot deze excessen overgaat. Ik weet dat hij op zijn eigen manier van me houdt. Maar dat is niet meer genoeg. *Ik* moet van mezelf houden. Het goede schip Leila moet verder varen, en hoe kan dat met deze piraat in het ruim die ijverig gaten in de romp slaat? Waar trek je de grens tussen vergevingsgezindheid en zelfbescherming? Ik wou dat ik een dubbeltje kreeg voor iedere verliefde vrouw die zichzelf ooit die vraag gesteld heeft.

Alleen met de zwijgende telefoon, mijn fles, mijn hond, en mijn tot chaos vervallen atelier, klap ik in elkaar. Ik schijn alle controle over de rest van mijn leven te verliezen. Al mijn succes valt weg tegen deze volledige ontreddering. Kinderen halen je eruit – en mijn kinderen zijn er niet eens.

Ik denk aan Dart: hij is zijn eigen fraaiste schepping. Als hij niet kan schilderen en beeldhouwen komt dat doordat hij al zijn potentie als kunstenaar in de creatie van zijn eigen persona heeft gestopt, een niet geringe prestatie. Hij is voortdurend bezig *zichzelf* te bedenken – hoe zou hij zich kunnen ophouden met het bedenken van zoiets ordinairs als schilderijen? Een kunstenaar moet een doorgeefluik vormen van de muze naar de materie. Dart is zowel zelf muze als zijn eigen schepping. Ik heb alleen maar gefotografeerd wat ik zag. Zonder vaste identiteit, voortdurend veranderend – nu eens de Lone Ranger, dan weer Harlekijn, dan weer Elvis Presley – was Dart oneindig inspirerend, oneindig aantrekkelijk, absoluut betoverend. Niet alleen vanwege zijn tamp – vanwege zijn fantasie. En de manier waarop hij inhaakte op mijn fantasie. De beste minnaars weten hoe ze hun fantasie moeten gebruiken, zowel als hun tamp. Het eerste is zeldzamer dan het laatste.

Ik val neer op het bed, met al de lichten aan – het bed dat nog zo kort geleden door Dart gezalfd is. Ik denk aan alle wrede dingen die hij de laatste tijd gedaan heeft, de leugens – zinloze leugens over kleine dingen en grote leugens over grote dingen. Ik denk eraan dat ik zijn motorfiets bij het station geparkeerd heb zien staan op een dag waarop hij zei dat hij een buurvrouw ging helpen haar huis te schilderen. Ik denk aan alle keren dat ik de telefoon heb opgenomen, alleen om degene aan de andere kant van de lijn na het horen van mijn stem weer te horen ophangen. Ik denk aan de foto's van andere vrouwen die hij rond liet slingeren, de rekeningen, de liefdesbrieven, de creditcardafrekeningen. Dart wordt volgend weekend dertig. Zal aan dit alles ooit een einde komen – of is het nog maar net begonnen? Zal ik het mijn tijd laten duren of zal ik de sloten laten veranderen en hem het huis uit schoppen? Wie kan mij adviseren – wie anders dan de stem binnen in mij?

Ik kruip in mijn groot, overhoop gehaalde bed en trek het dek over me heen. Boner nestelt zich aan mijn voeten en slaakt een diepe hondezucht. Mijn bed is mijn heiligdom. Een monument zowel voor de hartstocht als het celibaat. Het is een witgelakt antiek ijzeren ledikant met allerlei tierelantijntjes van staal en koper en een felgekleurde Amish-lappendeken waarop een fraaie kaleidoscopische ster, en een rij kussens in allerlei maten, overtrokken met antieke crème-enwitte kant.

Ik voel me *veilig* in dit bed. Wanneer ik erin klim denk ik dikwijls: Ze trok zich terug in haar bed, en voel volledig de betekenis van toevluchtsoord in dat zinnetje aan. Aan de andere kant van het grote panoramische raam ligt het dromerige groene Connecticut, nu in duisternis gehuld. Voor mijn geestesoog zie ik de op borsten lijkende bolle heuvels, de rode schuren, de zilverkleurige silo's, knus genesteld onder de gulden, half door voortjagende wolken versluierde bijna volle maan.

Ik houd ontzaglijk veel van deze staat. In deze heuvels voel ik me veilig, als in de armen van mijn moeder. Ik vind het heerlijk hier te werken: ver genoeg van het Monster Gotham vandaan om zijn geestelijke ruis niet te horen, dichtbij genoeg om zijn elektrificerende energie op te vangen. Maar ik ben ook net een zuigeling waar het lieflijk glooiende, op borsten lijkende heuvels betreft – of het nu is in Toscane of in Litchfield County, in Umbrië, of de Veneto. Het enige waar ik nog meer van houd, is de zee. De Middellandse Zee, de Stille Oceaan, de Atlantische Oceaan, de Egeïsche Zee, de Caraïbische Zee – elke zee is goed.

De zee, de zee. Dart en ik plachten samen te dromen over het rondvaren tussen de 'suikereilanden' zoals de zeerovers uit de achttiende eeuw ze noemden. We waren dol op het Caraïbisch gebied, en gingen er in de bloeitijd van onze idylle dikwijls vandoor naar Barbados, Jamaica, Tortola, St. Kitts of St. Barts. Op Jamaica heeft Dart me leren zwemmen, op een wit zandstrand vlak bij Port Antonio. Op Tortola leerde hij me zeilen en snorkelen. Wanneer ik aan hem denk, zie ik hem nog steeds rondzwemmen als een blonde meerman – een stevige lange blonde Anglo-Amerikaan (grootgebracht met tennis en zwemmen en schieten) bezig een klein joods meisje met vlammend rood haar (grootgebracht met fysieke lafhartigheid) te leren niet van hamerkophaaien te schrikken, fysiek dapper te zijn, de natuur als je vriendin te beschouwen en de zee als je natuurlijk element; haar te leren hoe je je lichaam in het water uit moet breiden in plaats van angstig ineen te trekken.

Hij heeft me veel geleerd. Hij heeft me veel gegeven. Het is geen onevenredige uitwisseling van geschenken geweest. Ik heb hem cadeautjes gegeven, hem tot een ster gemaakt, maar ook hij heeft me geschenken gegeven – als voornaamste wel dat hij me uit de dood heeft opgewekt. Geliefden schenken elkaar leven. Daardoor wordt de liefde zo onweerstaanbaar – wat de droogstoppels dezer aarde ook mogen beweren. Wie kan die ander weerstaan die je het gevoel geeft dat je lééft? Wie kan weerstand bieden aan zout en sperma en zee en levenskracht? Want de liefde is niets minder dan het geschenk des levens (ofschoon je er soms met je dood voor moet betalen). En als kunstenaars zo dikwijls en zo intens liefhebben*, dan komt dat doordat zij een wilde drang tot leven hebben.

* Misschien had Isadora Wing hier eerder het werkwoord 'begeren' in plaats van 'liefhebben' moeten gebruiken – het laatste woord zou beter gereserveerd kunnen blijven voor verbintenissen meer in de trant van die tussen mijzelf en professor Frederick Stanger, die de o zo belangrijke toets der tijd hebben doorstaan. C.F-S, Ph.D.

Ik drink mijn wijn en huil. Het verlies van Dart lijkt me in een gapende afgrond te storten, het einde van alles te betekenen. Als ik het telefoonnummer van dat serveerstertje had, zou ik haar opbellen, me vernederen, hem aanbieden wat hij maar wilde hebben om hem bij me terug te laten komen. God zij dank heb ik haar nummer niet.

Ik sta op en zet Bessie Smith op. Terwijl ze met luider stem blues na blues ten gehore brengt, huil ik mezelf in slaap met alle lichten aan.

Ja, ik ben woest
En ik mag 't zijn
Wat mijn vent me heeft aangedaan doet pijn.
Al mijn liefde heb ik hem gegeven,
Maar ik zweer 't: nooit meer van mijn leven.
Meiden, jullie weten allemaal
Hoe het is
Om te houden van een vent die niet te vertrouwen is.
Noemt hij me nou weer zijn lieve vrouwtje, met zo'n suikerzoete stem,
Dan zeg ik mooi tegen hem:
Ik was je lieve vrouwtje, lieve man,
Maar nu ben ik zo woest als 't maar kan...

5. Neukland*
(of: de blues van elke vrouw)

Goeiemorgen blues, blues hoe gaat het ermee?
Och, ik kom alleen maar even een praatje maken,
voor een minuutje of twee.

– Bessie Smith en Clarence Williams

Ik ben weer op Yale – of ergens is het meer een kruising tussen Yale
en de academie. Hoog boven het park aan Convent Avenue heeft iemand een kooi gebouwd boven op elkaar kruisende liggers, net zoals
de oude hoog boven de straat lopende sneltram naar Third Avenue,
die altijd langs Bloomingdale's denderde toen ik nog klein was.
Daar, hoog in de lucht, bevindt zich een speciale kooiachtige kamer
waar geliefden elkaar kunnen ontmoeten wanneer ze Neukland wensen te betreden.
Ik ben erheen gegaan – aldus allerlei colleges verzuimend en mijn
goede cijfers voor dit jaar op het spel zettend – en het eerste dat ik bij
mijn aankomst doe is de blinden laten zakken – of eigenlijk heten het
jaloezieën: wel van toepassing in Neukland.
In een toestand van grote opwinding wacht ik de komst van mijn
minnaar – Dart – af.
In de droom ben ik nat, en vreselijk opgewonden en klopt het bloed
in mijn onderlijf. Op de een of andere manier weet ik dat mijn hele
leven van deze ontmoeting afhangt. Hij arriveert, niet in zwart leer
maar in witte zijde. Eigenlijk is het Elvis Presley en niet Dart – donker haar, een pafferig, opgezet gezicht, lippen als van een Kewpie-
popje, die mechanisch open en dicht gaan als plastic dr. Dentons.
Misschien is hij *werkelijk* een reuzen-Kewpiepop en geen mens. En
toch begeer ik hem – och, hoezeer begeer ik hem! Ik trek de rits van
de witte zijden jeans omlaag, maak de knoopjes van het wit zijden
cowboy overhemd los, houd hem tegen me aan, streel hem, en mur-
mel woorden van aanmoediging en liefde. En dan zie ik wanneer ik
de gulp van zijn satijnen jeans openmaak dat hij in plaats van een penis op die plek een diepe gapende wond heeft, waarin aardwormen,
naaktslakken en gewone slakken krioelen. Vol afkeer – en toch

* 'The Land of Fuck' (Neukland) is een door Henry Miller in *The World of Sex*,
1940, geïntroduceerde beschrijving van het land waarheen wij van tijd tot tijd ontboden worden, en dat ons alle rede en zelfbeheersing doet verliezen. Isadora Wing
zag dit land als op een of andere wijze zetelend in 'het oude dierlijke deel van het
brein'. Uit Isadora's dagboeken en gedichten wordt duidelijk dat zij een groot deel
van haar leven onder de betovering van dit land verkeerde. C.F-S, Ph.D.

78

wonderlijk seksueel geprikkeld – probeer ik de rits van zijn gulp weer dicht te trekken, maar het lukt me niet. De wormen en slakken wriemelen zich naar buiten. Een slak trekt een traag spoor van slijm over een glanzende witte broekspijp omlaag. Aardwormen worden door mijn ruk aan de rits onthoofd. Ik kijk op naar Darts gezicht en zie dat het gezicht van de Kewpiepop is afgebladderd. Eronder is alleen een leegte – witte leegte. Vormeloze ogen, neus, mond, als van een door de zee schoon gewassen kop van een houten pop.

Bitter teleurgesteld duw ik de pop-man opzij en zoek de uitgang van Neukland. Er is geen deur. Niets anders dan deze kooi hoog boven de stad – New York? New Haven? – waar ik voor altijd gevangen zit. Ik hoor mijn moeders stem zeggen: 'Louise, jij denkt altijd dat de regels die voor andere mensen gelden voor jou niet opgaan!'

Ik ontwaak in het groen-dociele en vriendelijke Connecticut met alle rolgordijnen omhoog en de lampen en stereo aan. Buiten mijn een weids uitzicht biedend venster deinen populieren en hemlockdennen in de wind. Onder mijn heuveltop liggen de rode schuren en zilveren silo's van het vredige Litchfield County. Ik vaar in mijn witte ijzeren ledikant door de kosmos als in een ijzeren schip, maar de nasmaak van mijn droom raak ik niet kwijt.

Ik strek me midden op het bed uit en laat me opnieuw door de droom meevoeren. Nu beginnen de beelden zich te ontwarren, net als de wollen mouwen van een trui-in-de-maak die van de rondlopende breinaalden zijn afgegleden. Ik probeer de droom weer binnen te kruipen, al was het alleen maar om er inzicht in te krijgen – maar de droom is weg. Ik lig in mijn eentje in mijn bed in de groene heuvels van Connecticut, en waar Dart is weet God alleen.

Ik stel me mijn bed voor als een tussen melkwegstelsels rondvarend ruimteschip. In dit witte ijzeren bed, in dit witte gepotdekselde huis, beweeg ik mij voort door het universum. Onder mij flonkeren sterren in een zwarte ruimte. Overal om mij heen zitten op asteroïden de mensen die aan mijn leven hebben geraakt: mijn tweeling, die zit te wuiven als twee door Saint-Exupéry getekende kleine prinsesjes; mijn moeder Theda, die me toezwaait vanuit haar gekkenhuisje tussen de sterren; mijn vader, bezig met het maken van vogels in origami om die door de ruimte heen naar de tweeling toe te laten zweven (de tweeling die hij nooit gezien heeft maar natuurlijk nu *wel* ziet). Snack, Thom, Elmore, Dart – ieder wuift me toe van zijn of haar eigen asteroïde. Emily is bezig op haar asteroïde een rozentuintje aan te leggen onder het zingen van een lofzang op de verbluffende energie van vrouwen die de menopauze achter zich gelaten hebben.

De aarde is een nietig, door het gigantisch heelal voortstuivend spoortje, zie ik. En vanuit mijn uitkijkpost in het ruimtebed – dat nu van de aarde is opgestegen en moeiteloos op eigen kracht met mij erin door de kosmos zeilt – zie ik niet alleen hoe klein de aarde is,

79

maar ook hoe verbijsterend kwetsbaar. Aarde, maan en sterren zijn alle binnen een seconde met een adempufje van de kosmos uit te blazen. En ik suis hier in mijn bed door de tijd-ruimte, met een hond als enige troost. Eenzaamheid is ons laatste tehuis, heeft een wijze oude roshi eens gezegd. En toch is het een eenzaamheid waarin ik bepaald niet alleen ben, een eenzaamheid bevolkt door zowel geesten als mensen van vlees en bloed. Vanuit mijn bed wuif ik naar iedereen van wie ik ooit gehouden heb. Het visioen heeft een kalmerende uitwerking op me. Ik krabbel overeind en kom mijn bed uit, laat Boner naar buiten, en wrijf me eens goed in de ogen.

En nu naar de keuken – met een pitstop bij de stereo-apparatuur om een nieuwe plaat van Bessie Smith op te zetten, *Any Woman's Blues*. Terwijl Bessie 'My Sweety Went Away' zingt, kletter ik met potten en pannen, maak koffie, en begin havermoutpap, waar ik eigenlijk geen trek in heb, voor mezelf klaar te maken.

> *'Mijn lief is weggegaan*
> *Maar hij heeft niet gezegd waarheen,*
> *Hij heeft niet gezegd wanneer,*
> *Hij heeft niet gezegd waarom,*
> *Nog geen gedag heeft hij gezegd –*
> *Ik heb zo'n verdriet,*
> *Erger kan het niet...*
> *Ik weet dat er een ander is*
> *Maar wie heeft hij niet gezegd...*
> *Ik weet dat ik dood zal gaan.*
> *Waarom komt hij nu niet vlug*
> *Weer bij me terug?'*

Als je naar Bessie Smith luistert, lijkt het allemaal zo simpel. De stem van een gekwelde vrouw die de mannelijke onvoorspelbaarheid voorspelt, in liedvorm verklaart dat er tussen mannen en vrouwen niets nieuws onder de zon is. Je denkt dat je hart zal breken, je denkt dat niemand zich ooit eerder zo ellendig gevoeld heeft? Nou, hier is Bessie om je eraan te herinneren dat miljoenen vrouwen – zwarte, blanke, gele, en bruine – al vóór jou zo gehuild hebben, dit verdriet tot warme, krachtig weerklinkende liederen hebben omgewerkt. Heb ik troost aan die gedachte? Niet echt.

In de keuken staat op het aanrechtblad een uitstalling aan lege flessen die mijn hart van ontzetting vervult. Heb ík al die flessen Pomerol, Meursault, Pinot Grigio leeg gedronken? Het lijkt me nauwelijks mogelijk. Dart en ik hebben het vast en zeker samen gedaan. Maar het kloppen in mijn hoofd en mijn droge mond overtuigen me ervan dat ik toch wel iets met deze lege flessen te maken moet hebben. Mijn hoofd bonst, mijn coördinatie is niet al te geweldig. Ik drink mijn koffie alsof het een levenselixer is en struikel dan de badkamer in om mijn tanden te poetsen. Onderweg mors ik de koffie over de eiken vloerplanken, glijd er bijna over uit, kniel neer om de troep met mijn badjas op te deppen, en zet mijn tocht voort.

Ik ga de confrontatie met mijn spiegelbeeld aan. Wat ik zie, bevalt me niet. Mijn gezicht is een en al ellende: wallen onder mijn ogen, verdrietige pruilmond, pafferige, bleke wangen. Mijn gezicht is de spiegel van mijn leven; nog sterker, anders dan de meeste gezichten, houdt het niets verborgen. Dit is het gezicht van een vrouw die zwaar in de problemen zit.

Ik heb er altijd tien jaar jonger uitgezien dan mijn chronologische leeftijd – maar nu weet ik het niet meer. Ik lijk wel tien jaar ouder. Wat voor effect het ook is dat deze man op me heeft, mooier word ik er niet van.

Mijn gezicht is als mijn palet. Ik ken elke centimeter ervan – elke vergrote porie, elk moedervlekje, elke huidplooi, elke verkleuring. Mijn eens groenbruine ogen hebben nu een doffe modderkleur. Mijn Titiaanrode krullen zijn fletse sliertjes op mijn eens rozige wangen. Ik sla mijn badjas open en bekijk mijn lichaam. Zelfs mijn borsten zijn verslagen en schijnen te gaan hangen. De grote roze tepels die al mijn mannen vanaf Snack tot Dart zo geloofd en geprezen hebben, schijnen gekrompen in de nederlaag. En het litteken van mijn keizersnede, nu vervaagd tot een bleke ritssluiting van vlees boven mijn rossig haarbosje, is weer nijdig rood ontstoken. Ik draai me om en zie rode striemen op mijn billen. Mijn hart maakt een duik in mijn borstkas. Hoe kom ik daar aan? Ik kan het me niet herinneren.

Opeens krijg ik een brandlucht in mijn neus. Ik ren naar de keuken en tref de pan met havermout rokend en smokend aan op het fornuis. Een scherpe lucht van verbrande graanvlokken vult mijn neusgaten. Ik draai het vuur uit en mik met veel gekletter de pan in de gootsteen. Hij sist boosaardig. Ik laat koud water in de pan lopen en een wolk havermoutsmook stort zich op mijn reukorgaan. Wie had er trouwens behoefte aan havermoutpap?

De telefoon gaat.

'Hee, wat is er loos?' Het is Emmie.

'Ik heb die rothavermout laten aanbranden,' zeg ik.

'Wat is er gisteren tussen Dart en jou gebeurd?'

'Hij is weggegaan. Eerst kreeg hij me zover dat ik me heel ontspannen en sentimenteel en warm en een en al vertrouwen ging voelen, en toen ging hij weg, de rotzak. Ik zou hem met liefde z'n lul afsnijden en in z'n mond proppen. Ik kan 'm wel vermoorden – alle mannen, het hele zootje. Het zijn Marsmannetjes. Ze kunnen ons niet gewoon alleen maar naaien. Ze moeten ons ook nog zo nodig eerst helemaal zacht en kwetsbaar maken, zorgen dat we van ze gaan houden, met ons naar bed gaan, en *dan* smeren ze 'm. Ik ben helemaal klaar voor de Lesbische Commune. Kom op, Emmie – zin om mijn vriendinnetje te worden?'

(De Lesbische Commune is een oud grapje tussen ons. Daar gaan we bij als we de mannen ten langen leste afgezworen hebben. Binnenkort dus.)

'Ho eens even. Even terug. Vertel me nu eerst wat er echt gebeurd is.'

En dat probeer ik, ik probeer geduldig alles uit de doeken te doen over wat er tussen mij en Dart is voorgevallen vanaf zijn aankomst tot zijn vertrek. Ik vertel haar alles, laat alleen de rode striemen op de billen en de stoet lege flessen onvermeld. Laat alles onvermeld dus.

'En hoe voelde je je nu, toen je vanmorgen opstond?' vraagt ze.

'Waarom?'

'Zeg het nou maar gewoon.'

'Toen ik wakker werd, was ik in paniek, ik had van die verschrikkelijke dromen gehad. Het eerste dat ik voelde was wanhoop – mijn hele leven leek waanzinnig, gestoord, uit de hand gelopen. Ik had zin om zelfmoord te plegen. Toen probeerde ik weer wat greep op mijzelf te krijgen en ik kreeg visioenen van mezelf, dat ik in mijn bed door de kosmos zweefde...' Ik begin te huilen, 'Emmie, ik kan zo niet verder. Ik kan er niet meer tegen. 't Is allemaal niks dan *ellende*, *ellende*, en nog eens *ellende*.'

'Waarom is dat zo, denk je?'

'Omdat het leven één grote ellende is.'

'En heerlijk. Een geschenk des hemels. Een zegen.'

'Kom me nou niet met dat simplistische Pollyanna-gelul aanzetten.'

'Het is inderdaad simpel, maar het is geen gelul. Je kunt zelf *kiezen* hoe je tegen je leven aan wilt kijken. Of je in Eeyores sombere hoekje wilt leven of in de zonneschijn. Jíj bent toch degene die dat bepaalt? We maken ons kortstondig verblijf toch alleen maar door om er vreugde aan te beleven?'

'Lulkoek.'

'Weet je waarom de mensen zo dol op je werk zijn? Vanwege de vreugde, de levenskracht die het uitstraalt.'

'Wat voor werk? Ik kan niet werken, ik doe geen werk. Ik kan niks anders dan hier maar wat aan Dart zitten denken. En drinken.'

'Leila, wil je kappen met dit hele gedoe? Is dat wat je eigenlijk bedoelt? Wil je er echt mee kappen en weer baas over je eigen leven worden?'

'Ja.'

'Denk er eens over na. Er is geen enkele wet die zegt dat je weer baas over je eigen leven moet worden. Je kunt gewoon zo doorgaan. Je kunt er een eind aan maken als je dat wilt. Ik zal je missen – maar dat recht heb je. Je kunt je tweeling opschepen met de nalatenschap de kinderen van de zoveelste suïcidale kunstenares te zijn, of je kunt iets anders doen.'

'Hoe dan?'

'Mag ik je dat laten zien? Wil je mij je vertrouwen geven?'

'Wat heb ik voor keus? *Hier* kan ik niet blijven.'

'Wacht dan tot ik bij je ben. Ik rijd nu meteen naar je toe.'

Onder het wachten op Emmie drink ik een hele fles Pinot Grigio leeg. Eerst heeft de wijn een ontspannend effect op me en onder het luisteren naar Bessie Smith voel ik me kalm en geestelijk verruimd, maar daarna, wanneer het wazige gevoel plaats maakt voor een bonzende hoofdpijn, begin ik manieren te overdenken om mezelf het hoekje om te helpen. Ik zou mijn polsen kunnen doorsnijden in bad – en al dat rode bloed zou het heldere water marmeren. Ik zou een zelfportret in filmfotostijl kunnen maken terwijl mijn leven wegebt. De camera instellen voor een tijdopname, in de badkuip stappen, en dan... wanneer ze me dan kwamen zoeken zouden ze niet alleen mijn lijk vinden, maar ook een fotografisch verslag van de daad die me van het leven had beroofd. Als je het toch over postmodernistische beelden hebt! Of ik zou mijn aderen kunnen openen, een doek helemaal vol kunnen smeren met het verse bloed. *Dart is weg*, zo zou ik het noemen. Of ik zou het ovendeurtje open kunnen zetten, en daarna het gas, en er een Sylvia Plath van kunnen maken (maar ik heb een elektrische oven). Of mezelf in Theda's oude nertsjas wikkelen (die ik sinds mijn moeders dood in de jassenkast bewaar), in de ossebloedrode Mercedes klimmen die DART heet en à la Anne Sexton de koolmonoxydedampen gaan zitten inademen (maar de Mercedes heeft een open kap, dus de koolmonoxyde zou weg kunnen!).

Wanneer de wijn uitgewerkt raakt, dien ik mezelf een dosis valium en aspirine toe. Dan ga ik onder het bed op zoek naar het pakje marihuana waar ik Dart gisteravond joints van heb zien rollen voor hij wegging. Godverdomme, hij heeft zelfs de dope meegenomen.

'Die klootzak heeft zelfs de dope meegenomen!' krijs ik.

Wanneer ik een nauwelijks voor consumptie geschikte joint onder het bed zie liggen, druk ik me plat tegen de eiken vloerplanken om erbij te kunnen, maar het ding ontwijkt net de toppen van mijn gescheurde nagels.* Uiteindelijk spiets ik het aan mijn wijsvingernagel en hijs mezelf overeind. Ik ga op zoek naar een lucifer en haal het huis ondersteboven vanaf de open haard in de woonkamer tot aan de houtkachel in de keuken. Ik ben het enige aansteekmateriaal in het hele huis. Ik stamp de kamers rond, vloekend, niet in staat een lucifer, aansteker, of wat ook te vinden – en dan gaat de telefoon. Dart! Dart wil terugkomen. Hij houdt van me. Het spijt hem. Hij is bij een of ander delletje geweest, en hij mist me verschrikkelijk. Hij beseft hoeveel ik eigenlijk voor hem beteken. Ik ren naar de telefoon. 'Juffrouw Sand?' Een onbekende stem.

---

* Isadora Wing bezat tijdens haar Italiaanse periode bloedrode vingernagels; maar haar hartstochtelijk streven naar accuraatheid kennende denk ik dat ze, als ze in leven was gebleven, Leila gescheurde en ongelakte kunstenaressennagels zou hebben gegeven. De kladversie van het manuscript geeft op dit punt een aanzienlijke weifelachtigheid te zien. Ze veranderde de frase 'bloedrode nagels' in 'gescheurde kunstenaarsnagels' en dan weer in 'bloedrode'. Hieruit blijkt naar mijn mening zonder enige twijfel dat ze Leila met zichzelf identificeerde. C.F-S, Ph.D.

'Ja?'

'Juffrouw Sand, mijn naam is Wesley Hunnicutt, en ik vertegenwoordig de Stichting Begraafplaatsen van Paugussett, Connecticut –'

'De *wat*?'

'De Stichting Begraafplaatsen van Paugussett. We nemen met alle huiseigenaren in de provincie contact op, omdat we u graag zouden willen wijzen op een unieke gelegenheid tot de aankoop van grafterreinen –'

'Van *wat*?'

'Van grafterreinen voor u en uw dierbaren.'

'Hoe komt u aan mijn naam?'

'Als eigenares van een huis in de gemeente Roxbury staat u gewoon geregistreerd op het gemeentehuis. Als u me een ogenblikje van uw...'

'Een grafterrein!'

'Wel, wij zien het graag als een investering in uw gemoedsrust, een stukje rustgevende zekerheid.'

Ik kwak de hoorn op de haak.

En val snikkend op de vloer, met mijn wang tegen het warme hout van de vloerplanken waarop Dart en ik zo dikwijls de liefde bedreven hebben. Boner komt naar me toe en likt me in mijn gezicht. Ik denk aan de man in *Amadeus* met de kap over zijn hoofd, die Mozart opdracht voor zijn Requiem kwam geven ter voorspelling van zijn dood. Dat is *mij* nu zonet ook overkomen. De dood heeft een afspraak met me gemaakt. En hij heeft niet gezegd wanneer hij terugkwam.

Ik begin met mijn voorhoofd tegen de vloer te slaan, als een autistisch kind. Ik ga door tot het begint te bloeden, zonder pijn te voelen. Tenslotte komt de pijn en daarmee een soort nieuw bewustzijn. 'God,' zeg ik hardop, 'ik wil niet dood. Ik wil mijn leven terug. Alstublieft, God, geef me mijn leven terug.'

Ik lig nog steeds op de halvloer geknield, met mijn voorhoofd vol geronnen bloed en de hond naast me, wanneer twee uur later Emmie door de voordeur binnen komt stappen.

ISADORA: *Je hebt van Leila werkelijk een hopeloos geval gemaakt. Iedereen zal denken dat ze mij is. Iedereen zal zeggen dat ik met mijn hoofd tegen de vloer geslagen heb en me* SM *heb laten aanleunen en mezelf voor een of andere eikel heb vernederd. Zo bont heb ik het nooit gemaakt. Waarom maak je zo'n stakker van haar?*

LEILA: *Dit kan elke vrouw overkomen.*

ISADORA: *Mij niet. Jou niet.*

LEILA: *Jouw geheugen werkt wel erg selectief. Heb jij nooit met je hoofd tegen de vloer gebeukt?*

ISADORA: *Nooit.*

LEILA: *En jezelf suf gedronken?*

ISADORA: *Och – een of twee keer.*

LEILA: *En ben je nooit verslaafd geweest aan drank, drugs, tamp?*

ISADORA: *Alweer dat* woord. *Ik wil niet dat je dat woord ooit weer gebruikt.*

LEILA: *Lul dan maar? Of pik? Zal ik maar doorgaan met mijn pik-balladen?*

ISADORA: *Maakt het echt wat uit wat ik zeg? Je bent wel mijn schepping, maar net als mijn kind lijk je een eigen leven te zijn gaan leiden.*

LEILA: *En is dat niet net wat je wilde?*

ISADORA (zuchtend): *We overzien zelden wat we willen.*

6. Ervaring, kracht, hoop

Geef me een joint en een kist drank of nog meer.
Sla me maar dood, want ik doe het alweer.
Sla me maar dood, want ik zuip alweer.

– Wesley Wilson

En zo kwam ik op mijn eerste bijeenkomst van de Anonieme Alcoholisten terecht.

Stel je voor: een wit kerkje in neoclassicistische stijl in landelijk Connecticut, waar niemand door de voordeur binnengaat, maar al die mensen achterom komen. (Ach, de terugkeer naar de kerk via de achterdeur!) Mijn loodgieter, meneer Raffella, is een van hen; een verschrompelde kunstenaar uit New Mulford met een grijze baard die ik eens bij een etentje ontmoet heb (en wiens naam ik niet meer weet); de beheerster van de plaatselijke bibliotheek; wat haveloze tieners, en ook enkele schoongepoetste en keurige; een oude neger met vijf of zes tanden; een aantal degelijk uitziende burgers, huisvrouwen, en andere Yankees uit de moerassen van Connecticut in hun topjes, corduroybroeken, en overhemden in madrasruit. *Waarom sta ik te beven als een riet?*

Emmie leidt me de recreatieruimte in het souterrain van de kerk binnen alsof ik twee jaar oud ben en naar mijn eerste middagje op de speelzaal gebracht word. Het is enorm rokerig in het zaaltje, en het doet er enorm gezellig aan. Bij de ene enkele tafel zitten mensen op klapstoelen, of staan; ze drinken koffie, roken onafgebroken, eten koekjes, omarmen elkaar, hebben onderonsjes. Mijn eerste impuls is ervandoor te gaan. *Wat doe ik hier in godsnaam?*

Mijn loodgieter knikt me toe en zegt: 'Welkom.' Ik ben te geagiteerd om te reageren. Juffrouw Manners noch haar tegendeel, mijn moeder, hebben me geleerd wat je zeggen moet wanneer je loodgieter je bij een bijeenkomst van de Anonieme Alcoholisten begroet. Emmie neemt me mee naar het koffieapparaat, maakt koffie met veel melk en suiker voor me, en leidt me naar een stoel voor in het vertrek.

'Hoe wist je dat er vanavond hier een bijeenkomst was? Je woont niet eens in Connecticut.'

'Er bestaat een bijeenkomstenagenda.'

'Wat ben je toch verdomd efficiënt,' zeg ik.

Ze kijkt me aan en glimlacht. Zachtmoedig. 'De eerste keer dat ik naar een bijeenkomst ging, stond ik werkelijk doodsangsten uit. Dat is met iedereen zo.'

'Wat moet ik doen?'

'Niets.'

'Je weet dat ik alles beter kan dan dat.'

'Daarom heb ik je hier mee naar toe genomen. Als je het echt verschrikkelijk vindt, hoef je nooit meer te gaan.'

'Nooit meer?'

Emmie lacht.

Op de muren van de recreatieruimte hangen opschriften op kleine plankjes met een eiken lijst. 'EGO = Eerst God Opruimen'. 'Wat Het Zwaarst Is Moet Het Zwaarst Wegen'. 'Denk Na'. Die hangt ondersteboven. 'Zachtjes Aan Dan Breekt Het Lijntje Niet'. Gemeenplaatsen. Kunnen deze mensen niet gewoon praten? Er hangen ook twee enorme rollen met tekst. De ene draagt de kop: 'De Twaalf Stappen'*. Boven de andere staat: 'De Twaalf Tradities'. De eerste regel van de Twaalf Stappen luidt: 'Wij geven toe dat wij machteloos stonden tegenover alcohol – dat ons leven stuurloos was geworden'. Ik lees niet door.

'Waar gaan de stappen *naar toe?*' vraag ik Emmie.

'Je eigen berg op,' zegt ze. 'Hoe je die ook noemt.'

'Berg Leila op,' zeg ik peinzend.

'Bedoel je dat als werkwoord of als zelfstandig naamwoord?'

'Als werkwoord,' zeg ik op luchthartige toon om mijn doodsangst te maskeren.

Ik haat dat taaltje. Kon ik maar weg.

'Ik hoor hier niet,' zeg ik tegen Emmie.

ISADORA: *Ik ook niet.*

LEILA: *Dat denk jij.*

'Probeer de eerste stap eens om te werken: "Ik ontdekte dat ik machteloos stond tegenover Dart, dat mijn leven stuurloos geworden was." Luister een tijdje mee en kijk of het je bevalt wat je hoort.'

Ik kijk omhoog naar de eerste stap en vervang 'alcohol' door 'Dart'. Mijn leven is inderdaad volstrekt stuurloos. Mijn leven is... Ik begin te huilen. Niemand schijnt het op te merken, afgezien van een vrouw die naar me toekomt om me te omarmen. 'Je bent hier goed,' zegt ze

---

* De Twaalf Stappen van de Anonieme Alcoholisten vormen een programma voor het van de drank afraken en voor het leven, dat de AA alcoholisten in nood voorhoudt om hen van hun verslaving af te helpen. Isadora Wing geloofde dat zij in wezen een programma ter bevordering van eerlijkheid tegenover jezelf vormden en iedereen een ruggesteuntje in het leven zouden geven. Maar ze wilde nogal eens – zij het kortstondig – warm voor het een of ander lopen. Isadora Wing zei dikwijls dat de Twaalf Stappen en de Regelen der (Hoofse) Liefde 'parallel lopende universums' waren. Ik heb AA-bijeenkomsten bijgewoond – in het kader van mijn research uiteraard – en ik moet zeggen dat ik niet begrijp waar men zich zo druk over maakt. C.F-S, Ph.D.

en geeft me haar telefoonnummer op een stukje geel papier. Ik ben een wereld binnengestapt waarin vriendelijkheid de regel en niet de uitzondering lijkt te zijn, en ik wil weg.

De bijeenkomst begint.

Nadat er iemand aankondigingen gedaan heeft en een voorwoordje voorleest vol kreten als 'kracht', 'hoop', 'kameraadschap', en 'nuchter blijven', staat een vrouw op die wordt voorgesteld als Fleur uit Boston; ze begint te spreken.

Ik kom tot het besluit dat Fleur-uit-Boston, een kleine, angstig kijkende ziel halverwege de veertig, de volmaakte figuur is voor de rol van Blanche du Bois in een amateurproduktie van *Tramlijn Begeerte*. Ze heeft sliertig bruinachtig haar, een afwezig starende blik in haar groenige ogen, en lijkt bijna breekbaar in haar vogelachtige magerte. Ze heeft zulke tengere polsjes dat je het gevoel krijgt dat ze al in tweeën zouden knappen als je ze maar aanraakte.

'Men zegt,' begint ze met een sterk Back Bay-accent, 'dat alcoholisten het leven van de mensen om hen heen in ongunstige zin veranderen. Ik ben nog nooit verliefd geworden op een man die geen alcoholist was, en ik heb altijd weinig gedronken, behalve samen met de mannen in mijn leven. Zij dronken, dus dronk ik. Ik dronk niet om het drinken, zie je, maar uit liefde.'

Het laatste dat ik horen wil is het verhaal van een vrouw die zich van de liefde bevrijd heeft. Ik ben als de dood – niet dat het Programma me niet helpen zal om in mijn opzet te slagen, maar dat het dat heel misschien wél zal doen. Ik haat al die zoetsappigheid en emotionele geborgenheid in dit vertrek. Ik wil het tumult terug: het innerlijke tumult.

'Ik ben wakker geworden in een massa bedden zonder te weten hoe ik daarin gekomen was, en dan keek ik naar een snurkende vent van wie ik niet wist hoe hij heette,' zegt Fleur. 'Eerst waren het mannen met wie ik naar school was gegaan, mannen van wie ik de familie kende, mannen van wie de ouders naar dezelfde kerk waren gegaan als ik. Maar na verloop van tijd waren het mannen die nooit naar school waren geweest, die geen familie of moeder meer hadden, en die zelfs nooit maar in de kerk geweest waren.'

Is dit nu waar *mijn* leven in uitmondt? In een bijeenkomst in een souterrain van een kerk waar ik gemeenplaatsen aan moet horen? Ik ben artieste. Mijn leven is *nooit* zoals dat van andere mensen geweest. Op ditzelfde moment ben ik zelfs in Dubrovnik met Dart. We zwieberen in de Zastava de met kinderhoofdjes geplaveide straat af. Het is middernacht. Juli. We hebben de hele dag flessen vol van de plaatselijke wijn geconsumeerd – en wanneer de auto op een vrijwel verticaal lopende straat een stuurloze schuiver maakt, missen we nét de zware muur van een fort. Ik gil. 'Niks aan de hand, schatje, het is goed gegaan,' zegt Dart.

'Toen de politie kwam en mijn dochtertje vond,' zegt Fleur, 'lag ik bewusteloos in de slaapkamer.'

Er is een kind omgekomen terwijl ik met Dart in Dubrovnik was. Een klein meisje. Ik heb *twee* kleine meisjes. Ik probeer *echt* te luisteren, maar kan me toch niet werkelijk op Fleurs woorden concentreren.

In plaats daarvan kijk ik naar de rol met De Twaalf Stappen.

1. Wij gaven toe dat wij machteloos stonden tegenover alcohol – dat ons leven stuurloos was geworden.
2. Wij kwamen tot het geloof dat een Kracht groter dan wijzelf ons weer geestelijk gezond kon maken.
3. Wij namen het besluit onze wil en ons leven over te geven in de hoede van God, *hoe ieder van ons dan ook persoonlijk Hem aanvaardt.*

'Mijn andere kind werd bij me weggehaald en in een pleeggezin ondergebracht,' zegt Fleur. 'Ik werd naar de gevangenis gestuurd, waar ik drie keer geprobeerd heb er een eind aan te maken en op de psychiatrische afdeling van het gevangenisziekenhuis werd opgesloten voordat ik tenslotte van de drank af was en anders begon te leven.'
Moet dit nou echt, denk ik terwijl de tranen me over de wangen stromen.
'Waarom treft mij dit? heb ik tegen God geschreeuwd – en waarom mijn dochtertje? Jaren heb ik geen bevredigend antwoord kunnen vinden. Ik had in mijn dronkenschap vreemden mijn huis binnengehaald. Ik had net zo goed mijn kinderen en mijzelf dood kunnen rijden of om kunnen laten komen bij een brand, of de kinderen per ongeluk doodgeschoten hebben met een revolver die ik in huis had om indringers af te schrikken – indringers die ikzelf binnenvroeg, met de liefde als excuus.'
Ik wil Fleurs verhaal net zo graag afzetten als ik het wil horen. Ik ben rusteloos, innerlijk verscheurd – en wonderlijk geboeid. Tussen de flarden van Fleurs verhaal en de dromen over Dart doe ik niets dan beven en onrustig frunniken en draaien. Ik sta op en gris een handvol koekjes van tafel, en ga dan weer terug naar mijn klapstoel.

4. Wij maakten grondig en onbevreesd een morele balans en inventaris van onszelf op.
5. Wij beleden tegenover God en wij bekenden aan onszelf en aan een medemens de juiste aard van onze misstappen.
6. Wij waren volkomen bereid God ons van deze karakterfouten te laten ontlasten.

Er volgt een lang, saai verslag van de stadia in Fleurs herstel, een herstel waarin ook haar strijd om haar overgebleven kind terug te krijgen is opgenomen – een zoon die, geloof het of niet, de naam Donegal draagt.
Fleur is nu tien jaar 'van de drank af'. De dochter die ze verloren

heeft zou nu negentien geweest zijn. Ze werkt voor een minimum-loontje in een kinderziekenhuis en schept 'speciale vreugde' in het verzorgen van tienermeisjes. Ze meldt dat ze tenminste zeven van de tien jaar dat ze van de drank af is ook niet aan seks gedaan heeft – doe me een lol! – maar kort geleden heeft ze 'een man leren kennen die van me houdt om wat ik heb doorgemaakt en de geestelijke rust die ik gevonden heb'. Hij heeft haar een tweede dochter gebracht, die ze ziet als een kans om 'haar karma ongedaan te maken'.

Jezus, wat heb ik de pest aan Pollyanna's. En het ergste moet nog komen.

'Door het Programma,' zegt Fleur, 'ben ik blij dat ik leef. Ik begin elke dag met God om leiding te vragen en dank Hem elke avond bij het slapen gaan. Ik heb in het ziekenhuis als speciale taak het begeleiden van jonge meisjes. Ik probeer hen te leren inzien dat liefde ook omvat het vermogen jezelf lief te hebben, en dat elk van hen in zichzelf een Hof van Eden meedraagt, dat ze geen mannen nodig heeft om hen een recht van bestaan te geven. Ik heb het gevoel dat zelfs in dit zogenaamde feministische tijdperk dit meisjes toch niet duidelijk is. Ze denken dat ze zonder een man niets zijn, en ze offeren zichzelf op op het altaar van de romantische liefde – seksuele liefde – en vergeten God, vergeten de goddelijke liefde, vergeten alles behalve de blinde behoefte waarde te verwerven door de aandacht van een man. Kort gezegd, ze zoeken overal naar iets om lief te hebben, terwijl ze datgene wat het meeste hun liefde verdient vlak onder hun neus hebben – namelijk henzelf.'

'Laten we als de donder maken dat we wegkomen,' zeg ik tegen Emmie.

'Zo dadelijk,' zegt Emmie.

'Na al mijn zelfmoordpogingen,' zegt Fleur, 'ontdekte ik dat ik de dood van mijn dochtertje alleen enige zin kon geven door het hier op aarde vol te houden en mijn leven te wijden aan het helpen van andere meisjes. En ik heb in dit werk een blijvende vreugde – en verdriet – gevonden die alles wat ik vroeger meende te weten helemaal veranderd heeft. Ik weet niet waarom God verkoos mij zo'n harde les te geven, maar misschien heb ik mij die met mijn ontzaglijke koppigheid zelf op de hals gehaald. Want ik geloof dat wij zelf onze lessen vorm geven, in overeenstemming met wat we nodig hebben.'

Na haar toespraak blijft even een verbijsterde stilte hangen. Dan komt het zaaltje langzaam tot leven. Een voor een staan de mensen op en klappen voor Fleur en omhelzen haar.

Er is vijf minuten pauze voor koffie voordat het groepsgesprek begint.

'Gaan alle bijeenkomsten zo?' fluister ik.

Emmie lacht. 'Geen enkele andere. Deze is speciaal voor jou gestuurd. Het Programma is net het elixer van Mary Poppins. Het wordt vanzelf de juiste medicijn voor wat je ook mankeert. Wou je

van je seksverslaving afgeholpen worden? Hier is de remedie.'
'Het laatste dat ik wil is een remedie,' zeg ik.
'Dat weet ik,' zegt Emmie. 'Verzet tegen de genezing is de eerste stap bij de genezing.'
'Moet ik wat zeggen?'
'Alleen als je je beter wilt gaan voelen.'
Tijdens het grootste deel van het groepsgesprek snotter ik en lees de stappen.

7. Wij vroegen Hem ootmoedig ons van onze tekortkomingen te bevrijden.
8. Wij maakten een lijst op van alle mensen die wij kwaad hadden gedaan en waren bereid dit tegenover hen allen weer – zoveel mogelijk – goed te maken.
9. Wij maakten – waar mogelijk – door ons verricht kwaad recht-streeks bij de betrokkenen ongedaan, behalve wanneer dit hen of anderen zou kwetsen.
10. Wij gingen door met het opmaken van onze persoonlijke balans en inventaris en gaven fouten die wij gemaakt hadden, onmid-dellijk toe.
11. Wij trachtten door gebed en overdenking ons bewuste contact met God – *hoe ieder van ons Hem dan ook aanvaardt* – te ver-diepen en baden Hem slechts ons Zijn wil kenbaar te maken en ons de kracht te geven die te volbrengen.
12. Door deze stappen tot geestelijke bewustwording gekomen, pro-beerden wij deze boodschap uit te dragen aan alcoholisten en deze beginselen in al ons doen en laten toe te passen.

Na afloop wordt er een mandje doorgegeven en net voordat de bij-eenkomst wordt verdaagd, roept Fleur mij op om iets te zeggen.
'De dame met het rode haar,' zegt ze naar mij wijzend.
Ik kijk Emmie vragend om leiding aan. Misschien bedoelt de spreek-ster eigenlijk háár.
Ze haalt de schouders op.
'Ik ben Leila,' zeg ik. 'Ik heb al een uur niks meer gedronken.'
'Welkom,' zegt Fleur. 'Het werkt als jij eraan werkt.'
Bijna iedereen in het zaaltje draait zich om en begint voor me te klap-pen, alsof ik een heldin was.

Na de bijeenkomst blijven de mensen nog wat napraten bij koffie en koekjes. Ettelijke vrouwen komen naar me toe en bieden me tele-foonnummers aan. Ik neem al de vodjes papier aan en stop ze in mijn Filofax, met het voornemen ze thuis weg te gooien. Als ik ze aan-neem, kan ik tenminste weg.
Als ze me in haar oude zilverkleurige Volvo-stationcar naar huis rijdt, zegt Emmie: 'Weet je dat ik het eerste jaar geen woord bij de bijeenkomsten gezegd heb? Ik bleef gewoon achter in de zaal zitten en hield me gedeisd.'

91

'Ik *moest* iets zeggen. Ik weet niet eens waarom. Ik heb het grootste deel van de tijd niet geluisterd. Ik zat naar de Twaalf Stappen te kijken en te bedenken hoeveel ze op de Regelen der Liefde lijken.'

'Wat zijn de Regelen der Liefde?'

'De Regelen der Liefde van de Provençaalse Dichters zijn niets minder dan een complete codificatie van de liefde. Ze zijn *eeuwen* geleden opgesteld. En sindsdien is er hoegenaamd niets veranderd.'

'En wat vond je nou van de bijeenkomst?' vraagt Emmie.

'Stomvervelend,' zeg ik. 'Er zou een sterker woord moeten bestaan: *superstomvervelend.*'

'Ik weet wat je bedoelt. Sommige bijeenkomsten zijn zo saai dat je denkt het af te zullen leggen. En je krijgt last van de rook. En van de gemeenplaatsen – een gemeenschappelijke neiging tot gemeenplaatsen noem ik het maar. Toch *werkt* het. Zoals ze zeggen, het werkt als jij eraan werkt. Ik weet niet eens *waarom* het werkt. De genade Gods, neem ik aan.'

'Hoe lang doe je dit al, Emmie? En waarom heb je me er nooit van verteld?'

'Je hebt er nooit naar gevraagd.'

'Maar je had 't me toch *desondanks* wel kunnen vertellen.'

'Waarom? Als jij nog lol had in drinken en drugs gebruiken, waarom zou je 't dan *willen* weten? Je *wilde* het ook niet weten, anders had *je* er wel naar gevraagd.'

'Hoe lang ben je al lid?'

'Een jaar of tien. Ik ben er in Parijs bij terechtgekomen, toen ik aan de Boulevard Raspail woonde. Weet je nog, mijn orgieënperiode in Parijs? Ach, die tijd, toen de jaren zestig overgingen in de jaren zeventig... voordat de drugs ons konden deren.'

Emmie heeft van 1969 tot 1979 in Parijs gewoond. Een goede tijd om in Parijs te wonen. Ze heeft er haar eerste boek geschreven – een boek over de seksuele bevrijding van de vrouw, dat in feite over haar eigen bevrijding ging. In Parijs had ze deel uitgemaakt van een orgieënclub waar iedereen toe behoorde die iemand was in de intellectuele en filmwereld, en waarin men zich bezighield met drugs en seks en rock-and-roll tot de dood erop volgde. Voor een door nonnen opgevoed meisje de volmaakte manier om de jaren zeventig door te brengen. Aangezien ik toentertijd een ander soort leven leidde – eerst met Thom, daarna met Elmore, en daarna met Elmore en de tweeling – zag ik haar alleen bij mijn zeldzame reisjes naar Parijs. Ik heb nooit geweten dat ze nog aan iets anders behalve seks en chocola verslaafd was. (Ze hield altijd Toblerones van vijfentwintig centimeter lengte achter de hand voor noodgevallen.) Ze beantwoordde zeer zeker niet aan het beeld dat ik – of wie ook – van een alcoholiste zou hebben.

'Dus je bent van de drank afgeraakt zonder me er iets van te vertellen. Wist je dat ík een drankprobleem had?'

'Ik wist dat je dacht alles in je leven in de hand te kunnen houden. Wat op zichzelf ook al een probleem is, aangezien we dat niet kunnen.'

'Denk je dat ik echt alcoholiste ben?'

'Wat *ik* denk doet er niet toe. Denk *jij* dat je het bent? Dit is een van de weinige belangrijke ziekten die je zelf vast kunt stellen – zoals het al of niet van iemand houden. Het doet er niet toe wat ik – of wie dan ook – denkt. Misschien ben je gewoon een huis-, tuin- en keukensoort seksverslaafde en drink je alleen met mannen. Ik weet het niet. Ik weet alleen dat het Programma *mij* het leven gered heeft.'

'Och toe nou, Emmie, dat is maar een smoesje.'

'Nee, dat is het niet. De feiten liggen nu eenmaal zo dat ik je nooit ladderzat *gezien* heb, en dat je toch heel aardig door je leven heen sukkelt, en een en al zorg bent voor iedereen – mij inbegrepen. Maar je lijkt niet veel plezier in het leven te hebben. Hier hebben we jou, met die prachtige tweeling, een schitterende carrière, al die intelligentie en esprit en vitaliteit – en je bent geheel bereid het bijltje er bij neer te gooien vanwege een zeer beschadigde jongeman.'

'Een wat?'

'Een Dart.'

'Maar ik houd van Dart. Ik heb me nooit zo –'

'Ik weet hoeveel je van Dart houdt. Hoeveel houd je van *Leila*?'

De vraag prikkelt me en ik geef eerlijk antwoord.

'Niet zo bijzonder veel.'

'Dan zit er iets goed fout. Want van Leila móet je wel houden.'

'Is dat zo?' vraag ik terwijl de tranen me over de wangen lekken. 'Is dat *echt* zo?'

'O, liederd, waarom denk je in vredesnaam dat ik er al die tijd voor je geweest ben? Omdat je zo'n vervelend mens bent? Zelfs met al je idioterie, wat je zelf je mesjokke gedoe noemt, ben je de beste medemens die ik ken. Je geeft maar en geeft maar en geeft maar. Aan iedereen. Behalve aan Leila. Nu is zij aan de beurt.'

'Maar ben ik een *alcoholiste*?'

'Ik weet het niet,' zegt Emmie. 'Vraag dat aan jezelf, niet aan mij.'

We dwarrelen groen Connecticut door om van alles te kopen. Bossen bloemen. Tomaten. Knoflook. Pasta. Dan gaan we naar mijn huis terug en slaan aan het koken.

We maken verse tomatensaus voor de pasta en grillen zwaardvismoten en maïskolven. Al rondscharrelend in de keuken en bij de openluchtgrill voelen we ons absurd gelukkig.

'Om vijf uur,' zegt Emmie, 'drinken we thee met honing en eten we muffins.'

'Ik word nog zo vet als een varken.'

'Ik betwijfel het,' zegt Emmie.

Wanneer ik met Emmie en de hond in het groen van de vroege zomer in lieflijk Connecticut buiten zit, ken ik een uurtje of zo innerlijke vreugde. Na de lunch gaan we tegen mijn heuvel liggen kijken naar de wolken die boven ons voorbij zweven en we noemen ze naar de dieren en vogels waar ze op lijken. Er lijkt iets ontzettend fout te zijn, te ontbreken.

'Dart – ik vraag me af wanneer ik van Dart zal horen.'

'Nooit, hoop ik, maar ik betwijfel of hij van je weg kan blijven.'

'Hoe kun je dat zeggen?'

'Leila, jij hebt Dart net zo hard nodig als een vis een fiets. Dart heeft jou veel harder nodig dan jij hem.'

'Als hij me zo vreselijk nodig heeft, waar *is* hij dan?'

'Ergens anders, bezig jou te pesten. Als jij ophield je er iets van aan te trekken, zou *hij* degene zijn die door het lint ging. Het is een dans die jullie met z'n tweeën uitvoeren. Jij hebt er behoefte aan naar zijn pijpen te moeten dansen, en hij heeft er behoefte aan om jou naar zijn pijpen te laten dansen.'

'En de seks dan?'

'Hoezo de seks?'

'Ik heb met niemand ooit zulke geweldige seks gehad. De waarheid is dat als ik me zo sterk ga voelen ik me niet meer door Dart zal laten aftuigen, en als ik me niet door Dart laat aftuigen, naait hij me niet...'

'Dat zijn jouw woorden, niet de mijne.'

'Ik geloof niet eens dat je geweldige seks *zonder* overheersing en mishandeling kunt hebben – het zit er op een of andere manier in *inge*bouwd. Wanneer we gek op ze zijn, geven we ze alles wat we hebben. Mijn intellect komt volledig tegen dit idee in opstand, maar ik weet van binnen dat het waar is. Als Dart me naait, heb ik het gevoel dat ik *leef*. Als hij me niet naait, verlep ik.'

'Is het wel eens bij je opgekomen dat gevoelens geen feiten zijn?'

'Ik heb nooit zonder een man geleefd. Ik heb behoefte aan seks om mijn creativiteit op te laden. Ik heb die uittreding uit mezelf nodig om in contact met de muze te komen.'

'Je hebt *jezelf* nodig om je creativiteit op te laden. Dart vervreemdt je van jezelf. Van de tweeling. Van je werk. Als je *jezelf* tot het middelpunt van je leven maakt, als je ophoudt je levenskracht weg te geven, zal een ander soort mannen zich tot je aangetrokken gaan voelen – mannen die je gelijke zijn, geen overheersers of zwakkelingen.'

'Als wie bijvoorbeeld? Thom was een zwakkeling. Elmore was ondanks al zijn stoere praatjes over gelijkwaardigheid *zowel* een overheerser *als* een zwakkeling. Zelfs de tweeling weet het. Toen ik ze naar het vliegveld bracht, zei Ed tegen me: "Waarom moeten we naar pappie toe, mam? Pappie is zo kinderachtig. Jij geeft ons kleren en eten en alles. Jij zorgt voor ons. Hij speelt alleen maar een beetje de baas over ons." Ik zei: "Hij is je vader, en jullie *houden* toch van hem." En Mike zei: "Weet je *zeker* dat hij onze vader is?" "Absoluut

94

zeker," zei ik. "Best, mam," zei Ed. "Als jij het zegt, zal het wel zo zijn."

Zelfs *zij* weten dat hij een zwakkeling en een jengelaar is. Ze weten van wie ze op aan kunnen en van wie niet. Ik probeer ze te vertellen wat een fantastische vent Elmore is, en ze lachen me gewoon uit. Tien jaar, en ze weten alles. Ze hebben me ooit gevraagd of ik het wel eens in een vliegtuig gedaan had. "Ja," zei ik. "Nat of droog?" Ik moest even nadenken en zei toen: "Droog." "O," zei Ed, "dat telt dan niet. We waren alleen benieuwd naar de Mile High Club." "Hoe kunnen jullie kleine mormeltjes nou van de Mile High Club weten?" vroeg ik. "Over gelezen," zei Mike. "En naar die video's van je gekeken." Dat was nogal een schok, maar ik hield me groot. "Nou," zei ik, "als je ooit iets over seks wil weten, vraag het dan aan je moeder. Niet bij vreemde mensen gaan informeren, okee?" "Okee, mam," zei Ed. "Maar we weten *alles* al." "Zelfs over pantrische seks," zei Mike. "Je bedoelt tantrische," zei ik, blij dat ik tenminste nog ergens de deskundige kon uithangen. "Ik zei al dat het tamtrische was," zei Ed tegen Mike. En daar gingen ze weer om met hun Barbies te gaan spelen.'

Emmie komt niet meer bij. 'Wat spelen ze dan?'

'Waarschijnlijk "Barbie gaat bij de Mile High Club". Met een tweeling weet je het nooit – ze hebben samen een heel geheim leven.'

's Avonds moet ik weer aan Fleurs verhaal denken. Het begint voor een gedeelte zelfs inhoud te krijgen. 'Ik blijf almaar aan Fleur denken,' zeg ik. 'Aan hoe vrouwen hun dochters niet gezond kunnen laten opgroeien, al houden ze nog zoveel van ze, als ze niet voldoende van zichzelf kunnen houden om gezond te worden – snap je wat ik bedoel?'

'Zeker,' zegt Emmie.

'En daardoor moet ik weer denken aan Theda, die zeer bepaald niet van zichzelf gehouden heeft – en toch heeft ze me dit waanzinnige lef meegegeven, het idee dat ik *alles* bereiken kan wat ik wil. En Dolph ook. Ik ben zo enorm mijn vaders dochter. Mijn moeders gekte heeft mijn eerzucht ook nog eens aangescherpt, op een vreemde manier. Ik wil een compensatie vormen voor haar leven, haar ellende nog enige zin geven. Had ze het drinken maar kunnen laten.'

'Vertel eens van de Regelen der Liefde,' zegt Emmie.

'Dan moet ik even het boek halen.'

Ik ren de trap op naar de zolder en kijk op de planken waarop ik de boeken uit mijn tijd op Yale bewaar. Daar staat het, een bestoft groenig boekje met de titel *Sociale Gewoonten in Italië in de Zestiende Eeuw*, dat ik al die jaren bewaard heb vanwege wat erin staat over de traditie van de hoofse liefde en het voortbestaan ervan in de Renaissance. Ik trek het boek zo voorzichtig tussen de andere uit als was het een antieke rol die altijd in een verzegelde graftombe had gelegen, afgesloten van de lucht waarin wij gewone mensen leven. Het lijkt wel toverij – het boek valt open bij een bladzijde met de kop 'De Regelen der Liefde'. Ik sta in mijn eentje op zolder en lees in stoffig zonlicht dat door de dakkapel naar binnen valt:

I. Het huwelijk is geen gerechtvaardigd excuus om elkaar niet lief te hebben.

II. Hij die niet jaloers is, kan niet liefhebben.

III. Niemand kan door een dubbele liefde gebonden worden.

IV. Liefde neemt altijd toe of af.

V. Wat de minnaar tegen haar wil aan zijn geliefde ontneemt, zal hij niet genieten.

VI. Een man kan slechts dan beminnen wanneer hij volledig man geworden is.

VII. Een gestorven liefde dient twee jaar door de achterblijvende betreurd te worden.

VIII. Niemand behoort zonder ruimschoots toereikende redenen van liefde verstoken te blijven.

IX. Niemand kan beminnen, tenzij hij daartoe gedreven wordt door de overtuigingskracht van de liefde.

X. De liefde zal altijd de woonstee van de gierigheid vermijden.

XI. Het is ongepast diegenen te beminnen die men zich zou schamen te huwen.

XII. Een oprecht minnaar heeft geen verlangen naar de liefde van anderen dan van degene die hij bemint.

XIII. Liefde blijft zelden bestaan nadat zij is uitgesproken.

XIV. Gemakkelijk verkregen liefde wordt snel laatdunkend bezien; met moeite gewonnen liefde wordt als iets kostbaars beschouwd.

XV. Elke minnaar zal verbleken bij de aanblik van zijn geliefde.

XVI. Het hart van een minnaar beeft bij de plotselinge aanblik van zijn geliefde.

XVII. Een nieuwe liefde verdrijft de oude.

XVIII. Alleen door rechtschapenheid wordt iemand liefde waardig.

XIX. Als de liefde afneemt, is haar einde nabij en slechts zelden zal zij herleven.

XX. Een minnaar is altijd schuchter.

XXI. De genegenheid van een minnaar zal altijd vergroot worden door diep gevoelde jaloezie.

XXII. Het vuur en de affectie van een minnaar worden door achterdocht jegens de geliefde verhoogd.

XXIII. Hij die door de gedachte aan liefde wordt gekweld, eet en slaapt minder.

XXIV. Elke daad van de minnaar wordt door de gedachte aan de geliefde begrensd.

XXV. Een oprecht minnaar acht alleen datgene goed wat naar zijn mening de geliefde zal behagen.

XXVI. De liefde kan de liefde niets onthouden.

XXVII. Een minnaar kan nooit genoeg krijgen van de gunsten zijner geliefde.

XXVIII. De minnaar wordt door een gering vermoeden al gedwongen tot achterdocht jegens zijn geliefde.

XXIX. Hij die door lage lusten wordt gekweld, zal geen liefde kennen.
XXX. Een waarachtig minnaar vermeit zich in langdurige beschouwing van de geliefde.
XXXI. Niets verbiedt een vrouw om door twee mannen, of een man om door twee vrouwen bemind te worden.

'De liefde neemt altijd toe of af,' zeg ik hardop. 'Een dode geliefde moet twee jaar betreurd worden.' Ik houd me aan deze gedachten vast alsof het de pijlers van mijn gezond verstand zijn.
Ik ren de trap af om de Regelen der Liefde aan Emmie voor te lezen; ze luistert aandachtig.
'Waarom doen ze je aan de Twaalf Stappen denken?' vraagt ze.
'Omdat mensen zo'n rare behoefte hebben om voor alles en nog wat regels op te stellen, zelfs voor een gebroken hart, zelfs voor de uiterste wanhoop. De Regelen der Liefde en de Twaalf Stappen zijn parallel lopende universums. Ze zijn net zoiets als stukken drijfhout voor iemand die bezig is te verdrinken. Het is een troostende gedachte dat anderen al vóór jou dezelfde weg gegaan zijn.'
'Je bedoelt dat je niet de enige voortstumperende mens bent, niet de enige die met de liefde tobt,' vraagt Emmie niet zonder ironie in haar stem. 'Je bedoelt dat je onvolmaakt *mag* zijn?'
'Precies,' zeg ik alsof ik heel gezond en verstandig bezig ben. Dit is een van de eerste beginselen van het Programma, heb ik van Emmie geleerd: 'Doe alsof.' En misschien zal ik, als ik maar genoeg doe alsof, er uiteindelijk mee op kunnen houden.

Emmie blijft die nacht bij me, en de volgende dag, en de volgende. De eerste drie dagen zonder drank vallen me zwaar. Elke dag snak ik om vijf uur 's middags zo enorm naar wijn dat ik ga denken niet zonder te kunnen – en dan gaan we in plaats van wijn drinken naar een bijeenkomst en stoppen ons als we weer thuis zijn vol met ijs. Er lijkt iets in mijn leven te ontbreken. De dagen lijken drie keer zo lang als vroeger. Het huis is leeg zonder Dart, zonder de tweeling, zonder het borrelritueel.
Emmie en ik rijden alle wijn omlaag naar een voorraadkast in de kelder en draaien die op slot; dan begraven we de sleutel ergens bij mijn silo in de grond. 'Als je ooit aan het drinken wilt slaan, zul je er een smid bij moeten roepen,' zegt Emmie. 'Om het helemaal goed te doen zouden we hem weg moeten gooien – maar misschien heb je het spul nog wel eens nodig voor een feestje.'
'Hoe lang zal het nog duren voor ik niet meer elke dag om vijf uur zin in een wijntje heb?'
'Ik denk dat jij net als een hoop andere vrouwen bent – je drinkt met mannen mee.'
'En aangezien er geen seks in mijn leven is, hoef ik niet meer te drinken, bedoel je?'

'Ik zei niet dat er *nooit* –'
'O, Emmie, waarom heb ik me ooit door jou naar die verdomde bij-eenkomst mee laten slepen?'
'Heb ik jou meegesleept? Jij hebt *mij* meegesleept. Je denkt toch niet dat ik helemaal hierheen zou komen voor een *bijeenkomst*?'

De vierde dag ga ik naar mijn silo en begin aan een stilleven. Emmie ligt in de logeerkamer op het waterbed uitgestrekt een half dozijn boeken over osteoporose te lezen en houdt ondertussen een neusgat en een oor open vanwege de liters tomatensaus die ze in de keuken op heeft staan. Het hele huis ruikt als een Italiaans restaurant. De kookgeuren hebben een troostende uitwerking op me – evenals Em-mies aanwezigheid.
In mijn silo rangschik ik de onderdelen voor mijn stilleven. Ik kies ze zorgvuldig: een dozijn extra grote witte eieren in een kristallen schaal van Lalique langs de rand waarvan maenaden dansen, een ei van doorzichtig kristal, een wit porseleinen melkkan in de vorm van een koe, een cilindrische doorzichtige glazen vaas met witte rozen en witte aronskelken, en onder dat geheel een antiek wit kanten ta-felkleed, dat ik in plooien bijeenneem zodat het op een besneeuwd alpenlandschap lijkt.
Ik zet mijn veldezeltje bij het stilleven op, zet er een pas opgespannen vierkant doek op neer, knijp mijn tubes olieverf uit in de kleur om-ber, oker, blauw, groen, en elke nuance wit, en ga meteen op in het beantwoorden van de uitdaging de kaleidoscoop aan kleuren binnen het woord 'wit' te vinden.
Ik ben geheel gelukkig, geheel tevreden, en heb het gevoel weer tien te zijn en mijn ware ik te hebben hervonden, dat ik gekend heb voor-dat de dans van de seks, de springvloed van de hormonen, mijn leven ging beheersen. Ik ben gelukkig – gelukkiger dan ik in jaren ben ge-weest.
Vijf uur komt en gaat zonder dat ik behoefte krijg aan een slokje *of* een bijeenkomst. Ik schilder alsof ik in trance ben, volkomen meege-sleept door de dramatische vormen en tekening van het witte ta-felkleed, de invalshoek van het telkens veranderend licht op het kristal, de maenaden die dansen zoals ze al eeuwen lang doen, de eie-ren met hun vrouwelijke vorm, de koe vol melk, de wolken vol regen aan de verduisterende hemel.
Nu vind ik het eens een keertje niet erg dat de zon ondergaat, omdat ik dit stilleven niet bij daglicht schilder maar in het licht van de geest. Ik knip de sterke studiolampen aan die ik voor mijn foto's gebruik en ga door met schilderen. De dalen in het tafelkleed glinsteren alsof er alpensneeuw in ligt. De eieren vertonen kleine kalkbobbeltjes, net eierstokken waarvan de follikels op het punt van springen staan. Het kristallen ei lijkt de toekomst in zijn diepte verborgen te houden. De rozen en lelies ontvouwen zich voor mijn ogen.

In een trance schilder en schilder ik. Mijn hoofd is helder. Mijn hart zingt in mijn borstkas: ik verkeer in extase.

Rond elf uur komt Emmie binnen met een bord pasta, een glas ijskamillethee, en een hoog opgetaste kom met partjes perzik.

We gaan aan de tafel zitten waaraan ik mijn schetsen maak, en ze kijkt toe terwijl ik eet.

'Vier dagen nuchter,' zegt ze.

'Mazzel tov. En de Witte Godin heeft je een geschenk gestuurd om het te vieren.'

We draaien ons allebei om voor een blik op het stilleven, dat eigenlijk al klaar lijkt. Het heeft een helderheid die mijn werk nooit eerder bezeten heeft. Ik weet dat ik op iets nieuws gestuit ben – iets dat verder gaat dan cowboys en zelfportretten. Iets dat zo zuiver, helder, complex, en fel schitterend is als sneeuw.

'*Le chaim*!' zegt Emmie, en drinkt me toe met haar glas kamillethee. We klinken en beginnen onbedaarlijk te lachen.

ISADORA: *Ik zie dat je onze heldin je eerste stilleven hebt gegeven.*
LEILA: *Hoe wist jíj dat?*
ISADORA: *Omdat het ook míjn eerste stilleven is, sufferd!*
LEILA: *Ik was vergeten dat je als schilderes begonnen bent.*
ISADORA: *Waar denk je dat jíj je talent vandaan hebt... van God?*
LEILA: *Ja.*
ISADORA: *Touché.*

Laat die nacht belt Dart. Het is ongeveer één uur en Emmie slaapt. Wanneer ik zijn stem aan de telefoon hoor, voert mijn hart een wonderlijk dansje uit. Ik denk dat ik er wel naar verlangd heb dat hij bellen zou, maar nu ben ik een beetje uit mijn evenwicht gebracht. Ik wil die helderheid bewaren die ik gewonnen heb.

'Schatje – wat voer je uit?' vraagt hij.

'O, ik schilder wat,' zeg ik, 'het gewone spul.'

'Mis je me?'

'Natuurlijk.'

'Ik mis je verschrikkelijk, schatje,' zegt hij, en zijn stem hapert. 'Zoals jij is er niemand – zo lief en wild en sexy. Schatje, ik kom naar huis.'

In vier dagen ben ik een koningin geworden, nu word ik weer pion. Wanneer Dart op het toneel verschijnt, verdwijnt Leila.

Onder het wachten op hem lig ik maar te woelen en te draaien, zonder te kunnen slapen. Ik sta op en verzorg mijn make-up, hul me in parfum en zijden nachthemd, breng mijn pessarium in en kruip dan weer in bed. Ik wilde dat ik sterk genoeg was om hem te zeggen nooit meer een stap in mijn huis te zetten, maar dat ben ik niet. Emmie slaapt in de logeerkamer; in het atelier glinstert mijn natte doek.

Ik lig in bed te wachten alsof ik door een boze geest ga worden op-geëist. Buiten mijn raam zweeft een volle maan met een kring erom-heen over de heuvels. Ik sukkel in slaap en ontdek als ik wakker word dat het drie uur is. Ik sta op, was mijn gezicht, poets mijn tan-den, doe een trui over de nachtpon heen aan, en dwaal naar buiten, mijn heuvel op.

De maan heeft haar boog vrijwel geheel beschreven. Haar kring is nu verdwenen, en ze hangt laag boven de horizon aan de andere kant van het uitspansel. Ik blijf even naar haar staren en buig dan negen keer het hoofd, waarbij ik tegelijk mijn liefste wens probeer te be-denken. Alle keren hiervóór is die wens ten gunste van Dart geweest. Nu wens ik iets voor mezelf: het vermogen de helderheid vast te hou-den die deze vier dagen me gebracht hebben.

Nauwelijks heb ik de wens geformuleerd of ik hoor het pruttelen van Darts motorfiets en het opspatten van het grint op de oprit. De hond blaft. Ik kniel op mijn heuvelhelling neer en hef mijn handen om-hoog naar de maan.

Ik lig tot bewegingloosheid versteend in het maanlicht op mijn knieën wanneer hij met gebruikmaking van zijn sleutel het huis bin-nengaat, op zoek naar mij de slaapkamer binnenstormt, en dan weer naar buiten stormt en koers zet naar mijn silo.

Ik word door paniek aangegrepen – op een of andere manier weet ik zeker dat hij als hij het kristallijnen stilleven ziet, het aan flarden zal scheuren (zo duidelijk zal het hem zijn dat hij als mijn muze vervan-gen is). Ik ren 'Dart, Dart' roepend achter hem aan en haal hem nog net in voordat hij mijn atelier binnenstapt.

Ik omarm hem en sleep hem weer mee de grazige helling op. Daar, onder de spottend toekijkende maan, paren we als heks en tovenaar, krijsend en huilend in het bedauwde gras, rollen lachend als gekken om en om en zelfs de heuvel af tot aan de droge greppel die om mijn terrein loopt. Daar, bij die greppel, komen we tot stilstand, en naai-en er nogmaals op los, opgeladen door de blauwe volle maan.

'Schatje, wat ben je wild – zo wild,' zegt Dart die niet weet dat al die wildheid van mij bedoeld is om hem uit de buurt van mijn stilleven te houden, of dat ik bij al mijn gillen en klaarkomen een klein stukje van mijn hart achterhoud – een klein geestelijk helder, nuchter hoek-je dat zichzelf nooit meer opnieuw weg kan geven.

Ik leid Dart naar bed, waar hij uitgeput in neervalt met zijn armen om mij heen en als een baby met zijn hoofd op mijn borst inslaapt. Door zijn behoefte om zo te slapen tot bewegingloosheid gedwongen blijf ik wakker liggen en kijk naar het roze licht van de ochtendstond dat achter mijn bomen langs de hemel omhoog begint te klimmen. Aan de ene kant van mijn slaapkamer gaat de maan onder: aan de andere kant komt de zon op. Ik lig er midden tussen – Isis met Horus in haar armen, Astarte met Adonis, Rhea met Zeus die voorbestemd is haar te onttronen.

Maar kunnen wij ooit de aarde onttronen? De aarde is er altijd, wat we ook doen. We hoeven onze schoenen maar uit te trekken en het contact tussen onze voetzolen met de grond te herstellen.

Dart kreunt en draait zich om; hij laat me los, en plotseling kan ik weer adem halen. Ik strek me op mijn rug uit terwijl mijn gedachten wild dooreentuimelen. Ik weet dat hij nog uren zal blijven slapen, ik weet dat hij nog evenveel behoefte aan slaap heeft als een klein jongetje, vooral na seks.

Ik glip het bed uit, trek een sweatsuit en sloffen aan, en draaf op zachte voeten terug naar mijn atelier. Bestaat er een mogelijkheid dat mijn stilleven nog net zo goed is als ik het mij herinner?

In het atelier ruikt het naar terpentijn, de harsige dennenbosgeur van de aarde. Ik knip het licht aan – en daar staat op mijn ezel het glanzend getuigschrift van een nieuw leven.

'Dank je, Maan,' zeg ik.

In een golf van opwinding spoel ik mijn penselen schoon, krab mijn palet af, plaats een nieuw doek op de ezel, en zet het eerste schilderij weg om te drogen. Ik herschik de kristallijnen ingrediënten van mijn stilleven en begin aan een tweede versie van deze studie in albinotinten – deze is veel fantastischer en abstracter; de maan gaat achter de dansende maenaden onder, de eieren zijn omgewerkt tot rondwervelende planeetjes en de koe sproeit melk door het met sterren bezaaide heelal.

Ik schilder en schilder – in vervoering, gelukkig, en fantaseer al over een hele reeks schilderijen gebaseerd op dit thema van kristaltinten, waarbij elk van deze onderdelen – maan, maenaden, eieren, koe, melk – een symbool wordt van een nieuw leven voor vrouwen, kinderen, voor de hele aarde. Ik noem de serie *Albinolevens I, II, III*, en zo door, tot in het oneindige, en ik zal zelfs grote schilderijen maken van eieren, van maenaden, van witte rozen – waarbij ik al deze zelfde uiteenlopende elementen apart zal nemen en ze vanuit elke hoek belichten, van groot tot klein.

Ik zie een nieuwe tentoonstelling voor me, een nieuwe periode, een nieuwe manier om mijn leven weer te geven. Om acht uur in de ochtend ben ik nog steeds op die manier aan het schilderen – met een hoofd vol gedachten en een hart vol vreugde – wanneer Dart met een kop koffie binnen komt wankelen en zegt:

'Wat is er aan het handje, schatje, vind je het niet fijn meer om in mijn armen te slapen?'

Ik draai me om en kijk naar hem, naar de licht paarsige oogleden, dat verwarde blonde haar, die een meter vijfentachtig macho mannelijkheid – en ik ben enigszins geërgerd over de stoornis. Ik ben eveneens enigszins beangst.

'Wat vind je ervan?' zeg ik naar mijn nieuwe doek wijzend.

Dart wankelt achteruit (is hij iet of wat stoned?).

'Wil je het echt weten, schatje?'

'Ja,' zeg ik, maar ik lieg.

'Nou,' zegt hij, 'je weet dat ik jou de grootste schilderes na Michelangelo vind, maar ik weet nog dat er een tijd is geweest dat je de hele nacht in mijn armen sliep en je daar door niets uit weg te sleuren was.' Hij pruilt charmant, in de wetenschap dat ik nu door schuldgevoelens word overvallen – alsof deze chaos van verbroken verbindingen helemaal door mij alleen is aangericht. Hij draait zich om en beent mijn atelier uit, zodat ik de vorm van zijn fraaie kuiten kan bewonderen.

7. De schilderes en de pooier

Lieve God, de liefde van een man gaat nooit lang mee;
Ze zullen altijd van je houden,
En dan ben je plotseling passé...

– Bessie Smith

Emmie en Dart en ik ontbijten in een wat gedwongen sfeer. Emmie maakt ontbijt – geroosterde harde broodjes, jam, eieren, verse koffie, perziken. Ofschoon ze zich niet tussen Dart en mij dringt, voel ik haar aanwezigheid, en hij ook. Emmie is op mijn hand. Ze zegt niets, doet niets (afgezien van ons een verrukkelijk ontbijt voorzetten), en toch vindt Dart vooral het vervelend dat ze er is, omdat hij aanvoelt dat ze zijn greep op mij verzwakt. Hij zou haar graag willen zeggen weg te gaan, maar dat kan hij natuurlijk niet. Wanneer ik maar in mijn eentje thuis voor hem klaar zit terwijl hij naar believen komt en gaat, ben ik volledig aan hem overgeleverd. Nu Emmie erbij is, ben ik dat niet.

Het is de paradox van zwakke mannen en sterke vrouwen: ze tappen ons onze kracht af in de hoop daarmee de worsteling meer een tussen gelijken te maken. Maar aangezien ze onze kracht niet op kunnen zuigen, blijven ze zitten met het negatieve resultaat ons alleen maar te hebben leeggezogen. In een samenleving waarin mannen *officieel* de macht hebben, is de grens tussen psychische en fysieke mishandeling een zeer vage. Wie kan uitmaken waar het een ophoudt en het ander begint? Dart heeft me nooit geslagen (behalve bij seksspelletjes) en nooit een revolver tegen mijn hoofd gedrukt, maar de wapens die hij in mijn huis bewaarde, en zijn hele onvoorspelbare komen en gaan hebben hetzelfde eindresultaat opgeleverd.

Emmie: 'En hoe is het in New York?'
Dart (stug): 'Nog steeds hetzelfde.'
Emmie: 'Wat heb je zoal gedaan de laatste tijd?'
Dart (wrokkig): 'O, van alles en nog wat.'
Leila: 'Vertel Emmie eens van je nieuwe project.'
Dart (opkijkend): 'De tentoonstelling van nieuwe kunstenaars? Het gebouw dat we aan het kopen zijn?'
(Dart heeft altijd een dozijn projecten waarvan er geen ooit verwerkelijkt wordt en die allemaal de nodige investeringen vereisen – van *mijn* kapitaal.)
Leila: 'Maakt niet uit.'
Dart: 'Nou – de verbouwing is één grote ellende. Geen van de arbei-

ders verschijnt ooit op tijd, de bouwinspecteurs verwachten steeds hogere bedragen aan steekpenningen, en de gemeente zit ons voortdurend met dwangbevelen op de huid. Jij bent werkelijk de enige voor wie ik dit zou doen, schatje.' (Een zielvolle blik.)

Leila: 'Dat weet ik – en denk niet dat ik het niet waardeer.' (Deze absurde uitspraak had me in de strot moeten blijven steken, omdat ik weet wat een nepvertoning het hele project is: niet meer dan een zinloze poging om Darts gevoel van eigenwaarde op te krikken.)

Emmie: 'Maar vind je het niet spannend om het gebouw te renoveren?'

Dart: 'Het is spannend voor jou, en spannend voor *haar* – aangezien jullie er geen van tweeën bij hoeven te zijn.'

Emmie: 'Ik dacht dat je bouwen leuk vond.'

Dart: 'O zeker. Ik ben gek op ondankbaar werk...' (Een verwijtende blik – waarop ik notabene reageer met schuldgevoelens te krijgen. Dart is degene geweest die wilde dat ik het gebouw zou kopen waar hij zich nu zo bitter over beklaagt. In laatste instantie ben ik weer verantwoordelijk voor zowel zijn lediggang als voor zijn arbeid, zijn bekendheid en zijn onbekendheid, zijn slagen en zijn mislukken.)

Leila: 'Maar lieverd, je bent zo *goed* in wat je doet.'

Dart: 'Ik wil de beste hulp zijn die je hebben kunt, maar je bent nooit tevreden. Wat ik ook doe, het is nooit genoeg – het is vechten tegen de bierkaai!'

Leila: 'Dat is *niet* waar.'

Dart: 'O jawel – je staat zo enorm kritisch tegenover mij. Je zegt het niet, maar ik voel het. Het is er altijd, op de achtergrond.'

Emmie: 'Ik denk dat ik me maar weer eens aan de osteoporose ga wijden.' (Glipt weg naar de logeerkamer.)

Leila: 'Waar hèb je het in vredesnaam over?'

Dart: 'Ik probeer alles voor je te doen wat ik kan – voor je te poseren, je onroerend goed te renoveren – en het is nooit genoeg. Nooit. Je neemt me gewoon niet serieus. Ik smeek je al jaren met me te trouwen en je wilt gewoon niet. Hoe kan ik mezelf au sérieux nemen als je niet met me trouwen wilt? Je behandelt me als je gigolo, niet als je kerel. Geen wonder dat ik me een pooier voel, een dekhengst, een godverdomde prins gemaal. Jij neemt me mijn ballen af – en dan dans je vrolijk weg en schildert weer een nieuw stilleven.'

Ik sta op en leg mijn armen om hem heen. De Regelen der Liefde daveren door mijn hoofd. 'Het is ongepast diegene te beminnen die men zich zou schamen te huwen.' Alsof hij het kan horen duwt Dart me weg.

Dart: 'Weet je wat me gisteren overkomen is? Ik liep door Harlem om wat bouwspullen op te halen' – lees hier maar: drugs – 'en een grote zwarte kerel schreeuwt naar me: "Jij ben een pooier, joh, en je weet het niet eens. Hee, blanke – jij ben een geboren pooier."'

Dart vertelt dit met een mengeling van trots en weerzin – een unieke combinatie die hij in de rivaliteit met zijn vader ontwikkeld heeft.

Leila: 'Jij bent geen pooier, lieverd – jij bent mijn *minnaar*.'

Dart (terwijl de tranen hem over de wangen lopen): 'Jawel, ik ben wél een pooier, dat ben ik wél, dat ben ik wél. Tenzij je met me trouwt, ben ik niets meer dan je pooier, je gigolo. Dat weet iedereen – ik wou dat *jij* dat ook snapte!'

Nu ben ik zo langzamerhand zelf in tranen. Ik weet dat 'pooier' Darts beeld van zichzelf is, en wat kan ik eraan doen? Ik kan het zelfbeeld van deze man niet herscheppen, hem niet gezond, heel, gaaf maken. Dat moet hij zelf doen.

Hij neemt me bij de hand en sleept me mee terug naar de slaapkamer. Hij doet de deur op slot. In het witte ijzeren ledikant met de plas zon over de sprei begint hij me te verwennen, me te likken en te plagen tot ik klaarkom en weer klaarkom. Mijn orgasmes zijn vreemd kil en gevoelloos. Puur reflexmatig. Robotachtig; ze hebben niets met hartstocht te maken. 'De liefde neemt altijd toe of af,' hoor ik mijn gezonde ik zeggen. Ik probeer de attenties te beantwoorden, maar Dart wil niet dat ik aan zijn tamp kom. 'Nee – ik heb nu *mijn* hand aan de joystick.' Waarop hij me opnieuw telkens en telkens weer laat klaarkomen – tot klaarkomen bijna pijnlijk wordt en ik hem smeek op te houden.

ISADORA: *Houd op!*

LEILA: *Je vond dit toch altijd lekker?*

ISADORA: *Ja, als het teder en lief gedaan wordt, niet domweg als massage!*

LEILA: *Dan ben je zeker veranderd na het laatste boek!*

Dan trekt hij me op mijn knieën, vraagt me me schrap te zetten in een berg kussens, en begint me als een wilde van achteren te naaien. Plotseling houdt hij op omdat hij met zijn harde haakvormige tamp mijn pessarium voelt, steekt zijn vinger naar binnen, trekt het pessarium los, en smijt het als een frisbee de kamer door. Ik slaak een gil en probeer me los te rukken om het te gaan halen, maar hij houdt me vast en naait me en naait me tot hij in een woeste stuiptrekking klaarkomt en me volspuit met zijn zaad.

'Schatje, schatje, schatje,' kreunt hij, trekt me bij zich neer op het bed, en ploft over me heen; zijn lichaam is nat van het zweet en het sap. Overmeesterd, genomen, uitgeput blijf ik onder hem liggen – tegelijkertijd hopend dat ik niet en dat ik wel zwanger zal worden, want de ambivalentie van mijn gevoelens is nu volledig. Met mijn pasverworven helderheid van blik zie ik nu in dat seks een wapen voor hem is, maar het rudimentaire deel van mij accepteert dit als der vrouwen lot.

Dart valt in een diepe slaap, en ik ook. In mijn droom zoog ik een pasgeboren baby, die naar me opkijkt en dan plotseling in een porseleinen koetje verandert. De onderdelen van mijn stilleven dansen door de droom heen – eieren, rozen, lelies, maenaden, kristallen kom, en koe – en ik lig, niet in staat mij te bewegen, onder Darts zware lichaam uitgestrekt en kan niet opstaan om te gaan schilderen. Dit zal mijn versie van de hel zijn, denk ik bij mezelf: voor alle eeuwigheid onder een of andere vent vastgepind te liggen, niet in staat om op te staan en te gaan schilderen.

Ik sukkel weg in een van de hak op de tak springende droom over professor Max Doerner, wiens boek *The Materials of the Artist* door een van mijn professoren op Yale sterk werd aanbevolen – dezelfde professor die me kennis liet maken met de Regelen der Liefde. In die droom is het niet de professor maar Max Doerner zelf die me docerend toespreekt.

'Uw sjilderijen gaan achteroit,' zegt professor Doerner. 'U hebt de teknik van de Oude Meesters verzaakt.' Hij beent door het atelier heen en weer. 'Pikmenten! Gesso! Oud linnen!' schreeuwt hij. 'Oude dieke gebluste kalk die in de put bewaard geworden is. Benozzo Gozzoli! Benozzo Gozzoli! Benozzo Gozzoli!'

Professor Doerner is een dwerg. Hij opent zijn gulp en wappert met zijn piemel naar de studenten. 'Oude dieke kalk!' schreeuwt hij.

Op een bepaald punt in deze tirade (aan het felle zonlicht zie ik dat het bijna twaalf uur moet zijn) ontwaak ik naast de slapende Dart, en hoop dat de krankzinnige seksuele machtsstrijd van de afgelopen nacht niet in een zwangerschap zal resulteren. Aan de tweeling heb ik mijn handen al vol. Elk idee dat ik Dart, de tweeling, een nieuwe baby, én mijn kunst als een jongleur allemaal tegelijk zal kunnen hanteren berust op pure waan. Elk doek dat ik aan de chaos ontworsteld heb, heb ik uitgevoerd op kosten van de aardgoden die roepen om bloed, bloed, vrouwenbloed, en baringen tot elke prijs. Elke vrouw die *wat voor* schilderij ook produceert zou extra soldij voor gevechtshandelingen moeten krijgen – voor die in de hemel tussen Rhea en Zeus uitgevochten strijd. Ik zou nooit een abortus laten uitvoeren, omdat ik ondanks mijn politieke overtuigingen elke eicel zie als een beginnend menselijk leven, en ik zou er al evenmin een kunnen vernietigen als ik mijn eigen doeken kapot zou kunnen snijden, maar in zeker opzicht heb ik geluk gehad, want ik ben geen bijzonder vruchtbare vrouw, dus ben ik nooit door ongewenste zwangerschappen geplaagd, zoals sommige vrouwen. Uit één zwangerschap zijn twee mooie dochters voortgekomen, die mij tot dusver hoofdzakelijk vreugde en plezier hebben gebracht – het verdriet zal zonder twijfel nog komen, en ik hoop er klaar voor te zijn.

Ik weet dat er nooit een eind aan de worsteling tussen de kunst en het leven komt. Al moeilijk genoeg voor een man, die niet contractueel gebonden is om voor het voortbestaan van de soort zelf te zorgen. Maar voor een vrouw een waarachtig dilemma en een nooit oplosbare puzzel – tot aan misschien de vrijheid die volgens Emmie met de menopauze komt. Geloof ik haar? Tenslotte is Emmie nooit moeder geworden en weet ze niet hoe het hart verandert door het moederschap. Maar ben ik Darts moeder – of die van de tweeling, of van iemand anders die ik nooit ontmoet heb? Als ik een zoon gehad had, zou Dart nooit zo lang in mijn leven gebleven zijn. De gedachte begint in de windingen van mijn hersenen mee te draaien. *Houd op* zeg ik tegen mezelf, en soes een tijdje in, in de hoop dat de slaap deze uitgerafelde mouw van de mantel der zorg weer goed zal breien.

Tegen de tijd dat Dart wakker wordt is het lunchtijd. In alle staten van angst bij de gedachte aan wat hij vandaag weer voor nieuwe stunts zal uithalen, schiet ik plotseling met een bons van ontzetting overeind, snakkend naar een borrel, een bijeenkomst, *wat dan ook*. Dart draait zich naar me om en glimlacht zijn blauwogige glimlach. 'Schatje, je ziet er heerlijk uit.'

'O ja?'

'Ja.' Hij drukt zijn gezicht in mijn haar, mijn borsten, mijn navel. 'God – ik heb koppijn, droge mond, moet m'n tanden poetsen.'

En hij zwaait overeind en de badkamer in om zijn reinigingsrituelen uit te voeren.

Heen en weer geslingerd tussen de neiging te wachten tot hij terugkomt en me naait, en de neiging uit bed te springen, blijf ik liggen, volledig de draad kwijt, en geef ik mezelf toe dat de laatste paar dagen zonder hem gemakkelijker zijn geweest dan de meeste dagen met hem.

Plotseling valt me deze verschrikkelijke gedachte in: Als vrouwen zichzelf nu eens allemaal toegaven dat mannen meer last dan plezier geven? Bedenk eens hoe vrij we dan zouden kunnen zijn! Maar die erkenning doet plotseling zulke afgronden van verschrikking gapen! Als een vrouw die in haar eigen onderhoud voorziet, en het aantal kinderen dat ze hebben wil compleet heeft, *nog steeds* van mannen afhankelijk is, dan moet die afhankelijkheid wel heel diep zitten, onpeilbaar zijn. En het is niet alleen maar seksuele behoefte. Kan het de behoefte zijn om van waarde verklaard te worden in een wereld waarin het feit dat je een vrouw bent op zich geen voldoende bewijs van waarde is? Wanneer zullen we leren onszelf ons *eigen* bewijs van waarde te geven?

Dart komt terug naar bed. Hij duikt in het beddegoed zoals ik hem zo dikwijls in de Caraïbische Zee heb zien duiken.

Hij kust mijn nek, mijn oren, mijn borsten. Hij lijkt op het punt me opnieuw te gaan beminnen, maar we houden allebei een beetje de boot af, alsof er een bepaald besluit genomen is. Ik herinner me dat Dart eens tegen me gezegd heeft: 'Jij hoeft de kraan maar open te zetten, schatje.' Er klonk flink wat rancune in zijn stem door, alsof zijn 'ik kan je alleen maar liefde geven, schatje' zelfs hem begon te hinderen. Hij heeft seks altijd als een wapen gebruikt, tegelijkertijd vol ergernis dat het het enige wapen is waar hij over beschikt.

Wanneer een relatie alleen in bed echt goed werkt, worden beide partners uiteindelijk nerveus. Ze worden nerveus omdat ze het bed nooit meer uit willen. Ze worden nerveus omdat ze het bed uit *moeten*. Ze worden nerveus omdat Neukland een oord is waar je alle besef van grenzen verliest. Je bent op zoek naar lichaamsloosheid, maar die is tegelijk dodelijk beangstigend.

Dart en ik schijnen aan het eind van een lange slingerende weg gekomen te zijn. De seks begint zijn bekoring te verliezen. ('Een minnaar kan nooit genoeg krijgen van de gunsten zijner geliefde.')

'Schatje,' zegt Dart, zijn laatste troefkaart uitspelend, 'we *moeten* ophouden met drinken en gebruiken. Ik wil best wel eens een keertje bij de AA kijken – en jij?'

Nu is dit een onderwerp waar we het van tijd tot tijd over hebben gehad, maar de laatste tijd niet meer. Het lijkt wel of Dart intuïtief mijn gesprekken met Emmie heeft doorgrond en bereid is werkelijk alles te proberen om onze *danse macabre* aan de gang te houden. Mijn reactie is alleen niet helemaal even cynisch.

'O lieverd,' zeg ik als een robot, 'wat heerlijk!' En het treurige hiervan is dat ik het nog meen ook.

En zo zitten Dart en Emmie en ik uiteindelijk op dezelfde bijeenkomst in dezelfde neoclassicistische kerk.

Dart is niet op zijn gemak: hij zit stijfjes op zijn stoel en kijkt radeloos om zich heen.

Ik ben evenmin op mijn gemak: op de een of andere manier voel ik me er verantwoordelijk voor hoe hij op het Programma zal reageren. Als de bijeenkomst zijn goedkeuring nu eens niet kan wegdragen? Als hij nu meteen weer uit het Programma wegloopt? Zal ik dan ook in de verleiding komen eruit weg te lopen? Emmie heeft gelijk. Ik denk werkelijk dat ik alles in de hand kan houden.

Ergens diep in deze nerveuze angst ligt de sleutel verborgen tot de puinhoop die ik van mijn leven gemaakt heb. Kon ik maar zonder meer *zijn* en ophouden eindeloos te blijven doortobben over datzelfde treurige afgezaagde oude onderwerp: dat ik er verantwoordelijk voor ben hoe iedereen zich voelt. Me kunnen overgeven, dat wil ik. Ik dacht dat ik op zoek was naar onpersoonlijke vervoering, terwijl wat ik werkelijk zocht het vermogen was me over te geven. Het universum te aanvaarden. Het feit te aanvaarden dat God en niet Leila de touwtjes in handen heeft.

De bijeenkomst begint met de gewone inleidende opmerkingen en dan wordt de spreker voorgesteld, een witharige man van rond de vijftig, die rookt als een ketter en wiens rechteroog trekkingen vertoont. Ik vraag me af of Dart heeft gezien hoe verontrustend sterk die man op zijn vader lijkt.

Dart schraapt met zijn voet over de grond als een jonge hengst. Hij lijkt verschrikkelijk nerveus. Nou ja, waarom zou hij dat *niet* mogen zijn? Was *ik* dat op mijn eerste bijeenkomst ook niet?

De spreker, die zichzelf voorstelt als Lyle uit New York, begint aan zijn monoloog.

'Als jullie werkelijk willen weten hoe ik was als ik dronken was, vergeleken met hoe ik nuchter ben, hoef ik jullie alleen maar te vertellen hoe ik vroeger leefde, op een eiland voor de kust van Maine met mijn eerste vrouw en zeven koters. We konden alleen met een kleine speedboot heen en weer naar het vasteland. Ik vond het toen ontzettend geinig om er weken achtereen met de speedboot vandoor te gaan, zodat het gezin geen kant op kon. Als mijn eerste vrouw zich over die manier van doen beklaagde, sloeg ik haar lens. Ik ben er niet trots op, maar ik had de gewoonte thuis te komen, iedereen buiten westen te slaan, en 'm dan weer te smeren. Het waren mijn gevangenen, snappen jullie, en ik vond dat ze het maar *moesten* pikken, omdat ik de rekeningen betaalde. Ik ben er niet trots op dat ik ze allemaal als mijn bezit behandelde.'

Dart luistert aandachtig, maar ik kan niet uitmaken hoe hij op het verhaal reageert.

Emmie fluistert me toe, 'Schei uit met proberen erachter te komen wat Dart voelt – wat voel *jij*?'

'Woede,' zeg ik. 'Walging.'

Lyle gaat voort met zijn levenskroniek vol mishandeling van zijn vrouw, mishandeling van zijn kinderen, psychologische mishandeling, geestelijke mishandeling. De wereld is zo vol mishandeling in allerlei soorten. Als ik God was, zou ik het hele zootje uitroeien en overnieuw beginnen. Onder het luisteren naar deze zuiplapsage word ik echt helemaal razend. Ik kan me met niets erin identificeren. De mannen bij het Programma zijn zulke *bruten*, denk ik bij mezelf. De vrouwen zijn slachtoffers en de mannen bruten. En wat ben ik? Een beetje van beide?

Lyles verhaal eindigt ermee hoe hij in een dure inrichting van de drank afkwam, zijn eerste gezin verliet en een tweede stichtte, en hoe hij al tien jaar bij het Programma zit en door die tien jaar dan misschien niet van een rotvent in een aardige vent veranderd is, maar dan toch in ieder geval in een rotvent die niet meer dronken wordt en vrouwen en kinderen slaat.

Bij het gesprek sta ik versteld over het aantal mannen dat beweert zich met Lyle te kunnen identificeren. Ik vind hem afschuwelijk, ik vind zijn gewelddadigheid afschuwelijk, zijn zelfingenomenheid. Deze afschuw is een folterende emotie binnen de niet-veroordelende sfeer van de bijeenkomst. Maar wordt weerzinwekkend gedrag door het bekennen ervan dan helemaal vergoelijkt?

Dart steekt zijn hand op. 'Ik ben Dart, ik ben verslaafd aan drugs en alcohol,' zegt hij, 'en dit is mijn eerste bijeenkomst. Uw verhaal heeft me er weer aan herinnerd hoe mijn vader me eens met mijn gezicht onder water heeft geduwd en geprobeerd heeft me te verdrinken omdat ik hem een grote mond gaf. Ik zit vol tegenstrijdige gevoelens, maar ik ben blij hier te zijn. Ik wil met mijn hele hart van de drank af.' De mensen kijken Dart aan alsof zijn bekentenis iets geweldigs in hen heeft losgemaakt. Hoeveel dronkaards in dit vertrek hebben verdrinking en afranseling moeten ondergaan, alleen maar om hier terecht te komen, in dit souterrain van een kerk op het platteland van Connecticut? Ik denk aan alle tegenwind die we allemaal gehad hebben, en mijn ogen vullen zich met tranen.

Ik omhels Dart. 'Lieverd, ik ben *zo* trots op je,' zeg ik met plotselinge herziening van mijn mening over Lyles verhaal. Als dat deze reactie bij Dart kan oproepen, moet het toch zijn verdienste hebben. Ik besluit zelfs mijn veroordeling van het menselijk ras nog even op te schorten en het nog niet volledig uit te roeien. *Nog* niet.

Kennelijk denk ik nog steeds dat ik God ben.

ISADORA: *Ik vind die hoofdstukken waarin je bij de AA bent niet zo geweldig. Het is feitelijk onmogelijk om over de AA te schrijven. Wat daar gebeurt klinkt banaal, maar is dat in werkelijkheid niet. Je kunt groepsprocessen niet op papier vangen.*

LEILA: *Wat stel je dan voor dat we doen? Onze heldin maar gewoon zo laten, dronken, wanhopig, hopeloos? De AA heeft mij echt geholpen.*

ISADORA: *Dat weet ik. Tenslotte heb ik jou naar hen toegestuurd. Het is alleen maar een van vele wegen naar zelfkennis. Zolang je maar leert dat het antwoord in jezelf gelegen is... zolang je maar ophoudt de schuld op andere mensen te schuiven...*

LEILA: *Stil nou maar. Ik heb nou eenmaal dit verhaal te vertellen.*

8. Witte nachten en daarna

Zigeunerin, doe hem geen kwaad,
maak hem nog één keer voor mij in orde.
O, doe hem geen kwaad, zigeunerin,
maak hem nog één keer voor mij in orde.
Laat hem van mij gaan houden,
maar toe, help mij vrij van hem te worden.

– Bessie Smith

Dart werd zo nuchter als het maar kon – een poosje althans. Het Programma werd zijn *raison d'être.* Hij bleef de hele week bij me op het platteland en ging naar minstens twee bijeenkomsten per dag; praatte over niets anders dan het Programma – als een net tot een nieuw geloof bekeerde – en dronk noch gebruikte.

Hij haalde er tevens alles uit wat erin zat. In naam van zijn nieuwe 'bekering', kreeg hij mij zover dat ik hem voor duizend dollar per week op de loonlijst van mijn maatschappij zette en hem een platina American Express Card op zijn eigen naam gaf. Het was niet zo dat hij me ronduit om deze dingen vroeg – in mijn nieuwe delirium van geluk dat hij er zomaar *was*, bood ik hem ze *aan*, en hij nam ze aan, zij het schoorvoetend. Ik vond ons nieuwe leven prachtig. We gingen samen naar bijeenkomsten, werkten samen, lazen samen AA-boeken. Samen naar bed gaan deden we echter niet. Of liever gezegd, we sliepen wel *bij* elkaar maar niet *met* elkaar. Zonder drank of drugs bleef Darts onvermoeibare tamp slap en futloos. Zonder drank of drugs werd Dart, die nooit lusteloos (of lust-loos) was geweest, allebei. Zonder drank of drugs schreide en tierde en krijste en mediteerde Dart, maar naaien deed hij niet.

Een impotente Dart was geen leuk gezicht. Hij was ervan overtuigd dat zijn leven voorbij was. Alle mannen identificeren zich misschien met hun tamp, maar in Darts geval was de identificatie volledig. Even slap als zijn orgaan lag hij op bed. Hij huilde echte tranen. Hij gaf mij de schuld.

Ik probeerde alles. Zwarte jarretelgordels met bikinibroekje en bh; zwarte jarretelgordels zonder bikinibroekje of bh. Tongkunstjes, vingerkunstjes, babyolie. Erotische video's, erotische boeken, allerlei tijdschriften, vanaf de *Hustler* tot de *Puritan* – dat tijdschrift bestaat echt! – vanaf de *Penthouse* tot de *Screw*. Niets mocht baten. Darts tamp voelde in mijn mond nog slapper aan dan mijn tong. Ik hield mijn kleine jongetje in mijn armen en wiegde hem.

'Het overkomt iedereen af en toe,' zei ik, terwijl een zekere verveling met mijn rol me begon te besluipen.

'Mij nooit,' zei Dart, 'niet eens toen ik nog klein was.'

111

'Ik beloof je, schat, het gaat heus over.'

'Hoe weet *jij* dat nou?' vroeg Dart kribbig.

En in mijn hart stond ik meer aan zijn kant dan aan de mijne. Als ik hem had kunnen 'genezen' door een delletje voor hem te halen, had ik het gedaan.

Hij bleef een week bij me rondhangen – letterlijk en figuurlijk – en tegen het eind van de week was hij er weer op de motorfiets vandoor, met medeneming van de platina card, de cheque, en zijn slappe tamp.

Dat was het moment waarop ik werkelijk helemaal instortte. Dat was het moment waarop ik wilde zuipen, mezelf voor de wielen van een trein gooien, de cowboyschilderijen en de filmfoto's in de fik steken. Emmie draafde opnieuw op om me van dit alles te weerhouden. 'Ik wil niet meer leven,' zei ik tegen haar. 'Door dit droogstaan ben ik alles kwijtgeraakt wat belangrijk voor me is – seks, mijn werk, Dart...'

'Dat is domweg niet waar,' zei ze. 'Dat gevoel heb je nu alleen maar. Gevoelens zijn geen feiten.'

'Emmie, ik vind mijn leven niet meer te harden. Het is een kloteleven. Ik word genaaid waar ik bij sta. Of niet genaaid. Ik vind die stomme bijeenkomsten verschrikkelijk. Ik heb de pest aan sjofele souterrains vol rook en die oudbakken biskwietjes en die piepschuimkoffie. Het beste dat het Programma voor me gedaan heeft was dat ik Dart erdoor terugkreeg, en nou ben ik zelfs Dart kwijt. Ik kan er niet meer tegen. Ik ga gewoon kapot.'

'Dat begrijp ik wel,' zei Emmie. 'Dat verdriet is door niets weg te nemen, maar als ik je nou zeg dat je leven er over een jaar vanaf nu volkomen anders zal uitzien, wil je me dan geloven?'

'Nee.'

'Nou – het is toch zo. Ik kan je alleen maar vragen naar de bijeenkomsten te blijven gaan en af te wachten. Probeer bij de dag te leven. Probeer nergens op vooruit te lopen. Dit alles zal je in allerlei opzichten zo verbluffend helpen veranderen dat je het zelf niet eens zult geloven. Weet je nog, je maenaden en je kristal? Van nu af aan blijft het maenaden en kristal.'

Maar zo was het niet. Het bleef geilheid en leegte en tranen. Ik voelde me net een wees. Ik miste Dart tot in mijn diepste wezen. Hij was een deel van mij – het geschifte, onverantwoordelijke deel van mij misschien – het deel dat er vandoor wilde gaan, de hort op, drinken, gebruiken, Donna Giovanna*, Donna Quixota, de dolle picara

---

* In het najaar van 1987, toen ze aan *Any Woman's Blues* werkte, schreef Isadora Wing een artikel met de titel 'Donna Giovanna's Weeklacht'. Daarin onderzocht ze haar ambivalente gevoelens ten aanzien van haar seksuele wapenfeiten. Dit nooit in de Verenigde Staten verschenen artikel geeft nog beter dan de onderhavige roman uitdrukking aan haar innerlijke verscheurdheid en wanhoop met betrekking tot haar leven als alleenstaande vrouw. Binnen in deze wilde avonturierster woonde een huismus die ernaar verlangde zich te kunnen doen gelden. C.F-S, Ph.D.

zonder vast adres en met een miljoen schuilnamen. Dart was me dierbaar omdat hij mij *was*. Of althans een deel van mijzelf waar ik niet vrijelijk uiting aan kon geven – het stoute jongetje dat binnen in mij tekeerging.

Dus ging ik helemaal opgetut en aangedaan naar AA-bijeenkomsten en zat daar in minirok met mijn benen over elkaar ten behoeve van mijn loodgieter, de oude dame die in antiek deed aan Route 7, de voormalige actrice die een delicatessenzaak in de stad leidde. Ik keek verlangend naar de stevig gebouwde dertigjarige paardenarts die in alle paardenschuren van de hele provincie kwam (ik hoopte maar dat hij ook eens bij *mijn* stal langs zou komen) en naar de kalende figuur die spijkers verkocht in een ijzerwinkel en naar de taxichauffeur met de frambozeneus die me nu Leila noemde in plaats van mevrouw Sand omdat we allebei in het Programma zaten. In gedachten naaide ik met al deze kerels, maar in plaats daarvan gingen we ergens koffie drinken en over het Programma praten.

Ik werd een stamgast in de koffieshop waar iedereen na bijeenkomsten heen ging, en begon het zelfs *leuk* te vinden om met een man te zitten praten zonder hem als seksobject te taxeren.

ISADORA: *Je belazert me, Sand.*
LEILA: *Doe ik niet, Wing.*

Ik begon naar mannen te luisteren, aan te horen wat ze te zeggen hadden over hun leven, hun vrouwen en ex-vrouwen, hun vaders en moeders, frustraties, piemels. Ik ontdekte dat als je ophield een man te bekijken als iemand die je een orgasme of een baby zou kunnen bezorgen, of je leven redden, je werkelijk vriendjes met hem kon worden, in gaan zien dat hij net zo'n gewoon mens was als jijzelf. Ik ging beseffen dat ik mijn hele leven lang mannen zowel als vijand als als prooi beschouwd had – geheel zonder mij daarvan bewust te zijn – en dat zij mij derhalve op dezelfde manier gezien moesten hebben. Ik ging eveneens beseffen dat een leven zonder seks niet het ergste was dat je overkomen kon. Het was net als vasten. De eerste drie dagen waren verschrikkelijk, maar na een tijdje werd je high en begon je het zelfs prettig te vinden. Toen ik ophield van alles van mannen te verwachten, ontdekte ik dingen te leren die ik nooit had kunnen voorzien.

De hoogtepunten waren hoog – en de dieptepunten waren dieper dan diep. Soms reed ik zingend zo hard ik kon in DART over de landwegen, en op andere momenten viel ik me volledig klote voelend in mijn bed. Dan bekeek ik mezelf in de spiegel, kneep in het vel onder mijn kin, en besloot dat ik bezig was met de menopauze, en al aan het uitdrogen was bij gebrek aan een goede beurt. Ik ben niet het soort vrouw dat het zonder protest zonder seks stelt. Ik ga niet volgzaam en gedwee de eenzame nacht in. Ik heb een stijve tamp altijd

113

als een gezondheids- en schoonheidsmiddel beschouwd – en nu moest ik het doen zonder mijn voornaamste schoonheidsbehandeling, gezondheidsvoedsel, en slaapdrankje. Ik overwoog zelfmoord in allerlei variëteiten – zelfverbranding samen met mijn schilderijen, koolmonoxydevergiftiging, in Darts auto een klif afrijden. (Ik kon niet aan de slaaptabletten of tranquillizers omdat ik in het Programma zat!) Maar dan zag ik voor mijn geestesoog de ontredderde gezichtjes van mijn schattige kleine tweeling – hoe ontzet, hoe in de steek gelaten, hoe verloren zouden ze zijn – en dan veranderde ik van gedachten. Het bestond niet dat ik mijn kleine meisjes dat aan zou doen. Ik begon te begrijpen dat alles wat ik deed gevolgen had.

De gevolgen van je daden overzien is niet hetzelfde als je schuldig voelen. Schuldgevoelens hebben geen zin. Evenmin als zelfkastijding. Maar begrijpen dat er consequenties verbonden zijn aan wat je doet en dat je keuzes hebt is iets heel anders. Dit was het voornaamste dat ik bij het Programma begon in te zien. Ik begon te beseffen dat ik een energieveld was, dat met zijn bewegingen trillingen door het heelal veroorzaakte. En ik begon de verantwoordelijkheid – en de eer – verbonden aan het veroorzaken van die trillingen te aanvaarden, in die zin dat ik geen slachtoffer van 'het noodlot' was. Ja: God, de Godin, de Hogere Macht, de Heilige Geest, werkten *door* mij. Ik was een menselijk voertuig voor een goddelijke energie. Maar een voertuig zijn was niet hetzelfde als slachtoffer of pion zijn. Het leven stroomde door mij heen en derhalve diende ik met respect met mijn lichaam en geest om te gaan. Zij waren tempelen van het hogere. Ik mocht ze niet lichtzinnig van mij werpen.

ISADORA: *Ik moet bekennen dat ik overal uitslag krijg als je met dit Shirley Malarky-gedoe van Hogere Machten, Tempelen van de Geest, genezende kristallen,* und so weiter *begint. Dat seksgezever is al erg genoeg, maar al dit geestelijk gezwam maakt het nog eens zo erg! Denk je dat onze tijd hierop zit te wachten?*

LEILA: *Miljoenen vrouwen zoeken een geestelijk antwoord op onze dolgedraaide, van verslavingen wemelende samenleving...*

ISADORA: *Met andere woorden: 'dit is de realiteit, meid'?*

LEILA: *Voor iemand die deze hele zaak heeft aangezwengeld sta je daar wel erg weinig voor open.*

ISADORA: *Ik heb al* spijt *dat ik hieraan begonnen ben, werkelijk waar. Ik geloof dat we allemaal beter af zouden zijn in crinolines en kuisheidsgordels.*

LEILA: *Toch niet* echt...

ISADORA: *Geen commentaar.*

LEILA: *Mag ik dan doorgaan?*

ISADORA: *Met je geestelijke speurtocht naar nieuwere en betere anonieme extase? Ga je gang.*

Ik begon te mediteren – volgens mijn eigen vorm van meditatie, waarbij ik in mijn eentje op mijn heuvelhelling zat (de grashalmen kietelden tegen mijn knieën en achterste, de miertjes kropen zonder onheil te stichten over mijn tot bewegingloosheid gedwongen benen) en me concentreerde op het middenplan van het panorama (een wolk met een bochel, een zilveren silo die glinsterde in de zon) en loofde God, vol dankbaarheid dat ik leefde.

Ik begon dingen te zien die ik nooit eerder had opgemerkt; de frambozenstruiken behangen met rode vruchtjes die langs mijn oprit staan, de waterlelies in mijn dichtgegroeide vijver, het goudkleurige korstmos op de stenen langs de grens van mijn terrein. Ik begon God te danken voor de korstmossen, de frambozen, voor de wolken. Ik begon God te loven. Op een dag, toen ik daar zo in het gras zat uit te staren naar het middenplan, begon ik het als een mantra eindeloos te herhalen:

dank u dank u dank u dank u dank u dank u dank u dank u dank u
dank u dank u dank u dank u dank u dank u dank u dank u dank u
dank u dank u dank u dank u dank u dank u dank u dank u dank u
dank u dank u dank u dank u dank u dank u dank u dank u dank u
dank u dank u dank u dank u dank u dank u dank u dank u dank u
dank u dank u dank u dank u dank u dank u dank u dank u dank u
dank u dank u dank u dank u dank u dank u dank u dank u dank u
dank u dank u dank u dank u dank u dank u dank u dank u dank u
dank u dank u dank u dank u dank u dank u dank u dank u dank u
dank u dank u dank u dank u dank u dank u dank u dank u dank u
dank u dank u dank u dank u dank u dank u dank u dank u dank u
dank u dank u dank u dank u dank u, en bij elke dank u voelde ik me nog dankbaarder, nog intenser levend.

Ik wist dat de adem die Hem loofde zowel binnen in mij als buiten mij was, en dat God mij met een doel hier op aarde had geplaatst, een doel dat mij niet elk ogenblik duidelijk hoefde te zijn. Ik had slechts de adem binnen in mij te eren en die verder uit te dragen in het universum. Die adem vernietigen zou even grote ketterij zijn als het vernietigen van mijn schilderijen of het wurgen van mijn tweeling. Ik had het leven ten geschenke gekregen. Ik had alleen maar ja tegen het geschenk te zeggen.

En toen kwam Dart thuis. Hij was stoned en kwam met cadeaus die hij van mijn geld en creditcards betaald had. Er is niets dat je zozeer van je stuk brengt als dat. W.H. Auden zegt dat het moreel verwarrender is om door een bisschop getild te worden dan door een handelsreiziger. Maar cadeaus krijgen waarvoor de rekeningen weldra zullen volgen is nog verwarrender.

Dart overhandigt me een doosje van Tiffany's, met daarin een verlovingsring met een grote door diamanten baguettes omgeven saffier.

'Trouw met me,' zegt hij, 'of ik ben weer weg.'

Dit is nu niet het soort aanzoek waar men van droomt. Hoeveel ik ook van Dart denk te houden, hoe moeilijk ik me ook een leven zonder hem kan voorstellen, ik weet dat met hem trouwen betekent dat ik mijn leven voor altijd verbind aan de soort ellende en ontreddering die ik nu doormaak: het is een soort veroordeling. Het zal altijd zo blijven – iedere keer een onverwachte aankomst en een pijnlijk vertrek, mijn gemoedsrust aan flarden, mijn innerlijk weerstandsvermogen tot het breekpunt belast, en geen hoop op iets anders in de toekomst.

'Dart, schat,' zeg ik, 'laten we trouwen wanneer we een jaar met het Programma bezig zijn geweest. Goed?'

Dart kijkt me vuil aan. 'Je scheept me af,' zegt hij.

Misschien is dat ook zo. De telefoon in de keuken gaat. We hollen er allebei heen. Ik ben er het eerst.

'Hallo?' zeg ik. Aan de andere kant hoor ik iemand diep ademhalen en vervolgens ophangen. Ik stel me het blonde meisje voor van wie ik foto's gevonden heb, en die roodharige van wie ik brieven gevonden heb, en de brunette van wie ik make-upspullen in DART gevonden heb.

'Wie was het?' vraagt Dart.

'Dat mag jij *mij* vertellen. Ik heb geen vrienden die me eerst opbellen en dan ophangen wanneer ik opneem. Jij wel?'

'Je vertrouwt me niet!' schreeuwt Dart en stampt weg de slaapkamer binnen.

'Hoe kán ik je vertrouwen, wanneer je dagen wegblijft en dan terugkomt met de parfumlucht van iemand anders om je heen, met de lipstick van iemand anders op je hemd? Hoe kan ik je vertrouwen als je cadeautjes voor me koopt van mijn eigen geld en dan verwacht dat ik je ervoor bedank, en als je gaat lopen razen en tieren en door het huis heen stampen omdat ik je dat soort gedrag niet in dank afneem? Hoe kan ik je vertrouwen wanneer je niet te vertrouwen bént!'

'Dat doet de deur dicht!' krijst Dart. 'Dat is de laatste druppel! Ik kan niet bij een vrouw blijven die me niet vertrouwen wil – dat is me te vernederend! Ik ga!' En hij smijt me de ring toe en vertrekt (met medeneming van mijn creditcard). Alsof het een soort vaste gewoonte van me geworden is, val ik op de grond en barst in snikken uit, met het gevoel dat mijn leven nu volkomen is afgelopen. Ik luister hoe de motorfiets de oprit af- en mijn leven weer uitdendert.

ISADORA: *Kan ze nou niet eens één keertje in een stoel in tranen uitbarsten?*

LEILA: *Zou jij dat kunnen?*

Terwijl ik daar op de vloer lig en mijn tranen op de eiken vloerplanken neerdruppen, begint het me vaag te dagen. Ik *hoef* niet zo te leven. Ik *hoef* niet om de andere dag mijn zelfrespect te laten verbrijzelen alleen om extatische seks te krijgen. Zelfs de seks is niet meer wat ze geweest is. Nu ik begin te *zien* hoe Dart seks hanteert, kan ze me

116

steeds minder bekoren. Ik zie het spelletje erachter. En met inzicht komt bevrijding. Ik kom overeind, droog mijn tranen, en bel Emmie – die thuis is, de hemel zij dank.

'Dart is weer eens vertrokken.'

'God zij dank,' zegt Emmie.

'En ik ben er bijna blij om.'

'Ook daarvoor zij God gedankt,' zegt Emmie.

'Ik voel me bijna opgetogen. Ik wou bijna dat hij nooit meer terugkwam.'

'Daar ga ik je aan herinneren,' zegt Emmie, 'wanneer je er het minst op verdacht bent.'

'Ik weet 't.'

'Hoor eens – waarom rijd je niet naar de stad, kom je niet gezellig naar me toe? Je gaat toch niet werken. We zouden naar een bijeenkomst in New York kunnen gaan, naar de tarotwaarzegster of gewoon in de stad gaan eten...'

'Maar als Dart nu belt en ik ben er niet?'

'Laat hem bellen... Dat is juist goed voor hem,' zegt Emmie. 'Hoe dan ook, in plaats van over Dart in te zitten zou je nu wel eens kunnen doen wat het beste is voor Leila. Maak *jezelf* nu eens tot je eerste prioriteit – je hóeft niet aan de genade van iemand anders overgeleverd te zijn. *Grijp* je leven. Dart is maar een passant – en *vervelend*. Jij geeft hem zelf al die macht die hij over je heeft.'

Paniek grijpt me aan bij de gedachte dat ik naar de stad zou rijden en de telefoon, die huisgod, onbewaakt achterlaten. Ik zou naar mijn eigen zolderetage in de stad kunnen gaan, maar op de een of andere manier ben ik bang voor wat ik daar zal vinden.

'Kom op,' zegt Emmie. 'Als je hierheen rijdt, fuif ik je op een hapje vanavond.'

'Akkoord,' zeg ik met het gevoel dat ik het moedigste besluit van mijn leven neem.

Ik doe de verlovingsring om die Dart voor me gekocht heeft, en zeg tegen mezelf: 'Trouw met me!' Het is de enige oplossing voor mijn trouwdilemma die ik nog nooit geprobeerd heb.

Het is midzomer in Connecticut, een stralende, prachtige dag, en ik heb me de auto die ik voor Dart gekocht had, toegeëigend. Hij is van buiten ossebloedrood, heeft witte leren stoelen, een nieuwe geluidsinstallatie, en een geheel gereviseerde motor, en rijdt als een natte droom. Maar Dart heeft van het interieur een troep gemaakt, zoals hij van alles een troep maakt. Kapot gereedschap op de vloer, verfrommelde Kleenexdozen, bananeschillen, perzikpitten. Hij behandelt de auto op de manier waarop zijn vader het huis aan Rittenhouse Square behandelt: als een soort elegante Klikobak. Uit rancune tegen het geld van zijn vrouw, omdat *hij* het niet verdiend heeft. De troep maakt me razend, en mijn woede levert me het vermogen om naar

117

New York te rijden. De benzine is een nuttige bijkomstigheid.

Ik zoef naar de stad begeleid door een schallende Bessie Smith. (Ik heb twee complete stellen Bessie Smiths – platen voor thuis, cassettes voor in de auto.) Ik zing mee met 'Keukenprins', een van haar meest suggestieve songs.

Heerlijk die raapsteeltjes van die man,
Zoals hij mijn boutjes warmen kan.
Ik kan nooit meer zonder mijn keukenprins...

Onder het rijden wordt mijn hoofd wat helderder, en ik begin over mijn situatie na te denken – in alle eerlijkheid, hoop ik. Ik wilde de vrijheid om te kunnen werken, en daardoor ben ik in deze eenzame crisis terechtgekomen. Ik heb Thom verlaten om kinderen te krijgen bij Elmore, en ik heb Elmore verlaten omdat hij na verloop van tijd zuur begon te kijken iedere keer dat ik maar met een penseel naar een doek wees. Ik heb Dart uit het beeld laten verdwijnen omdat ik geen stuff meer met hem wilde gebruiken. Hij heeft anderen gevonden om trips mee te maken. Kan het werkelijk zo eenvoudig liggen? Niemand heeft mijn generatie van vrouwen – de geboortengolfprodukten, de zwangere bult in de bevolkingscurve – voorbereid op de veranderingen die ons als vrouw hebben ingehaald. We wilden alles tegelijk – werk en liefde, schilderijen en baby's – en we hebben het ook gekregen, maar we hebben er een prijs voor betaald: de prijs van eenzaamheid en alleenstaan. Niemand heeft ons op dit alles voorbereid omdat niemand wist *hoe* ons voor te bereiden. Wij troffen net een vreemd moment in de geschiedenis. Hoe onze moeders en grootmoeders leefden was domweg niet van toepassing. Was het 1920 of 1945 geweest, dan had ik nooit Thom Winslow verlaten om in Chianti een tweeling en een tweelingcarrière te gaan fokken, en als het 1930 of 1955 was geweest was ik nooit van Elmore weggegaan en in een relatie met Dart terechtgekomen. De vrouwen van mijn generatie experimenteerden met een nieuw leefpatroon, dat in de hele geschiedenis nog nooit door vrouwen was uitgeprobeerd. Geen wonder dat we ons zo verloren voelden, beurtelings paria's en pioniersters. We doorbraken elk taboe dat er voor vrouwen bestond – we stelden ons creatief bestaan, onze zelfontplooiing, boven de eisen van de soort.

ISADORA: *Waar is Margaret Mead, nu we haar nodig hebben?*
LEILA: *Waarom ga jij zelf niet naar de Trobriand Eilanden zodat ik rust heb?*
ISADORA: *Omdat je zonder mij nooit uit deze rotzooi komt!*

Geen wonder dat we het gevoel hadden onze moeders en grootmoeders en dikwijls ook onze kinderen en onze mannen verraden en in de steek gelaten te hebben. Voor ons bestonden geen vastliggende ri-tuelen. We hadden het oude afgebroken en het nieuwe nog niet opge-bouwd. Er waren geen patronen. We hadden het verleden uitgerafeld en de toekomst nog niet geweven. Hoe moest dat? Aha – de vraag van de eeuw.

En de mannen? De mannen waren net zo verloren en eenzaam als wij. Zij verwachtten koestering en kregen een trap in de ballen. Ze ver-wachtten dat wij een warm lijf in bed zouden zijn, hen gretig ontvan-gen, liefdevol kopjes koffie aanreiken, baby's produceren – en toen moesten ze godbetert ons gekakel over onze zelfontplooiing aanho-ren. Ze wilden wat ze altijd gehad *hadden*: een warme togus in bed. Hoe zou een stilleven met maenaden en kristal *ooit* een warme togus in bed kunnen vervangen?

De Warme Togus Theorie: je zou de hele geschiedenis kunnen terug-voeren op het verlangen naar een warme togus in bed. Bij die gedach-te begon ik in mijn eentje hardop te lachen.

Mooi zo, Leila, mooi zo. Je lacht tenminste weer – dat is een vooruit-gang.

Het was troostend mijn leven als onderdeel van een historisch proces te zien – troostend en mogelijk zelfs juist. Ten dele was ik het slacht-offer van mijn eigen verslaving, ten dele het slachtoffer van mijn ei-gen talent en roem, maar ik was eveneens ten dele een slachtoffer van de geschiedenis: te veel vrouwen op de wereld en niet genoeg mannen, geen leefpatronen waar iemand van ons aan vast kon hou-den, het uiteenvallen van het gezin – en wat kwam ervoor in de plaats? Niets.

We probeerden het gezin te re-creëren door middel van groepsliefde: de AA, de OA, de Al-Anon, therapie. We zochten met ons allen in groepsverband wanhopig onze weg naar de openbaring. We waren op zoek naar een nieuwe manier om te functioneren als kuddedier. We hadden behoefte aan een nieuwe stamidentiteit, omdat de oude ons niet kon binden. We probeerden in kerksouterrains het menselijk ras opnieuw uit te vinden, met koffie in plaats van miswijn, bis-kwietjes in plaats van ouwel. Het bloed en het lichaam: oploskoffie en chocoladefourrés. Een cafeïne- en suikerstoot om ons op te heffen naar God.

Ik rijd naar SoHo, parkeer in mijn garage, speel even met het idee naar mijn zolder te gaan, en besluit dan dat pas na de avondmaaltijd te doen. Misschien probeer ik het moment van dapperheid alleen maar uit te stellen, maar iets voor je uit schuiven is geen doodzonde – zolang ik het zelf maar onderken. Dan Beneden-Manhattan door om Emmie te treffen op de afgesproken plek: bij Da Silvano.

In de binnenstad hangt die zegevierende smerige lucht die er in midzo-mer altijd hangt – het tegengestelde van het weelderig groene Connec-ticut. Overvolle vuilnisbakken, watertorren die op hun gemak de straat oversteken alsof die van hen is, blèrende radio's, claxonnerend verkeer, schooiers, bedelaars, knappe jonge homo's in shorts, en beeldschone jonge vrouwen in T-shirts en minirokken die vergeefs, vergeefs, hun boezem en knieën etaleren. De energie van New York bruist door me heen. Dit is de Keizerlijke Stad – Rome tegen het eind van het keizerrijk, Parijs rond de eeuwwisseling, het Londen van Hogarth. Dit is het roodgloeiend centrum van activiteit, en nu word ik eens gevoed door de hoogspanning van New York, opgeladen, van kracht vervuld, in plaats van langzaam leeggezogen.

Ik loop langs een bijzonder onwelriekende hoop afval, en in mijn pasverworven psychische staat vind ik die mooi – precies even mooi als mijn heuvel in Connecticut. Dit moet Zen-wijsheid zijn, denk ik, om het vuilnis even mooi te vinden als de frambozenstruik. Dit moet de ware vreugde zijn – om de wereld net zo te zien in een vuilnishoop als in een zilveren silo.

De hele stad lijkt wel te smelten! Er hangt die speciale bijna-vloeibare sfeer in de lucht van bepaalde dagen waarop het zevenendertig graden wordt. De lucht zelf is een dier – dartel, vol leven. Ik vind het gevoel van het vocht op mijn huid heerlijk, de manier waarop mijn zweet mijn opengeweven overhemdblouse tegen mijn rug doet kleven. Ik geniet van de dag in plaats van erdoor geïrriteerd te worden – weer een geschenk van de AA.

Elke dag is een goede dag, denk ik, zelfs slechte dagen. Elke dag is een geschenk. Het kan dan wel eens ergens vies ruiken, maar we zouden blij moeten zijn dat we überhaupt een neus hebben. Niemand heeft ons een neus beloofd. Niemand heeft ons een rozentuin beloofd – ik sta naar de vuilnishoop te staren en denk aan een tuin. De verzameling afval is op haar eigen manier mooi – vuilnisbakken uitpuilend van alle naargeestige afvalprodukten van ons bestaan: halve sinaasappels die opgloeien als doorgesneden zonnen, als kerstboomversierselen glanzende aluminium blikjes, verkreukelde zakken in alle kleuren van de regenboog, bierflessen in elke nuance van grasgroen en tuinaardebruin.

Ik zie deze tuin in de afvalhoop omdat ik plotseling een tuin binnen in mij voel.* Vroeger stelde ik me mijn borstkas altijd voor als een warboel van afgehakte aders en doorgesneden slagaders. Vroeger was er altijd die jankende leegte van binnen. De leegte die een tamp moest hebben om zich weer opgevuld te voelen, de leegte die schreeuwde om nog een glas wijn, nog een joint, het zoveelste onbezonnen vertrek naar Hong Kong met het eerstvolgende vliegtuig. Maar nu begin ik een zweempje innerlijke rust te proeven, niet meer

---

* Ergens in deze periode (zomer 1987) werd het werk aan de roman tijdelijk stilgelegd, terwijl Wing een klein stapeltje gedichten schreef die ze de voorlopige titel *Wiegelied voor een Dybbuk* gaf. In de gedichten komen deze zelfde vuilnis/tuinbeelden voor. Zie ook mijn ongepubliceerd artikel 'De Tuin als Vuilnishoop, De Vuilnishoop als Tuin in het Oeuvre van een Feministische Dichteres'. C.F-S, Ph.D.

dan een verdenking van innerlijke rust – en ik verander er volkomen door. Waar heb ik het vandaan gekregen?

De genade Gods, neem ik aan.

Ik stel me het inwendige van mijn borstkas voor, en plotseling zie ik een tuin vol zonnebloemen met knikkende bloemhoofden vol zaad. En zinnia's in stralende tinten roze en oranje en rood. En fuchsia's in mandjes, met hun neerhangende roodpaarse bellen, en wild dooreengroeiende rode rozen, en keurig gesnoeide witte stamrozen, en de grond uitbrandende goudsbloemen met hun muskusgeur. Dit is *mijn* tuin, en niemand kan me die afnemen, hoeveel verraad er ook aan mijn vlees begaan wordt. Deze tuin is helemaal van mij; deze tuin houdt me op de been. Hij groeit omdat ik groei. Plotseling wil ik die tuin schilderen. Ik rijd nu meteen naar huis om hem te schilderen. In plaats daarvan tref ik Emmie voor ons avondhapje bij Da Silvano. Wanneer ik er binnenloop, herken ik met een knikje een half dozijn mensen uit mijn vakgebied – kunstenaars, handelaars, ontwerpers van catalogi, inrichters van tentoonstellingen, en mensen die hopen voor dezulken te worden aangezien.

Er is een elegante blondine van ergens in de vijftig wier echtgenoot bij de maffia is en die haar galerie aan West Broadway is begonnen als een manier om geld te witten – maar dit alles doet op geen enkele manier afbreuk aan haar populariteit als leading lady in New York. De verhalen die ik ken, en die ik liever niet zou kennen, over de kunsthandel in New York! Dart en de verwoestingen die hij aanricht lijken plotseling heel ver weg.

Emmie zit aan een tafeltje vooraan een Tab met limoen te drinken. Ze ziet er stralend uit.

'Je ziet er geweldig uit,' zeg ik. (Volgens het grapje heeft het leven twee stadia: de jeugd en 'je ziet er geweldig uit'.)

'Jij ook,' zegt Emmie. 'Nu je Dart kwijt bent, ben je plotseling ook al die stresslijnen in je gezicht kwijt.'

'Ik voel me fantastisch,' zeg ik. 'Het lijkt ineens wel of mijn leven nu begint, in plaats van ophoudt.'

'Gek hè?' zegt Emmie, en lacht haar klaterende lach. 'Weet je nog hoe die twee vrouwen in *The Golden Notebook** maar zeggen: "Gek hè"?'

'Dat heb ik al *jaren* niet meer gelezen,' zeg ik. 'Ik heb mezelf er als tiener toe gedwongen, maar het leek me erg zwaar.'

'Nou, dan moet je het nu eens lezen. Het is de geschiedenis van ons leven. "Vrije Vrouwen" – tussen aanhalingstekens natuurlijk.'

---

* De in 1962 verschenen roman van Doris Lessing en een van Isadora Wings lievelingsboeken, ofschoon ze toegaf het wel zware lectuur te vinden. Tijdens een van onze gesprekken bekende ze dolgraag net zo'n boek te willen schrijven. Was ze blijven leven, dan was *Any Woman's Blues* net zo opgebouwd. Ik heb geprobeerd dit laagjeseffect te reconstrueren door middel van haar aantekeningen, terzijdes, en op het manuscript neergekrabbelde opmerkingen. C.F-S, Ph.D.

'Grappig dat je dat zegt, omdat ik toen ik hier naar toe reed heb zitten denken dat wij een volstrekt nieuwe soort vrouw vertegenwoordigen.'

'In de Middeleeuwen verbrandden ze ons als heksen,' zegt Emmie.

We bestellen het Italiaanse menu dat nu voor echte Newyorkse kost doorgaat – vijgen en prosciutto, pasta, kalfsvlees, arugala salade. Ik ben geamuseerd door de manier waarop de leuke jonge kelner – met het staartje en het smaragden knopje in zijn linkeroor – de specialiteiten afraffelt alsof hij een auditie doet voor een musical op Broadway. Dit kan alleen in New York, denk ik; hier is elke kelner een acteur. In Italië zijn kelners kelners.

'Misschien moesten we samen eens een reisje maken,' zeg ik, 'naar Europa.'

'Wat? En Dart hier achterlaten?'

'Dart kan barsten,' zeg ik met een bravoure die ik op dit moment nog echt voel ook.

'Wat is dat voor ring?' vraagt Emmie. 'Hij is schitterend.'

'Ik ben verloofd,' zeg ik.

'*Wat?*'

'Ik ben verloofd met Louise Zandberg. Leila Sand gaat met Louise Zandberg trouwen.'

'Mazzel tov,' zegt Emmie met een nonnenschoolaccent.

We drinken onze Tabs en nuttigen opgewekt ons voedsel, en kijken af en toe het restaurant rond om te knikken en te wuiven naar diverse beminnelijke figuren uit mijn door en door corrupte wereld. Alleen al het in de stad zijn heeft me opgevrolijkt en goedgedaan. Ik hoor ergens anders dan in tranen op de grond van mijn woonkamer. Ik voel me weer deel van het leven, deel van de wereld.

'Ik weet niet waarom ik dit niet vaker doe,' zeg ik.

'Omdat je in je eentje in Connecticut zit te drinken en te wachten tot Dart je komt naaien,' zegt Emmie.

We kletsen wat over vrienden, over Emmies boek over de menopauze, over de aanstaande terugkeer van mijn tweeling, over mijn nieuwe schilderijen. Het leven lijkt weer goed – zelfs zonder Dart. Op een bepaald moment sta ik op om een plas te gaan doen.

Onderweg naar het damestoilet zie ik aan een ongunstig geplaatst tafeltje, dat ze bij het Siberia reserveren voor de onbekende of niet-beroemde gast, het gezicht van het ordinaire blondje wiens foto's ik tussen Darts spullen gevonden heb. Ze zit er zelfvoldaan te glimlachen en *The New York Times* te lezen. Over de stoel naast haar hangt het witlinnen jasje dat ik me herinner eens voor Dart gekocht te hebben.

Mijn hart slaat op zijn minst tien slagen over. Het zweet breekt me aan alle kanten uit. Ik kan nauwelijks ademhalen.

Het meisje kijkt op, richt even haar blik op me, schijnt me eerst niet te herkennen en kijkt dan weer in de krant. Bij het in levenden lijve zien van het gezicht van de foto's raak ik in paniek. Waar is Dart? Zeker op het herentoilet.

Ik ga naar de 'Dames', probeer te plassen en kan het niet, in de wetenschap dat hij zich pal aan de andere kant van de muur bevindt. Ik blijf met mijn hoofd in mijn handen op het toilet zitten. Tegelijkertijd radeloos en volkomen in de war dwing ik mezelf tenslotte een plas te doen, sta op, breng mijn make-up in orde, en doe de deur open. Buiten staat het vulgaire blondje tegen de deur van de mannen-wc geleund en fluistert iets in het hout. Dan kijkt ze me aan, deze keer met herkenning in haar blik, draait zich om en loopt terug naar het tafeltje.

Ik klop luid op de deur van het herentoilet.

'Ik weet dat je daar binnen bent, lafbek – kom eruit!'

Geen antwoord. Alleen het geluid van een wc die doorgetrokken wordt.

'Rotzak die je bent!' schreeuw ik. 'Schei uit je daar voor mij te verstoppen. Kom eruit!'

Het slot draait open, en een zeer schaapachtig kijkende Dart stapt uit het mannentoilet naar buiten.

'Het probleem met liegen,' stoot ik uit, 'is dat je er verschrikkelijk eenzaam door wordt. Je liegt tegen de enige persoon die echt van je houdt, en dan heb je niemand meer die je vertrouwen kunt en niemand die jou echt meer vertrouwt!'

ISADORA: *Toespraak! Toespraak!*

Hij schuifelt voetje voor voetje achteruit terug naar het mannentoilet, deze grote flinke macho die zich altijd zo op de borst heeft geklopt dat hij mij en de tweeling wel zou beschermen.

Hij kijkt me smekend aan, alsof hij zeggen wil: 'Mammie, het spijt me.' Hij haalt zijn schouders op. 'Ik heb 't *echt* geprobeerd,' zegt hij. Het vervelende hiervan is dat het waar is. Het meisje komt van achter op me toe lopen.

'Ik hoop dat je je hem kunt veroorloven. Hij is *erg* duur,' zeg ik.

'Er is meer in het leven dan geld,' antwoordt ze snibbig, op een manier die me duidelijk maakt dat hij zich tegenover haar over me beklaagd heeft dat ik niet genoeg aan hem heb willen uitgeven. Ha! Met wat ik aan die man heb uitgegeven zou je een leuke middelgrote villa in het zuiden van Frankrijk kunnen kopen!

'Je gaat met de dag meer op je vader lijken,' zeg ik.

'Dat is een gemene opmerking,' pareert het meisje.

'Gemeen maar waar.'

Dart zegt niks. Laat de wijven het maar uitvechten, is de luid en duidelijk doorkomende boodschap van zijn zwijgen.

'Ik heb werkelijk met je te *doen*,' zegt ze met alle geringschatting die een vrouw van vijfentwintig kan voelen voor een vrouw van vieren-

123

veertig – een geringschatting geboren uit gezegende onwetendheid. 'Kom mee, mop,' zegt ze.

En ze voert hem aan de hand naar het tafeltje waar de rekening ligt te wachten – samen met de platina card waardoor de rekeningen bij mij terechtkomen.

'O nee, dat gaat niet door,' zeg ik. 'Ik heb voor het laatst voor je eten betaald,' en ik snaai de kaart van tafel en scheur het Amexstrookje in kleine snippers en laat die als confetti op mijn hoofd neerdwarrelen.

'Wat ontzettend *klein*,' spuwt het meisje vol verachting, en haalt een MasterCard van een bank in Ohio uit haar versleten portefeuille.

'Hier,' zegt ze tegen de maître d'hôtel (die nu komt kijken of er een knokpartij staat aan te komen). 'Ik betaal dit wel.'

'Zeker weten,' zeg ik alvorens terug te stampen naar mijn tafeltje en Emmie. 'Je gaat betalen en nog eens betalen.'

'Wat is jou in vredesnaam overkomen?' vraagt Emmie.

'Heb je dat dan niet gehoord?'

'Er was wat opschudding in het zaaltje hiernaast, maar ik kon niet uitmaken wat er gaande was.'

Ik zit nog te zweten en naar adem te happen. 'Ik heb net mijn laatste scène met Dart gespeeld,' zeg ik. 'Nu ga ik dit nog in tweeën knippen en de sloten veranderen.' En ik geef Emmie de creditcard waarop staat: Darton Venable Donegal IV.

'Je mag hem hebben,' zeg ik. 'Waarom houden we geen heksensabbat? Dan zouden we hem kunnen verbranden en de as in onze kookpot strooien...'

'Wat is er nou gebéurd?' vraagt Emmie.

'Zie je dat stel daar?' vraag ik. 'Dat zijn Dart en mijn opvolgster. Ik hoop dat ze kredietwaardig is – anders kan ze 't wel schudden.'

9. Een hoop bravoure, en dan

Toen ik wakker werd, was mijn kussen nat van tranen,
Eén dag zonder die vent van mij lijkt duizend jaar, en meer...
Ik heb veel liefde nodig, want ik ben nergens meer...

– Leola P. Wilson en Wesley Wilson

Het maakt in feite niet uit wie een relatie verbreekt. Of jij het doet of hij, de pijn is hetzelfde.

Je slaapt bijna vijf jaar met een man, ruikt zijn zweet, voelt zijn harige benen 's nachts langs de jouwe strijken, en je vergroeit met hem. Wanneer hij weggaat moet dat wel aanvoelen als een amputatie. En jij trekt erop uit op zoek naar een houten poot, in de wetenschap dat die absoluut niet zal helpen.

Het maakt niet uit of je weet dat de man toch niet voor je deugt. Het maakt niet uit of je weet dat de man gewoon niet deugt. Na afloop van een verhouding onderschrijf je Stella Kowalski's stelling: In het donker gebeuren er dingen tussen twee mensen waardoor alles wat er bij daglicht gebeurt volkomen in orde lijkt.

De eerste nacht was het ergste. Ik dwong mezelf alleen in het zolderappartement te gaan slapen, dat bezaaid was met Darts spullen – en met die van het delletje. Dat was me een lekker stuk vreten. Haar sleetse voorgevormde bh's en smoezelige bikinislips hingen onbeschoft-vrijmoedig over mijn wastafel, haar half opgebruikte strip pillen lag op mijn kaptafel; haar parfum (Charlie!) stond op het tafeltje naast het bed.

Ik doorzocht haar spullen vol woede en nieuwsgierigheid. Haar vuile make-uptasje vol stukjes en brokjes goedkope kosmetica die ik nooit gebruiken zou, haar rubberen irrigator opgerold als een slang in een nylon zak in haar clubtas. Haar polyester peignoir, opgesierd met roze en aqua bloemen. Haar kaalgetrapte slippers van smerige aquakleurige badstof.

Ik overwoog een collage van al deze gevonden voorwerpen (en van de eerder gevonden foto's) te maken en die *Darts Delletje* te noemen – maar het deed allemaal te veel pijn, dus liet ik de woede zegevieren boven de kunst en smeet de hele troep uit het raam. Hiervoor moest het grote raam van het appartement opengekrikt en opzij opengeslagen worden. (Het was tegen een zeer forse prijs in Duitsland gemaakt en per schip hierheen vervoerd.) Wanneer je het open had, kreeg je het idee dat je net zo goed meteen de zes verdiepingen naar beneden kon springen – maar ik weerstond de verleiding. Van-

125

af de dakverdieping kon ik de hitte van de straat gewaarworden, het zingen van de autobanden op het natte plaveisel (het was gaan regenen), de aantrekkingskracht van het open raam.

Ik gooide alle rotzooi van het naamloze delletje op straat: anticonceptiepillen, irrigator, make-upspullen – alles. De make-upspullen vielen op de straat onder me kapot en sprongen in alle richtingen weg, wel een miljoen kleine spiegelscherfjes die pech betekenden (voor haar, hoopte ik, niet voor mij – maar wie kon het zeggen?). De slang van de irrigator leek op en neer te stuiteren, en toen brak hij door de zak heen en bleef op straat liggen als een boa constrictor die een voetbal had ingeslikt. (Ik haat grietjes die voortdurend hun poes deodoriseren; ik dacht dat Dart wel beter wist dan het met een van dat soort aan te leggen; ik dacht dat hij oog had voor de waarde van natuurlijke geuren.) Ik keilde alle andere troep ook naar buiten, en toen draaide ik het raam met de slinger dicht, en viel neer op het bed, zo ontredderd dat ik niet eens kon huilen.

Erger verraad dan dat van een minnaar die met een andere vrouw in jouw bed kruipt bestaat niet; de matras zelf vibreert nog van hun seks en verstoort je slaap: je dromen worden geïnfecteerd door hun verraderlijk minnespel. Je weet wat een centrale plaats je bij hun liefde hebt ingenomen, hoezeer je deelgenote bent geweest, en het bloed stolt je in de aderen bij de gedachte. Het heeft geen zin jezelf voor te houden dat hun liefde nu is verdund en verzwakt door het feit dat ze geen geheim meer is. Het heeft geen zin jezelf voor te houden dat ook zij een soort verlies ervaren. Je ligt in bed zonder een houding te kunnen vinden waarin je in kunt slapen. Je rug, je zij, je buik, je andere zij – aan alle kanten jeukt je vel van hun seks, kriebelt hun seks, alsof het bed besmet is met ongedierte.

Om je heen kolkt de stad. De grote, dampende, Rome-tegen-het-eind-van-het-Keizerrijkstad. Gekrijs van politieauto's, ambulances die door de straten stuiven, vuilnisemmerdeksels die lawaaierig op het trottoir stuiteren, brekende flessen, radio's waaruit eindeloos liederen schallen over de springvloed der hormonen, het crescendogezang van testosteron op zoek naar oestrogeen, en oestrogeen op zoek naar testosteron – het pulseren van het universum.

Iedereen heeft iemand en jij bent alleen. Iedereen wrijft bekken tegen bekken, heup tegen heup, en jij bent helemaal alleen.

Plotseling bespringt de liefde je weer. Je wilt vervelende herinneringen oproepen, maar alle goede slaan in een vloedgolf over je heen. Je wilt hem haten, maar de liefde is er nog, kloppend als een losgesneden hart. Je wilt vergeten, maar de herinneringen komen onstuitbaar boven.

De Dalmatische kust in de zomer, en Dart die ligt te zonnen als een jonge god. De kwetsbare paarse adertjes in zijn oogleden. Het goud van zijn borstkas. Het spoortje van een deuk in zijn voorhoofd waar de voorruit hem eens heeft tegengehouden toen hij op weg was naar een botsing ten gevolge van cocaïnegebruik, in Bucks County. Dart die een mocassinslang het levenslicht uitblaast door hem met een geweer de kop af te blazen. Dart die je naait op de vloer van het huis in Connecticut. Dart die dart. Dart weg. Dart terug. Dart zal toch vast en zeker terugkomen.

Deze keer betwijfel ik het. Een profiteur moet een slachtoffer hebben om een identiteit te krijgen. De dronkaard de drank. De junk de naald. De pik de poes. Waar zijn al mijn dankbaarheid en staat van genade gebleven?

Ik sta op, knip het licht aan, en ga naar de bar. Daar bewonder ik de stoet flessen in de met spiegels beklede, door Ettore Sossas zelf speciaal voor dit appartement ontworpen buffetkast: Chivas Regal, Jack Daniel's, Stolichnaya, Beefeater, Canadian Club, Pernod, Lillet, Cinzano, Noilly-Prat... De flessen tarten me met hun flonkerend amber en kristal. De flessen lokken en lonken.

Wat maakt het uit, denk ik. Waarom niet?

Ik ontkurk de Chivas Regal (ofschoon whisky nooit mijn favoriete borrel is geweest) en daag mezelf uit een slok te nemen. Ik doe het. En dan neem ik er nog een. En nog een. Zodra ik draaierig word, weet ik dat het mis is. Ik giet de drank door de gootsteen en keil de fles tegen de grond aan scherven.

De bijeenkomsten hebben het drinken voor me verziekt. Als ik vroeger dronk, deed ik dat in afwachting van de klik in mijn hoofd (zoals Brick zegt in *Cat on a Hot Tin Roof*) en nu *haat* ik het als mijn denken beneveld raakt. Zodra ik dat gevoel krijg, weet ik gedoemd te zijn: gedoemd tot een week van depressiviteit en droefheid en zelfhaat. Gedoemd tot een lange val in een neerwaartse spiraal tot op de bodem van het konijnehol.

Ik lig te draaien en te woelen in bed, wachtend tot de drank is uitgewerkt. De schaapachtige uitdrukking op Darts gezicht laat me niet los. Ik denk er weer aan hoe het delletje het woord voor hem deed, en mijn hart breekt. Ik wil Dart troosten, geen verwijten maken. Ergens weet ik dat Dart het slachtoffer is van zijn eigen zwakheid en wanhoop – en veel erger de weg kwijt dan ik. Hij verafschuwt zijn afhankelijkheid nog meer dan ik, en toch weet hij niet hoe het anders moet.

Het ellendige van mijn situatie is dat ik Dart zo verdomde goed begrijp. Hij is mijn schat, mijn lieveling, mijn vent, en ik wil hem koesteren en beschermen, ook al maakt hij mij kapot. Als Dart nu eens een verhaal over zijn kant van de zaak zou schrijven, wat zou er dan in staan? Dat die grote boze Leila hem heeft ontmand en zijn krachten ontnomen? Dat die grote boze Leila hem zijn geestelijke vermogens heeft ontstolen? Ik begrijp heel goed dat het moeilijk is altijd het model te zijn en niet de kunstenaar zelf.

Toen ik nog op de academie zat, heb ik eens model gezeten voor een vriend van me – een figuratief schilder die Mikhailovich heette en die er een maand over deed om me te schilderen (uit liefde denk ik), maar me afbeeldde op een manier die me helemaal niet aanstond. Ik herinner me het gevoel volkomen in de macht van een ander te zijn, onder een soort boze bezwering te staan, en ik weet ook nog wat voor gevoel het was om niets in te brengen te hebben. Dart heeft dat gevoel altijd. Dart probeert macht over me te krijgen door het delletje mee te nemen naar mijn appartement, door de dar uit te hangen, door haar te naaien in mijn bed.

't Is niet te doen. Ik knip het licht aan, kleed me aan, blader mijn AA-boekje* door, en ga de deur uit op zoek naar een bijeenkomst waar je de hele nacht kunt binnenvallen. Mijn lendenen met denim omgord waag ik me de straat op, op zoek naar een plek waar ik aan mijn ellende ontkomen kan. Terwijl ik zonder acht te slaan op eventueel gevaar voortloop, lijkt het alsof de bladzijden van het boek van mijn leven in snel tempo voor mijn geestesoog omgeslagen worden. Hoeveel jaar heb ik nog over om te schilderen? Ik zou hier, vannacht, op straat om kunnen komen, of nog een, twee, tien, twintig, dertig jaar voor me hebben. Mijn leven is al voor meer dan de helft voorbij. Nu al lopen de kleine lettertjes op de pagina dooreen als ik probeer te lezen. Nu al komt mijn menstruatie óf te vroeg, óf te laat. Nu al steken mijn knieën en doen mijn ellebooggewrichten pijn als het regent. Ik heb geen tijd om om Dart te treuren. Ik heb werk te doen.

Ik vind de bijeenkomst (in een vervallen kerk enkele blokken van mijn flat vandaan) en tref er de soort mensen bij wie ik hoor – de schooiers, de mensen van de straat, de daklozen. De plaats van samenkomst waar men de hele nacht terecht kan is al evenzeer een onderdak als een oord van gebed en geestelijke leiding. Oude mannen en vrouwen die niets anders te eten hebben dan deze suikerrijke koekjes, niets anders te drinken dan deze lauwe koffie of thee.

Wat een sjofel stelletje uitschot is het! Sommigen van de mannen hebben geen tanden, en eentje zit er op de achterste rij van de gehavende houten stoeltjes in zichzelf te praten. De vrouwen zouden hoeren kunnen zijn, dakloos, gek, ziek, half dood. New York is steeds meer een stad van armoede en grote rijkdom. Hier, in het Londen

---

* Was Isadora Wing alcoholiste? Wij weten dat zij een jaar of twee (1985 tot 1987) samen met haar minnaar 'Bean', Berkeley Sproul, AA-bijeenkomsten bezocht, en dat ze allebei minstens een jaar, mogelijk twee of drie jaar, geen druppel drank gebruikten. Leila's telkens weer terugvallen was geen gewoonte van Isadora. Uit Isadora's dagboeken bleek dat ze een heldin in het leven wilde roepen die grote moeite had van de drank af te blijven. Zijzelf kon de alcohol laten staan wanneer ze dat wilde, en liet die ook steeds vaker staan omdat ze er neerslachtig van werd. Ze beweerde dat de 'romantiek van het alcoholisme meer Amerikaanse schrijvers het graf in geholpen had dan venijnige critici, ongeïnteresseerde uitgevers, of de ongeletterdheid van het publiek'. Ze was eerder een medeverslaafde dan een verslaafde – dat wil zeggen dat ze verslaafd was aan iemand en derhalve ook aan diens verslaving. Hiermee was ze vermoedelijk typerend voor een grote groep vrouwen. C.F-S, Ph.D.

128

van Hogarth, kijkt de voorname dame in haar couturejapon hooghartig neer op de bedelaar die haar vanaf de straat lastig valt. Maar in het Programma worden we allen gelijk.

De bijeenkomst is nog niet begonnen, en de mensen lopen door elkaar heen, staan koffie te drinken en begroeten elkaar. Allemaal vreemden, maar verbonden door hartelijke medemenselijkheid en de stilzwijgende overeenkomst om althans te *proberen* eerlijk te zijn. Ik vind het heerlijk hoe bij de AA de normen wegvallen die in de rest van onze samenleving opgeld doen. Elders zijn hebzucht en bedrog en egoïsme de regel. Hier ruimhartigheid, waarachtigheid, nederigheid. Ik ben nerveus omdat ik vanavond gedronken heb en dat zal moeten zeggen, maar alleen al het in dit vertrek aanwezig zijn heeft een helende invloed op me. De liefde in deze ruimte is tastbaar.
Er komt iemand naar me toe en tikt me op de schouder.
Eerst deins ik terug. Het lijkt een zwerfster van de straat, een gezicht dat zwemt in het vet, ogen die verdwijnen tussen de rimpels. Op haar hoofd draagt ze een rode gebreide muts met neerbengelende lovertjes, over haar lichaam een tent van rood polyester.
'Louise?' vraagt ze onzeker. 'Louise?'
'Ja.'
'Ik ben Rivka Landesman, weet je nog? De academie?'
Ik kijk haar vol ongeloof aan. Deze kolossale in het vet drijvende zwerfster is een klasgenote van mij van de middelbare school – een begaafde schilderes, iemand die al een galerie had voordat ik zover was. Iemand die ik eens benijd heb omdat ze het helemaal gemaakt leek te hebben toen ik nog ploeterde om als schilderes erkenning te vinden. Rivka was zelfs op de middelbare school al een wonderkind. Ze trok op met Andy Warhol, maakte films met hem, verkocht haar werk aan belangrijke verzamelaars, kreeg overal lovende kritieken – en toen verdween ze. Ik had jaren niets meer van haar vernomen.
'Hoe *gaat* het met je?' vroeg ik. Het was een belachelijke vraag. Ik kon wel zien hoe het met haar ging. Slechter dan met mij.
Mijn vriendelijkheid maakte iets in haar los: een vloedgolf van zelfmedelijden.
'Nou,' zei ze, 'toen mijn vierde huwelijk – met de Italiaan – op de klippen liep en hij ervandoor ging met alles wat ik in mijn hele leven bij elkaar had gespaard, gaf me dat wel de nekslag. Je gelooft het niet, maar het afgelopen jaar ben ik alles kwijtgeraakt. Mijn dochter is gaan studeren, mijn vriend is naar Italië verdwenen met een miljoen dollar van mij en drie van Andy's schilderijen, ze hebben een deel van mijn baarmoeder weggehaald, mijn hormonen zijn totaal in de war, ik ben tachtig pond aangekomen, mijn moeder is gestorven... Ik hoop dat de AA me kan helpen. Ik weet echt niet waar ik anders heen moet. Ik sta op het punt me van kant te maken.'
Iets in mij wordt door het zelfmedelijden afgestoten. Ik heb het ge-

129

voel dat Rivka klaarstaat om haar klauwen in me te slaan en me niet meer los te laten. Ik heb het claustrofobische gevoel klem te zitten. Maar als iemand een hulpzoekende hand naar je uitsteekt, moet je helpen.

'Louise,' zegt ze, 'bij welke galerie ben je nu? Denk je dat ze daar mijn werk zouden willen bekijken?'

'Ik weet het niet,' zeg ik, nu opeens met het gevoel dat mijn zakken gerold worden. 'Ik ben hier niet om je agente te worden. Ik ben hier omdat ik aan de drank ben.'

'Natuurlijk,' zegt Rivka, 'maar het zit jou zo mee. Jij hebt altijd meer succes gehad dan ik. Altijd op het juiste moment op de juiste plek geweest. Altijd meegevoerd op de stroming van het moment.'

Ik kijk haar ongelovig aan. Ze beledigt me en dringt me tegelijkertijd schuldgevoelens op. Lobbyen bij een bijeenkomst! Kan een mens nog lager zinken!

'Je ziet er zo leuk uit. Je hebt altijd kerels om je heen. De critici eten altijd uit je hand. Je hebt geen idee hoe moeilijk ik het gehad heb...'

Nu maakt ze het echt te bont. Ik heb zin tegen haar uit te pakken, haar d'r vet te geven vanwege haar geklets en volledig opgaan in zichzelf, haar te vertellen dat ze waarschijnlijk iedereen die ooit geprobeerd heeft haar te helpen van zich heeft vervreemd, maar dan besef ik dat deze reactie nu precies de reden is geweest waarom ik naar deze bijeenkomst heb moeten gaan: om mijzelf in deze vrouw weerspiegeld te zien – om te zien wat ik zou kunnen worden als ik geen greep op mezelf krijg, mezelf niet stevig aanpak, om er een voorbeeld van te zien hoe een vrouw haar leven kan verspillen door steeds het slachtoffer te spelen.

'Rivka,' zeg ik op zachtmoedige toon, 'als je me vraagt je te helpen van de drank af te komen, zal ik het proberen. Ik heb het nu zelf ook niet gemakkelijk. Misschien kan ik je wel met het een of ander helpen – maar beledig me alsjeblieft niet door te proberen me moreel onder druk te zetten om je werk te verkopen. Daar is het Programma niet voor, en je jaagt me er alleen maar mee weg.'

Ze kijkt me aan zonder te begrijpen wat ik zeg.

'Wil je me dan niet helpen?'

'Jawel, ik wil je best helpen, maar ik wil me niet door jou laten beledigen en manipuleren. Ik heb het ook moeilijk. Ik heb vanavond gedronken nadat ik een maand niet gedronken had en me beter had gevoeld dan ooit eerder in mijn leven. Ik probeer de dingen één voor één te doen. Ik probeer nog steeds erachter te komen hoe ik leven moet. Al mijn succes heeft me een *ander* soort problemen bezorgd dan die jij gehad hebt – maar het zijn net zo goed ook problemen. We zijn geen concurrenten. We zijn allemaal voorttobbende gewone mensen. Door het Programma ben ik mijn leven in geestelijk perspectief gaan zien, en ik ben in de fout gegaan – misschien omdat ik er niet *tegen* kon dat het echt beter met mijn leven ging. Ik wou de ellende terug. Ik had het met God op een akkoordje gegooid dat ik van de drank af zou gaan als ik mijn kerel terug kon krijgen, en toen kréég ik die ook een tijdje terug, en daardoor werd ik op het verkeerde been gezet. Maar God speelt niet volgens onze regels. En wij kunnen niet als verongelijkte kinderen zeggen: "Nou, als God zich niet aan mijn spelregels wil houden, speel ik niet meer mee, dan maak ik mezelf lekker kapot – net goed!" Dat is er gewoon niet *bij*. We kunnen ervoor kiezen om te blijven leven of om dood te gaan – maar niet om aan de kant te blijven staan. En als we willen blijven leven, hebben we geen andere keus dan ons te *onderwerpen* – niet aan onze eigen wil, maar aan die van God.'

'O, daar hebben we Die weer,' zei Rivka.

'Precies,' zei ik. 'Onze God. Of Godin. Dat doet er niet eens toe; het is een soort ijdelheid om zelfs maar in discussie te gaan over de vraag of God nu een man of een vrouw is. We hebben het hier nu over iets geestelijks, over het geschenk van het leven – en of je ervoor kiest om dat te aanvaarden of af te wijzen. Daar gaat het hier alleen maar over.'

Probeerde ik Rivka te overtuigen – of mijzelf?

Rivka's ogen knipperden. Een flits van intuïtief inzicht.

'Ik zie bijna wat je bedoelt,' zei ze.

'Natuurlijk zie je het; je bent schilderes.' Ik omarmde haar. Ik kon mijn armen niet eens helemaal om haar heen krijgen, maar ik omarmde haar.

ISADORA: *Ik krijg de kriebels wanneer onze heldin preken over drank en drugs gaat afsteken. Per slot van rekening is ze nog maar net opgehouden met drinken en gebruiken.*

LEILA: *Het zijn de nog maar net opgehoudenen onder ons die het ijverigst preken. Als je* echt *van je verslaving af bent,* hoef je niet te preken.

ISADORA: *En ik weet niet waar je met dit hoofdstuk naar toe wilt. Ik voel een openbaring aankomen. Een openbaring in de Bowery. God – ik* haat *openbaringen.*

LEILA: *Je bent zo cynisch* geworden *op je oude dag. Wat is er geworden van die oude Isadora die doodsangsten uitstond maar toch de lucht in ging?*

ISADORA: *Vraag het me niet. Daar zouden we nóg een boek voor nodig hebben.*

De bijeenkomst werd geopend door de AA-secretaresse, die eruitzag als een straathoer in haar zwartleren microminirok, rode halterhemdje, enorme rode haarstrik, en rode sandalen met naaldhakken. Het was moeilijk te zeggen hoe oud ze was. Ergens tussen de achttien en dertig schatte ik. Maar ze had een harde uitdrukking op haar gezicht, de uitdrukking die je overhoudt aan een leven op straat. Ik

131

wist dat ze een zwaar leven had, vergeleken bij het mijne. Alleen al het zien van haar pittige, eigenwijze lijfje en het aanhoren van haar montere lezing van de inleiding roerden me tot tranen. Ik was zo blij hier te zijn, bij de bijeenkomst, zo blij dat er een bijeenkomst was waar ik naar toe kon.

De spreekster werd voorgesteld als Lenore B. Veel luidruchtig applaus. De leden kenden haar.

Lenore B. was een pezige kleine negerin van ergens in de vijftig of zestig die een verhaal vertelde dat ieder de haren te berge zou doen rijzen: een man die haar sloeg, een zoon die in de straten van Harlem was neergeschoten, een dochter met borstkanker, een moeder met longkanker, een broer met aids. Sommige mensen krijgen meer dan hun deel aan bezoekingen, en daar was Lenore er een van. Bij de AA was ik eindelijk het verhaal van Job gaan begrijpen, en waarom God zich het recht voorbehoudt ons alles af te nemen bij wijze van straf voor onze hybris en onze egocentriciteit. Het was een goede les, een les die mij tijdens bijeenkomsten dikwijls heel duidelijk was, maar meteen mijn hoofd uit zweefde wanneer ik niet op een bijeenkomst was. Nu ik Lenores verhaal hoorde, werd ik er opnieuw aan herinnerd. Ik vroeg me af wat Rivka dacht. Laat maar zitten. Ik vroeg me af wat *ik* dacht.

Lenore vertelde van haar leven, en mijn gedachten dwaalden af. Ik keek naar de rol met de Twaalf Stappen en besefte dat je je hele leven met één ervan bezig kon blijven. Ik zou een filosofische beschouwing over AA-rollen kunnen schrijven – maar zou het niet aandurven uit angst de magie ervan te bederven.

Ik liet de stappen door mijn gedachten gaan en concentreerde me toen op de Zesde, iets over 'volkomen bereid zijn' om je door God van je 'karakterfouten te laten ontlasten' – wat het onderwerp van de bijeenkomst van vanavond was. Wat betekende 'volkomen bereid'? Het betekende dat je bereid was je hart voor God te openen. Het betekende dat je werkelijk beter wilde worden. Het betekende dat je het zelfmedelijden achter je liet. Het betekende dat *je geheel bereid* was.

Was ik dat? Zeer zeker niet. Ik was te zeer gehecht aan mijn verdriet en zelfmedelijden, te zeer gehecht aan Dart, te zeer gehecht aan mijn eigengereidheid.

Zoals zo dikwijls bij bijeenkomsten gebeurt, ontmoetten mijn gedachtengang en die van de spreekster elkaar.

Lenore B. zei: 'Toen ik m'n broer zag doodgaan aan aids, vroeg ik mezelf: Geloof je nou echt, of doe je maar alsof? Want in het laatste stadium van z'n ziekte viel ie van z'n geloof, en ikzelf ook zowat. Hij zag er *verschrikkelijk* uit: allemaal gezwellen op z'n tong, een lucht waar je misselijk van werd, een uitgeteerd lijf. Ik heb 'm verpleegd, en heel wat keertjes wou ik an de drank, maar nog vaker kon ik God wel vervloeken vanwege wat ie 'm aandeed. En mij. De zesde stap heb me gered. Vooral twee woorden van de zesde stap. De woorden "volkomen bereid". Was ik volkomen bereid om het vlees op te geven? Dat was ik niet – tot ik m'n broer z'n vlees zag rotten en van z'n lijf vallen. We moeten nou eenmaal niks van de dood hebben. We moeten niks van ziekte hebben. We denken dat we boven dood en ziekte staan. We denken dat we boven het vlees staan. Maar het vlees is 'r vooral om ons een les te leren. Als we die geleerd hebben, dan gaan we over.

Ik *zegen* de dag dat God m'n broer Harold tot zich nam. Ik zegen de dag dat ik 'm daar zag liggen als een hoop botten en stinkend vlees. Tot die dag *geloofde* ik niet dat ik sterfelijk was. Maar nou geloof ik het. Ik ben *volkomen bereid*. En wanneer ik niet meer bereid ben, stuurt God me weer iets om m'n geheugen op te frissen...'

Achter in de zaal klonk een vreemd gierend geluid. Verscheidenen van ons draaiden zich om en zagen een oude vagebond op de achterste rij naar zijn borstkas grijpen en ineenkrimpen van pijn.

Voortgedreven door een kracht die ik niet begrijp loop ik op hem toe.

Het gezicht van de man neemt een leikleur aan, dan valt hij voorover, waarbij hij met een doffe klap met zijn hoofd tegen de stoel voor hem slaat. Hij zakt in een hoopje ineen op de vloer, in een lucht van zweet, pis, drek – de lucht van de totale berooidheid. Zijn hoofd ligt opzij gedraaid, en zijn oogleden trillen, en ik kan zien dat wat er van zijn ene zichtbare oog over is troebel blauw is. Zijn mond beweegt – tandeloos. Een dun stroompje speeksel glibbert uit een mondhoek op de vloer. Ik denk aan Dart, die de zwervers altijd een grote liefde heeft toegedragen, zich met hen identificeerde, de stad zelfs rond wilde gaan om hen allen met dekens toe te dekken, als een soort dolgedraaide mensenredder en ik probeer te doen alsof deze zware klomp rottend vlees mijn prachtige Dart is. Want dat is hij ook.

Het rode gat dat een mond is spreekt: 'Ik heb 'm nog gezeid dat ie niet helemaal naar 't midden van 't meer mos gaan... maar wou ie luisteren? Niks hoor, meneertje. Mooi niet. Ik zeit 'm dat 't vlot 'm nooit houwen zou, maar wou ie luisteren? Niks hoor, meneertje. Weg... helemaal weg... de hele zomer weg... en de winter... en al die goeie drank... Ik zeit 't 'm nog, probeerde-n-'m nog te waarschouwe...'

Zijn leikleurig gezicht neemt een volstrekt vredige uitdrukking aan, en hij is vertrokken, naar een of andere vergeten zomer, op een of ander vergeten meer, met een of andere nooit te vergeten metgezel. Misschien zijn ze nu bij elkaar. Dan ontspannen zich alle spieren in zijn gezicht. Hij is volkomen bereid. En dan stroomt zijn blaas leeg, en lig ik gekniel in een plas urine die uit zijn stinkende broek loopt. De kalme uitdrukking die er op zijn blauwig gezicht ligt terwijl om hem heen de pis uitstroomt over de grond, zodat zelfs mijn knieën en

kuiten nat worden, geeft me het idee dat ik een klein baby'tje zie terugkeren naar zijn moeder. Het leven is voor sommige mensen zo
hard. Ze kunnen er maar niet de slag van beet krijgen, ze kunnen
niet voor zichzelf zorgen. De dood moet zo'n opluchting voor hen
zijn. Niet meer hoeven doen alsof. Niet meer krampachtig aan het
leven hoeven vasthouden. De warme plas in bed wordt koud en
plakkerig aan de benen. Terug naar mammie, terug naar de grote
borst.

De bezoekers van de bijeenkomst staan nu om ons heen.

In verbijstering over de snelheid waarmee het leven overgaat in de
dood, kan ik alleen maar zeggen: 'Dank U, God.'

'Amen,' zegt Lenore, van achter op me toelopend.

Ettelijke mensen staan te huilen. Iemand is om een ambulance gaan
bellen (ofschoon het duidelijk is dat onze vriend niets meer aan een
ambulance heeft). En Rivka is gevlucht. Ze is nog niet volkomen bereid. Misschien komt ze nog eens zover.

10. Treurige blues

Als ik weer thuis ben
Laat ik
Het slot veranderen

– J.C. Johnson

Dus liet ik de sloten veranderen. Ik had echt geen keus. Het verschafte me geen vreugde. Toen de slotenmaker kwam, heb ik gehuild. Maar het bestond niet dat ik het snolletje nog eens in mijn bed liet slapen. Het was onduldbaar. Ergens tussen New York en Connecticut was ik Leila kwijtgeraakt en ik moest haar terug hebben. Het vervangen van de sloten was de eerste stap.

Het was niet gemakkelijk. Ik dacht voortdurend aan Dart. Zijn tamp. Zijn lieve half-scheve glimlach. Zijn prachtige kuitspieren. Zijn strakke kontje. Zijn tamp.

's Nachts, wanneer ik in bed lag, miste ik hem tot in mijn ingewanden, miste ik hem in mijn onderbuik, mijn hart, mijn vingertoppen. Wanneer ik Dart beminde, beminde ik hem zo heftig dat mijn vingertoppen dikwijls pijn deden, en nu misten mijn vingertoppen hem. Ze konden het weefsel van zijn huid nog voelen. En dan mijn neusgaten. Mijn neusgaten konden hem nog ruiken.

Het valt niet mee om op hetzelfde moment zowel de drank als een minnaar op te geven. Eén verslaving tegelijk is al moeilijk genoeg. Maar wat had ik voor keus? Bij de fles had ik niets meer te zoeken. Niets dan neerslachtigheid en droefheid en pijn. Ik kon mezelf niet wijsmaken dat alles beter werd als ik dronk. Alles werd er altijd alleen maar erger door.

Dus wendde ik me tot de Populaire Literatuur, Femme 101. *Vrouwen die te veel beminnen*; *Mannen die vrouwen haten en de vrouwen die van hen houden*; *Slimme vrouwen, dwaze keuzes...* alle boeken die verlossing van de verslaafdheid aan mannen beloven. Ik trok de grens bij groepen voor aan mannen verslaafden, zoals ik ook de grens trok bij de Anonieme Seksoholics. Eén krankzinnig ogenblik heb ik erover gedacht om bij de Anonieme Seksoholics* te gaan om mannen te *ontmoeten*, maar ik kon mezelf er niet helemaal toe brengen.

De boeken waren althans *iets*. Ze vertelden je precies wat er aan je relatie mankeerde (met de overduidelijke implicatie dat het allemaal

---

* Dit is bij uitstek de groep waar Isadora Wing bij had moeten gaan. C.F-S, Ph.D.

aan *jou* lag), maar ze vertelden je niet hoe je aan een *goede* relatie moest komen. Was je masochistisch aangelegd? Een voetveeg? Een seksoholic? Probeerde je je eenzaamheid te verdrijven met snoep? Wijn? Slaapmiddelen? Cocaïne? Nu, je hoefde je alleen maar aan deze eenvoudige twaalf stappen te houden, en dan zou het allemaal beter gaan. Je moest alle inspanningen richten op je eigen herstel. Je moest volkomen bereid zijn.

Niemand scheen dit soort boeken voor *mannen* te schrijven. Alleen vrouwen moesten volkomen bereid zijn om hun verslavingen op te geven. Alleen vrouwen waren aan harteloze klootzakken verslingerd. Ik dacht wel eens dat deze boeken onderdeel uitmaakten van een samenzwering van vrouwelijke auteurs om zich van de mannen van andere vrouwen meester te maken. Want als elke lezeres de van-dik-hout-zaagt-men-planken-raadgevingen in deze boeken opvolgde, zou er een massa mannen worden afgestoten en weer op de markt komen. Dat bleef een tijdje mijn theorie – tot ik besefte dat dit het feit niet verklaarde dat sommige van deze boeken door mannen geschreven waren! Waren het homoseksuelen die hoopten zo nog wat mannen los te weken die hun buik vol hadden van het hele vrouwelijke geslacht?

En wie zou het mannen kunnen kwalijk nemen als ze hun buik vol hadden van het hele vrouwelijk geslacht? Mannen zijn zo kwetsbaar – al hun kwetsbaarheid hangt zo naakt tussen hun benen. Bang voor hun mammies, bang voor krijsende vrouwen – het enige dat ze van ons vragen is een beetje zachtheid en tederheid. Geen wonder dat opmarcherende legers gillende vrouwen hen de stuipen op het lijf jagen. Zou *ik* niet met ontzetting en woede reageren als ik een man was?

Ik probeerde mijn zaken op orde te brengen. Tijdens de laatste stuiptrekkingen van mijn affaire met Dart, toen mijn wereld instortte en afbrandde, was er niet veel werk afgekomen, zoals je je wel kunt voorstellen.

Na het succes van de filmfoto's van Dart/Trick, waardoor Dart/Trick een soort SoHo-ster werd – compleet met alle bijbehorende toeters en bellen, in het bijzonder Wijntje en Trijntje – raakte *mijn* werk volledig in het slop. Hoe kun je schilderen wanneer je nooit weet of en wanneer je minnaar thuis komt? Dan kun je nog beter Georgia O'Keeffe zijn, in haar eentje op haar *mesa* onder de voortjagende wolken (met een leuke jonge cowboy om je veldezel voor je te dragen en een leuke jonge pottenbakker om je werk te catalogiseren – nee, die Georgia was niet gek). Je kunt beter in een ivoren toren wonen dan de liefde zoeken op alle verkeerde plekken, met een Dart vol trucs of een darrende Trick.

Dus probeerde ik nu hij weg was en ik alleen op de klip van mijn nieuwbakken alcoholloos bestaan achterbleef, weer eens aan de slag te gaan. En toen ik door mijn kunsthandelaar, een zekere André

McCrae (van de McCrae-galerie) werd uitgenodigd voor een fuifje in zijn hol aan Fifth Avenue, nam ik de uitnodiging aan – ofschoon ik de laatste tijd obscuurder dan obscuur was geweest.

André was symptomatisch voor alles wat er fout zat met de kunstwereld. Hij wist niets van kunst en had geen idee wat hij mooi vond. Hij vond mooi wat verkocht, en voor hoe meer het verkocht, hoe mooier hij het vond. Als het niet meer verkocht werd, vond hij het ook niet meer mooi. Het beviel hem nog het best als het goed verkocht werd en de kunstenaar stierf. Zijn idee van een volmaakte kunstenaar was een dode kunstenaar – bij voorkeur een kunstenaar die op het toppunt van zijn roem gestorven was. Eens, voordat ik mijn contract met André ondertekende, vertelde hij bij een dineetje in Cornwall Bridge dat hij in feite het liefst met dode kunstenaars te maken had. 'Die kotsen niet over je heen,' zei hij. Ik had dit als een waarschuwing moeten opvatten, maar dat deed ik niet. Ik dacht dat ik André wel aankon – waaruit maar weer eens blijkt hoe ik me vergissen kan.

Op een hete woensdagavond in juli rijd ik in DART van Connecticut naar New York en zet de auto in de Carlyle-garage; dan wandel ik naar André's dubbelappartement aan Seventy-fourth en Fifth Avenue, voor die zeldzame gebeurtenis – een zomerfeest in New York, hetwelk men alleen op een dinsdag- of woensdagavond geven kan; op alle andere avonden zijn naar alle waarschijnlijkheid alleen de armen nog in de stad. De rijken zijn in de Hamptons, de Vineyard, Newport, Nantucket, Maine, de Cape, Toscane, Griekenland, Venetië, Zuid-Frankrijk.

André en zijn vrouw Sally hebben een unieke opzet bedacht om hun huwelijk in stand te houden: afzonderlijke appartementen in naast elkaar liggende gebouwen aan Fifth Avenue. Dit feestje wordt in dat van André gehouden, het sjiekste van de twee.

Broodnuchter naar een feestje gaan is iets nieuws voor me – iets nieuws en engs. Ik zie te veel, voel te veel, ben me al de leugens te sterk bewust.

Ik ga in de gelambrizeerde lift omhoog en word op de veertiende verdieping afgezet – eigenlijk is het de dertiende, maar in dit gebouw springen ze om geen ongeluk over zichzelf af te roepen van de twaalfde over op de veertiende. Het appartement ligt in feite op de dertiende en veertiende verdieping. Als ik André ken, heeft hij waarschijnlijk een korting bedongen.

André is niet als een André geboren, en zijn vader heet al evenmin McCrae als de mijne Sand. André McCrae is een eigen schepping. Als Arbit Malamud ergens in de jaren twintig of dertig in Litouwen geboren, is hij zijn loopbaan begonnen als bonthandelaar, maar hij ontdekte al snel dat er meer poen te verdienen viel met kunst dan met bont.

137

Zijn eerste schilderij werd hem, zoals hij graag iedereen die maar horen wil vertelt (en met André heb je vaak geen andere *keuze* dan hem aan te horen), gegeven bij de boedelscheiding toen hij en zijn eerste. vrouw uit elkaar gingen. Het wemelt van de apocriefe verhalen over André's eerste huwelijk: er wordt beweerd dat hij getrouwd is geweest met een Rothschild, een Churchill, een Vanderbilt, een Rockefeller – misschien wel alle vier tegelijk. In elk geval was ze rijk en tartte ze haar eigen kaste en klasse om met dit streberige roodjarige joodje te kunnen trouwen (hij meet een meter vijfenvijftig, zelfs op plateauzolen), iets waar ze later hartelijk spijt van kreeg. Ze kocht hem af met een Van Gogh (die nog steeds in de indrukwekkende dubbele salon hangt – samen met andere, meer recente aanwinsten). De Van Gogh (waarvan het pendant zich in de Phillips-galerie in Washington bevindt) uit 1888 is een voorstelling van de openbare tuinen te Arles, met een man en een vrouw die door het weelderige zomerse groen wandelen.

Van Gogh is precies de schilder van wie André werk moet bezitten, omdat Van Gogh André's tegenpool is. Deze gekwelde schilder van wie bij zijn leven nooit iemand een schilderij gekocht heeft – behalve zijn broer, een verneukeratieve daad van erbarmen – maar er door een allesverterend innerlijk vuur toe gedreven werd ze te maken, vertegenwoordigt alles wat André nooit zal zijn en daarom hoopt te kunnen kopen dan wel vernietigen: innerlijke gedrevenheid, innerlijke zekerheid, de voortstuwende kracht van het genie.

'Hoe is het met je, Tsatskeleh?' zegt André wanneer hij zelf opendoet. Het typeert hem dat hij mijn antwoord niet afwacht. André gebruikt graag jiddische woorden om de gojs te shockeren. Hij legt het er dik bovenop, vooral in de aanwezigheid van Gettys, Du Ponts, en Mellons, die hem *doddig* vinden. Zoiets als het schootjoodje.

Sally schiet toe om mijn jurk te bewonderen.

'Niks zeggen. Laat me raden. Zoran? Karan? Koos?'

'Nee. Raad nog maar eens.'

'Krizia?'

'Nee.'

'Zelf gemaakt dan? Wat knap van je.'

'Een oeroude Zandra Rhodes.'

'Ik had het moeten weten.' Sally is griezelig mager. Zij en André hebben een van die het-huwelijk-is-een-bedrijf-huwelijken die de Nieuwe Geldelite van New York zo na aan het hart liggen. Ze hebben samen dingen in plaats van seks. Dit is hun vorm van seks.

Sally draagt een maatje 34, en met haar naar bed gaan zou net zoiets zijn als naar bed gaan met een fiets. Haar haar is knalrood – ofschoon zonder twijfel duur gekapt bij Monsieur Marc – en haar art déco-sieraden zijn altijd oogverblindend. Haar halsketting bedekt haar borstbeen, dat je anders zien zou. Ze draagt een rok-met-queue van Scaasi over haar prikstokjes-benen, en zij is de meesteres van de raak-me-niet-aan-kus. Ze knipt haar glimlach aan en uit als een kale gloeilamp in een goedkoop hotel. Je komt er niet achter wat ze denkt. André is doorzichtiger.

Zelfs bij zijn eigen feestje zoeken André's ogen voortdurend het vertrek af om te zien of hij geen belangrijker gesprekspartner signaleert dan die met wie hij in gesprek is. Wanneer André met je praat, heb je altijd het gevoel dat hij zo dadelijk weer wegdart. Dart. Alles herinnert je aan Dart.

'Hoe is het met Dart?' zegt André.

'Uit beeld,' zeg ik.

''t Was niet meer dan een kwestie van tijd,' zegt André. 'Wat drink je?'

'Tab, Perrier...'

'Roberto haalt het wel voor je,' zegt hij met een zwaai van zijn hand naar de Zuidamerikaanse butler, en hij sprint weg naar de overkant van het vertrek om iemand aan te schieten die eruitziet als prinses Di maar het niet is. André heeft de gotspe van een olifant, en de aandachtsspanne van een mug.

Het vertrek lijkt voor mijn ogen te draaien. Al deze vreugdeloos lachende mensen, al die heen en weer schietende ogen die de ruimte afgrazen.

André's feestjes worden altijd bevolkt door een stuk of wat vorstelijke personen, een snufje Hollywood, een vooraanstaande beroemdheid uit de mediawereld die het nieuws nabauwt, een stuk of wat persmagnaten, een stuk of wat beursmagnaten, een stuk of wat onroerend-goedmagnaten – allen keurig vergezeld van hun echtgenote, vrouwen die (net als bepaalde couturejaponnen) alleen in maat 34 tot 38 geleverd worden. Maten boven de 40 zijn uit. Dan zijn de kunstenaars er ook natuurlijk, André's kunstenaars, maar die hebben iets weg van zich zo netjes mogelijk gedragende dieren uit de dierentuin. Op André's fuifjes hebben ze altijd het gevoel dat hun inspanningen vaag ondergeschikt zijn aan het voornaamste gebeuren: het kopen en verkopen. Ze raken dikwijls in alle stilte boven hun theewater of stoned, gaan onderuit in de logeerkamer, of geven discreet over in het toilet, mogelijk onpasselijk geworden door zoveel blootstelling aan de beau monde, op welke blootstelling ze door hun succes recht gekregen hebben.

Sally neemt me bij de hand en voert me mee naar een nestje vrouwelijke minkukels: zes vrouwen maatje 36 die er net zo uitzien als zij – afgezien dan van de haarkleur (ze zijn allemaal stro- tot goudblond) en de bottige op naaldhakken wiebelende benen.

Ik herken de namen van Liz Smiths column, en de gezichten van de centrale kwekerij: de een of andere plastische chirurg maakt dit jaar dus díe kin. Ze hebben allemaal de scheermesscherpe kaaklijn die de natuur zelfs een tweeëntwintigjarige nog niet verleent. Elk van hen kijkt alsof ze verrukt is me te zien. Het duurt niet lang of ik word gerekruteerd om mijn steentje bij te dragen bij de bestrijding van diverse sjieke ziekten – aids, hartkwalen, kanker: de modieuze volkskwalen van het moment. Een blondine wil een tekening voor een veiling, een andere verlangt mijn aanwezigheid bij een 'exclusief dineetje', waarbij de plaatsen ter weerszijden van mij per opbod zullen worden verkocht, en weer een ander wil me les laten geven op de school van haar dochter. Men verwacht dat ik vereerd zal zijn door hun verzoeken me op beschaafde wijze de zakken te laten rollen, maar als ik een van die vrouwen om haar diamanten collier zou vragen zou ze ontzet zijn en er de politie bij halen. Maar de tijd van een kunstenaar en het werk van een kunstenaar hebben geen waarde – tenzij ze door André aan de man gebracht worden uiteraard.

Ik ben beleefd. Ik doe vage beloften. En dan ontdek ik iemand die ik ken en loop naar de andere kant van het vertrek.

Het is Wayne Riboud – de motorrijder uit Nevada die de topper van de maand is geworden door het nauwgezet reproduceren van dollarbiljetten, yens, francs, en lires, en deze in te ruilen tegen levensbehoeften zoals voedsel en kleding. Het is in New York helemaal mode geworden om geld aan de muur te hangen. Ouderwetse symboliek heeft afgedaan. Geld moet rollen: dat is de enige regel die gijlieden op aarde kent en hoeft te kennen.

'Hoe gaat ie, meid?' zegt Wayne, in mijn inkijk glurend.

'We leven nog.'

'Foute boel dus?'

'Meer dan fout.'

'Joch ervandoor?'

'Mmm.'

'Met wie?'

'Maakt dat wat uit?'

'Nee,' zegt Wayne. ''t Loopt altijd hetzelfde af: het delletje, de rekening, de balen. God, wat zijn mensen toch stomvervelend. Waarom kunnen ze voor de verandering nou niet es gewoon van elkaar houden?'

'Kun jij dat?'

'Nee. Jij wel?'

Ik moet lachen. 'Ik weet het eerlijk niet, Wayne.'

'Zullen we 'm smeren?'

'Waarheen?'

'We zouden ergens kunnen gaan dansen. Bij Nell's – als die nog niet dicht is. Ergens. We zouden wat nachtshows kunnen gaan bekijken in Manhattan, even gaan luisteren naar Bobby Short bij 't Carlyle.'

'Niet zoals jij erbij loopt.'

'We zouden de stad ook uit kunnen gaan. Naar jou of naar mij?'

Wayne doet een soort Groucho Marx-imitatie van liederlijke begeerte.

'Ik moet eerst nog wat circuleren.'

140

Wayne knikt en maakt zich uit de voeten naar het toilet. Ik slenter voor een praatje naar André's beste vriend, Lionel Schaeffer, die zo'n *gruber yung* is dat André bij hem vergeleken net Percy Bysshe Shelley lijkt.

'Leila, snoes van me,' zegt Lionel. 'Lang niet gezien. Hoe is het?'

'Hoe is het met jou?' Ik had het niet moeten vragen. Lionel begint te reciteren wat hij allemaal de laatste twee maanden *gekocht* heeft. Twee maatschappijen. Eén oude meester. Een villa in Beaulieu. Een appartement in Beijing. ('Beijing wordt het helemaal,' zegt Lionel.) Jon Bannenberg is bezig met een nieuw ontwerp voor zijn schoener, *Het leeuwedeel.* (De meeste mannen noemen hun boot naar hun dochter of hun vrouw; Lionel verwijst met deze naam naar zichzelf: het zegt alles over zijn karakter.) 'Ik ben maar voor één dag in New York. Morgen vertrek ik naar Parijs, voor een ballontocht met je-weet-wel-wie, en daarna ben ik ervandoor om Jon te treffen over de schuit' – (zijn gemaakt-denigrerende benaming voor zijn boot) – 'en daarna naar Venetië voor een of ander stompzinnig liefdadigheidsbal in een of ander stompzinnig palazzo dat een stel stompzinnige vrienden van Lindsay gehuurd hebben.' Met dit huwelijk heeft Lionel de sjikse-loterij gewonnen. Hij maakt een gebaar naar zijn derde vrouw, Lindsay, die vijfendertig is en hard op weg een replica te worden van zijn tweede vrouw Lizbeth, en zijn eerste vrouw, Shirley: allebei graatmagere bezoeksters van liefdadigheidsbals. (Komt het door de fotografie dat men anorexia gelijk is gaan stellen aan schoonheid? Deze vrouwen zien er op foto's goed uit, ofschoon hun gezichten in den vleze angstaanjagend veel van doodshoofden weg hebben. Is het beeld zoveel belangrijker geworden dan het ding zelf?)

ISADORA: *Ja! En jij zult nooit mager genoeg zijn.*
LEILA: *Of rijk genoeg.*

'Leila!' zingt Lindsay.

'Lindsay!' zingt Leila en omhelst juffrouw Vel-Over-Been.

Lindsay is gekleed in een korte Lacroix met een klokvormige kersrode rok over zwarte petticoats en een zwart fluwelen bolerojasje dat stijf staat van de gevlochten gouden bekledingsbies. Ze ziet eruit alsof Scarlett O'Hara haar heeft aangekleed met gebruikmaking van de gordijnen van Tara. Ze is ongeveer twee hoofden groter dan Lionel, die met zijn uitpuilende blauwe ogen, zijn geïmplanteerde haar, en zijn perfect op maat gesneden kostuum in iedere willekeurige business zou kunnen zitten vanaf de handel in crack tot die in kunst, vanaf de uitgeverij en de filmmakerij tot de financieringswereld.

De waarheid is dat hij zijn fortuin gemaakt heeft in de nieuwsvoorziening en hele kioskenketens geërfd heeft van zijn vader, Izzy Schaeffer, die overal heen reisde met een klein mannetje bij zich dat Lefty Lifshitz heette en overal een pistool mee naar toe nam. Izzy en

Lefty waren geen onbekenden voor Meyer Lansky, ofschoon je als je Lionel nu hoorde praten zou denken dat zijn vader concertviolist geweest was – een mythe die hij graag in stand houdt omdat Izzy inderdaad viool speelde. Lionel schenkt massa's geld aan de New York Philharmonic en de Metropolitan Opera, en iedere keer dat hij weer een cheque van een miljoen dollar afschuift zorgen Rogers & Cowan ervoor dat het uitgebreid in de media komt. Vorig jaar is hij als 'Filantroop van het Jaar' in de *Manhattan, inc.* bejubeld, en heeft hij in Frankrijk het Légion d'Honneur gekregen en in Engeland een O.B.E. Deze dingen worden niet echt gekócht, maar het is verbluffend hoe lichtgelovig mensen die beter zouden moeten weten, zijn met betrekking tot de motieven voor filantropie. Lionel en Lindsay bewegen zich in kringen waarin het schenken van cheques van een miljoen dollar aan kunstorganisaties evenzeer *de rigueur* geworden is als de rok-met-queue van Lacroix en de das van Turnbull and Asser.

Lionel slaat zijn jasje open om me iets aan de binnenkant te laten zien. En daar zie ik op de paisley-voering van zijde een etiket waarop met zijden lettertjes staat, 'Turnbull & Chung'. Lionel lacht.

'Wat vind je ervan? Ik heb in Hong Kong zevenendertig kasjmier pakken laten maken, en toen heb ik ze ook deze etiketten laten fabrieken – Turnbull and Chung. Jeezus, wat lagen ze dwars – maar ik heb m'n zin gekregen.' Hij maakte het universele gebaar voor geld door duim en wijsvinger tegen elkaar te wrijven.

Ik lach en omarm Lionel. Hij ziet het spelletje ervan in, en dat vind ik zo leuk.

'Als je dat *durft* te doen bij de Principessa Tavola-Calda in Venetië, *vermoord* ik je,' zegt Lindsay, een voormalige stewardess uit Kansas City, die de lol ervan níet inziet en ook niet zál inzien.

'Leila, schatje,' zegt Lionel, 'als je je ooit van je dekhengst ontdoet, zoek je heil dan niet bij vreemde mannen – okee meid?' Hij kijkt langs mijn japon omlaag en trekt zijn wenkbrauwen op. '*Mama mia*, wat een *poitrine*.' Hij doet dit pal onder Lindsays neus om haar haar plaats te laten weten. Ze doet alsof het haar koud laat, maar werpt me nog een korte, venijnige blik toe alvorens verder te slenteren.

'Ze heeft er de pest aan,' zegt Lionel. 'En je weet hoe ik ben – niet te verzadigen, snoes. Waar ga jij van de zomer zijn?'

'In Connecticut. Aan het schilderen.'

'In je beroemde fallusvormige silo?'

'Precies.'

'Waar is de dekhengst?'

'Opgeruimd.'

'Hoor es – ik bel je wanneer ik uit Europa terug ben, okee? Misschien kom ik wel even met de heli naar je stukkie bos.'

'Geef maar een belletje,' zeg ik, en ik drijf af om Wayne op te zoeken. Misschien is een vulgaire miljardair in een Turnbull & Chung-

142

pak nu net precies wat ik nodig heb. Zou het ook maar enigszins erger kunnen zijn dan Dart?

Waar is Wayne? Ik heb hem niet meer gezien sinds hij ertussenuit ging naar het toilet.

Ik zoek mijn weg door het uitgestrekte appartement, dat onlangs opnieuw is ingericht door een modieuze nieuwe binnenhuisarchitect met een voorliefde voor het per Concorde heen en weer vliegen naar Londen. Alle laatste trends zijn vertegenwoordigd: een kamer met Biedermeier meubels van vruchthout en schilderijen van de Impressionisten; dan een kamer vol Belangrijke Stukken, zeventiende-eeuws Japans lakwerk en verguld hout, met zeventiende-eeuwse Hollandse stillevens van dode vogels en fruit aan de muren, dan weer een kamer vol Victoriaanse meubelen – stoelen met luipaardpoten, kroonluchters, en tafels gemaakt van hertegeweien en dat soort dingen, schilderijen van pre-Rafaëlieten. Het is een allegaartje. Sally maakt vaak het grapje dat ze naar het belendend perceel verhuisd is omdat zij en André het niet over de inrichting van het appartement eens konden worden. Zij houdt van de Bauhaus-minimalistisch-moderne stijl, hij van excessieve overdaad.

Zijn bed bijvoorbeeld, waar ik op stuit in de grote slaapkamer met uitzicht over het lover van Central Park, heeft ooit aan Hendrik de Achtste toebehoord. Een langere zakenmagnaat dan André zou er nooit in passen. Maar dit gruwelijk lelijke koninklijke hemelbed uit de Tudortijd is nu voorzien van spiegels aan de onderkant van het baldakijn, een geluidsinstallatie in de vier bedstijlen, en een televisietoestel dat onheilspellend oprijst uit een met stalen banden beslagen antieke hutkoffer aan het voeteneinde. (Deze medium-*boîte* heeft ooit toebehoord aan een matroos van de Armada.)

Wanneer ik de slaapkamer binnenstap, ligt Wayne halfnaakt in André's bed uitgestrekt en laat giechelend als een waanzinnige de televisie omhoog komen en weer wegzakken. De kamer is doortrokken van de zoete geur van sinsemilla.

'Kom je erbij?'

'Je bent niet goed wijs, Wayne. Ik ga André roepen.'

'Roep 'm maar. Hij *verwacht* van ons dat we ons als gekken gedragen. Daarom zijn we hier. "Haal het gebruikelijke zootje maar bij elkaar," zegt hij tegen zijn secretaresse. "Kijk maar es of de tsatskeleh uit Connecticut wil komen en de motormaniak uit SoHo." Wij zijn de sideshow van zijn Barnum & Bailey. Weet je wat Barnum eens gezegd heeft?'

'Nee, wat heeft Barnum dan gezegd?'

'Niemand is ooit failliet gegaan omdat hij de smaak van het Amerikaanse publiek onderschat had. Daarom verkoop ik ze geld. *Vroeger* maakte ik gevoelige naakten en stillevens, van licht doortrokken luchten à la Turner, waanzinnige abstracties à la Pollock. Nu geef ik hun iets waarvan ze de waarde al kennen – geld. Wat een tuig. Ik ben doodziek van de hele troep. Kom in bed.'

143

'Nee, Wayne.'

'Wat blijf je daar nou verdomme staan? Kom in bed.'

'Trek je kleren aan, dan smeren we 'm uit deze pokketent.'

'Waarheen?'

'Waarheen dan ook. Naar Nell, de nachtshows, Connecticut.'

'Wil je een nummertje met me maken als ik een kapotje omdoe?'

'Nee.'

'En zonder?'

'Misschien.'

Wayne lacht en springt het bed uit. Ik gluur naar zijn shlong, maar wat valt er onder zulke omstandigheden van te zeggen?

'Ik zie dat je naar mijn shlong gluurt,' zegt Wayne.

'Klopt.'

'En...?'

'Ik ben er niet kapot van, als je het weten wilt.'

'Trut,' zegt Wayne, alweer lachend.

We gaan op weg naar Connecticut, de stad uit en de heuvels van de Staat van de Nootmuskaat in. Wanneer je de stad achter je laat, voel je je hoofd helderder worden, je hart opspringen in je borst.

Wayne, meneer de macho, rijdt als een dronkeman. Hij *is* ook dronken, maar hij ontkent het en wil mij niet aan het stuur laten. Ik zeg telkens tegen hem dat ík wil rijden, en hij blijft maar nee zeggen. Iedere keer dat hij zich naar me omdraait om nee tegen me te zeggen, krijg ik een ademstoot vol dranklucht in mijn gezicht geblazen. Zijn hele lijf stinkt naar alcohol en dope – iets dat ik nooit geroken heb voor ik ophield met drinken en gebruiken, maar nu is de lucht overweldigend. *Weerzinwekkend.*

'Laat mij rijden, Wayne,' zeg ik. 'Het is verdomme mijn wagen.'

'Schatje, het gaat best,' zegt hij, en duikt bijna de vangrail in bij het opdraaien van de bochtige oprit naar de Triborough Bridge.

'Laat mij nou rijden... Je bent dronken.'

'Ik ben *niet* dronken,' zegt hij met dikke tong. Wanneer hij zich weer naar me toe draait, rijdt hij bijna tegen het tolhuisje op. Wayne heeft van die gekke tandjes die voor driekwart uit tandvlees bestaan. Het lijken net Chiclets. Hij heeft melkboerenhondehaar, loensende ogen, en de platte neus met opwippende punt van een Ier. Een dronken kabouter. Ik denk aan alle keren dat ik met Dart dronken en stoned ben geraakt zodat we samen waanzinnige seks konden hebben, en het wordt me duidelijk dat ik nu buiten die wereld sta en nu door mijn onthouding van drugs en drank ook ver van mannen en seks sta. Misschien kom ik nooit meer met een man in bed terecht. Ik kan niet tegen de stank die deze man verspreidt. Hij stinkt tot in zijn poriën naar alcohol en dope. Waarom heb ik dit nooit eerder geroken? Ik heb nooit veel om coke gegeven; sinsemilla en wijn, dat waren de verdovende middelen van mijn keuze. Eigenlijk niet eens zozeer sinsemilla en wijn als wel seks – seks was mijn favoriete drug. Door seks werd de wereld voor me uitgewist. Seks was mijn opium, mijn pijnstiller, mijn laudanum, mijn geliefde. Met seks nam ik de pijn van het leven weg – de dope en de wijn waren voor mij niet meer dan de route naar het bed. Doe je mond open en je ogen dicht. Doe je benen uit elkaar en je ogen dicht. Zet je hart open, en doe je ogen dicht.

Er valt me een regel in uit een gedicht dat ik op de universiteit gelezen heb: 'Als was bij het ontvangen en als marmer bij het behouden'. Het hart van Don Juan. Byrons *Don Juan*. Darts hart. Als was bij het ontvangen, en als marmer bij het behouden. Ik wil niet nog eens van Don Juan gaan houden.

Ik stel me een op dit inzicht gebaseerd werkstuk voor waarbij ik marmer – nepmarmer – en echte was gebruiken zou. Het zou *Don Juan* heten, en al de vele mogelijkheden van dit thema belichten. Het hart van marmer. Het hart van was. Het harteloze hart.

Maar ik ben zelf Donna Giovanna*, denk ik bij mezelf, en Dart was een soort wraakneming van het lot – de wraakneming voor mijn eigen gefladder. Ik heb geleefd voor de seks, voor het verliefd zijn op de liefde, voor het breken (of op zijn minst verzamelen) van harten – en Dart is de wraak der Goden geweest. Wat rondgaat komt weer terug, zeggen ze bij het Programma. Dart was de zichtbare manifestatie van mijn eigen verslaafd-zijn.

Jezus. Daar duikt Wayne bijna opnieuw tegen een lantaarnpaal aan. Een open wagen, een dronken vent achter het stuur... ik kan wel een dodelijk ongeluk krijgen! Of erger, invalide worden. Ik heb een tweeling groot te brengen, werk te doen.

'Zet de auto aan de kant, nu onmiddellijk.'

'Ach meid – doe niet zo vervelend,' zegt Wayne en rijdt opnieuw bijna tegen de vangrail op. 'Ik ben echt prima in orde.'

Ik klem me in doodsangst vast aan mijn stoel. We slingeren van links naar rechts over de witte streep midden op de weg, als een luie slang. Ik ben volkomen verlamd. De stem van het mannelijk gezag zegt me hier eventjes dat ik 'niet zo vervelend' moet zijn.

Doe dan ook niet zo vervelend, Leila. Dit vond je altijd leuk. Ik ben vroeger dronken en wel in heel wat slingerende auto's geklommen en toen vond ik het leuk. Dit is niet leuk.

'Zet de auto aan de kánt, Wayne.'

'Ik weet een goeie tent,' zegt Wayne. 'Laat me je nou alleen even naar die tent toe rijden.'

Hij slingert voort. Ik probeer het stuur over te nemen, maar hij rukt het de andere kant op. De auto zwiept van de ene kant van de weg naar de andere bij onze worsteling.

Ik weet niet of het nu gevaarlijker is om verzet te bieden of om het niet te doen.

* Donna Giovanna die dolgraag Betty Crocker zou willen zijn, zoals al eerder opgemerkt. C.F-S, Ph.D.

'Rijd me dan maar naar die tent van je,' zeg ik.

Wayne rijdt als een maniak naar Westchester, waar hij rokende rubbersporen op de achterafweggetjes achterlaat tot hij een in het gebladerte van de zomernacht weggestopt wegrestaurantje vindt.

Hij zet de auto met een zwierige zwaai op de parkeerplaats, stopt de sleutels in zijn zak, legt zijn arm om me heen, en voert me mee naar binnen.

Een blèrende jukebox. Drinkende mensen. Meisjes aan de bar die ons bij onze binnenkomst keurend bekijken.

'Hallo, meiden!' zegt Wayne op kleverige toon. 'Willen jullie es met een echte kunstenaar naaien?'

Ze lijken niet erg onder de indruk.

Wayne vindt een barkruk tussen het schoons – drie jonge vrouwen wier gezamenlijke leeftijd, bedenk ik met een steek van pijn, de mijne niet eens evenaart. (Het is natuurlijk niet waar, maar in nuchtere toestand voel ik me de Oude Zeevrouw.)

Ik vertrek richting damestoilet en laat Wayne bij het schoons achter. Op het toilet doe ik een plas, was mijn gezicht en handen, breng mijn make-up in orde. Ik bekijk mezelf eens goed in de spiegel. Mijn kin begint wat flodderig te worden, en de kringen onder mijn ogen worden zwaarder. Ik voel me *oud*. Mijn bravoure heeft me door een hoop heen geholpen, maar nu begin ik me af te vragen of bravoure genoeg is. Ik verlang er ontzaglijk naar door iemand gekoesterd te worden. Het lijkt wel alsof ik al *jaren* in mijn eentje rondstuiter. Ach, had ik maar een zorgzame man, een pappie om mijn problemen aan toe te vertrouwen – zou dat voor de verandering nu eens niet zalig zijn? Iemand die een gouden Rolex voor *mij* koopt, of een cowboypak, of een auto.

Mijn pappie is zo nooit geweest, zelfs niet toen ik hem nog had. De tederste herinnering die ik van Dolph heb is die van de keren dat hij origami-vogels voor me vouwde of lange zilveren draden trok als was het toffeestroop om sieraden voor me te maken.

Toen mijn moeder stierf, vond ik in haar sieradenkistje een van zijn broches die daar lag te verstoffen. Mijn initialen in zilveren letters, dooreengevlochten in een zilveren hart. Louise Zandberg alias Leila Sand. Was bij het ontvangen, marmer bij het behouden. Net als de herinnering aan mijn vader. Och, hoezeer bepalen onze pappies al onze verslavingen wanneer ze hun pakket junkie-liefde in onze kleinemeisjeshanden drukken. Pappie! Hij komt en hij gaat. Hij gaat ervandoor. Hij loopt weg bij mammie en zijn kleine dochtertje, en sindsdien blijft ze altijd verlangen naar de man die almaar weg dart.

ISADORA: *En schuimt de aardbol naar hem af, zoekt in hotelkamers op alle continenten…*

LEILA: *en net zo bang om hem wel als om hem niet te vinden?*

ISADORA: *Ach, je bent er ook geweest!*

De dames-wc uit en terug naar de bar. Wayne druk aan het flirten, omringd door snoepjes. Arm om een achttienjarig rood krullenkopje, dat onophoudelijk lacht en met hem klinkt, zonder zich er wat van aan te trekken dat hij naar drank ruikt en rijdt als de baarlijke duivel.

Ik slenter naar hen toe en ga aan de bar zitten, en hoor Wayne het meisje opdragen hem in de stad te bellen, waarna hij zijn telefoonnummer voor haar neerkrabbelt op een vochtig servetje. Een meisje dat naast haar zit bekijkt me met gretige blik en zegt dan: 'Hee, ik heb u op de tv gezien! Hebt u niet van die grote foto's van uw vriendje gemaakt of zo?'

'Je ziet me vast voor iemand anders aan.'

'Niks hoor. Ik vergeet nooit een gezicht. U had zo'n leuk vriendje en daar maakte u foto's van. Ja, er is een programma over u op de tv geweest! Hee – hartstikke gaaf. Hee Liza – hee Jennifer.' Ze wendt zich tot haar beide vriendinnen. 'Dit mens hier is helemaal te gek. Zij heeft van die foto's gemaakt van zo'n lekker stuk in *kostuums*. Waar is ie? Het was zo'n scheet.'

'De weg van alle scheten gegaan.'

'U was het dus inderdáád. Tjee. Gaaf hoor. Ik wou dat ik kunstenares was.'

Wayne schijnt van zijn stuk gebracht door het feit dat hij niet langer in het middelpunt van de aandacht staat.

'Houden jullie niet meer van me, meiden?' Hij trekt een pruillip.

'Mag ik u iets vragen?' Het meisje dat als Jennifer is aangeduid en dat lang zwart haar heeft dat over haar rug neerhangt en een tulen minijurk draagt, verheft nu haar stem.

'Tuurlijk,' zeg ik.

'Waarom worden we altijd op de rotzakken verliefd? Ik bedoel, vinden we ze juist spannend omdat ze lullig tegen ons doen of zo?'

Ik lach. 'De eerste vrouw die *daar* het antwoord op uitvogelt, wordt *heilig* verklaard.'

'Wordt *u* ook altijd op rotzakken verliefd?' vraagt haar vriendin Liza met het vlasblonde haar en het gezicht van een Scandinavische engel.

'Dat heeft ze net *gezegd*,' kapt Jennifer haar af. 'Ze is *net* als wij.'

'Dit is wat een van mijn Engelse vriendinnen "the Great Nasty Man Question" noemt,' zeg ik met een overdreven Engels accent. '"Hoe schofteriger ze zijn, hoe gekker we op ze worden," zegt ze.'

De jonge vrouwen kijken naar me op, in afwachting van een antwoord.

'Word je nooit wijzer?' vraagt Jennifer.

'Dat hangt ervan af,' zeg ik.

'Waarvan?' vraagt Liza.

'Of je al dan niet uiteindelijk gaat beseffen dat je pappie *echt* niet meer thuiskomt en je je eigen pappie moet zijn.' De meisjes kijken me met grote ogen vol eerbiedig ontzag aan.

147

'En hoe *kom* je zover?' vraagt Jennifer.

'Wanneer het mij gelukt is, zal ik het je laten weten,' zeg ik terwijl ik mijn hand in Waynes broekzak laat glijden en mijn vingers om mijn autosleutels sluit.

Hij denkt eerst dat ik hem wil bevoelen en krijgt een soort verzaligde uitdrukking op zijn gezicht. Dan dringt het tot hem door dat ik alleen maar mijn sleutels pak.

'Ik moet even iets uit het handschoenenkastje halen,' zeg ik. 'Of het kastje voor de lekkertjes, zoals ik het liever noem.'

'Okee, schatje,' zegt Wayne, in de veronderstelling dat er iets seksueels staat aan te komen.

Ik neem de sleutels mee, loop het wegrestaurant uit, stap in DART, start de motor, en rijd in mijn eentje weg naar Connecticut. Wayne ziet maar dat hij thuiskomt, met de snoepjes of niet. Hij bekijkt het maar.

Misschien zal ik van mijn leven niet meer genaaid worden, maar ik zal tenminste nog léven – en dat lijkt me op het ogenblik genoeg.

11. Nuchter en depressief

Ik heb de wereld in een karaf
En in mijn hand de stop.

– Down Hearted Blues

Met een plaat van Bessie Smith op de pick-up en broodnuchter aan het schilderen. Er zitten andere sloten op de deuren. Dart is weg. Ik verwacht niet van hem te horen, en de tweeling komt pas over een week terug.

Ik ben alleen in de silo, kijk uit over de heuvels van Connecticut, en schilder. Die brave oude Boner blaft wel om me te waarschuwen als Darts motorfiets de oprit op zou komen. Ik werk aan een nieuwe versie van de maenaden en het kristal. Soms in hemelse verrukking, soms in wanhoop. De eenzaamheid van het kunstenaarschap is iets dat je niet op een andere levende ziel over kunt brengen. Daar sta ik aan mijn ezel uit te kijken over de heuvels, ruik de oergeur van de terpentijn, en ik ben stoned van mijn eigen alleen zijn en het harsig aroma van het oplosmiddel, met de koolwaterstof-kick van het in mijn eentje aan het schilderen te zijn, en de treurnis van de wetenschap dat ik misschien de rest van mijn leven alleen zal blijven.

Als ik dan besloten heb (en ik schijn het te hebben besloten) me niet in bed te storten met de Waynes van deze wereld (die andere meiden gaan staan versieren in een bar terwijl ze daar met jou zijn), niet voor Dart door het slijk te kruipen noch voor de dineetjes van zijn delletje te betalen, wat blijft mij dan anders over dan deze eindeloze eenzaamheid voor de ezel?

Ik vind het heerlijk en ik vind het verschrikkelijk. Ik dank God dat hij mij de kans geeft met dit zielsverrukkend alleen zijn de kost te verdienen, en ik vervloek God vanwege de ingewandverscheurende eenzaamheid ervan.

Elders in de wereld plegen mensen telefoontjes, faxen documenten, circuleren op cocktailfuifjes. Zodra ik meen iets mis te lopen, hoef ik maar naar New York te rijden om te zien hoe weinig ik in feite mis. Op feestjes mis ik deze gelukzalige eenzaamheid. En geniet ik van mijn eenzaamheid, dan denk ik weer dat ik 'het Grote Leven' misloop door niet naar de feestjes te gaan.

Wat is 'het Grote Leven' trouwens?

Mijn leven lijkt in zijn waarachtigste en zuiverste vorm te bestaan uit het alleen voor een ezel staan, het ruiken van de terpentijnlucht en

149

het rangschikken van de witnuances op een wit doek vol groene heuvels. Ik zou hier tot in alle eeuwigheid kunnen blijven staan. Dit is je leven, Leila Sand, denk ik bij mezelf, het wezen van jezelf. Wat een geluk dat je het gevonden hebt, of ernaar bent teruggekeerd voor het te laat was.

Ik roep de geesten van kunstenaressen uit het verleden op – Marietta Robusti, 'La Tintoretta', Lavinia Fontana, Rosalba Carriera, Elisabeth Vigée-Lebrun, Adelaïde Labille-Guiard, Angelica Kauffmann, Anna Peale, Rosa Bonheur, Berthe Morisot, Mary Cassatt, Käthe Kollwitz, Paula Modersohn-Becker, Vanessa Bell, Georgia O'Keeffe – om me te beschermen als een legertje engelbewaarders, in natte kalk op een of andere zoldering in Venetië geschilderd. Al de techniek, de liefde, het oneindig vermogen zich steeds zo in te spannen, de moed, het lef, het *hart* van deze vrouwen die *dwars tegen alles in* tekenden en schilderden, trekt in mijn begerig brandende vingers. O, dat verlangen om dat wat moeilijk is makkelijk te doen lijken! Ik wil net zo worden als die oude frescoschilders die zoveel talent hadden, zo'n vakmanschap, zelfs zoveel scheikundige kennis, dat ze de kleur konden aanbrengen voordat de kalk tijd had om te drogen, en de illusie van *sprezzatura** wekken, en wel voor de eeuwigheid, of op zijn minst voor vijfhonderd jaar.

Ik denk terug aan het tafereel van gisteravond in de bar. Die hele verzameling jonge blommen om Wayne heen. In een vrouwenleven is het verschil tussen vierenveertig en tweeëntwintig niet alleen maar een kwestie van uiterlijk. Ik zie er niet minder goed uit dan een tweeentwintigjarige – sommige mannen vinden mij er beter uitzien – maar ik *weet* te veel. Laat me minder gemakkelijk foppen. Ik kijk niet stralend met van die gretige ogen naar hen op. De strontlucht die ik ruik, noem ik geen rozegeur.

Is het allemaal een kwestie van hormonen? *Estrogen über alles*? De natuur schenkt ons dertig jaar van verblinding voor de waardeloosheid van hetgeen kerels zeggen, zodat we het maximale aantal baby's kunnen maken. En dan begint de werking van het oestrogeen af te nemen en komen we weer tot onszelf. We keren terug naar de gelukzalige toestand die we als negenjarige hebben gekend als we de plaatjes in onze kleurboeken zaten te kleuren. We krijgen ons leven terug, onze autonomie, onze persoonlijke macht en vermogens. En is dat het moment waarop we heksen worden die op het marktplein gestenigd moeten worden? Niet omdat we lelijk zijn, maar omdat we te veel *weten*. We hebben hun spelletjes dóór, en dat staat hen niet aan.

---

* De kunst om het moeilijke gemakkelijk te laten schijnen, een Italiaans ideaal dat Isadora Wing hooglijk bewonderde. Ofschoon ze haar boeken eindeloos bleef herzien, beweerde ze dat ze ze wilde laten lezen als 'overgelopen waarheid'. C.F-S, Ph.D.

'Ik houd meer van mijn vent dan van mijzelf,' zingt Bessie, 'en als hij mij niet heeft, heeft hij niemand anders...' Ach, het oestrogeen aan het woord. De jankkreet van de vrouwelijke vruchtbaarheid. 'Ik houd meer van mijn vent dan van mijzelf.' *Moeten* we dat gevoel hebben, om hen in ons lichaam toe te laten en baby's met hen te maken, de toekomst van de soort boven ons eigen comfort, onze eigen rust, onze eigen innerlijke harmonie te stellen?
Kennelijk wel.
Ik knap af en begin te huilen. Val neer bij de voet van de ezel

ISADORA: Noch einmal? *Zoals mijn analytica zegt:* Oy, q'vald!

en huil zoutige tranen die langs mijn gezicht omlaag glijden, mijn mondhoeken in. De hond komt naar me toe en likt me in het gezicht. 'Ik zal zien dat ik een mastiffteef krijg,' zei Enid Bagnold.* Dames van een bepaalde leeftijd gaan zich bij wijze van troost altijd met dieren en tuinieren bezighouden. Ga ik straks ook die kant op?
Ik sta op en begin heen en weer te lopen. Denk erover om naar een bijeenkomst te gaan en verwerp dat idee. Denk erover om een wandeling met de hond te gaan maken, maar stel dat uit. Denk erover om een borrel te nemen maar houd mezelf voor dat ik vandaag niet drink – één dag tegelijk.
De telefoon. Dat moet ik doen – mensen bellen. De laatste verslaving die me nog is toegestaan.
Dus begin ik te bellen. Met mijn vriendin Maria in Parijs, waar het bijna middernacht is en regent. Met mijn vriendin Lorelei in Venetië, waar het bijna middernacht is en eveneens regent. Met mijn ex-vriendje Stan in New York, waar het net zo laat en net zulk weer is als hier. Met mijn oude vriend Julian in Los Angeles, waar het halverwege de middag is en zonnig, met gele smog.
Julian zit opgesloten in zijn huis in de heuvels van Hollywood te spelen met zijn synthesizer. Via zijn Kurzweil treedt Julian in verbinding met de muziek der sferen.
'Wat eten mensen?' vraagt Julian over de continentale bergketen heen.
'Wat zeg je?'
'Eten,' zegt Julian. 'Wat eten mensen?'
Ik denk aan Julian, die slank en klein is met wit haar dat op zijn schouders hangt. Julian heeft de meest verbazingwekkende ogen die je je voor kunt stellen – de ogen van een buitenaards wezen, van ie-

* De schrijfster van *National Velvet* (1935) en ook een van Wings rolmodellen. Het valt echter te betwijfelen of Leila op zo'n moment naar haar zou hebben verwezen. Leila's heldinnen zijn de vrouwen die kunst bedrijven. Hier is de pen van de schrijfster uitgegleden en heeft ze haar eigen voorkeur verraden. Isadora Wings kunstenaarschap zou haar dit in een latere versie waarschijnlijk hebben doen herschrijven. C.F-S, Ph.D.

mand van een andere planeet, waar iedereen een IQ heeft van 503.
'Ik weet niet wat mensen eten,' zegt hij. 'Sinds Christina wegging, heb ik alleen maar pizza's gegeten, maar nu wil ik *echt* eten in huis halen. Maar al sla je me dood, ik weet niet wat mensen eten. Geef me eens een lijst van de spullen die ik halen moet.'
'Okee – heb je een pen? Muesli, melk, bananen, koffie, appels, plakjes kalkoen, roggebrood, mayonaise, mosterd, een kip van het spit, tonijn, roomboterkoekjes, chocoladeijs, aspirine, Valium, yoghurt. Daar moet je het wel een tijdje mee uit kunnen houden.'
'Dank je, dank je,' zegt Julian en hij klinkt werkelijk dankbaar. 'Ik weet niet hoe ik je bedanken moet.'
'Maak je geen zorgen – ik bedenk wel wat,' zeg ik. Op Julians planeet hebben ze wel astrale observatoria, maar geen supermarkten.
'En wat heb je verder nog te melden?' vraag ik Julian.
'*Luister*,' zegt hij. 'Dit is de paarroep van de quarks.'
Onaardse geluiden dringen mijn oor binnen. Het geluid van Julians Kurzweil die de quarks laat paren.
'Waar is dat voor?'
'Een grote film die *Stoot* gaat heten,' zegt Julian.
'Dat verzin je,' zeg ik.
'Was 't maar waar,' zegt Julian.
In de gemoedstoestand waarin ik op het moment verkeer treft het mij hoe wonderlijk dit web van vriendschappen eigenlijk is. Hoe innig zijn we met elkaar verbonden en toch hoezeer van elkaar vervreemd zoals we in ons eentje in onze respectievelijke huizen aan het schilderen of aan het schrijven of componeren zijn en elkaar over de hele wereld heen opbellen. Allemaal wonen we alleen en bellen door de kosmos heen met een netwerk van liefhebbende vrienden die we zelden zien. Soms word ik bij het ontmoeten van mijn lieve vrienden door hun fysieke aanwezigheid overweldigd. Het schokt mij om hen in den vleze te zien. Ik ben aan hun stemmen gewend, maar hun gezichten lijken te intens, verontrustend intens. Zijn wij ons allemaal aan het voorbereiden op een leven vol ruimtecapsules? Is dat de reden waarom wij zo'n peul-achtig bestaan leiden, waarin het sociale verkeer plaatsvindt via de wijsvinger? Geliefden raken we aan, en ruiken we. Maar vrienden 'bezoeken' we steeds meer langs elektronische weg – ook al wonen we maar een paar blokken bij elkaar vandaan. Wat is hier de achtergrondbetekenis van? Dat het mensenras zich voorbereidt op een bestaan in de ruimte?
De hond blaft. Er komt een mens van vlees en bloed aan.
Enkele minuten van geluidloze afwachting. Dan het knarsen van laarzen op grint. Dan een klop op de deur. (De atelier/silo heeft bel noch slot.)
Ik ren de trap af om open te doen, en daar stapt Darth Vader naar binnen met een roos in zijn hand.
Hij kon net zo goed een uit de ruimte binnenstappende Marsman

zijn, of een ander soort buitenaards wezen à la Spielberg, voorafgegaan door een helder lichtschijnsel en een gestoorde televisieontvangst.

'Leila,' zegt Dart. 'Ik moest de vrouw die mij geluk brengt nog even kussen voor ik naar LA vertrek.'

Ik kijk hem aan – de nepglimlach, de schaapachtige uitdrukking op zijn gezicht, zijn gore lef om nog terug te komen na die scène in het restaurant – en ik ontplof van woede.

'Ik ben de steen van Blarney niet,' schreeuw ik. 'Ik ben een vrouw.'

'Leila, schatje,' zegt Dart. 'Ze hebben me gevraagd in LA auditie te komen doen voor een film over een jonge kunstenaar, en ik moest je even een kus komen brengen voor ik ging.'

Nu zou dit waar of niet waar kunnen zijn. Dit zou een puur verzinsel van Dart kunnen zijn, of een korreltje waarheid in kunnen houden – net als het korreltje dat een Japanse parelvisser in een oester laat vallen om het weekdier ertoe te verleiden zijn kostbare lichaamsstoffen af te gaan scheiden. Met Dart weet je nooit hoeveel parel is en hoeveel plastic.

'Wat leuk voor je,' zeg ik. 'We worden een ster, zeg.'

'Schatje, het spijt me,' zegt Dart. 'Misschien word ik ooit nog wel eens geschikt om mee te leven.' En hij schakelt zijn schaapachtige hou-van-me-glimlach in.

'Donder op,' gil ik. 'Ik ben niet de een of andere amulet die je even komt aanraken omdat dat geluk brengt! Ik ben je moeder niet! Ik ben je bankier niet! Donder op!'

Hij kijkt me aan met de blik van een verongelijkt kind. (Dit is het punt waarop mijn tweeling met hun tienjarige voetjes op de grond zouden stampen en snauwen: 'Da's niet eerlijk.')

'Schatje, ik heb het echt geprobeerd,' zegt Dart. 'Ik was een zaadje, en jij was een heel woud. Ik kon in jouw schaduw niet groeien.'

'O – het is dus *mijn* schuld, hè? *Mijn* schaduw was te groot? Dat vind ik fijn, belazerd worden en er dan nog de schuld van krijgen ook.' Maar het probleem is dat ik weet dat er waarheid schuilt in wat hij zegt. *Zijn* waarheid.

'Jij bent altijd mijn eigen kunstenares geweest,' zegt Dart, en hij valt op zijn knieën en slaat zijn arm om mijn dijen heen. Hij huilt echte tranen. Ze bevochtigen mijn jeans.

Heen en weer geslingerd tussen woede en wanhoop stribbel ik een ogenblik tegen; ik wil hem, en ik wil hem vermoorden. (Het heeft wel iets van het gevoel dat je vaak met je kinderen hebt – een knal geven of een knuffel, dat is de vraag.)

Ik zak neer op de vloer, in een zee van zoutige tranen, en we schreien allebei, in elkaars armen.

De tijd lijkt stil te staan, terwijl we huilend heen en weer wiegen. Ik heb nooit geweten dat er zoveel tranen bestonden! Onze tranen lijken door de hele zee gevoed te worden. Er komt geen einde aan –

een ware stortvloed van zilt water die ons meevoert naar een of ander prenataal bestaan, waarin we elkaar omarmd houden als een tweeling in de vruchtwaterzak.

Hij is mij en ik ben hem, en de band is zo diep en niet te verbreken dat ik er ook nu nog verstomd van sta. De oplichtster in mij, de hartenbreekster, de toneelspeelster, de bedriegster – al die aspecten van Leila/Louise waren belichaamd in Dart, en ik hield van hem zoals ik hield van het kleine kind in mijzelf, van het kleine meisje dat nooit genoeg liefde kreeg en bereid was om te liegen en te bedriegen en te koketteren om die liefde te winnen, er harten voor te breken, ervoor te sterven, ervoor te huilen. Het lijkt alsof we elkaar aeonen lang omklemd houden, geologische tijdperken lang, lichtjaren lang. We huilen samen net zoals we vroeger naaiden.

Dan komen we woordeloos overeind, laten elkaar los, en Dart gaat de silotrap weer af naar beneden. Ik pak mijn penseel weer op en schilder een licht stipje op de wang van een maenade. Een traan. Maar ook maar eentje. En Dart is weg.

Later ontdek ik dat hij wat van zijn spullen meegenomen heeft. Het witte cowboyhemd, de laarzen, de hoed, wat sieraden. Het laat me koud. Wat me wel interesseert is dat het huis op slot was en dat hij er zonder een spoor achter te laten toch is binnengekomen: geen kapotte sloten, geen vingerafdrukken, niet het geringste spoor van inbraak. De volmaakte insluiper. Een natuurtalent. Of misschien heeft hij nooit echt bestaan. Is hij van onder een heuveltje vandaan gekomen als een van het kleine volkje. Een groene kobold. Robin Goodfellow. Peter Pan. De gehoornde god der heksen. En net als alle duivels het produkt van onze eigen verbeelding.

Dart weg. Ik zal niet in bijzonderheden treden over de week tussen zijn laatste definitieve vertrek en de aankomst van de tweeling. Het verschrikkelijke gevoel een amputatie te hebben ondergaan. De manier waarop ik probeerde achter elke gehelmde man op een motorfiets aan te rijden en mijzelf op een haar na te pletter reed tegen diverse oeroude loofbomen, de hopeloze aanbidders die langskwamen – oude vriendjes, vrienden uit het genootschap, die eerste verfomfaaide stakkers die in week 1 na de amputatie binnen komen wankelen: de lopende gewonden, tierend over hun scheiding, hun lastige tieners, hun zakelijke rampspoed, hun kommer en kwel... en dan haastig naar de bar om zich te bedienen van je niet-alcoholische warmte. Ze komen voornamelijk om te mokken en te praten omdat ze in jou eveneens een eenzame ziel vermoeden die het verschrikkelijk vindt alleen te zijn wanneer de zon ondergaat, en ze bekijken jou schattend en jij bekijkt hen schattend en denkt seksuele gedachten, maar besluit dat het net even te veel moeite is – tenslotte is dit de tweede zomer van de hysterie rond aids onder heteroseksuelen – en

154

aangezien je niet weet of je hen nu een Kinsey-vragenlijst of een condoom moet overhandigen, doe je uiteindelijk niets, escorteert hen naar de deur, biedt hen een kuise wang ter kussing aan, en dan naar bed.

Je hebt nog steeds je vertrouwde oude witte plastic vibrator – met een Excita-condoom eroverheen voor een trendy uiterlijk – en je hebt je levensgrote tamp van marmer, dat vijfentwintig centimeter lange besneden exemplaar dat je door een beroemde Japanse beeldhouwer is toegestuurd na de opening van je tentoonstelling van de filmfoto's van Dart in Tokio.

De marmeren tamp is van wit Carraramarmer, zo zuiver als de eerste Pietà van Michelangelo – die in het Vaticaan, die niet zo lang geleden door een vandaal is toegetakeld. De koude witte pure steen – half vogel à la Brancusi, half paardelul à la Marini – doet er eeuwen over om warm te worden in je koude in de steek gelaten kutje. Je verwarmt hem eindeloos vóór en voelt het marmer aan de buitenkant wel warmte aannemen maar van binnen koud blijven, net als je hart. Was bij het ontvangen en marmer bij het behouden. Dit is het leuke ervan – het leggen van deze verbindingen. Seks, zelfs solo-seks, is een kwestie van het voltooien van een of andere cirkel, het doen klikken van een soort synapsen, een soort kosmische synapsen die een verbinding vormen tussen jouw zenuwuiteinden en de sterren.

Hoe moeilijk is het allemaal, en hoe moeilijk is het om in verbinding te treden met iemand anders, of met je eigen ik, of in laatste instantie met God. Om door die muur van vlees heen te breken naar de geest, om jezelf voor de kosmos open te stellen bij de neonflitsen van het orgasme.

Mijn God, mijn God. Dart, Dart, Dart, Dart. Ik kom in stuiptrekkingen tot ontlading om het marmeren kunstwerk à la Michelangelo-Brancusi-Marini heen, onder het schreeuwen van Darts naam en Gods naam alsof het een en dezelfde waren. De tranen lopen me over de wangen. Ik besta alleen nog maar uit vocht. En het marmer? Het marmer is eindelijk warm.

God zij dank dat de tweeling thuiskwam en ik mezelf kon verliezen in het moederschap. De hele huishouding kwam weer binnendruppelen om hen te begroeten – mijn broodmagere, pot-achtige assistente Natasha, met haar zwarte stoppelige punkkapsel, haar oorringen in de vorm van veiligheidsspelden, haar brede schouders, haar paardegezicht, haar glinsterende groene ogen. Het 'hoofd van de huishouding' Lily, in lang vervlogen tijden het kindermeisje, nu de hoofd-Amazone in onze Amazonencommune – zacht van stem, Schots van afkomst, en sereen van inborst. Zelfs mijn psychiater kwam terug uit Europa en was plotseling weer voor therapie beschikbaar – vanuit haar rietgedekte huisje in Cornwall Bridge – mijn psychiater, de ongelooflijk briljante dr. Sybille Panoff, die voorzag

155

in Freudiaanse-Jungiaanse-Reichiaanse analyses zowel als in tarot-kaarten-interpretaties, medische verwijzingen, en genezende kristallen. Dr. Panoff had bij Melanie Klein in Londen gestudeerd, bij Wilhelm Reich in New York, en bij Henry Miller in Big Sur. Ze was op zijn zachtst gezegd niet eenkennig.

Ik had al enige tijd het idee dat haar genezende vermogens in de Middeleeuwen even krachtig zouden zijn geweest als ze in de twintigste eeuw waren. Sybille was woest paranormaal begaafd, bijna zo dat ze wist wat je dacht. Als dichteres in hart en ziel voerde ze een vorm van analyse uit die voor twee delen bestond uit kippesoep, voor een deel uit zielsverhuizing, en voor de rest uit de orakeltaal van het-wij-ze-vrouwtje-uit-het-bos. Zoals haar naam al aangaf, was Sybille een heks. Dat zeiden ook haar zwarte ogen en haar lange zwarte haar. Haar saffraangele gewaden zeiden het. En haar kleine huisje dat vlak naast een waterval lag en waarin het wemelde van katten en kristallen bollen zei het. Ze woonde ongeveer een kwartier van me vandaan, onder het nep-Tudor rieten dak van wat ooit een nepwatermolen was geweest op het landgoed van een nepmiljonair. Tijdens onze zittingen draaide nog steeds het nepmolenrad onder ons rond. De katten sprongen van stoel naar stoel. Op één stoel lag een kussen waarop in open borduurwerk stond:

> Het leven is alleen achteraf te begrijpen,
> maar het moet vooruit geleefd worden...
>
> Kierkegaard

Zo'n psychiater was Sybille.

Ik rijd met Lily en Natasha naar het vliegveld om Mike en Ed op te gaan halen. We verkeren allemaal in een staat van grote opwinding over het weerzien met de meisjes.

Gescheiden mammies leren na verloop van tijd hun moederliefde voor weken achtereen in de ijskast te zetten – wanneer de kindertjes bij hun pappies zijn – of ze worden gek. En ik had mijn les nu zo langzamerhand wel goed geleerd. Wanneer Mike en Ed weg waren, zette ik hen uit mijn gedachten – zij het niet uit mijn dromen. Ik leerde hen dicht bij me en toch op een afstand te houden. Ik leerde gevoelens op te schorten. Dit kunstje zullen we in het hiernamaals, als dat bestaat, nodig hebben. Want natuurlijk bevinden we ons al in het hiernamaals: het doorsnijdt onze wereld en doorweeft onze dagen als een sierlint. Sommige dagen zijn we een en al serene en alwetende gemoedsrust, andere dagen in alle staten en helemaal in aardse beslommeringen verstrikt. Ik lijk mijn hele leven al geobsedeerd door de mythe van Persephone, alsof ik op de een of andere manier wist dat ik een leven zou leiden waarin ik haar wijsheid nodig zou hebben om het chronisch telkens weer vertrekken van mijn dochters aan te kunnen. Ze komen en gaan – naar Hades en terug – en wanneer ze terugkomen is het altijd lente.

We wachten op het vliegveld te midden van het gewoel van mensen – in gezamenlijke opwinding dooreenlopende familieleden, verveelde taxichauffeurs die al rokend maar zo'n beetje rondhangen met de glazige, onverschillige ogen van hen die onbekenden moeten ophalen. Ze houden grote papieren lollies met de namen van die onbekenden erop in de hand. Maar de familieleden dragen hun felle verwachtingen uit: fonkelende ogen, aura's van anticipatie en woede – je leest hele familiegeschiedenissen uit hun ijsberende voeten, hun zorgelijk gefronste voorhoofden.

Luchthavens grijpen me altijd aan, ik heb er altijd neiging om te gaan huilen. Al die mensen die aankomen en vertrekken, die droevige adieus en blije herenigingen! Al die mensen die weggaan om vrij door de lucht te zweven boven de slecht in elkaar passende stukjes van hun leven! Zoveel puzzels! Zovelen die weggaan!

In ons tijdperk is reizen een verslavend middel geworden. Er zijn mensen die zo aan komen en gaan gewend raken, dat ze onmogelijk op een vaste plaats kunnen blijven. Als ze niet voortdurend in een vliegtuig kunnen stappen om ergens heen te gaan, voelen ze zich op een of andere manier beroofd – als een gokker zonder zijn fiches, of een verslaafde zonder zijn naald, of een seksoholica zonder haar marmeren tamp.

De tweeling!

Ze komen door het hek voor arriverende passagiers, zo te zien een centimeter of acht langer dan twee maanden geleden, onverzorgd, met smoezelige gezichtjes, en losse veters – precies als twee meisjes van tien die bij hun vader hebben gelogeerd.

'Mam! Mammie!' Ze schreeuwen bijna *unisono*. De vreugde die er op dit moment van hun vieze gezichtjes straalt is wonderbaarlijk om te zien. En dan mijn hart: het schijnt uit zijn voegen te barsten, uit te zetten, zich om hun komst heen samen te trekken. De waterlanders breken door. Ik baad in tranen, die ik vervolgens wegveeg en camoufleer. Mijn kleine snoesjes, mijn grote-kleine meisjes, mijn kleine DNA-molecuultjes, voorttollend door het universum. Mijn duplo-dotjes, mijn duplobolletjes ijs met chocoladestrooisel, mijn twee kleine jongehondjeslijfjes, geurend met een muskusachtig nimfenaroma, mijn klapkauwgum kauwende Reebokbaby's, met die groezelige glimlach in tweevoud.

'Hoe was de reis?' vraag ik, alleen maar om iets te zeggen, wanneer er niets te zeggen valt – alleen maar te omhelzen. We omhelzen elkaar. We omhelzen elkaar we omhelzen elkaar we omhelzen elkaar. De hele Amazonencommune omhelst elkaar. Vijf vrouwen die elkaar aan het hart drukken.

'Het eten in het vliegtuig is echt smerig,' zegt Ed.

'Bèèè,' zegt Mike met de namaakbraakaanval van een tienjarige.
'Wat hebben jullie dan gegeten?' vraagt Lily – want dat is haar domein.
'De gewone troep,' zegt Mike.
'Ja nou,' zegt Ed. 'Het gewone rare vlees...'
'Zijn jullie me toch even gegroeid,' zegt Natasha, die zelf ook wel lijkt te zijn gegroeid, zelfs op haar dertigste. Ze lijken allemaal zeven of acht centimeter langer te worden wanneer ze bij me vandaan gaan, op Lily na dan, die net als al onze sprookjespetemoeien geruststellend dezelfde blijft.
'Hoe zag je vaders huis eruit? Wat hebben jullie gedaan?' vraag ik.
We lopen naar de balie voor de bagage.
'Pappie heeft een nieuwe vriendin, die ons almaar in *bad* stopt,' zegt Ed.
'Ja nou,' zegt Mike. 'Ze heeft een badmanie.'
Nu Dart vertrokken is, treft het nieuws van een nieuwe vriendin me plotseling onaangenaam. Geneest het hart dan *nooit*?
'Een badmanie?' vraag ik. De tweeling ziet er even vuil uit als altijd wanneer ze van hun vader terugkomen. In Mikes kastanjebruine haar kleven de restanten van een klodder klapkauwgum, en Eds kastanjebruine haar hangt in slierten om haar vuile gezichtje. Ze dragen allebei een rugzak die uitpuilt van alle spullen die een meisje van tien als volstrekt onmisbaar voor het leven op deze of op welke andere planeet ook beschouwt: kauwgum, een noodrantsoen chocola, een smoezelig lievelingsknuffelbeest (Mike heeft Trapper Bear; Ed William Shakesbear), een schrift om indrukken in op te tekenen ('Californië is super. Ik mis mam'), ettelijke boeken van Judy Blume, Norma Klein, en Roald Dahl, T-shirts met geestige opschriften ('Straal me maar omhoog, Scotty, er bestaat hier geen intelligent leven.').
'Waar is Dart?' vraagt Ed.
'Meestal komt hij ons toch ook ophalen, mam?' zegt Mike voorzichtig.
Ik had niet op deze kant van het Dartloosheidsprobleem gerekend. Nu, de waarheid dan maar. Ik vertel de kinderen altijd de waarheid – zo tactvol als ik kan.
'Hij is naar Californië,' zeg ik, 'een baan bij de film zoeken.'
'O,' zegt Mike.
'Je bedoelt dat jullie uit elkaar zijn,' zegt Ed.
'We zagen het al aankomen,' zegt Mike.
'Ja nou,' zegt Ed. 'D'r was iets mis met 'm.'
'Je verdient wat beters, mam,' zegt Mike.
Ik blijf met open mond achter.

Het is hemels om hen thuis te hebben. We rijden paard. We winkelen. We wandelen tussen onze frambozenstruiken en plukken de stralend rode frambozen die glanzen als kleine trosjes Venetiaans

158

glas. We kruipen 's avonds gezellig in bed tussen de speelgoeddieren. De tweeling heeft besloten om in de logeerkamer te trekken om dichter bij mam te zijn – ze schijnen te weten dat ik hen net zo hard nodig heb als zij mij – en 's avonds klim ik tussen hen in in het waterbed, en ruik hun nimfengeur, raak hun jongehondjeslijfjes aan met de vrijmoedige pasgeboren vingertoppen van iemand die net van het drinken en gebruiken af is.

Wanneer ik 's avonds bij hen in bed lig, denk ik aan alle keren dat ik hen bijna zonder moeder heb achtergelaten, ik in mijn woede over mijn eigen moederloosheid, om het Elmore of Dart of Dolph of Theda vanuit mijn eigen zelfmedelijden betaald te zetten, met het idee dat het iemand nog spijten zou als ik stoned en wel tegen een boom opreed. En het zóu ook iemand spijten: *mij*. En deze twee kleine iemandjes die ik in mijn armen houd.

Hoe hevig brandt de spijt als je pas nuchter en clean bent! Al die verspilde jaren! Al die verspilde avonden waarop ik te dronken was om het vlees van mijn dochters met wakkere vingertoppen aan te kunnen raken. Ik las hen voor met een glas in de hand, en speelde dronken de clown voor hen onder het voorlezen van Roald Dahl of Judy Blume of Norma Klein. En wie betaalde daar de tol voor? Alleen ik. Ik betaalde met het leven dat ik misliep.

Wanneer ik daar zo lag, probeerde ik vaak uit te rekenen hoeveel bedtijden in totaal ik niet bewust beleefd had, alle uren, minuten, seconden die in de hersencellen waren uitgewist. Niet te doen. Nu zag ik zó helder dat de wereld af en toe onwerkelijk leek. Elke seconde leek te leven, bewoond te zijn door dieren, planten, mineralen, moleculen. Alles leefde! De hele aarde krioelde al voortstormend door de kosmos van het leven, en ik lag in het waterbed met mijn dochters te schommelen, in de schoot van de tijd en ruimte. En niet meer alleen.

'Mam, kun je koken?' zegt Ed.

'Hoezo?'

'Pappie zegt dat jij niet kunt koken,' zegt Mike.

'Tuurlijk kan ik koken, let maar op,' en ik steek een arm uit het waterbed, pak de telefoon, en bel de pizzeria.

De tweeling komt niet meer bij. Drie kwartier later zitten we met z'n allen in het wiebelig waterbed een bijna-hete pizza met extra veel kaas weg te werken.

'We hebben je gemist, mam,' zegt Mike.

'Ja nou,' zegt Ed. 'Jij bent de fijnste mammie van de hele wereld.'

'Dank je wel,' zeg ik, en kijk naar hen op.

Ik begrijp nu wat het betekent om voor de tweede keer gezegend, voor de tweede keer geboren te zijn.

En Lily komt binnen om ons een standje te geven dat we er een troep van maken met die pizza in bed.

Maar op sommige dagen is de realiteit ondraaglijk zwaar. Ik droom van Dart. Op een nacht is hij bij me – het goudgebronsde, gespierde schild van zijn borstkas glanst op. Ik zie en ruik het in mijn droom. Om de een of andere reden heeft hij mijn parels om – talloze snoeren parels. Hij duikt de zee in. En wanneer hij weer bovenkomt, hebben de parels hun luister verloren en zijn helemaal weggevreten, zodat de plastic kraaltjes binnenin te zien komen.

'Schatje, het spijt me zo,' zegt hij schaapachtig. 'Ik houd van je. Je bent altijd de vrouw in mijn leven geweest – maar ik ben niet sterk genoeg om op de goede manier van je te houden.'

Op een andere avond vind ik een brief van Dart tussen mijn spullen.

Mijn liefste (staat er), *dit korte leven dat ons geschonken is kunnen we doorbrengen in de diepste ellende of de opperste zaligheid. Het leven kan, afhankelijk van de manier waarop je ertegenaan kijkt, tragisch zijn, grappig, of heerlijk.*
De tijd lijkt nog korter als we de dag in uren opdelen. Van de vierentwintig uur wordt op zijn minst een derde met slapen doorgebracht. Nog eens drie tot zes uur worden besteed aan eten. In lichaamsverzorging, baden en aankleden gaat twee uur zitten. Dan schijnen we nog een uur of wat (of meer) bezig te zijn met van de ene plek naar de andere te komen; en dan brengen we tijd door aan de telefoon (twee uur), aan het nemen van besluiten en instrueren van het huishoudelijk personeel (een uur); en ergens onderweg verspillen of verliezen we ook nog eens een uur. En daarna hebben we nog drie uur over om te werken, te schrijven, te vrijen, wat aan lichaamsbeweging te doen, te lachen, bij ons gezin te zijn, alleen te zijn, een nieuw idee te overdenken (hebben we de hond gevoerd en de planten water gegeven?), de gebeurtenissen van de dag door te nemen, enzovoort.
En gaan we nu die drie kostbare uren per dag doorbrengen met ons zorgen te maken of het ergste te vrezen? Laten we met die drie uur nog eens wat plannen maken. Drie uur maal 365 dagen per jaar maakt 1095 uur. En hoeveel jaar hebben we nog van ons leven over? Veertig misschien! Dus vermenigvuldigen we dit met veertig en dan komen we op 43800, en dan delen we dat door de vierentwintig uur per dag en dan krijgen we 1825, wat we delen door 365 dagen per jaar, en dan komen we op vijf.
Dat zijn vijf jaren. Vijf korte jaren (van de veertig dat we samen zijn) waarin we wakker zijn, geestelijk alert zijn.
O mijn lieveling, ik wil de hele eeuwigheid met jou samen zijn, geen vijf jaar.

Met al mijn liefde, Dart

Ik begin te huilen bij de herinnering aan de eeuwigheid die we bezaten voordat we ons paradijs verloren. En ik herinner me hoe lief en teder Dart kon zijn voordat de zaak fout liep. Ik heb al die tijd geprobeerd me dat niet te herinneren, omdat het gemakkelijker is het niet meer te weten.

160

Dan treft iets in de brief me – werk. Dart heeft het bij zijn indeling in uren nauwelijks over *werk* gehad. 'Instructies geven aan het huishoudelijk personeel', dat is meer in zijn straatje. Het is alsof hij een beschrijving van zijn *vaders* leven geeft. Deze brief is het equivalent van Vens kaarten voor zijn vrouw, zegt mijn gezonde ik.

'Wanneer komt Dart terug?' vraagt Mike op een dag bij het naar bed gaan.

'Ik weet het niet,' zeg ik.

'We dachten dat jullie weer een van jullie ruzies hadden gehad,' zegt Ed.

'Ik denk niet dat hij terugkomt,' zeg ik.

'O mam,' zegt Ed.

'Daar ben ik blij om,' zegt Mike. 'Ik ben altijd bang voor 'm geweest.'

'Ik ook,' zegt Ed. 'Vooral sinds die keer dat hij Mike d'r broek omlaag deed en 'r klappen gaf.'

'Wat heeft hij gedaan?' vraag ik. 'Wanneer dan?'

'Net voordat we weggingen.'

'Waarom hebben jullie niks tegen me gezegd?'

'We wilden je niet ongerust maken, mam,' zegt Mike.

'Ja nou,' zegt Ed. 'Jij zit altijd overal zo over in.'

'Wat jij moet hebben, mam, is een *rijke* man,' zegt Mike.

'Iemand met een Porsche,' zegt Ed.

'Of een Rolls-Royce,' zegt Mike.

'Of een bmw,' zegt Ed.

'Een *rijke* vent,' zegt Mike.

'Ja nou,' zegt Ed.

'Als het allemaal eikels zijn, kun je net zo goed zien dat je er eentje met *geld* krijgt,' zegt Mike.

'Da's stom,' zegt Ed.

'Mannen vinden het niet leuk wanneer jij al het geld hebt,' zegt Mike.

'En de emancipatie dan?' vraag ik.

'Die moeten mannen niet,' zegt Ed.

'Ze spelen toch nog de baas,' zegt Mike.

'Sorry mam, zo is 't gewoon,' zegt Ed.

'Maar dat moeten we dan toch *veranderen*,' zeg ik.

'Vergeet het nou maar, mam, en pak gewoon hun geld,' zegt Mike.

'Probeer er een met een Porsche te krijgen,' zegt Ed.

12. De echte miljonair

Ik heb een Eldorado Cadillac
met een reserveband achterop –
Ik heb een rekening bij Goldblat
Maar jou heb ik niet...

– Calvin Carter

Danny Doland uit Dallas reed in een Porsche. Danny Doland uit Dallas was groot, dik, vijftig, grappig, en absoluut *stinkend* rijk. Danny Doland was alles wat een tienjarige kon verlangen.

'Trouw met 'm,' zei Mike.

'Ja, doe dat, mam,' zei Ed.

Ik leerde Danny Doland kennen bij een blind date. Door toedoen van een oude vlam van mij, Tyler Levinsky, die onlangs de sjikse van het jaar getrouwd had. (Alweer een: het stikt van dat soort.) Tyler was in goede conditie, vijftig, rijk (ofschoon niet zo rijk als Danny): hij zat in de antiekbusiness. Hij wilde me graag o zo handig met een van zijn makkertjes getrouwd zien, zodat we met z'n vieren reisjes konden maken en hij me bij tijd en wijle zou kunnen opzoeken in bed.

Het was ongetwijfeld om die snode reden dat hij me voorstelde aan zijn partner, Danny, die alles verzamelde vanaf Belangrijke Kunst tot aan Zeldzame Boeken, Kostbare Antiquiteiten en Bijzondere Wijnen toe, en wel wilde overwegen om *mij* aan te schaffen. Ik heb er nooit iets vreemds aan kunnen vinden dat iemand die pas van de drank was afgeraakt verliefd kon worden op een wijnverzamelaar. Waarom niet? dacht ik bij mezelf. Ik kon al die châteaux met hun welluidende namen wel weerstaan.

En Danny was intelligent, vrijgevig, Texaan, en een onderhoudend verteller. Voordat hij antiquair werd, was hij uitgever geweest in Londen. (Hij was al heel lang rijk – anders dan te doen gebruikelijk in Texas; hij had zijn geld geërfd en het was nog steeds een berg.) Hij was belezen. Hij was geestig. Hij had het werk van Nobelprijswinnaars zowel als dat van pulpschrijvers uitgegeven, en kon de meest fantastische imitaties van beiden ten gehore brengen. (Zo omhing hij zich bijvoorbeeld met een sjaal met luipaardmotief en imiteerde Jackie Collins. Of tot in perfectie het zangerig toontje van I.B. Singer.) Alsof deze literaire verdiensten niet voldoende waren, bezat hij ook nog eens een schitterend landgoed in de Berkshires, dat eens het eigendom was geweest van een vriend van Edith Wharton* – een Ita-

---

* Amerikaanse schrijfster van romans en korte verhalen (1862-1937), en net als

162

liaans aandoende villa dicht bij The Mount*, die de naam Lunabella droeg, Lunabella bezat haar eigen plantenkas, haar binnenzwembad (dat via een geheime doorgang in verbinding stond met het buitenzwembad), haar eigen danszaal (met een gewelfd plafond waarop een sterrenhemel geschilderd was). Edith Wharton had Fullerton er eens uitgenodigd, maar hij was nooit gekomen.

Danny Doland uit Dallas was mijn laatste kans om twee aan twee de ark met zilverwerk binnen te gaan. Danny Doland uit Dallas was mijn laatste poging om een *normaal* bestaan te gaan leiden. Was ik bij de speurtocht naar mijn dybbuk, mijn demonische minnaar**, in de problemen gekomen, nu zou ik toch zeker veilig zijn bij deze gewichtige en nette burger, met veilingen bij Sotheby's en suites bij Claridge's, met etentjes voor acht mensen (om acht uur), voor welke gelegenheden Danny Doland notabene zijn grapjes *repeteerde* en beledigende maar toch vleiende beschrijvingen van elke gast op de kaartjes voor de tafelschikking schreef, als ging het om het door de mangel halen van beroemdheden.

Laten we wel zijn, ik was tot over mijn oren op Danny Doland verliefd. Ik ben geen cynische fortuinjaagster, ook nooit geweest. Toen Danny en ik elkaar op een warme zomeravond ontmoetten bij dat eerste dineetje in de Berkshires, in Wheatleigh, haakten onze blikken zich in elkaar vast, en waren we allebei verloren.

ISADORA: *Niet de Oude Meesters.*
LEILA: *Maar helaas wel de Nieuwe Meesteressen.*
ISADORA: *Jij niet. Jij hebt van Dart een ster gemaakt.*
LEILA: *Degenen die de goden vernietigen willen maken ze eerst tot ster.*

Hij had vrij kleine, glinsterende ogen van een bleekblauwe kleur. Zijn kaalheid was oogverblindend, en hij bezat een onderkin en een flink buikje, dat door zijn lengte werd verdoezeld – behalve in bed. Hij droeg gele sokophouders en rode vlinderdasjes. Hij wandelde

Wing voortdurend op reis in en naar Europa. Isadora Wing las met gretige geboeidheid de biografieën en brieven van grote schrijfsters uit het verleden. Bij een van de interviews die ik met haar had merkte ze op dat het 'een unieke vloek – en zegen – was om als schrijfster geboren te worden. Het uitzicht van onder de vloerplanken – zoals dat bij Dostojevski's man onder de grond – en van over de kanten kussens – zoals van Colettes Lea de Lonval – is niet gemakkelijk tot één beeld te verbinden.' Maar ze deelde me mee dat ze het 'zou blijven proberen tot haar dood'. Kennelijk heeft ze dat ook gedaan. C.F-S, Ph.D.
* Isadora Wing zei eens tegen me dat ze dit de volmaakte naam voor het huis van een schrijfster vond, en dat ze The Mount ook geprobeerd zou hebben te kopen als het te koop was geweest. Wat ze hiermee bedoelde is mij een raadsel, evenals ook andere vooraanstaande kenners van de feministische literatuur die ik heb geraadpleegd. C.F-S, Ph.D.
** Leila's demon en die van Isadora delen kennelijk dezelfde geslachtsdelen. C.F-S, Ph.D.

163

met een wandelstok met zilveren knop, die hij soms ronddraaide. Hij droeg zijden boxershorts met op één pijp 'DD' geborduurd in monogramvorm. Soms droeg hij zelfs slobkousen. Ergens in mijn verwarde geest interpreteerde ik al deze dingen als signalen voor veiligheid en geborgenheid. (Ik was niet gewend aan mannen die zelfs maar ondergoed *droegen* – laat staan op bestelling gemaakt ondergoed.) Ik had een goj-jongen als speeltje *gehad*, en Danny Doland was niemands speeltje; hoe weinig vermoedde ik dat Danny Doland zijn hand precies even stevig aan de joystick had als Dart – zij het in ander opzicht.

Bij dat eerste diner hield tijdens onze geanimeerde conversatie de wereld op te bestaan. Danny hield van Italië, Turner, Blake; hij verzamelde mijn filmfoto's. Hij volgde mijn ontwikkeling notabene al jaren en bezat een vroeg doek van mij. Ik had het op de een of andere manier uit het oog verloren. Het schoot me door het hoofd dat ik het terug zou kunnen krijgen door met hem te trouwen. Maar ook zonder dat was ik wel voor zijn fatale charme gevallen. Want Danny was grappig, knus, warm. Net als gezellig in bed kruipen met een warme beker chocola. Na vijf jaren in bed kruipen met een *auto da fé* leek dit een zeer aantrekkelijke gedachte. Ik ging met Danny mee naar Lunabella en tuimelde met hem in bed.

Warme chocolademelk. Zelfs de beeldspraak die we in bed gebruikten ging over voedsel.

'Ik heb zin om chocoladepasta over je pik te smeren en het er weer af te likken,' zei ik.

'Dan zul je mij toch voor moeten zijn,' zei Danny (zonder echter uit te leggen hoe hij zover voorover ging buigen dat hij erbij kon).

In een tijdperk van ongebonden mannen borrelde Danny over van verlangen zich te binden. Bij ons tweede afspraakje gaf hij mij een sieraad (een art déco-speld – 'we zitten aan elkaar vast,' zei hij), bij het derde vroeg hij me ten huwelijk, en bij het vierde gaf hij mij een Filofax van olifantshuid met zijn naam (of zijn initialen) op elke pagina achter lunch en diner ingevuld. Hij maakte plannen voor safari's in Kenia en het huren van châteaux aan de Rhône. Hij ging het *piano nobile* van een palazzo aan het Canal Grande voor me kopen – en een *motoscafo* om erheen te zoeven. Hij ging op Lunabella een tuinhuis in Italiaanse stijl voor me bouwen om in te werken. Hij ging een klassieke Aston Martin voor me kopen om naar zijn buitenhuis in Hampshire te rijden, en een Silverado om naar zijn ranch in Texas te rijden. Ik vermoed dat hij door mijn godin gestuurd werd om mijn wilsvastheid op de proef te stellen, want na deze ongelooflijk stormachtige hofmakerij kreeg Danny Doland 'm niet meer omhoog.

En dit is nog het vreemdste van alles: het kon me niet eens zoveel schelen. Impotentie maakt tenslotte aidsbestendig. Bovendien had ik een relatie achter de rug die op duizelingwekkende seks gebouwd was, en ik wist dat dat niet alle problemen oploste. Misschien had ik genoeg seks in mijn leven gehad en stonden nu voor mijn najaren *veilingen* op het programma. Maar Danny Doland kon het wél wat schelen. Hij was er kapot van dat ik nu van zijn seksueel geheim op de hoogte was. En vanaf dat moment begon hij het me betaald te zetten. Het ging eerst heel subtiel. Nog in de aanvankelijke roze gloed van het geknipt zijn voor elkaar – in alle opzichten behalve het bed – maakten we plannen voor ons trouwfestijn, onze renovaties, onze aankopen (want was in de jaren tachtig de liefde niet slechts het voorspel tot de aanschaf van onroerend goed? en in de betere kringen van kunst?).

Danny Doland liet een architect een tuinhuis tekenen dat op Lunabella voor mij gebouwd moest worden om me als atelier te dienen. Dit ateliergebouw zag er in alle opzichten precies zo uit als het huis, alleen lag het in een groepje bomen verstopt en bezat het geen ramen.

Een kleine nalatigheid zeker. Danny Dolands architect verwachtte toch zeker niet van mij dat ik in een huis zonder ramen ging schilderen.

Maar Danny Doland had zijn redenen. Het licht zou geleverd worden door dakramen. En de 'vensters' zouden in kalksteen en marmer uitgevoerde replica's van vensters zijn.

'Maar waaróm?' vroeg ik.

'Zodat we in het hele gebouw het klimaat kunnen blijven beheersen, snoepje, om de kunst te kunnen preserveren.'

'Maar als ik niet naar buiten kan kijken en de lucht en de heuvels zien, hoe kan ik die kunst dan *scheppen*?'

Danny Doland keek met zijn kleine bleekblauwe oogjes in de kleur van stonewashed denim op me neer.

'Liefje,' zei hij, 'we zullen over volmaakt licht uit het noorden kunnen beschikken, helemaal geregeld door dakramen met speciale elektronisch bediende zonneschermen. Zo kunnen we beneden de galerie hebben – met werken van jou en je belangrijkste tijdgenoten: Graves, Bartlett, Schnabel, Sherman, Natkin, Frankenthaler, Twombly, Johns, wie *jij* maar wilt hebben, jouw *persoonlijke* collectie – en boven kun je dan schilderen onder condities die ervoor zullen zorgen dat je werk nooit ergens van te lijden heeft. Bedenk eens wat een prettig idee dat zal zijn, snoepje.'

Ik stelde me voor hoe ik zou staan schilderen in een mausoleum zonder lucht, zonder vogelgezang, zonder dat af en toe een vlinder (of wesp) op mijn werk-in-uitvoering landde – en ik werd van ontzetting vervuld. Hij was kort gezegd van plan het leven buiten te sluiten, in de naam van het preserveren van de kunst. Hoe kon ik kunst scheppen zonder leven om haar te bezielen?

Ik kon het wel zonder seks stellen.

Maar kon ik het ook stellen zonder *lucht*?

165

ISADORA: *Dat zeg je nu!*
LEILA: *De pot verwijt de ketel?*

'Schat, ik moet toch op zijn minst een raam hebben dat *open* kan,' zei ik.

'Ik zal het er met de architect over hebben, liefje,' zei Danny, 'maar ik kan je nu al wel meteen zeggen dat hij het geen goed idee zal vinden. Ben je wel eens in de Beinecke-bibliotheek geweest?'

'Natuurlijk, schat – ik heb op Yale *gestudeerd*, weet je nog?'

'Natuurlijk weet ik dat nog, snoepje. En dan weet je ook wel dat het een absolute *noodzaak* is om de luchtvochtigheid en temperatuur te kunnen beheersen.'

'Maar ik wil de lucht elektrisch *laden*, aan beheersing *onttrekken*, om de blik van de toeschouwer heen laten golven, de levensadem uit het schilderij laten springen en je hele leven laten veranderen...'

'Wat een romantische ideeën, snoepje. Hoor nu eens – ga jij nu maar lekker schilderen, en laat *mij* voor het preserveren van je werk zorgen, ja?'

Ik dacht eraan hoe Elisabeth Vigée-Lebruns man al het geld verspild had dat zij als hofschilderes van Marie Antoinette had verdiend. De Franse Revolutie, je beste vriendin en lievelingsmodel *en famille* onthoofd, en plotseling ontdek je dat je man al je centen heeft uitgegeven! Berooid en wel ga je in 1789 het land uit – wat een jaar om berooid huis en haard te verlaten! – en trekt de hoven van Italië, Oostenrijk, Duitsland, Rusland langs en maakt opnieuw fortuin met het schilderen van landschappen. In Frankrijk duurt het bloedbad voort. Je ex-echtgenoot, die net zo goed Danny Doland zou kunnen heten, heeft de fuik naar de wind gehangen, en treedt op als uitverkoopbemiddelaar voor de nieuwe regering. Je keert naar je land terug, weigert dat rottige onderdeurtje Napoleon te ontmoeten, en vertrekt dadelijk weer naar Engeland, waar sir Joshua Reynolds nog steeds de smaak van het ogenblik bepaalt en zich verwaardigt je te prijzen, ook al ben je een vrouw. Dan weer terug naar Parijs om te gaan schilderen aan Napoleons hof, je *Souvenirs* te publiceren, en op je zevenentachtigste te sterven.

Wat een leven! Als Vigée-Lebrun dat tijdens de Franse Revolutie kon presteren, waarom stort ik me dan blindelings in de armen van Danny Doland?

'Schat,' zeg ik, 'heb jij ooit de memoires van Elisabeth Vigée-Lebrun gelezen?'

'Lebrun? Lebrun? Wie was *dat*, snoepje?'

'Hofschilderes aan het hof van Marie-Antoinette, en daarna aan dat van Napoleon – maar in feite gewoon een schilderes die leefde van haar penseel en die zich in zeer woelige tijden staande heeft gehouden.'

'Heeft zij niet van die suikerzoete vrouwenportretjes geschilderd?'

166

'Mmm,' zeg ik, vastbesloten om ramen en frisse lucht te krijgen.

'Hoor nu eens, snoepje, laat *mij* het nu maar regelen met de architect, en dan mag jij schilderen. Ik weet heus wel wat het beste voor je is, snoepje. Heb je nog niet genoeg onrust in je leventje gehad? Wat je nu nodig hebt, pop, is iemand die je beschermt, de zaakjes voor je regelt, zodat jij *vrij* bent voor je scheppende arbeid. Daar ben ik goed in, snoepje. En het zou me zo'n genoegen doen!'

De genegenheid in zijn stem verzacht mijn hart. Danny's manier van spreken heeft me trouwens altijd vertederd. Met die wonderlijke combinatie van Dallas en Londen was zijn spraak het eerste aan hem waar ik op viel. Wat bescherming betreft, natuurlijk verlang ik daar naar – doen we dat niet allemaal? En wie zou daar meer naar verlangen dan een chronische zwerfster – een wegloopster? Je kunt niet altijd in verwarring en onrust leven. Je kunt niet altijd alleen zijn. Ik loop op Danny Doland toe om hem te omhelzen, maar hij duwt me weg.

'Goed, dat is dan geregeld, liefje.'

'Zolang je maar niet van me verwacht dat ik in een mausoleum ga staan schilderen,' zeg ik.

'Wie heeft het nou over een mausoleum gehad?' vraagt Danny. Maar ik kan zien dat hij op zijn eigen lieve manier beledigd is en een nieuwe grief wegbergt voor toekomstig gebruik.

Na dat *contretemps* begon Danny fysiek contact geheel en al te mijden.

Het begon heel onschuldig. Het viel me op dat wanneer Danny en ik de nacht samen op Lunabella doorbrachten (we zijn nooit bij mij thuis geweest) hij boven het dek sliep als ik eronder lag, en ondergoed droeg als ik naakt was.

Een kleinigheidje eigenlijk. Wat zou ik me moeten beklagen? We waren volwassen, geliefden van middelbare leeftijd. We hadden onze eigen gewoonten, ons eigen leven, onze eigen huizen en kinderen (hij had een zoon op Choate, en een op Le Rosay). Maar Danny Doland had kennelijk geen zin om me te knuffelen. Het deuntje 'A Fine Romance' bleef me door het hoofd spelen.[*]

Op een zomeravond raapte ik mijn moed bijeen en vroeg hem ernaar.

'Ik ben niet zo gek op knuffelen,' zei hij. 'Stel me niet te zwaar op de proef, snoepje.'

---

[*] 'A fine romance, with no kisses, / A fine romance, my friend, this is.' De door Fred Astaire in *Swingtime* onsterfelijk gemaakte song van Dorothy Fields en Jerome Kern (1936). Isadora Wings kindertijd was doordrenkt van de muziek van die tijd, zoals al haar moderne romans bewijzen. Haar vader was in de jaren dertig als musicus actief op het terrein van de populaire muziek en ging in de jaren vijftig over op de *chachka*-business. Ze kon op verzoek Rogers & Hart en Cole Porter ten gehore brengen – en deed dat ook dikwijls – zelfs tijdens interviews. Ze had er niet de stem voor. C.F-S, Ph.D.

Voorwaar een provocerende opmerking voor je verloofde, je nieuwe geliefde, je grote liefde. Maar ik slaagde erin *volwassen*, en dus *niet* te reageren.

'Best,' zei ik tegen Danny. 'We hóeven ook niet één vlees te zijn. Niks aan de hand, schat.' En ik draaide me om en viel in slaap, en had verschroeiend erotische dromen over Dart. (Wanneer ik bij Danny sliep, droomde ik altijd over Dart.)

Toen deze manoeuvre om afstand tussen ons te scheppen niet werkte, ging Danny een stapje verder.

Op een avond kwam hij met een stapel erotische video's thuis (met titels als *Las Vegas Lust*, *Cherry Ready Gets L.A.ed*, en *Hell Bent for Leather*) en stelde me voor die te bekijken. Ik deed wel mee. Ik had nog steeds alle jarretelgordels en uitrustingsstukken die ik voor Dart had gekocht toen *hij* impotent werd door het niet meer drinken en gebruiken, en ik had er niets op tegen om ze naar Lunabella mee te nemen. Ik had al jarretelgordels en zwartkanten splitbroekjes gedragen toen mijn collegaatjes bij het feministisch kunstcircus ze als verraad aan de zaak beschouwden, en nu dergelijke uitrustingsstukken helemaal *en vogue* waren zag ik er ook nog steeds geen kwaad in. Mannen reageren op visuele prikkels, zo redeneerde ik. Ze zijn gewoon niet zo ver ontwikkeld als vrouwen.

Dus dirkte ik me lekker hoerig op in zwarte kant, en Danny en ik zetten de videorecorder aan en keken naar *Cherry Ready Gets L.A.ed* – een pornofilmpje van een verrassend goed produktieniveau waarin een huwbare jonge 'Cherry' het deed met een reeks goj-playboys in Malibu, Santa Monica, Bel Air, Beverly Hills.

Ik was buitengewoon geboeid. Men wilde ons doen geloven dat Cherry, het jonge filmsterretje, voorspoedig carrière maakte ten gevolge van het pijpen van producers, regisseurs, en studiobazen (van wie er een op Dart leek), terwijl iedereen natuurlijk weet dat dergelijke traktaties in de filmwereld een veel te gewone zaak zijn om enig verschil te maken voor de carrière van wie ook.

In feite is porno heel onschuldig.* Ze veronderstelt het bestaan van een seksuele rechtvaardigheid in de wereld. En wanneer de scriptwriters vastlopen, verhogen ze domweg het aantal deelnemers in bed: de potentie van het aantal.

Danny raakte opgewonden van Cherry. Ik niet. Niet echt. Maar ik werd opgewonden van *Danny's* opgewonden raken. Gewoonlijk deed ik er eeuwen over om hem met veel geknutsel met tong en vingers, speeksel en babyolie, min of meer hard te krijgen. Maar deze

---

* Het banale karakter van pornografie was een geliefkoosd thema van Isadora Wing. Ze mocht over dit onderwerp graag Vladimir Nabokov aanhalen (1899-1977, de schrijver van *Lolita*). 'In pornografische romans dient de actie beperkt te blijven tot de copulatie van clichés. Stijl en structuur en beeldgebruik mogen de lezer nooit afleiden van zijn lauwe wellust.' Isadora Wings wellust was niet lauw. C.F-S, Ph.D.

keer kreeg hij hem met een sprong omhoog. En beklom me. En wég erectie.

Terug naar Cherry en babyolie. Terug naar buik tegen buik. Danny en ik bleven het proberen totdat we uiteindelijk uitgeput in slaap vielen. Ik werd een expert op het gebied van pornovideo's. Ik begon erover te denken om een werk over pornovideo's te maken, als hulde aan mijn verhouding met Danny. Ik dacht er niet over om het op te geven, maar *hij* wel, naar het scheen.

'Ik voel me door jou overdonderd, snoepje,' zei hij tenslotte op een avond op Lunabella. 'Al je aandringen op trouwen –'

'*Wat*!?'

'Je aandringen op trouwen. En al je aandringen op seks. Ik voel me overdonderd.'

Op dat moment voelde ik mezelf ook aardig overdonderd.

'Danny,' zei ik, 'jij bent degene geweest die op trouwen heeft aangedrongen, niet ik. En jij bent degene die zo'n hoop drukte over de seks maakt. Ik ben volkomen tevreden met je. Ik houd van je...'

'Ook al stel ik niks voor?'

'Ik *houd* van je. En ik vind *niet* dat je niets voorstelt. Misschien vind je dat *zelf*.'

'Kom nu niet met die psychologische flauwekul aanzetten, snoepje.'

'Schat,' zei ik, 'ik wil geen ruzie met je maken. Hou op. Hou nu alsjeblieft op voor we dingen gaan zeggen waar we later spijt van krijgen.'

'Jij vindt seks belangrijk, snoepje, en ik heel eenvoudig niet.' Elk paar heeft een twistpunt waar ze steeds weer op terugkeren. En dat was ons twistpunt. We ontdekten het al vroeg in onze relatie en stapten daarna nooit meer op een ander over.

'Och, seks *is* ook wel belangrijk,' zei ik, 'maar het is niet het enige belangrijke tussen twee mensen. Laten we nu alsjeblieft geen ruzie maken.'

'Jij beschouwt seks wél als het belangrijkste tussen twee mensen, snoepje. Wel degelijk. Geef het maar gewoon toe. En ik zal nooit de dekhengst zijn waar je aan gewend bent. Ik had je moeten leren kennen toen ik twintig was.'

'Ik wil de *dekhengst* niet waar ik aan gewend ben, Danny. Daarom heb ik hem eruit gegooid.'

'Je mist hem, snoepje. Geef het maar toe. Je mist hem.'

'Dit is een bespottelijke conversatie.'

'Geef het toe, snoepje.'

'Ik heb geen zin in deze conversatie.'

'Geef het maar toe.' Danny stond op, verwisselde de videocassette, trok zijn ondergoed aan, en zakte op het bed neer. Hij bleef gewoon zo liggen, onder het gewicht van zijn enorme wiebelende buik. Er verscheen een nieuwe videofilm op de buis: *Las Vegas Lust*. Een van de croupiers leek op Dart. Ik had kunnen zweren dat het Dart *was*.

Maar hoe ter wereld had hij *zo* snel carrière als filmster kunnen maken? Maar eens zou ik *inderdaad* met een impotente Danny in bed liggen kijken hoe Dart delletjes beminde in een pornofilmpje. Het was onvermijdelijk. Poëtische gerechtigheid.

Ik volgde *Las Vegas Lust* alsof mijn leven ervan afhing. Was het Dart of was het pure waan? Granada of Asbury Park? Werd ik gek? Wat was er met mijn gezonde ik gebeurd?

Intussen begon Danny te masturberen met behulp van babyolie – en het beeld van Dart (of zijn dubbelganger) als visuele ondersteuning. Wat een prachtige romance. Wat zou Fred Astaire hier van maken? Hij trekt zich af; zij zit aan de video gekluisterd door het beeld van haar voormalige minnaar (of zijn evenbeeld); en de hele wereld denkt dat ze het voor elkaar hebben.

Danny rukt zich uitdagend af, alsof hij zeggen wil: Waarom zou ik *jou* nodig hebben? Als hij klaar is, kijkt hij met een toejuichingen verwachtende blik naar me op.

'Safe sex,' zeg ik, en ga naar beneden, naar de wijnkelder.

De wijnkelder is een wonder. Er zijn foto's van verschenen in de *Architectural Digest*. De wijnkelder heeft verlichting boven alle wijnrekken en een perfect geregelde vochtigheidsgraad en zit onder Lunabella verstopt als de diamant die zo groot was als het Ritz onder Scott Fitzgeralds mythische villa op de berg. Ik dwaal de kelder binnen, als Theseus het Labyrinth, bekijk ettelijke flessen zeldzame bordeaux, en kies een Mouton '45 om dronken mee te worden. Met bonzend hart trek ik de fles open, zoals Danny me geleerd heeft te doen, pak een glas van de bar in de wijnkelder, schenk, draai de robijnrode vloeistof rond in het glas, inhaleer de geur, en smijt het druivenat tegen mijn *palette fine*.

Nu dient hierbij te worden opgemerkt dat ik tijdens de weken met Danny niet gedronken heb. Wel, niet echt. Maar ik heb wel geproefd, gesnuffeld, en alles vernomen over geur, bouquet, en afdronk. (Later zou ik over mijn affaire met Danny zeggen: 'Aardig bouquet, onaangename afdronk.') En ik ben niet naar bijeenkomsten gegaan. Ik kan mijn drinkgedrag nu wel zelf in de hand houden, heb ik besloten. Bij het Programma noemen ze dit 'fopdenken'.

Maar iedereen heeft zo positief tegenover mijn verhouding met Danny gestaan – André, mijn handelaar; Sybille, mijn analytica; de tweeling; hun sprookjespetemoei, Lily. Waarom? Omdat hij rijk is. Omdat hij uit *Dallas* komt. Omdat hij een villa heeft aan de andere kant van de Atlantische Oceaan (afgezien van ook nog eens ettelijke flats). Omdat hij sieraden (en erotische video's) voor me koopt. Omdat ik nu ten langen leste een echte miljonair heb, zoals past bij mijn status van beroemd kunstenares. Niemand komt op het idee dat ik een alcoholiste ben die bij wijze van camouflagemaatregel haar oog laat vallen op een wijnverzamelaar. Niemand, alleen Emmie. Maar op het ogenblik mijd ik Emmie. Ik heb haar niet meer opgebeld sinds ik op Danny Doland verliefd werd. Ze weet dat ik op mijn eigen manier vast moet lopen en heeft wel van tijd tot tijd opgebeld maar zeurt niet. Ik wou bijna dat ze het wel deed.

Eén slokje maar, denk ik met mijn neus in de kelk van het bordeauxglas van Tiffany. En dan nog een. En nog een. En dan het hele glas maar.

Hoe smaakt het na al die weken nuchter? Metalig, zoet, zuur, zoals sterke drank een kind smaakt. Ik krijg dat zware zoemen in mijn hoofd, dat zware, doezelige, op de kater vooruitlopende gevoel, maar er komt geen klik. Ik dwaal de wijnkelder rond met mijn glas in de hand en lees etiketten.

Hier heb je de châteaux van de Pomerol: Pétrus, Trotanoy, Lafleur, La Conseillante, Rouget, Le Gay, Bon-Pasteur, Petit-Village, Clos René, La Violette, La Croix-de-Gay... En hier de châteaux van de Margaux en Médoc: Palmer, La Lagune, Malescot-Saint-Exupéry, La Tour-de-Mons, Paveil de Luze, Camuet... van Graves: Haut-Brion, Domaine de Chevalier, Carbonnieux...

(O, ik word niet eens zozeer dronken van de wijn als wel van deze prachtige Franse namen die nog verraderlijker dan de wijn over mijn tong rollen.)

De châteaux van Pauillac: Latour, Mouton-Rothschild, Lafite-Rothschild, Pichon-Longueville, Comtesse de Lalande... van Saint-Émilion: La Tour-Figeac, Troplong-Mondot, Couvent-des-Jacobins, La Clotte, Ripeau, Villemaurine... (nog niet eens de Bordeaux uit, en ik ben al boven mijn theewater!).

Ik slenter tussen de wijnetiketten door en denk aan de imposante châteaux van Frankrijk, aan de lieflijk kronkelende rivieren: de Loire, de glinsterende Rhône*, de zon die opglanst op de wijnzakken met bordeaux. Claret, zeggen de Engelsen, alsof deze wijn klaarheid in je denken brengt. *In vino veritas*, alsof ze de waarheid bracht. Maar mij brengt ze alleen maar tranen. Ik huil en drink, strek me uit op de koude vloer van de kelder, en drink de fles verder leeg. Het plaatje op het etiket noodt mij een zonnige wereld binnen van châteaux en glinsterende rivieren, koele kelders en hete zonneschijn. Maar hier, op de vloer, zweef ik vrij in de tijd en zie de stukjes van mijn leven dooreengeschud als in een kaleidoscoop.

De zilveren silo. De charlestonjurk gemaakt van manestralen. Darts

---

* In de lente van 1987 trok Isadora Wing het Rhônedal door met een Deense wijnhandelaar, Bjorn Badsen genaamd, die misschien de inspiratie voor 'Danny Doland' gevormd heeft. Bjorn bezat een landgoed in de Berkshires dat 'Rêve Soleil' heette en was een Belangrijk Verzamelaar van Europees antiek. Hij en Isadora Wing waren een tijdje verloofd. Bjorn was echter blond, blauwogig, en een meter vijfentachtig. Over zijn seksuele neigingen krijgen we uit Wings dagboeken niet de geringste informatie. Deze relatie schijnt te zijn ontstaan en weer voorbijgegaan zonder dat ze er iets over geschreven heeft. C.F-S, Ph.D.

tamp. Darts brief over tijd en eeuwigheid. De naar chocola ruikende puppylijfjes van mijn tweeling. Dolph, Thom, Elmore, Dart, Danny. Mijn gedachten tuimelen dooreen zoals vroeger na de marihuana – die witverlichte nachten dat ik wakker lag naast Dart, na een massa minnespel. (Hij werd slaperig van marihuana – ik klaarwakker – een paradoxaal verschijnsel voor zo'n goed bij elkaar passend paar.) Is dit het einddoel van mijn *hegira* – een in een souterrain in de Berkshires weggestopte wijnkelder, om daar bordeaux te drinken en helemaal somber te worden?

Ik wankel overeind, dwaal het huis door, bekijk Danny's schatten: zijn kunstcollectie (Monets, Modigliani's, Warhols, vroege Sands), zijn glasverzameling (Lalique, Gallé), zijn antiek meubilair (Queen Ann, Georgian, Biedermeier). Ik denk na over het leven dat ik als onderdeel van die verzameling zal hebben. Dineetjes met gerepeteerde grapjes. De juiste kunstverzameling met de juiste mensen. Een kunstmatig geregeld huisklimaat, grapjes, wijn, schilderijen. Ik denk weer aan Elisabeth Vigée-Lebrun, aan de Franse Revolutie, aan het jaar 1789, aan zevenentachtig worden! Kunstenaars kunnen ongelooflijk lang leven. Ik heb misschien nóg eens vierenveertig jaar vóór me om te schilderen. Hoe moet ik dat doen zonder frisse lucht?

Feh, denk ik bij mezelf. Dolphs dochter gaat naar huis.

In mijn jarretelgordel en zijden kousen met daar overheen een zijden peignoir, op mijn blote voeten, ga ik in DART de nacht in, *sans* rijbewijs, *sans* geld, *sans* alles.

Ik scheur door de middernachtelijke dreven van Berkshire, in mijn pornovideopakje, met de koele zomerlucht langs mijn hete wangen, luidkeels 'My Sweetie Went Away' zingend – tot ik hem in de achteruitkijkspiegel zie. Darth Vader op zijn motorfiets, de man met het masker, mijn dybbuk, mijn demonische minnaar. Hij is helemaal niet naar Hollywood gegaan. Hij rijdt vlak achter me! Hij is voornemens me hier, midden in de Berkshires, aan te houden en me langs de weg tot de zijne te maken. Mijn hart maakt een sprongetje; mijn kut wordt vochtig. Ach, Dart, ik wist dat je terug zou komen! De lichtstraal van de koplamp van zijn motorfiets schijnt dwars door mijn kofferruimte heen, de sirene gaat dwars door mijn hart.

De sirene? Sinds wanneer heeft Dart een sirene?

Darth Vader komt ronkend naast me rijden en probeert me naar de kant van de weg te dwingen. Ik speel een tijdje met hem mee in een jolige jacht over berg en dal, steeds opgewondener wordend bij het schrille, telkens herhaalde geluid van zijn sirene. Tenslotte drukt hij me de weg af, de zachte berm in.

'Dart!' roep ik, maar de woorden besterven me in de mond. Want de motoragent lijkt echt sterk op Dart – net als de croupier, net als de pornoster.

'Rijbewijs, mevrouw,' zegt de agent terwijl hij zijn blik langs mijn schaarse kleding laat glijden.

'O jeetje,' zeg ik. 'U zult het niet geloven, agent, maar ik ging alleen maar even naar de drogist om wat pampers voor mijn baby met diarree te halen!'

De agent kijkt me niet aan.

'Wilt u mij even uw rijbewijs laten zien, mevrouw,' zegt Darts evenbeeld, en laat zijn oog over mijn decolleté gaan. De dronken gedachte komt bij me op om hem hier en op dit moment los te ritsen en te nemen. Of zou dat als omkoping van een gerechtsdienaar worden beschouwd?

ISADORA: *Hoe komt het toch dat Onze Heldin iedere keer dat ze met een mannelijke gezagsfiguur geconfronteerd wordt alleen maar kan denken aan het afzuigen van zijn tamp?*

LEILA: *En wie gebruikt er nu* dat *woord?*

ISADORA: *Nu even geen spitsvondigheden over woordgebruik. Geef antwoord op mijn vraag.*

LEILA: *Omdat seks* nooit *los staat van politiek.*

ISADORA: *O, schei uit. Dit is Neukland niet – het gaat hier om een bon voor te hard rijden.*

LEILA: *Die mijn naamgenote (en jouw alter ego) hoopt te kunnen ontlopen. Zolang een vrouw nog maar jong genoeg en vrij is, door mannen begeerd wordt, kan ze het niet laten haar laatste troefkaart uit te spelen.*

ISADORA: *Zit er geen copyright op die naam?*

De rest is geschiedenis – de geschiedenis van een Dolle Mina (zoals ze in de jaren zestig zeiden). In het stadje New Egremont in Massachusetts aangehouden door de politie van New Egremont, op de bon geslingerd voor te hard rijden, schending van de openbare zedelijkheid, dronkenschap, en andere zaken die in het puriteinse New England als misdrijven gelden, door Danny en André, *in loco parentis*, onder borgstelling vrij gekocht, en met schande overdekt naar mijn silo teruggestuurd. Ik haalde net niet de koppen van de *New York Post* omdat het een warm dagje in het Midden-Oosten was, maar ik haalde wel een artikeltje ter bladvulling in de *Time*. 'De bekende schilderes Leila Sand, gearresteerd wegens het dronken achter het stuur zitten in de Berkshires, heeft bekend schuldig te zijn aan het onder invloed besturen van een voertuig.' Veroordeeld worden zonder dronkenschap, zoals ze in het Programma zeggen – daar maakte ik alle kans op als ik met Danny trouwde. Een ander soort gevangenisstraf.

Schuldig bevonden aan het ten laste gelegde en met tijdelijke intrekking van mijn rijbewijs ga ik naar mijn silo terug alsof ik huisarrest heb.

173

Danny verdwijnt. Emmie verschijnt (opnieuw). Zij en Lily en Natasha en Mike en Ed nemen de touwtjes van mijn leven in handen. En de politie gaat ermee akkoord dat ik in plaats van naar een afkickcentrum te gaan word toevertrouwd aan de goede zorgen van dr. Sybille Panoff uit Cornwall Bridge, Connecticut, die naast haar andere bevoegdheden ook nog een graad in Gezinstherapie en de Behandeling van Alcoholisme en Verslaving bezit.

Alweer gered, maar wie weet waarom? Waar zijn nu mijn maenaden en kristallen?

13. Spiritus contra spiritum

*Het is een lange weg maar ik weet
dat ik het eind ervan zal vinden.*

– Bessie Smith

Sybilles rietgedekte huisje met het rondzoevende molenrad was de volmaakte ambiance voor een heks van Walt Disney. Het stond stampvol met aandenkens uit de theaterwereld – in haar jeugd (een onbepaald aantal jaren geleden) is Sybille actrice geweest – en zag er dan ook uit als een excentrieke antiekwinkel uit New England, waar de koopwaar tussen de privé-bezittingen van de eigenaar in staat en het niet duidelijk is wat er nu precies te koop is en wat niet.

'Thee? Koffie?' vraagt Sybille.

'Mouton '45,' zeg ik lachend.

Sybille werpt me een sardonische blik toe en ruist in haar lange zwartzijden japon weg naar de keuken. Ik loop achter haar aan.

Terwijl zij met theepot en kopjes rinkelt, praat ik.

'Nou, Danny Doland was wel wat je noemt een afknapper. Ik heb gehoord dat hij naar Hampshire is vertrokken, daar heb je haast geen orkanen.'

'Jij bent nooit voor een huwelijk met een burger bestemd geweest,' zegt Sybille. Het is niet duidelijk of ze de term in de zin van niet-kunstenaar of in de zin van niet-militair gebruikt. Al beviel Danny's geld haar zeker, nu blijkt ze hem altijd als een indringer beschouwd te hebben omdat hij 'in de handel' zat.

'Jij weet het niet eens, lieverd,' gaat ze voort, 'maar je staat aan de rand van een volkomen nieuw leven. Je bent bezig moeizaam opnieuw geboren te worden, net als een baby. Dart en Danny zijn randverschijnselen.'

Ik slaak een diepe zucht. 'Nou, daar gaat wel mijn laatste kans op een normaal leven...'

'Lieverd, de antiekhandel is – net als de kunsthandel – een equivalent van de handel in onroerend goed van de jaren tachtig. Elke miezerige *gruber jung* met een gladde tong kan zich erin begeven. Ze denken dat ze o zo sjiek zijn omdat ze kunst verkopen, maar uiteindelijk *verkopen* ze die alleen maar. De *airs* die ze zichzelf geven! Je zou denken dat ze het spul *gemaakt* hadden. Jij bent niet bedoeld een onderdeel van de verzameling van *wie ook* uit te maken. Je bent je *eigen* verzameling.'

Sybille keert me haar elegante profiel toe. Met haar een meter tachtig en zestig kilo zou ze nog steeds Cleopatra of Gertrude of Lady Macbeth kunnen spelen en het hele publiek aan zijn stoel gekluisterd houden.

'Sybille, ik geloof dat ik de rest van mijn leven alleen ga blijven – zonder man bedoel ik. Ze zijn bang van me. En ze zijn allemaal sowieso al zo bang.'

'De meesten, maar niet allemaal.'

'Maar ik word zo verdrietig van hun angst. We krijgen ons hele leven te horen dat we voor leiding en steun bij hen moeten zijn. En dan bereiken we de middelbare leeftijd en beseffen we hoe verschrikkelijk broos ze zijn. Het is *oneindig* triest. Ik doorzie de hele komedie, en dat doet me de tranen in de ogen springen. Ik wil een partner, en ik vind niets anders dan gigolo's of doodsbange baby's van middelbare leeftijd.'

'Het is ook de bedoeling dat je op dit moment alleen blijft, met je dochters. Het is niet zo vreselijk om alleen te zijn. Kijk maar naar mij!'

'We zijn *altijd* alleen. En zij gaan altijd weer door naar het eerstvolgende jonge delletje. Er zijn er verdomme gewoon te veel van ons en te weinig van hen. We kunnen geen eisen stellen omdat ze er dan vandoor gaan. Wij zijn degenen die alle compromissen moeten doen. Het is godvergeten oneerlijk.'

'Het is een kans.'

'Mooie kans!'

'Leila, leven vereist moed,' zegt Sybille onder het inschenken van de thee. 'Een groots leven vereist nog méér moed. Wat jij op je genomen hebt, is niet gemakkelijk. Op de een of andere manier ben je ertoe uitverkoren om afbeeldingen van de wereld te maken. In een ander tijdperk was je in het kraambed gestorven, was je als heks gestenigd. Jij hebt een zeldzaam talent meegekregen. Je enige opdracht is dat te beschermen – zelfs wanneer je daar het minst zin in hebt.'

'En dan?'

'Je kunt geen moedig leven leiden zonder deze inzinkingen in je geloof. Soms ziet alles er verschrikkelijk somber uit en denk je dat je de afloop van het verhaal al kent. Maar dat is niet zo. En door de afloop van het verhaal zelf te schrijven, láát je het in zekere zin ook zo aflopen. Of je hypnotiseert jezelf met negatieve gedachten. Het belangrijkste dat je misschien zou kunnen leren is dat niet te doen – maar de nadruk te leggen op de positieve kant van de dingen, ook al weet je niet hoe ze af zullen lopen. Weet je wat men heeft ontdekt van mensen die op elk gebied uitblinken?'

'Nee, wat dan?'

'Dat ze een grote tolerantie hebben voor niet-weten, voor tweeslachtigheid, voor het de zaak niet in de hand hebben. Want alleen als we ertegen kunnen om *niet* alles in de hand te hebben, maken we ruimte voor het wonder. Voor kunstscheppingen, voor verliefd worden, voor de magie van het leven. Niet alles weten vormt een venster voor wonderbaarlijke vergezichten. Niet weten maakt de ontdekking mogelijk.'

'Ik wil alleen weten of ik ooit nog eens genaaid zal worden.'

'De kaarten zeggen van wel,' zegt Sybille en ze lacht. 'Maar de kaarten zeggen ook dat je je analytica dan iedere keer tien dollar moet betalen.'

Ze haalt een rood koekjesblik met 'Amaretti di Saronno' op de zijkant te voorschijn.

'Tien dollar voor elke beurt,' zegt ze. 'En als we genoeg geld bij elkaar hebben, gaan we stappen om het te vieren.'

En ze sluit me in haar reusachtige moederlijke omhelzing.

Ik keerde terug naar de bijeenkomsten, mijn werk, mijn tweeling. Geen afspraakjes meer, geen queestes meer naar de heilige graal van de tamp. Het was mooi geweest. Ik zou mezelf spenen van de liefde, mezelf bevrijden van de seks, leren de jeuk zelf te verlichten of ophouden die te voelen. Ik zou boven seks uitstijgen en non worden.

Wat maakte het uit dat ik seks jarenlang als de drijvende kracht in het leven had beschouwd. Wat maakte het uit dat ik seks en creativiteit als een en hetzelfde ding beschouwde. Ik kon niets met een man krijgen zonder (vroeg of laat) aan de drank te willen, en aangezien ik niet meer wilde drinken, zou ik me niet meer met mannen inlaten.

Ik ging naar de dokter voor een aidstest*, stond een week doodsangsten uit, en was gigantisch opgelucht toen de assistente belde met de volgende eufemistische boodschap: 'De uitslag van uw virusonderzoek is negatief.' Het was een fraaie nieuwe wereld die we geschapen hadden – en seks was een van de risicofactoren van het moderne leven.

Uiteindelijk zouden we trouwens toch allemaal in een ruimtecapsule wonen, digitaal communiceren, en zilveren ruimtepakken dragen waarin onze geslachtsdelen zozeer aan het gezicht onttrokken waren dat we het bestaan ervan vergaten. Seks zou de weg opgaan van de blindedarm ofwel het wormvormig aanhangsel en we zouden allen waarschijnlijk veel gelukkiger zijn. De grote motor van vruchtbaar-

---

* Zoals blijkt uit het dossier van Helen Thibermeyer, arts in Danburry, Connecticut, en Isadora Wings gynaecologe, onderging Wing tussen 1986 en 1988 maar liefst vijf aidstests. Van alle was de uitslag negatief. Bij een van onze gesprekken vertelde ze mij dat ze de aidsplaag beschouwde als 'een Lawrentiaanse wraakneming op onze hypocriete puriteinse samenleving', en dat het haar 'absoluut niet verbazen zou om te ontdekken dat onze eigen regering erachter zat bij wijze van bacteriologische oorlogvoering tegen het homofiele bevolkingsdeel'. Zoals uit de gepubliceerde essays van haar hand blijkt, was ze een hartstochtelijk activiste voor de rechten van de homofiel, niettegenstaande haar eigen duidelijk heteroseksuele geaardheid. C.F-S, Ph.D.

heid en lichamelijk verlangen die God ons gegeven had, zou nu worden uitbesteed bij de techneuten en in computertaal worden overgezet. Bytes in plaats van liefdesbeten, input in plaats van penetratie, files in plaats van fleppen. We zouden allemaal een andere programmering krijgen en knipperende stipjes op een flikkerend beeldscherm worden. En dat waren we toch al. In Gods computer van met sterren bezaaid blauw. Reageerbuisbevruchting, kweekcentrales, kinderopvoeding volgens de theorieën van Skinner. In plaats van moeders zouden we 'surrogaten' hebben. In plaats van vaders 'donoren'. In plaats van kinderen zouden we – wat hebben? Aha – daar zat 'm de kneep. Mensen blijven te lang te klein. Dat was de kern van ons evolutieprobleem: het prachtige en het treurige ervan. Gedurende vijfentwintig jaar van afhankelijkheid leerden we bepaald enkele vreemde gewoonten aan.

Mijn tweeling was op hun tiende zo zelfstandig dat ik me dikwijls een indringster voelde. (Een andere moeder van een tweeling zei eens tegen me: 'Tot ze drie zijn, krijg je niet eens tijd om je tanden te poetsen; en daarna hebben ze je helemaal niet meer nodig vanwege de band die ze met elkaar hebben.')
Dikwijls benijdde ik hen – om hun emotionele onafhankelijkheid, het feit dat ze nooit eenzaam waren. Als één front tegen de wereld gingen ze naar school, naar het zomerkamp, naar pappie, naar mammie. Als één front tegen de wereld bereden ze hun Appaloosa pony's – Heaven en Hash. Als één front tegen de wereld gingen ze bessen plukken, bergbeklimmen, fietsen.
Eén is het ondeelbare getal. Maar een is eenzaam. Twee is deelbaar maar onbevreesd. Als moeder was ik blij met de band tussen hen. Maar die sloot mij uit, op een bepaalde, intens pijnlijke manier. Soms wilde ik dat ik een eenling had om me gezelschap te houden.

Dag na dag zette de groene zomer in Connecticut zich voort. De bomen werden donkergroen en dichtbebladerd. De zang van krekels en het gebas van de brulkikvorsen vervulden de nachten. Ik las Thoreau, Lao-Tse, Suzuki. Ik probeerde de geestesinstelling van een beginner aan te kweken.
'Wij moeten het volmaakte bestaan vinden via het onvolmaakte bestaan,' zei Suzuki. 'Wij moeten het volmaakte zien in het onvolmaakte.' 'Wij moeten opnieuw leren ontwaken en onszelf wakker leren houden, niet door mechanische hulpmiddelen, maar in oneindige afwachting van de dageraad die ons ook in onze diepste slaap niet verlaat,' zei Thoreau. 'De wijze stelt zijn eigen ik op de laatste plaats en die komt het eerst,' zei Lao-Tse, 'behandelt het als iets dat buiten hem staat en het blijft in stand. Komt het niet doordat hij zonder zelfzuchtige gedachten is dat hij zijn persoonlijke doeleinden kan bereiken?'

Ik probeerde de kunst van het niet tot actie overgaan te cultiveren. Ik probeerde het leven te beschouwen als een tijdverdrijf, niet als een zware last. Ik probeerde niets te doen, omdat niets doen het moeilijkste is dat er bestaat. Ik probeerde mijzelf te leren stilzitten.

Zo ging ik bijvoorbeeld aan de oever van mijn vijver zitten en keek naar de rimpelingen in het wateroppervlak, het blauw van de hemel in het groen van het water, de wolken die over de rimpelingen voortjoegen, de kikkers die door de hemel sprongen, de insekten die in de wolken verdronken.

'Een waterveld verraadt de geest die in de lucht hangt,' zegt Thoreau. 'Het herbergt nieuw leven en beweging. Het ligt tussen hemel en aarde.'

Aan de rand van mijn vijver, aan de rand van het universum, kwam ik te weten dat bepaalde poorten alleen opengaan als men alleen is, en bepaalde paleizen alleen door tranen ontsloten worden.

Soms werd ik door de dood van een meikever even diep bewogen als door de dood van mijn eigen moeder, en huilde ik. Soms openbaarde de dans van de moleculen zich aan mij, en dan deed ik zonder verdovende middelen gebruikt te hebben mee in die dans, en de bedwelming werd des te krachtiger doordát ik haar zonder iets gebruikt te hebben onderging. Mijn arm werd bij het werpen van een kiezel in het water om het hemelsblauwe oppervlak in beroering te brengen één met de lucht waar hij zich doorheen bewoog, één met het steentje dat hij meevoerde. De moleculen van de hemel, het vlees, de stenen, traden alle met elkaar in verbinding, en voerden samen een oerdans uit, wervelden samen rond in een oerwerveling.

Ik zag in dat arm, lucht, en steen alle één waren, dat vlees lucht was en lucht vlees, dat steen niet vaster was dan water en lucht, en dat er niets te rouwen viel, omdat de dood slechts onderdeel was van de dans, en de dans ging eeuwig voort.

Ik zat aan de oever van mijn vijver te staren naar het wateroppervlak, het oppervlak van de eeuwigheid, en toen keerde mijn moeder bij me terug.

Ze kwam aanlopen door het loverrijke bos, zwaar over rottende boomstronken stappend, met een idiote rode hoed op. Ze zag eruit als een gekkin uit een verhaal van Singer.

'*Louise*,' zei ze, 'je bent een waardeloze moeder en een waardeloze dochter. Wanneer ben je verdorie voor het laatst bij mijn graf geweest? *Bloemen*. Ik *verwacht* niet eens bloemen. Of een telefoontje. Nee hoor, bel jij me maar nooit. *Ma*, *moeder*, *mammie*. Die woorden komen je nooit over de lippen. Je gaat naar Emmie, naar Sybille, naar Lily. Wat voor gevoel denk je verdomme dat mij dat geeft? Net als die keer dat je naar je vaders lellebel op Eighth Street toe ging om *haar* je problemen te vertellen. Wat voor gevoel dacht je verdomme dat *dat* me gaf? Hè? Geef antwoord, Louise – neem me *niet* kwalijk – Leila, *juffrouw* Sand. Je bent nu zo'n grote madam, ik kan je niet eens aan de telefoon krijgen zonder eerst met je assistente te moeten praten. "Met het huis van Leila Sand." Ik kan me de tijd nog herinneren dat ik je gat voor je moest afvegen!'

We zitten samen in een Chinees restaurant in de buurt van Dyckman Street. De Draak van het Geluk heet het. Theda wordt steeds erger dronken van de daiquiri's (die ze bij haar kip en citroensaus en zoetzuur van varkensvlees blijft bestellen). Ze is maar aan het doorzagen over mijn vader en Max. Ik wil geen antwoord geven. Ik wil niet klem tussen hen zitten.

'Maken ze veel ruzie?' vraagt ze nu. Ik blijf alleen maar gemelijk zitten zwijgen.

'Geef antwoord! Maken ze ruzie?'

'Ik weet het niet, ma.'

'Ellendig mormel dat je bent! Geef antwoord!'

'Ma – ik weet het niet.' (Ik ben misschien zestien, mijn eierstokken spelen voortdurend op vanwege Snack, mijn leven is een janboel tussen Dyckman Street en Eighth Street, een rit in de ondergrondse tussen twee levens.)

Plotseling laat ze zomaar pardoes met een keiharde dreun haar handtasje op mijn hoofd neerkomen. Dan veegt ze de kip met een grote zwaai van de tafel op de vloer en begint met borden en glazen te smijten, al gillend, 'Geef antwoord! Geef antwoord!'

Ik kom overeind, grijp mijn groene boekentas, en ren naar huis, in de hoop mijn spullen te kunnen pakken voordat ze terug komt.

Ik ben in mijn kamer een koffer aan het volproppen wanneer de deur opengaat en Theda met een paraplu zwaaiend binnen komt stormen.

'Je houdt meer van je vader dan van mij!' krijst ze. 'Geef het maar toe! Geef het maar toe!'

'Dat is niet waar, ma.'

'Geef het toe!' gilt ze, met de paraplu op me los meppend. 'Je houdt van hem het meest!'

'Ik houd net zo goed van jou, ma,' mompel ik, 'maar jij bent doof.'

'Je houdt niet van me,' schreeuwt ze. 'Je bent een waardeloos rotkind!'

Ik sluit mijn koffer, grijp het handvat beet, en stort me het huis uit. De trappen af, de ingewanden van de ondergrondse in, de van hete popcorn en snoeppapiertjes vergeven mond van het onderaardse New York. De drukte van de treinen, de mensen die zwetend samen heen en weer deinen, de ongewassen, arme, mompelende, ellendige, opeengepropte massa's die ernaar snakken vrij adem te kunnen halen.

Miss Ondergrondse is schoonheidsspecialiste, maar wil fotomodel worden. Dat redt ze nooit. De Wrigley-tweeling biedt de klant 'Tweemaal Zoveel Genot, Tweemaal Zoveel Pret'. Steno wordt aangeprezen als dé oplossing voor alle problemen. En avondcursussen aan de Robert Louis Stevenson School.

'Ik wil weg, weg, weg,' prevel ik op het ratelen van de treinwielen, waarin ik ook mijn moeders stem tegen me kan horen krijsen. Ik hoor haar in de treinwielen, in de oceaan, in het stromen van snelvlietend water. Altijd hoor ik haar – tot op deze dag.

'Ma – ik hou van je!' gil ik. 'Ik hou echt van je!' En daarmee verzinkt Theda in het hart van mijn vijver als een steen die kringen zonder eind maakt.

Mijn gezicht is nat van de tranen. Ze vallen op de van mica glinsterende steen waar ik op zit.

'*Moeder*!' schreeuw ik het groene loverrijke bos in. '*Moeder*!'

En de echo vertelt mij dat ze mij gehoord heeft.

En dan gebeurt het. De aarde onder mij – kiezels, zand, insekten, alles – wordt plotseling doorschijnend, en ik zit onbeweeglijk boven een van sterren vervulde hemel.

Onder mij hangen sterrenbeelden – Orion, de Grote Beer, de Kleine Beer, de Pleiaden. Onder mij eindeloze leegte en volheid van de ruimte. Een gezoem in mijn hoofd zegt me dat ik voor het eerst *zie*. In mijn roerloosheid schuilt oneindige activiteit; in deze activiteit schuilt oneindige roerloosheid.

Ik weet dat seks, de dans der hormonen, de zachte weerschijn van vlees, de glans van de druif, de druppel lijnzaadolie, de traan, de terpentijn, slechts kleine manifestaties zijn van deze onveranderlijke en immer veranderende oneindigheid. En ik weet dat ik voorbestemd was deze oneindigheid te zien, en dat ik er zonder onthouding van drank en drugs nooit de ogen voor gehad zou hebben.

'Klop op de hemel en luister naar het geluid,' zegt een Zen-spreekwoord. Ik klop.

'*Moeder*!' roep ik, net als Hamlet naar zijn vaders geest. '*Moeder*!' en de groene bladeren van de bomen ruisen terug: 'Stil maar, Louise, ik hou van je, ik ga nooit dood.'

Daarna stilte. Het bos keert terug naar zijn eigen geluiden – krekel, blad, de val van een mus.

Uit het woud komt een hinde stappen, gevolgd door twee kleine Bambi's. Ze happen en knabbelen aan laaghangende takken en malse struikjes, en lopen met hun grote oren opgestoken en voorzichtig hun fijne hoefjes neerzettend vlak langs waar ik in mijn geoefende roerloosheid aan de rand van mijn vijver zit.

Het moederhert loopt naar de oever en tuurt in het water, alsof ze naar haar eigen spiegelbeeld kijkt, en de kleintjes komen achter haar aan onder het maken van lichte knappende twijgjesgeluidjes met hun hoefjes. Het wemelt in het bos van allerlei soorten levensvormen – herten, wasbeertjes, paddestoelen, insekten, maden, slangen, wormen, vlinders. 'De natuur kan de grondigste inspectie doorstaan,' zegt Thoreau. 'Ze nodigt ons uit onze ogen op één hoogte te brengen met haar kleinste blad en het uitzicht te zien dat een insekt over die uitgestrekte vlakte heeft.' Het is alsof de schikking van moleculen verschillende vormen kiest – nu eens een hert, dan weer een man of een vrouw, dan weer bladeren – gehoorzamend aan een krachtveld van goddelijke energie, maar al deze vormen in zekere zin alle één zijn.

Twee wilde kleine menselijke Bambi's komen met veel geraas en 'Mammie!' schreeuwend uit het bos stormen. En de hinde en haar Bambi's zijn verjaagd, terug naar de schemerige groene wereld van het woud, opgelost in de lichtplekjes daarbinnen.

'Wat doe je, mam?' vraagt Ed.

'Niets.'

'Waarom?' vraagt Mike.

'Omdat dat het moeilijkste is dat er bestaat.'

'Ze is niet goed wijs,' zegt Mike tegen Ed, 'maar wel lief.' En ze komen naar me toe om me op de rand van het universum te omhelzen.

14. Volwaardig lid

Wil je luisteren naar mijn verhaal,
dan vertel ik het allemaal
zoals het is.

– Bessie Smith

Nooit was ik bij een bijeenkomst opgestaan om mijn verhaal te doen. Ik had anderen het wel zien doen – geprobeerd hen te horen en niet te horen – maar ik was zelf doodsbenauwd om die stap te zetten. Nu vond Emmie dat ik die stap *moest* doen. Ik was nog geen maand van de drank af. Ik had geen *recht* van spreken. Niettemin, op een dag ging ik naar een bijeenkomst en toen verscheen de spreker die voor die avond op het programma stond niet.
'Wie heeft er behoefte aan om iets te zeggen?' vroeg de bijeenkomstleider.
Mijn hand ging omhoog alsof ik mij er zelf niet bewust van was.
'Ik!' flapte mijn gezonde ik eruit.
Voor ik het wist, zat ik achter de wankele schraagtafel, voor de hele groep, en spoog ik mijn verhaal de rokerige zaal in.
Kan ik me zelfs nog maar herinneren wat ik zei?
Je verhaal doen op een bijeenkomst is als een bevalling, als verliefd worden, als Neukland. Je kunt je achteraf maar moeilijk herinneren wat je gedaan hebt, gezegd hebt, gehuild hebt. De woorden tuimelen naar buiten, barsten tussen je lippen vandaan – en op de een of andere manier wordt je hele leven anders, zonder dat je weet wat er precies gebeurd is.
'Ik ben geboren in een grote koffer in de werkplaats van een zilversmid aan Eighth Street,' begon ik. 'Mijn moeder was alcoholiste, mijn vader was alcoholist, en ik zou me in het leven op eigen kracht moeten zien te redden.'
Ik wachtte even en keek de gezichten van mijn toehoorders langs. Waar zou men ooit een gewillig oor vinden als het hier niet was? Als liefde bestaat uit het aandachtig luisteren naar een ander, dan kreeg ik hier liefde, ook al verdiende ik die niet.
'De inspanning van me door eigen kracht, verstand en slimheid te moeten redden leek zo gigantisch dat ik op elke manier die ik kende probeerde mijn verstand buiten werking te stellen – met marihuana, cocaïne, slaapmiddelen – tot ik niets meer voelde… niets anders dan de liefde die door mijn vingertoppen uitstroomde over het doek, niets anders dan het schrijnen van mijn ziel op weg naar God.'

183

Ik sloot mijn ogen en ging voort.

'Het is vreemd om vanuit het niets te beginnen en de toekomst te scheppen door hetgeen je doet met je handen, je ogen, je hersens – ofschoon we dat natuurlijk allemaal doen. Je moet voortdurend van die geloofssprongetjes maken. Je moet vóór alles in jezelf geloven. Maar hoe kun je in jezelf geloven als je weet maar een broos mensenkind te zijn, wanneer je nooit weet wanneer de inspiratie zal komen of verdwijnen, wanneer je wachten moet tot God via je vingertoppen tot je komt?'

Ik sloeg mijn ogen op; de zaal was er nog.

'In mijn helderste ogenblikken ging ik voor de ezel op mijn knieën, spreidde mijn handen uit, en riep God aan, de Godin, mijn muze. Maar er waren altijd dagen waarop ik niet kon bidden, niet kon mediteren, niet kon schilderen; en dan probeerde ik het vuur op te stoken met marihuana, met wijn, met cocaïne – of met mijn echte verdovende middel, mijn voornaamste drug: mannen.'

Ga door. Ga door.

'Kunst maken is het tot stand brengen van een verbinding, een kwestie van cirkels sluiten, en ja zeggen tegen het universum. Ik had het nodig die verbinding, die verbinding van het vlees, te voelen om bloesem te kunnen dragen. Of dat dacht ik althans. Ik had een man nodig om mijn kunst kracht te verlenen, er zijn goedkeuring aan te hechten, om mij toestemming te geven tot het voelen van de hybris, de hoogmoedige trots dat ik een vrouwelijke schepper was. Ergens diep vanbinnen had ik niet het gevoel dat ik daar permissie toe *had*. Ik had het gevoel dat ik de goden tartte door zulk stoutmoedig gedrag. Dus klemde ik me aan een geliefde vast alsof ik de kracht via hem kreeg, en na een tijdje ging ik dan geloven dat hij degene was, en niet ik, die het werk tot stand bracht.

Vervolgens begon hij onvermijdelijk me rot te behandelen. Of misschien begon ik mezelf rot te behandelen. Ik leverde mezelf helemaal aan hem uit, ging geloven dat hij mijn werk mogelijk maakte, en iedere keer dat hij wegging kreeg ik last van dwanggedachten, raakte het spoor bijster in mijn werk, en in mijn meditatie, en in de zorg voor mijn kinderen, en tenslotte kon ik, aangezien ik hem de macht over mijn werk gegeven had, het niet meer doen als hij er niet bij was. En dan ging hij, omdat hij wist dat ik al mijn levenskracht aan hem had weggegeven, bij me weg en zocht een andere vrouw die harder was, duidelijker grenzen stelde, en hem daardoor een groter gevoel van veiligheid verschafte.'

Nu was ik op mijn gemak. De woorden kwamen in een gestage stroom.

'Mijn alcoholisme was een raadsel voor me. Ik ben wat je een luxe drinkster noemt. Ik ben nooit alles kwijtgeraakt – mijn huis, mijn auto, mijn bankrekening, tot mijn kinderen. Ik ben nooit tegen een boom opgevlogen en op intensive care geëindigd. Maar ik heb mezelf wel laten mishandelen – ik heb er zelfs om *gevraagd* – en ik heb mezelf financieel laten verkrachten. Als ik foto's van mishandelde vrouwen in de kranten zie, weet ik dat ik een van hen ben, en dat als de genade Gods niet aan mijn kant was geweest *mijn* ogen dicht zouden kunnen zitten, *mijn* mond gezwollen en blauw zou kunnen zijn. Ik *voel* me een mishandelde vrouw. Ik weet dat ik in dronkenschap met mijn hoofd tegen de vloer geslagen heb tot het bloedde, en dat ik dronken en wel de autolampen heb uitgezet en in het donker naar huis gereden, in de hoop van de gruwelijke last van het leven bevrijd te worden. Ik weet dat ik geld uitgeef als een bezopene, naai als een bezopene, mishandeling zoek als een bezopene. Ik weet dat ik praktisch alles doen zou voor vrijblijvende seksuele vervoering, voor extase, zelfs al betekende dat zelfvernietiging – en soms hééft het dat ook betekend!'

Ik keek in de blauwe ogen van een vrouw wier gezicht me altijd vertroosting heeft geschonken.

'Ik ben tot dusver een waardeloos lid van het Programma geweest. Ik fladder maar zo'n beetje in en uit. Toen ik voor het eerst met drinken was opgehouden, kreeg ik een groot, heel groot geschenk – een nieuwe serie schilderijen. Toen ging mijn minnaar ervandoor, en ik klapte in en begon weer te drinken. Ik heb nog geen maand achtereen van de drank af kunnen blijven. Ik heb zelfs de eerste stap nog niet eens voor elkaar kunnen krijgen. Ik ontken constant mijn alcoholist-zijn, maak mezelf steeds wijs dat ik het wel alleen kan, dat ik de groep niet nodig heb, geen sponsor nodig heb. Ik ben zelfs op een wijnverzamelaar verliefd geworden om te bewijzen dat het me niks deed.'

(Gelach in de zaal.)

'Als dat geen fraaie ontkenningsmanoeuvre is... Ik ben jullie dankbaar dat jullie me vandaag aan het woord gelaten hebben, omdat de liefde in dit vertrek me duidelijk maakt dat ik het niet allemaal in mijn eentje hoef te doen. Ik verdien het niet eens een lid genoemd te worden. Ik ben nog maar nauwelijks aan de eerste stap toe.'

Ik hield op, keek omlaag, en zag dat mijn handen met de palmen naar boven gekeerd op de schraagtafel lagen, in mijn vaste gebedshouding.

'Wel,' voegde ik er nog aan toe, 'ik geloof dat ik dan toch eindelijk bij de eerste stap ben aangekomen. Ik geef toe dat ik machteloos ben. Ik geef me over.' En in het zaaltje klonk een luid applaus op.

Ik keerde uit het land van de trance weer tot mezelf terug.

Een woud van opgestoken handen, zwaaiend in de rokerige lucht.

'Ja, zeg het maar,' zei ik en herkende de aardig uitziende blauwogige vrouw die altijd mijn blik trok.

'Ik ben Mary, alcoholiste. Ik identificeer me ook altijd met mishandelde vrouwen. Weet je wel, die foto's in de krant van die vrouw – hoe heet ze ook weer? – die haar minnaar haar dochtertje liet doodslaan? Met haar identificeer ik me ook.'

185

Een voor een werden de zwaaiende handen omgezet in korte salvo's van woorden. Dat wat naar mijn gevoel nog het meest bizar, het vreemdst, het meest beschamend was van wat ik had gezegd, werd door een lid van de groep als een vertrouwd gevoel bij de kop gepakt. Niets menselijks was ons vreemd. Niets menselijks was onvergeeflijk. We waren geen menselijke wezens die geestelijke ervaringen doormaakten, we waren geestelijke wezens die menselijke ervaringen doormaakten, ten einde te kunnen groeien.

Ik dacht aan Christus' boodschap van vergevingsgezindheid. Aan Jobs boodschap van nederigheid, aan Thomas Mertons uitspraak dat de diepste religieuze ervaring in wezen niet aan een ander over te brengen is. Het is niet over te brengen wat er bij de bijeenkomsten gebeurt. Hoe banaal het is. Hoe zielsverheffend. Hoe zielsverheffend banaal.

En toch werkt het. Als je uit wilt leggen waaróm het werkt, hoe het werkt, blijft je tong in je mondholte steken en kom je niet verder dan gemeenplaatsen.

Misschien is het in laatste instantie een kwestie van geaccepteerd worden. Van het ontvangen van de onvoorwaardelijke liefde van anderen. De bijeenkomstzaaltjes vormen tenminste één plek waar je geen liefde hoeft te *verdienen*. Omdat niemand van ons feitelijk liefde verdient. En we allemaal liefde verdienen. Onvoorwaardelijke liefde.

De zomer zette zich voort – groen, loverrijk, celibatair. Vol Thomas Merton en Lao-Tse, Thoreau, bijeenkomsten, zittingen bij Sybille, kersen plukken met de tweeling.

Ik probeerde te schilderen, maar het zat niet erg mee. Mijn drijvende motor was weg. De liefde van de groep kon me niet even sterk opladen als Dart gedaan had. Er was een windstilte over mij gekomen.

Mannen waren altijd in mijn leven verschenen als bij toverslag. Als was het boze toverij. Zwarte zo geen witte magie. Nu gebeurde dat niet. Dart belde niet. Danny belde niet. De heftigheid van mijn verlangen naar Dart was afgenomen. Ik kon hem me niet meer laten opbellen door te willen dat hij dat deed. De eerste vrouw die die techniek perfectioneert gaat trouwens de Nobelprijs voor Vrouwen winnen. Hoe men dynamiet maakt puur door de kracht van het verlangen. Zitten wachten bij de telefoon – dat oude tijdverdrijf van vrouwen – moet absoluut van alle vrouwensmarten de ergste zijn. Het is de machteloosheid, het gevoel niets te kunnen doen, dat je kapotmaakt. Adem op de telefoon. Laat hem overgaan. Trek aan die oude navelstreng en laat hem kloppen.

Natuurlijk zou jij hém kunnen bellen – als je wist waar hij was. Maar hij is naar een ander land vertrokken, een land waarvoor jij geen visum hebt, het land van de spijt.

En dan besef je plotseling met een schok, met een overslaand hart, dat nog een ander telefoontje al een hele tijd niet meer gekomen is – de rode telefoon is niet overgegaan, een zekere zware neerwaartse druk is niet gevoeld: je bent over tijd.

Op je vierenveertigste komt je menstruatie toch al niet meer zo regelmatig als eens het geval was. Vroeger kon je de klok erop gelijk zetten, je reisschema ernaar inrichten: een trip van een maand begon en eindigde met dat rode kruisje, die karmozijnen vlek op de bladzijden van je Filofax. 'M-1' zette je erin voor de eerste dag. En 'S' voor je-weet-wel-wat. (Gek dat je geen 'N' zette. Toch nog een restantje preutsheid?) En dan het aantal keren. En dan de initialen van de betreffende pik.

Daar ben je al lang mee opgehouden, met het gevoel dat je vruchtbaarheid nu niet meer zo bedrijfszeker is. Vijf jaar met een spiraaltje (na de geboorte van de tweeling) hebben je totaal bedorven. Zes en zeven keer seks per dag met Dart hoefde niet te worden opgetekend. (Wie *had* het trouwens kunnen optekenen? De overdaad was te groot om het zelfs maar te *proberen* bij te houden.) En niemand maakte zich in die dagen zorgen over wat voor ziekten ook – ofschoon je dat misschien wel had moeten doen, Dart kennende.

Aan herpes ben je ontsnapt. De Godin zij dank ben je ook aan aids* ontsnapt. Een geluk bij het gefuck. En nu is seks zozeer iets uit vroeger tijden dat je al van geluk zou mogen spreken dat je iets *had* om over in te zitten. Maar je menstruatie – je 'maandelijkse bloei' zoals ze die noemden in de dagen van Vigée-Lebrun en Adelaïde Labille-Guiard, je 'vaste bezoekster', je ongesteldheid – is reeds lang over tijd. En je tepels zijn wat gevoelig en beslist eerder bruin dan roze. En er loopt een zwakke streep bruinachtig pigment van je navel naar je poes. Kun je – op je vierenveertigste – zwanger zijn?

Een mongolentweeling!

Zijn ze van Dart of van Danny? Eentje van elk? Eén blonde Adonis? Eén kale antiekhandelaar? Er zijn wel vreemdere dingen gebeurd, volgens de annalen van de verloskunde en de gynaecologie!

Mijn God! Zwanger! In je hart ben je opgetogen. Ontzetting en vreugde vermengen zich in je bloed.

'Van wie is hij?' gaan ze straks vragen.

'Van mij,' zeg je dan glimlachend als de Mona Lisa. De eenling naar wie je verlangd hebt – het maatje om jouw liefdevolle strijd met de tweeling minder ongelijk te maken – kan hij zich dan tenslotte toch gemeld hebben? Want als het geen mongoloïde tweeling is, dan is het een jongetje, dat weet je gewoon. Je hebt moeders met hun zoontjes gezien, en je benijdt hen om hun levenslange liefdesverhouding. Meisjes koester je – zusters, kleine vrouwtjes, klonen van je bot en bloed en baarmoeder. Maar op jongetjes ben je verlekkerd – je hartelapje, klein penisje tegen je moederheup, opgericht mannelijkheidje in een luier – je kleine manneke.

* Zie boven. C.F-S, Ph.D.

Blij. Het is wel duidelijk hoe blij je bent. Die baarmoeder die er te elfder ure nog vrolijk op los tikt als een koekoeksklok.

Er bellen mensen op. Niet Dart of Danny. Maar André, Lionel, je oude vriend Julian uit LA. Je barst van verlangen hen het nieuws te vertellen, maar houdt je in. Je vertelt het aan niemand. Niet eens aan Emmie. Niet eens aan Sybille. Je gaat ook niet naar de dokter. Die goeie ouwe dr. Letitia Hyman*, de lesbische gynaecologe met de komisch-toepasselijke achternaam die praktijk doet in Bridgewater. Ze draagt space shoes en heeft oranje kroeshaar. Ze heeft het model van een zak grapefruits en woont samen met een oncologe die dr. Eleanor Q. Oliphant heet. Je vraagt je af waar die 'Q' voor staat. Questa, Quintana, Quisling, Quixote? Je wenst hen geluk. En liefde. Twee oude wijffies die een vrij leven leiden in een wereld die niet voor vrouwen is gemaakt. Je hebt dat punt in het leven bereikt waarop je elke vrouw bewondert die het bijltje er niet bij heeft neergegooid en is doodgegaan. Die zichzelf niet doodgedronken heeft. Die oude rozen (Musk, Bourbon, Alba) tussen haar theehybriden kweekt en die het geen moer kan schelen wat de wereld van haar denkt of hoe ze de nacht doorkomt. Laat de lesbiennes welig tieren! Laat de baarmoeder welig bloeien! Als vrouwen de wereld regeerden, zou er een medaille worden uitgereikt voor elke baby die een vrouw ter wereld bracht, evenals een medaille aan elke vrouw die die mijlpaal, de menopauze, bereikte! (En zeer zeker een medaille voor elke menopauze die niet in zelfmoord eindigde.) Het is al moeilijk genoeg als je een net meisje en een leuke jonge vrouw bent – maar probeer eens oud en van het vrouwelijk geslacht te zijn in een cultuur die het laatste nog erger vindt dan het eerste. Een heildronk op de vrouwelijke Don Quichot, Letitia, en haar lieve Quintana! Maar toch reed ik niet naar Bridgewater. Misschien vermoedde ik al het ergste.

En op een avond – ik verwachtte Lionel de volgende dag, om precies te zijn; hij zou per helikopter naar mijn stukje bosland komen – gebeurde het... Ik stond in mijn silo te staren naar een schets van de tweeling (die met tegenzin zo goed waren geweest om op de vloer te poseren, tussen hele kudden pastelkleurige kleine speelgoedpony's), toen een plotseling krampen in mijn onderbuik me zei dat de zaak fout zat. Ik dwong de kramp met al mijn wilskracht weg, maar hij kwam terug. Ik rende naar de spiegel in de badkamer, trok mijn rok uit, en wierp nog één laatste bewonderende blik op mijn grote, ronde tieten met de bruine tepels, mijn buik met de bruine streep erover. Toen knapte ik af en begon te huilen.

Om drie uur 's ochtends was het allemaal voorbij. Ik zat op het toilet en bloedde leeg in de pot, en het heldere slagaderlijke bloed vermengde zich met de donkerder klonters en met de in het bloed vallende tranen.

*Zie boven. C.F-S, Ph.D.

Gefascineerd, vol afschuw pakte ik een grote klonter op met een stukje wit wc-papier en prikte erin, op zoek naar mijn verloren zoon. Ik voorzag mezelf van een maxi-maandverband en ging in het maanlicht naar buiten om mijn mannelijke erfgenaam die nooit meer geboren zou worden te begraven.

Alweer volle maan. Treurige maan. De heuvelhelling die van de silo omlaag loopt, het wuivende wilde gras, als haar op ongemarkeerde graven. Bij het licht van de maan groef ik een kuiltje en legde hem erin, tussen de maden en naaktslakken.

Geboren, gestorven, nooit verwekt – wat is in feite het verschil als alles één is? De maan is dood, maar geeft toch licht. Dolph en Theda zijn dood, maar toch sjokken ze naar believen door mijn bos in Connecticut. Zelfs al mijn oude honden – Renascence, Robbie, Tara – komen op regenachtige nachten bij de silodeur snuffelen, bedelend om binnengelaten te worden. De doden en de levenden zijn allen hier, in een grote oerdans. Paranormaal begaafden zien hen, horen hen. Wij pretenderen alleen maar dat niet te doen, om bij ons verstand te blijven. Te veel storing! Te veel input! We wissen de doden weg en omhelzen de nacht.

Vaarwel.

Ik dwaal de kamer van de tweeling binnen en ga op de rand van Eds bed zitten kijken hoe haar adem in en uit gaat, en beroer haar hete wangen met mijn lippen. Dan ga ik naar Mikes bed en spreek een gebed uit boven haar slapende hoofdje. Ik ruik aan haar hals – een beetje gebruind, prepuberaal, premenstrueel, jongehondjesachtig, premaan. De ziel van haar dode broer gaat in haar over.

Kleine meisjesklonen, voor dit leven zijn jullie mij genoeg. Ik houd van jullie. De verschrompelde penis in het maanlicht was niet voor het leven bestemd.

15. Ga liggen, ik geloof dat ik van je hou (of: dat is een goede vraag, jongedame)

Je hebt het goede touwtje, schatje,
maar de verkeerde jojo.

– Piano Red

Van een geestelijke openbaring naar een bezoek van Lionel Schaeffer – kun je de kreet 'van het goddelijke naar het bespottelijke' nog letterlijker interpreteren?

De helikopter landt. De tweeling, Natasha, Boner, Lily en ik rennen allemaal het huis uit om deze verschijning uit de kosmos te begroeten, deze reiziger uit een ander melkwegstelsel – het melkwegstelsel van de Mammon! Een UFO op ons stukje land! Wall Street op bezoek in Litchfield County!

De lucht kolkt om ons heen. De eierklopper zoemt in het rond. Ik ben bang dat de tweeling onthoofd zal worden en houd ze bij me.

Lionel stapt zwierig uit zijn helikopter in zijn Turnbull & Chung-kostuum. Hij heeft een met de hand gemaakte aktentas van Cellerini uit Florence bij zich.

'Poesje!' is het eerste woord dat hem uit de mond komt.

De tweeling giechelt en wendt verlegenheid voor. Natasha trekt aan de veiligheidsspeld in haar oor. Lily kondigt aan dat er over een kwartier gegrilde kip voor de lunch zal zijn. En ik sta verbluft in mijn met Rijnsteentjes bestikte T-shirt van Lily Farouche, superstrakke jeans, met daarin een maxi-maandverband doordrenkt met het bloed van de Zandbergen.

'Kom mee naar de silo,' zeg ik, het aan Lily en Natasha overlatend om de piloot te verwennen met koffie en donuts. De tweeling maakt zich al giebelend en elkaar met de ellebogen aanstotend uit de voeten. Een nieuwe ridder. Een aanbidder. Ze vinden het ontzaglijk komisch.

Dus gaan we de silo in. Ik nood Lionel zijn jasje uit te doen en zijn das af, maar hij weigert; misschien wil hij de formaliteit, dit contrast tussen Litchfield en Wall Street in stand houden.

Ik bied hem een zitplaats aan op de rode fluwelen Victoriaanse chaise longue die ik voor poserende cliënten reserveer, of – in het verleden – voor het naaien met langskomende vrijers. (Het is belangrijk dat er in het atelier gevreeën wordt – was ik vroeger van oordeel – om de creatieve vibraties met energie gevoed te houden.)

De roodfluwelen chaise longue is niet van witte vlekken ontbloot, en Lionel ziet die onmiddellijk.

190

'Stoute meid,' zegt hij.

'Dat vind je nu toch juist zo leuk aan mij,' pareer ik, ofschoon mijn baarmoeder schreit.

'Helemaal waar,' zegt Lionel. 'Je bent niet op je mondje gevallen,' zegt hij. 'Ik vraag me af of je ook niet op je achterhoofdje gevallen bent.'

'Hoe kun je daar nu aan twijfelen?'

'Okee,' zegt Lionel, 'laat me dan de nieuwste meestereswerken maar eens zien.'

Ik begin doeken te verzetten – het dubbelportret van de tweeling, de afgekeurde filmfoto's van Dart – en haal de drie beste uit de serie met de maenaden en het kristal ter keuring te voorschijn. Grappig hoe ik mijn werk pas apprecieer wanneer er een vreemde in mijn atelier is. Als ik alleen ben, lig ik maar zo'n beetje in mijn composthoop van creativiteit te sudderen en vind ik mijn gaven niets bijzonders, waarbij ik wel van het creatief proces geniet, maar het eindprodukt niet op waarde kan schatten. Met een vreemde bij me in het atelier kan ik de waarde van het werk instinctief aanvoelen. Ik laat Lionel de maenaden en kristallen zien, plotseling wensend dat ik meer tentoon te stellen had.

Lionel doet een stap achteruit en bekijkt de doeken.

'*Mama mia*,' zegt hij. 'Wil je me er nu gelijk een verkopen, zonder dat André het weet? Kom op, meid, ik geef je honderd ruggen – McCrae komt het nooit te weten.'

'Hij is je beste vriend, Lionel, en *mijn* handelaar. Dat is onfatsoenlijk.'

'Je verraadt je leeftijd als je zulke woorden als "onfatsoenlijk" gebruikt. Onfatsoenlijk – …dit zijn *zaken*. Wat pakt André – vijftig procent? Ik geef je *twee*honderd ruggen – cash. Je kunt de centjes wegstoppen in een kluisje, als appeltje voor de dorst. Of we zouden een ruiltje kunnen doen. Wie zou er nou ooit wat van te weten komen?'

'André komt ervan te weten als je het in je flat hangt – en Lindsay ook.'

Lionel trekt ondeugend zijn wenkbrauwen op.

'Schatje, ik zeg wel tegen André dat je me het doek in een moment van hartstocht *gegeven* hebt. Hoe wil hij nou vijftig procent van mijn kwakje opeisen? Zeg eens? Je *mag* je eigen werk toch wel weggeven als liefdesgeschenk, of niet soms? En wat Lindsay betreft, die kan me wat, of liever gezegd, die kan me niks. Het enige dat haar interesseert is of ze wel gevraagd wordt voor de feestjes bij die skeletten waar ze zich zo druk over maakt – mevrouw Remsom, mevrouw Basehoar, die idiote nepprinses Tavola-Calda. O ja, we hebben twee extra kaartjes voor dat Viva Venezia-bal in Venetië volgende maand; kom je soms ook? Ik heb een hele tafel gekocht voor tien ruggen – *moest* wel – Lindsay is een van de voorzitsters. Dan kun jij net zo goed de kaartjes krijgen. Ga mee varen in een gondola en al die flauwekul. Wat vind je ervan?'

'Ik *haat* Venetië,' zeg ik. 'Venetië doet me altijd denken aan die regel van Oscar Wilde, over varen door riolen in een doodskist...'

Lionel lacht. 'O ja,' gaat hij door, 'het schilderij. Tweehonderdvijftig in een bruine papieren zak, en André hoeft er nooit iets van te weten. Als je dat liever hebt, geef ik je er een diamant voor die tweehonderdvijftig ruggen waard is. Kom op, Leila, schatje, wat steekt er voor kwaad in?'

'Geen kwaad, maar...'

Ik kan niet zeggen dat ik niet in verleiding ben gebracht. En ik kan ook niet zeggen dat ik de poen niet nodig heb. De belastinginspectie ademt me heet in de nek in verband met een aantal fopconstructies die mijn oude accountant me heeft aangesmeerd, en ik zie me op het ogenblik geconfronteerd met de contantenproblemen waar alle kunstenaars zich zo nu en dan mee geconfronteerd zien. Ook zit ik creatief vast. Zoals gewoonlijk. Ik weet niet waar mijn volgende doek vandaan moet komen. Of mijn volgende tentoonstelling. Lionel biedt me nu tweemaal mijn gebruikelijke honorarium voor een schilderij – en geen commissie, plus een leuke kans de inspectie een vlieg af te vangen. Ja, ik ben in verleiding gebracht. Maar op de een of andere manier kan ik het niet doen. Ik wou dat ik kon zeggen dat het was vanwege mijn hoge morele opvattingen of mijn vaderlandsliefde, maar in feite is het iets anders – dwarsliggerij, de koppige Zandberg-genen. Ik weet dat Lionel me gebruikt om André iets af te snoepen, dat ik opnieuw in een machtsspelletje verstrikt ben, en de waarheid is dat ik Lionel de voldoening niet gun. Ik ben doodziek van de manier waarop mannen vrouwen als pionnen gebruiken bij hun krachtmetingen met elkaar – en ik wil niet gemanipuleerd worden, ook al levert me dat geld in de zak op.

'Bedankt, maar nee dank je,' hoor ik mezelf zeggen. 'Maar de kaartjes voor Viva Venezia wil ik wel hebben.'

'Tjonge, ben jij even mesjokke,' zegt Lionel, 'maar talent héb je. Dit zijn me de schilderijen wel.'

'Je hebt ze nog nauwelijks bekeken.'

'Schilderijen die zo goed zijn *hoef* je niet te bekijken,' zegt Lionel.

En Lily komt aankondigen dat de lunch klaar is.

Die wordt opgediend op het grasveld, op de rustieke tafel van boomstammen die Dart bij het begin van onze idylle getimmerd heeft. (Er steken roestige spijkers uit het blad – een typische creatie van Dart – en de poten zijn berkestammen waar de bast nog omheen zit. Als object is hij esthetisch inconsequent – net als Dart – en op dit moment, waarop ik hier zit met een klein miljardairtje dat me onberoerd laat, stemt die tafel me verdrietig.)

Het landelijk feestmaal dat Lily voor ons heeft klaargezet is heerlijk: gegrilde kip met een knapperig velletje eromheen, gepureerde wortels (om de tweeling tot het eten van groente te krijgen), nieuwe aardappelen nog in de schil, verse tomaten en basilicum uit onze tuin. De maaltijd staat geschikt op handgeweven matjes in regenboogkleuren, met maagdenpalmblauwe linnen servetjes, en is opgediend op Frans boerenaardewerk versierd met een luchtballonmotiefje en afgewerkt met het motto 'Je Suis Libre' in fijne penseelstreken. (Ik heb deze borden ooit in Frankrijk gekocht, toen ik vol moed van Elmore scheidde en ze de belichaming van al mijn bravoure leken – de bravoure die nu vervlogen is, nu mijn heteluchtballon lek is geprikt door Dart en drugs en alcohol.) Het pièce de milieu bestaat uit felblauwe korenbloemen. Terwijl Lily het feestmaal uitstalt en de tweeling Natasha roept, ben ik me ervan bewust hoe idyllisch dit er allemaal moet uitzien – in het bijzonder in de ogen van een reiziger uit het melkwegstelsel van de Mammon. De kunstenares in haar natuurlijke omgeving: Georgia O'Keeffe op haar mesa, Romaine Brooks met Nathalie Barney in de Villa Gaia in Florence, Louise Nevelson in Little Italy. Ook leeft in mij het verlangen om mijn leven tot een kunstwerk te verheffen – en dat is een valkuil voor elke kunstenares. Ik zou de feestdis liever opdienen dan schilderen.

We gaan zitten om ons te goed te doen.

Lionel maakt grapjes met de tweeling.

Plotseling klinkt er een luid *piep piep piep* uit de met de hand gemaakte Florentijnse aktentas, en Lionel rent er heen, knipt hem open, en haalt er een draagbare telefoon uit.

'Wat is er?' vraagt hij de onbekende beller.

Een korte stilte en dan zegt hij: 'Zeg die klootzak dat we 'm zesenvijftig dollar per aandeel geven – geen cent meer. Ik ben niet bang voor een overnamegevecht. Dit is zuiver een lefspelletje, en niks meer.'

Lionel praat ten dele voor mijn oren en ten dele voor de beller aan de andere kant van de lijn. Ook hij is verslaafd – aan het overnemen van bedrijven. Ik herken de felheid, de adrenalinestoot; ik probeer de laatste tijd in een andere gemoedstoestand te leven: die van de matiging, de gulden middenweg. Het doet wat saai aan, maar ik weet dat hierin het geheim van het leven schuilt. Hoe kun je in een samenleving waarin verslavingen verheerlijkt worden een leven zonder verslavingen opbouwen?

Lionel loopt wat heen en weer, gaat met zijn telefoon een eind de heuvel af, draait zich om en komt weer terug. Ik zie dat zijn gezicht vertrokken is van woede. Hij zou net van dit feestelijk onthaal gaan genieten – en nu wordt hij weer op zijn verslaving aangesloten. Wat een destructief instrument is de telefoon! Destructiever dan een machinegeweer of een bullepees. Het heerlijke eten smaakt plotseling naar gal.

Hij gaat zitten, werkt met grote happen zijn kip naar binnen, maar is met zijn gedachten volkomen ergens anders en proeft niets.

'Wat is een overnamegevecht?' vraagt Ed, wie niets ontgaat.

'Dat is een goede vraag, jongedame,' zegt Lionel en dan piept de telefoon opnieuw.

Hij vloekt, staat op, neemt op en beent opnieuw langs de grashelling omlaag, druk in het apparaat mompelend.

Ik kijk toe met de gedachte dat de telefoon zijn bezoek zal verkorten, en vraag me af of ik dat erg vind. Ooit heb ik wel eens fantasieën over een affaire met Lionel als hét antwoord op mijn problemen gekoesterd – maar ik zie dat Lionel op zijn eigen manier nog minder stil kan zitten dan Dart, die ik nu opnieuw mis in mijn vingertoppen, in mijn onderbuik. Dat kleine jongetje was van *hem* – ik weet het zeker.

Altijd wanneer ik doorborduur op mijn fantasieën over een man die me beschermen zal, die me koesteren zal, zie ik in dat de betrokkene in nog grotere problemen zit dan ik, dat hij radelozer is, dolgedraaider, een nog grotere bonk zenuwen. Dart deed niets dan van me weg darren, en Danny ook, op zijn eigen manier. En nu Lionel. Ik zal op eigen kracht moeten leren stilzitten. Niemand kan het me leren. Zelfs ik – met mijn neurotische halfslachtige houding ten opzichte van de drank – lijk meer innerlijke rust te bezitten dan wie ook van de mannen die ik ken.

Lionel komt mompelend en vloekend teruggestampt.

'Die verdomde klootzakken beweren dat de aandelen vijfenzeventig dollar per stuk waard zijn – ze zijn stapelgek...' Ik zie in hem die krankzinnige hunkering van mannen om te winnen, winnen, winnen, en ik vraag me af of er een vrouw bestaat die zich hier zo druk over zou willen of *kunnen* maken als hij. Vrouwen interesseren zich domweg geen moer voor dat soort winnen – of althans ik niet. Ik geniet net zozeer als iedereen van wat geld je brengt – huizen, auto's, kleren, macht, autonomie – maar op de een of andere manier voel ik me vrijer en gelukkiger wanneer ik zonder opdracht werk, voor mijn plezier, niet voor geld. Ik ben blij dat ik Lionels twee en halve ton heb afgeslagen. Ik mag dan wel gek zijn, maar ik vind het een prettig idee dat het verwerven van bezit niet de hoogste prioriteit op mijn lijstje is.

En toch weet ik dat mijn hartstocht voor Dart niet zo heel anders is dan Lionels hartstocht voor het overnemen van bedrijven of die van André voor het overnemen van kunstenaars. Consumeren, consumeren, consumeren. De bodemloze put van het willen hebben. Dat zijn onze waarden, dit is de wereld die we onszelf geschapen hebben. Nooit hebben we meer behoefte gehad aan onthechting.

Lionel raffelt de lunch af met één oor gespitst op het geluid van de telefoon. Wanneer we ons hebben volgegeten, gaan we naar de silo terug, altijd met die aktetas erbij die elk ogenblik kan gaan piepen. De hele sfeer van de dag is weg. Ik voel de atmosferische storingen van New York hier op mijn groene heuvel. Ik wens in stilte dat Lionel wegging en dat ik weer bij mijn vijver kon gaan zitten nietsdoen en toch alles doen. Lionel trekt zijn das los en doet nu eindelijk zijn jasje uit.

'Ga liggen, ik geloof dat ik van je hou,' zegt hij en legt een arm om me heen. Ik giechel. Het is allemaal zo mal – het bod op het schilderij, achter André om, het overnamegevecht, de obligate versierpoging. Ik zoek de liefde op alle verkeerde plekken.

'Waarom lach je, schatje?' zegt Lionel.

'Omdat het allemaal zo mal is.'

'Wat is er dan mal?' vraagt Lionel gekwetst.

'Het leven.'

Ik bedenk bij mezelf dat, wanneer een man en een vrouw samen terneer liggen, hij denkt aan winnen en zij denkt aan liefde, en dat daar dus nooit iets van terechtkomt. Nooit. De beide seksen zouden net zo goed twee afzonderlijke soorten kunnen zijn.

'Vertel eens wat er in je hoofdje omgaat,' zegt Lionel.

'Alleen dat we niet genoeg tijd hebben om dit te doen zoals het hoort. Je aktentas zal gaan piepen. Mijn tweeling zal binnen komen rennen. We moeten een heel weekend hebben, een hele week.'

Lionel masseert zijn nek. Ik denk op de manier van een vrouw. Mannen vinden niets prettiger dan naaien en er daarna vandoor gaan – de oerholte te verlaten en terug te keren naar de overnamestrijd. Het is altijd de vrouw die het weekend of de week hebben wil.

Lionel kust me. Zijn kus is verrassend nat en warm, hartstochtelijk, innig. Hij liefkoost mijn borsten.

'Ik wil je alles geven,' zegt hij, 'alles.'

Hij brengt zijn hand omlaag en begint zijn gulp open te ritsen wanneer de aktentas begint te piepen.

'Godverdomme,' zegt hij en duikt ernaar toe.

Met zijn ene hand aan zijn gulp en de andere hand aan de telefoon vervolgt hij zijn overnamegevecht.

Dit is de wereld die ze geschapen hebben, een wereld waarin seks voortdurend door overnamegevechten wordt onderbroken, en ze vinden het prachtig. Zelfs mannen als Dart raken erdoor gedemoraliseerd. Ze leven om te naaien maar voelen zich gigolo's vanwege mannen zoals Lionel. Waar ligt het antwoord? Wie zal het weten?

'Zeg die hufter dat ik straks zijn ballen op een blaadje heb,' zegt Lionel, misschien tegen zijn advocaat, of die van de tegenpartij, of in ieder geval tegen *iemand*.

Terwijl hij praat, verslapt zijn erectie. Ik fantaseer er even over hem te pijpen terwijl hij aan de telefoon is, de macht van de vrouw tegen die van de man, maar ik verzet me tegen het idee – en niet alleen vanwege mijn pijnlijke ingewanden. Mijn pogingen nuchter te blijven hebben dergelijke spelletjes minder aantrekkelijk voor me gemaakt dan ze vroeger waren. Ik zie nu mijn eigen honger naar macht en overheersing in mijn seksuele spel. Ik zie mijzelf in Dart – Donna

Juan, Donna Giovanna. Ik krijg mijn eigen trucjes door, een massa seks berust alleen maar op ijdelheid, nietwaar? De opwinding van iemand verliefd op je te maken, de narcistische vreugde door iemand begeerd te worden. Ik heb dit nog nooit eerder zo gezien, maar nu zie ik het bepaald wél. Wanneer het raak is, wint het narcisme het van de natuur. Alweer een baby voor haar team. Jawel, team. Door haar te slim af te zijn zijn we waarschijnlijk ook onszelf te slim af geweest. God heeft de mensen te veel intellectueel vermogen en niet voldoende verstand en medemenselijkheid meegegeven – dat is de treurige waarheid. Ballen op een dienblaadje!

Lionel sputtert wat, trekt met een hand zijn rits dicht en blijft met de andere de telefoon tegen zijn oor houden.

'Ben er binnen een uur,' gromt hij.

'Schatje, ik moet weg,' zegt hij volkomen overbodig tegen me. 'Zie je later nog wel.'

Weer een kramp in mijn buik. Ik ren weg om mijn maxi-maandverband te verwisselen, kus hem dan gedag en loop met hem mee naar de helikopter.

Ik had toch onmogelijk in mijn toestand seks kunnen hebben, besef ik. Wie hield ik eigenlijk voor de gek? Lionel blaft orders naar de piloot, die op het gras zit te zonnen. Hij springt overeind als de halve slaaf die hij is: 'Ja, meneer Schaeffer. Meteen, meneer Schaeffer.'

De piloot is een knappe blonde *shagetz*, twee keer zo lang als Lionel. Lionel vindt het duidelijk *prachtig* de baas over hem te spelen. Ongetwijfeld hebben Kozakken die er net zo uitzagen als deze piloot ooit zijn grootmoeder verkracht – en is hij dat ook niet vergeten.

De rotor zoemt; hij mishandelt de lucht boven mijn lieflijke groene heuvelhelling.

'Ik bel je morgen!' zegt Lionel; dat oude zinnetje dat mannen altijd zeggen.

Waarom nemen ze de moeite, vraag ik me af? Zeldzaam is de man die ook werkelijk belt – en gewoonlijk is dat degene die niet gezegd heeft dat te zullen doen.

Die avond, nog steeds bloed verliezend, probeer ik Dart te bellen. Ik telefoneer naar Los Angeles, en probeer eerst de nieuwe nummers onder deelcode 213, en daarna de nieuwe in het dal (818). Geen succes. Ik kan geen Dart, Darton of Trick Donegal vinden, nergens in Los Angeles en omstreken. Ik overweeg even het op het nummer van het delletje te proberen, maar realiseer me dan dat ik dat nooit gehad heb. Ik weet zelfs niet eens hoe ze heet.

Als ik ook maar één nummer had, zou ik dat tot diep in de nacht blijven draaien, wachtend tot iemand opnam, ophangen, en nog eens draaien en wachten. Uiteindelijk bel ik in wanhoop maar het nummer van de oude Donegals in Philadelphia. De telefoon blijft maar overgaan. In de eeuwigheden tussen het gerinkel door zie ik voor mijn geestesoog een heropvoering van onze hele relatie. Tenslotte komt er een stem aan de lijn. Het is die van Dart, die zegt: 'Hallo.' Ik kwak de hoorn op de haak en kruip hevig vloeiend in bed.

16. De droefheid van het lege bed

Wanneer m'n bed zo leeg is,
voel ik me vreselijk triest en rot.
M'n veren worden roestig
als ik alleen slapen mot...

– J.C. Johnson

Nu ik weet waar Dart is, begin ik me in gedachten weer dwangmatig met hem bezig te houden alsof ik nooit van hem af ben geweest. En dat ben ik ook niet. Nog steeds verschijnt hij regelmatig in mijn dromen. Als seksuele hartstocht geen krachtige band was, zou God die nooit als de lijm tussen twee zo verschillende wezens als een man en een vrouw hebben bedacht. Mijn geestelijke rust is naar de knoppen. Dart is in mijn leven terug.

Het gebeurt met het plotselinge en onverwachte van een luchtaanval, een overval, een soort seksueel Pearl Harbor. Ik heb alleen maar zijn stem aan de andere kant van de lijn gehoord, en ik word helemaal gek.

Ik lig in mijn bed te woelen en te draaien en bedenk dat ik gemakkelijk in de auto zou kunnen stappen en naar hem toe rijden. In vier uur zou ik in Philly kunnen zijn, als ik flink doorreed. Ik herinner mij zijn lieve dingen – zijn liefde voor poëzie, zijn idiote beschermersneigingen wanneer mensen op straat me herkenden, zijn liefde voor de tweeling.

Leuk geprobeerd. In feite was hij verschrikkelijk jaloers op hen, en toen ze groter werden was ik altijd bang dat hij hen zou molesteren. Het is ook gemakkelijk dat allemaal maar te vergeten in mijn verlangen naar hem. Ik ruik zijn geur, ik zie de haarspiraaltjes op zijn buik.

ISADORA: *Neem me niet kwalijk, maar als ik nog één keer iets over die godverdomde* haarspiraaltjes *hoor, of over die stomme geur van hem, ga ik...*
LEILA: *Gillen?*
ISADORA: *Ik weet dat die geur het 'm doet... Misschien moest ik hier maar gewoon een krab-en-ruikboek van maken en de lezer het onsterfelijk proza besparen.*
LEILA: *Goed idee!*

Ik herinner me hoe lief Dart in het begin van onze affaire was: de lange middagen die we overal ter wereld in bed doorbrachten – de hotelsuites, de karretjes van de roomservice, de met ondergoed,

198

maskers, zwepen, eten, sperma overdekte bedden. Ik probeer me al
de verschrikkelijke dingen te herinneren – de meisjes, de foto's, de
rekeningen, de wrede zinnetjes die zijn lip om deden krullen – maar
ik kan hem niet haten. Voor een grote liefde hoeft alleen maar een
van de twee een groot vermogen tot liefhebben te bezitten*: het
voorwerp van de liefde kan even banaal zijn als Lolita of meneer Fullerton. Alleen degene die bemint moet waarlijk groot zijn. En heeft
alleen één ander nodig om te beminnen. Eén die geeft en één die ont-
vangt. De ontvanger moet een zeker *je ne sais quoi* hebben. Hij kan
niet volkomen zonder charme zijn. Noch volkomen zonder poëzie.
Dart placht bijvoorbeeld zijn liefdesboodschappen – op een eindeloze reeks kaarten, op de manier van zijn ouders – te ondertekenen
met D'Artagnan, Darth V., of mr. Darcy. Ik beken dat ik nooit van
een man had kunnen houden die niet belezen was. Snack zong Bessie Smith-teksten in mijn oor als hij me naaide. Thom citeerde John
Keats, John Donne en John Milton bij de meter – al die Johns; hij
was ook dol op Browning en Byron en kende *Childe Harold* en
Don Juan en *The Ring and the Book* bijna uit het hoofd. Elmore
was dol op de *Cantos* van Ezra Pound. En Dart, Darth, D'Artagnan, Darcy citeerde Shakespeares sonnetten en de liefdesgedichten
van Neruda. Wat heb je aan liefde als je die niet in woorden vangen kunt?
Opnieuw sta ik in vuur en vlam. Opnieuw word ik tot een hoopje as
gereduceerd. Opnieuw verteerd.
Het woord 'Hallo' heeft me verschroeid. Als één woord dit al kan
aanrichten, hoe durf ik er dan twee te riskeren? Of drie? Mijn hart
gloeit als dat van Shelley op het strand in Livorno.
O, Dart hád een zeker *je ne sais quoi*, reken maar. Zijn glimlach,
zijn liefheid – of was het alleen maar zijn tamp? Gaat het vrouwtje
van de soort alleen van een man houden omdat hij haar lekker pakt?
Is dat de manier waarop de natuur ons naar haar hand zet? Is dat het
geheim dat de Don Juan kent? Ik vraag me dikwijls af waarom andere mannen, nette mannen, saaie mannen, niet meer tijd en moeite
aan de *Kamasutra* en diverse andere teksten over de geheimen der
liefde besteden. Zijn ze niet op de hoogte van de zeldzame belonin-
gen die het op de juiste manier naaien van een vrouw oplevert? Het
zijn de gigolo's en de profiteurs die zich voornamelijk met de kunst
van het beminnen bezighouden. Wat een sukkels zijn de nette mannen om niet van hen te leren!
Of vinden ze zoiets simpels als seks beneden hun waardigheid? (Alsof seks ooit simpel zou kunnen zijn.) Een echte vrouw zal een man
meer liefhebben om zijn tamp dan ze ooit om zijn overnamestrijd of

---

* Dit was een geliefd thema van Isadora Wing – het belang van het liefhebben, of het
object van de liefde die nu waardig was of niet. Haar levenswandel is zeer zeker in
overeenstemming met haar overtuigingen geweest. C.F-S, Ph.D.

199

om zijn bankrekening van hem zou kunnen houden – wat de cynici ook mogen zeggen.

Heen en weer geslingerd tussen nog eens bellen, naar Philadelphia rijden, en de hele nacht in bed blijven woelen, sta ik op, ga naar mijn silo, en open daar – als Pandora bij het opendoen van *haar* doos – een doos met souvenirs aan Dart, die ik (voor mijzelf!) verstopt heb achter dozen nietjes, chips, spanraamonderdelen, en blikken primer. Ik open de doos met trillende vingers. Alleen al door het afnemen van de deksel – het is een doos van Bendel's! – is mijn hart weer begonnen te bonzen.

Er zitten polaroidopnamen in voor de filmfoto's van Dart – Dart geheel naakt, wapperend met zijn tamp (er was niets waartoe die jongen niet bereid was); Dart in de keuken, met zijn tamp op het hakblok en het Chinese hakmes in zijn opgeheven hand alsof hij zijn jongeheer af ging hakken; Dart in zijn blootje, met opgericht lid, klaar om de onzichtbare fotografe te naaien.

En dan zijn er diverse kaarten – liefdesboodschappen, verontschuldigende briefjes na een ruzie, verfomfaaide corsages (zelfs nog die ene van die noodlottige Thanksgivingsviering met zijn ouders). Ik bekijk al deze kunstvoorwerpen met grote nervositeit en opwinding – maar ook met een vleugje nieuwe afstandelijkheid. Dart heeft iets pervers en onsmakelijks. Die polaroid waarop hij het hakmes boven zijn tamp houdt vooral is onrustbarend. Alsof hij er alles voor over zou hebben om maar aandacht te krijgen. Ik kan die man niet meer in mijn huis uitnodigen met mijn meisjes hier.

Met brekend hart pak ik alle foto's, kaarten, gedroogde bloemen bijeen, en begin ze tot een collage te schikken. Terwijl de heftige drang om de liefdesaffaire tot haar eigen monument te verheffen me aangrijpt, en de koorts stijgt, graai ik schaar en lijm erbij en begin de stukjes en brokjes van mijn leven samen met Dart aan snippers te knippen, te plakken, zelfs weg te smeren. *Doos van Pandora* noem ik het terwijl het fel verlangen om mijn leven in een collage te verwerken me overweldigt.

Als Dart deze collage zou zien, zou hij die dan prachtig vinden of afschuwelijk? Moeilijk te zeggen. Zou het onze breuk bestendigen of herstellen? Dart is zo narcistisch dat ik bijna geloof dat hij het *mooi* zou vinden. Er trekt een rilling door me heen als ik bedenk dat ik zelfs op dit moment meer om het werk geef dan om de liefde. Als ik moest kiezen, zou ik liever het model hebben dan de minnaar – *of niet?*

ISADORA: *Nú zijn we terug bij het grootste verdriet in mijn leven: hoe ik achter elke liefdesgeschiedenis een punt zet door de minnaar in een boek te zetten.*

LEILA: *Omdat je liever het bóek dan de man hebt, zoals ik liever het schilderij zou hebben dan de man.*

ISADORA: *Het is een vloek, hè?*
LEILA: *Misschien is het een zegen...*

En dan gaat de telefoon in mijn atelier – die met het geheime nummer, dat alleen Dart en Emmie hebben.
Ik ren erheen om op te nemen. 'Hallo?' zeg ik.
Een klik. Dart die belt. In reactie op het feit dat ik zijn foto's verknip. Zwarte magie. Die ziel gevangen op een stukje fotofilm. De verbinding die tot stand komt. En verbroken wordt. De schaar die ik hanteer knipt Darts pik eraf. Onbedoeld?
En dan val ik weer terug in het verlangen. Mijn vingertoppen schrijnen. Ik heb een wee gevoel onder in mijn maag. Liefde? Verslaving? Plotseling schuif ik weer de straat af in Dubrovnik. Ik pak de lijm, en plak Darts tamp weer vast.
O God – zal ik mezelf dan nooit weer terugvinden? Ik verlang ernaar van iemand te houden, maar de liefde maakt je kapot – en iets minder voelt niet aan als liefde! Hoe feller onafhankelijk je bent, hoe meer je naar zelfvernietiging verlangt. De slag duurt voort. De slag tussen slavernij en liefde. Ik verlang ernaar mezelf weg te geven, mezelf terug te nemen, mezelf opnieuw weg te geven. Onder het arrangeren van kleingeknipte stukjes Dart op mijn werkplank, hem uiteennemend en weer in elkaar zettend, strijd ik met mijzelf. Wat wil ik liever? De baas blijven of liefhebben? Macht of liefde? En sluiten die twee dingen elkaar wederzijds uit? Of alleen voor mij? Wat wil het zeggen om een kunstenares te zijn die al de stukjes van haar leven – zeer letterlijk – als materiaal gebruikt? Betekent het dat je gedoemd bent ongelukkig te zijn, of is het uiteindelijk het enige waar je gelukkig bij wordt? Ik weet op geen van deze vragen het antwoord. Ik weet alleen maar dat ik probeer de vragen zelf lief te hebben. Ze zijn alles wat ik heb.
Ik pak de telefoon weer op en bel – bel, in plaats van Dart, Julian in Los Angeles. Julian, die vermoedelijk weer bezig is elektronische muziek te componeren voor de zoveelste van zijn ruimteoperaties. Julian, die zóveel op Albert Einstein lijkt – met zijn bos sneeuwwit haar, zijn grote, treurige ogen – dat de mensen hem op straat aanhouden en vragen of hij Einstein is.
'E = mc²,' zegt Julian dan altijd, wat hen nog meer in verwarring brengt.
'Dat zal ze leren,' fluistert Julian mij toe met een kaboutertwinkeling in zijn oog.
Ik ben al jaren dol op Julian. Julian is mijn maatje, mijn geestelijk leider. Ik zeg tegen mezelf dat ik als ik Julian niet aan de lijn krijg, dadelijk Dart bel. Maar Julian is thuis.
'Hoe vaart gij, allerliefste jonkvrouw?' vraagt hij.
'Kon niet erger. Verschrikkelijk.'
'Wat mankeert er dan aan, meid?'

'Ik weet niet of ik nu schilder of leef. Ik weet niet of ik Dart kapot-maak of mijzelf. Ik heb net een collage gemaakt van de stukjes en brokjes van mijn leven – en ik zit *in* de collage; ik kan er niet uit.'
'Ik ken dat gevoel,' zegt Julian.
Ik doe verslag van de laatste paar weken – Dart weg, de bijeenkom-sten van de AA, de echte miljonair, het afzakken, hoe ik mezelf bo-ven de kosmos heb zien hangen, het werk, het hele leven, de algehele knoeiboel.
'Je klinkt net als ik wanneer ik helemaal vast zit, met een deadline die steeds dichterbij komt. Ik slaap drie uur, neem een koude douche, en ga dan drie uur met de synthesizer zitten prutsen. Prutsen, slapen, slapen, prutsen, tot ik niet meer weet wie ik ben – een akkoord of een mens – en het me niet eens meer kan schelen ook. Het is een za-ligheid. Het is een foltering. Hoe dan ook, we hebben niets te kiezen. Het is gewoon wat we doen móeten. Jij bent tenminste nog een kun-stenares. Ik ben niet meer dan een oude prostitué die deuntjes op de synthesizer produceert om zijn magere twee miljoen per jaar te ver-dienen. Een goedbetaalde hoer. Niet zo goed betaald als de sterren die schitteren op mijn muziek – maar wat doet een schandknaap er-aan?'
Alleen al het horen van Julians stem geeft me het gevoel dat ik mijn gezond verstand weer terug heb. Hij begrijpt mij – mijn werk, mijn obsessies. Wat een zegen om zo'n vriend te hebben.
'Leila – je moet toch wel verwachten dat je op zijn minst een *beetje* om Dart zult rouwen. Je bent vijf jaar met hem samen geweest.'
'"Een gestorven geliefde dient twee jaar door de achterblijvende be-treurd te worden,"' zeg ik, citerend uit de Regelen der Liefde.
'Hij is toch niet dood?' vraagt Julian.
'Nee, ik citeer alleen maar een van de regels van de hoofse liefde die in de dertiende eeuw door de troubadours zijn opgesteld.'
'*Echt* iets voor jou,' zegt Julian. 'Weet je het niet meer, citeer dan de troubadours. Daarom vind ik je nou zo'n schitterende meid.'
'Wil jij mijn begeleider zijn op het Viva Venezia-bal, Julian?' flap ik er zomaar pardoes uit. Ik had gedacht Dart uit te nodigen, maar nu valt het me in dat ik *absoluut* Julian moet vragen.
Julian aarzelt. Hij durft niet meteen ja te zeggen, omdat hij bang is gekwetst te worden. Julian beschermt zichzelf tegen het leven met zijn vlugge geest, zijn spitsvondigheden, zijn eenzame opsluiting in huis, almaar componerend. Hij gaat bijna *nooit* uit.
'Julian, je bent me wat verplicht – in ruil voor die boodschappen-lijst.'
'Welke boodschappenlijst?'
'De boodschappenlijst die ik je gegeven heb toen je na Christina's vertrek omkwam van de honger.'
'O, die.'
'Je moet met me mee naar het bal in ruil voor de boodschappenlijst.

Ik meen het.'

'Wat ben jij een harde zakenvrouw,' zegt Julian lachend.

'Ik meen het. Je moet het me beloven.'

'Laat me er even over nadenken,' zegt Julian, 'en je terugbellen.' Hij slaat een huiveringwekkend akkoord aan en hangt op.

Ik keer terug naar mijn collage van Dart – *Doos van Pandora*. Verbeeld ik het me, of knipoogt Dart naar me? Hij lijkt te knipogen. 'Bel me,' schijnt hij te zeggen. 'Bel me.'

Hoe komt het toch dat als je iets maakt je tegelijkertijd iets stuk wilt maken? De Indiërs zagen dat goed met Kali – het scheppend principe en het principe van de vernietiging, vereend in één vreselijke moedergodin. Onder het in stukjes knippen, vastplakken, en herschikken van partjes van mijn leven, voel ik me net Kali. Ik zou zelfs het besmeurde maandverband in de collage verwerken als ik durfde, samen met Darts afgeknipte (en weer aangebrachte) tamp.

Hoe zou je anders durven scheppen als je niet durfde te vernietigen? De waanzin is dezelfde waanzin, de koorts in het bloed, de trots een wereld te scheppen uit het niets. Koortsig, helemaal dolgedraaid, kijk ik naar de snippers en stukjes waar ik de hele dag mee heb zitten spelen, en mijn hoofd bonst. De aderen bij mijn slapen trekken. Mijn keel doet pijn. Mijn nek brandt. Niets dat niet met een nacht in bed met de juiste man te genezen valt.

Ik leg mijn schaar neer, loop naar de Rolodex, en begin die door te bladeren. Wat een getuigschrift voor de veranderlijkheid van het leven is mijn Rolodex – de helft van de telefoonnummers is achterhaald; als mensen niet gescheiden of getrouwd zijn, zijn ze doodgegaan! Wat een sterftecijfer geeft de Rolodex weer! Ik pak de Filofax (waarin ik de namen van speciale, intieme vrienden heb: 'goede persoonlijke vrienden', zoals ze in Hollywood zeggen – als tegengesteld waaraan? Aan 'onpersoonlijke' vrienden?). En blader *die* door: oude vriendjes, vervreemde echtgenoten van dierbare vriendinnen, of vervreemde echtgenoten van vervreemde vriendinnen! Weinig veelbelovend spul! Ik maak een lijstje van de misschien voor een vrijpartij te porren mannen in mijn Rolodex en Filofax – en het hart zinkt me in de schoenen. Wat voor problemen liggen er achter elk van die namen op de loer? Wat voor onuitsprekelijke afgronden van angst voor intimiteit, angst voor bindingen, angst voor vallen, vliegangst, naaiangst! Een gezellige eerste dinerafspraak, een tegenafspraak, een bioscoopafspraak, schouwburg, veilige condoomseks bij de vierde afspraak, zonder uitwisseling van lichaamsvochten, en ze gaan weer terug in de Filofax, alsof ik ze tussen de frisse schone lakens van een ziekenhuisbed vlij.* Waarom al die moeite? Waarom zou ik niet gewoon

---

* Naar het schijnt heeft deze periode in Isadora Wings leven twee jaar in plaats van twee maanden geduurd, als haar dagboeken accuraat zijn. Zij heeft in de roman de tijd ingekort in het belang van het doorlopen van het verhaal. C.F-S, Ph.D.

hier blijven, lekker buiten, en doorgaan de collage van mijn leven te maken?

Ik begin aan een werkstuk met de titel *Seks in het Aidstijdperk*, gebaseerd op al mijn achterhaalde Filofaxbladen en Rolodexkaarten. Op een C-afdruk van Dart als rock-and-rollster begin ik Filofaxbladen, Rolodexkaarten, oude *Playbills*, menu's, en nog meer polaroidopnamen van Dart te schikken. Ik knip de *Playbills* en menu's in sensuele, zelfs genitale vormen, vermink de polaroidopnamen, en plak zelfs een Excita-condoom in zijn roze verpakking midden op het werkstuk. Ik blader ongeduldig mijn stapel oude tijdschriften door op zoek naar een van die verbazingwekkende foto's van een vrouw die in alle onschuld haar nek masseert met een vibrator in de vorm van een fallus. Ik lach hardop om de misleiding. Onder het veranderen en herschikken van de snippers droom ik van een fraaie jonge dekhengst die ik even eenvoudig aan mijn zij kan ontbieden als men een masseur ontbiedt.

Wat een bloeiende business voor drukbezette creatieve vrouwen! Op aids geteste dekhengsten voor de creatieve vrouw (of de drukbezette zakenvrouw) die alles vrijblijvend wil houden. Maar het zou natuurlijk nooit werken. De meeste vrouwen willen geen dekhengsten, op aids getest of niet – zij willen *liefde*. Ze willen *romantiek*. En dus zou die escortbusiness nooit van de grond komen.

Voor mij zou het ook niks zijn – hoe aantrekkelijk de fantasie ook lijkt. Ik kan tegen mezelf wel doen *alsof* ik een dekhengst wil, maar helaas is wat ik echt wil beangstigend ingewikkelder: een minnaar, een partner, een vriend, een pappie, een baby. Een dekhengst zou te gemakkelijk zijn – zelfs als ik ook maar enigszins wist waar ik er een vandaan zou kunnen halen.

Dus ga ik voort met het maken van mijn collage, als een bezetene, in de hoop dat alle hartstocht en energie en lust in het papier zullen trekken, al het geblokkeerde orgasmevocht in de lijm, en dat de beelden zullen vibreren als een volledig en uitvoerig orgasme. Ik zou deze collage ook *De Droefheid van het Lege Bed* kunnen noemen. En ik zou hem kunnen opdragen aan Bessie, Bessie Smith, de Keizerin van de Blues, mijn heldin.*

---

* 'In de jaren twintig en dertig liepen de zwarte zangeressen al vooruit op al de problemen waar de blanke vrouwen pas tijdens de tweede golf in de feministische beweging mee te maken zouden krijgen,' zei Isadora Wing tijdens ons eerste gesprek tegen me. 'Lang voordat de meeste blanke vrouwen zover waren, kenden *zij* al de problemen verbonden aan het kostwinner zijn, het voortbrengen van kinderen en het tegelijkertijd voorzien in de behoeften van het mannelijk ego. Geen wonder dat ze de blues hebben uitgevonden.' Een bittere uitspraak, maar Isadora Wing heeft ook nooit een man gevonden zoals mijn geliefde echtgenoot professor Frederick Stanger, Ph.D. Had ze die wel gevonden, wie weet wat ze dan geschreven had! C.F-S, Ph.D.

17. Leila in nachtelijk New York

Ik zoek een vrouw die op zoek is naar een viezerik
ik zoek een vrouw die op zoek is naar een viezerik
er is in de hele stad geen grotere viezerik dan ik.

– Freddie Spruell

Van Wayne Riboud is niets meer vernomen sinds die avond dat hij in een vlucht jonge duifjes verdween bij dat wegrestaurant in het absurde buitengebied van New York. Nu heb ik hem plotseling aan de telefoon en zeurt hij me weer aan het hoofd alsof er nooit iets gebeurd is. Vroeger begreep ik helemaal niets van mannen die voor weken achtereen verdwenen en dan weer opdoken. Nu weet ik dat ze of op de vlucht zijn voor intimiteit of achter andere vrouwen aanzitten – wat uiteraard op hetzelfde neerkomt. Ik ben toen van Wayne weggelopen omdat hij dronken was – of niet?
Hoe dikwijls in mijn leven is de man die net voor mij gevallen was er niet vandoor gegaan om een andere vrouw te versieren – alleen maar om te bewijzen dat hij zich niet liet vangen? Om de waarheid te zeggen heb ik het zelf ook gedaan en ik ken de kwaal voor wat hij is: angst om een binding met iemand aan te gaan. Heb ik Wayne laten zitten vanwege dat drinken van hem, vraag ik me af, of omdat hij iets in me wakker riep en ik in paniek raakte? Ik zal het nooit weten.
Sinds de AA staat alles in mijn leven op losse schroeven. Ik weet niet of ik dronk bij wijze van excuus om met mannen in bed te kunnen vallen, of met mannen in bed viel bij wijze van excuus om te kunnen drinken. Ik weet niet of ik nu verslaafd was aan de drank of aan de tamp – of aan de combinatie van die twee.
Nu nodigt Wayne me uit voor een avondje stappen in het uitgaanscentrum van New York. Ben ik nuchter genoeg om dat zonder drinken te kunnen?
'Kom op, Leila – niemand heeft je al weken meer gezien. Je gaat nog *dood* in die stomme silo. Laten we een avondje de stad in gaan – de bloemetjes buiten zetten. Ik mis je giecheltje.'
'Hoe kan ik nee zeggen tegen iemand die mijn giecheltje mist?'
'Dat kun je niet, meid. En we betalen alles met mijn lapjes. Het wordt geweldig.'
'Mijn rijbewijs is voorwaardelijk ingenomen.'
'Ha! En je vond nog wel dat *ik* niet rijden kon! Ik rij je wel,' zegt Wayne.
'O nee. Niks ervan. Dat nooit meer.'

'Neem dan de trein, of een chauffeur.'
'Wat moet ik aan?'
'Zwart leer.'
'Als je maar niet vergeet, dat ik niet meer drink of gebruik.'
'Ik heb *andere* bedwelmende middelen, schatje,' zegt Wayne. 'Vrees niet.'

Ik laat de tweeling bij Lily achter en huur een chauffeur – een slanke jonge neger die Charlie heet – om in DART van Connecticut naar New York te denderen.

We zetten DART neer in mijn garage, Charlie verdwijnt, en ik tref Wayne woensdagavond om ongeveer zes uur in zijn zolderflat aan La Guardia Place.

Ik draag een zwart kanten topje à la Madonna, zwartleren jeans, zwarte SM-sandaaltjes met naaldhakken en een zwartleren motorjasje dat van Dart geweest is.

Mijn haar is helemaal verwaaid door de rit van buiten hierheen, en ik borstel het niet uit. Ik heb dat rare semihysterische gevoel dat me altijd overvalt wanneer ik als een gek gewerkt heb en onderbroken ben door datgene dat doorgaat voor het werkelijke leven. Zoals gewoonlijk weet ik niet of ik nu schilder of leef.

'Geef me een kus,' zegt Wayne. Ik kus hem en ruik de drank. Hoe opgewonden ik ook ben, ik knap erop af. Ik houd mezelf voor dat ik nog steeds een beetje vloei, zodat seks gevaarlijk is. Sinds ik met drinken ben opgehouden, sla ik seksueel minder gauw op tilt. Wat een ellende als je niet meer gebruikt of drinkt! Alles wat vroeger gemakkelijk was, wordt er opeens zo *moeilijk* door.

Wayne voert me door de volgepakte straten naar de East Village. We gaan iets binnen dat eruitziet als een opslagplaats van een vleesverpakkingsbedrijf, stappen dubbele metalen deuren door, en bevinden ons in een grote zaal met klapstoelen. Elke stoel is bezet. Wayne en ik blijven bij de deur tegen de muur staan.

Het publiek is een mengelmoes van artistieke East Village-types, heren in nette pakken uit het sjiekere deel van de stad, en op sensatie beluste buitenlanders. Ik hoor mensen Japans spreken, en Duits – de As is New York binnengevallen. (En raad eens wie er winnen gaat?) De show begint.

Een man met een masker voor loopt naar voren, stapt op het geïmproviseerde toneel (dat met zeilen is afgedekt), trekt de rits voor zijn mond los, en vraagt: 'Wie wil er nog uit voordat de deuren op slot gaan?'

Niemand staat op om te vertrekken.

'Laten we weggaan,' zeg ik tegen Wayne.

'We *zijn* er net,' zegt hij. 'Je krijgt hier echt geen spijt van, dat zweer ik je. Het zal je *inspireren*.'

Ik kijk in zijn loensende groene ogen, ruik zijn drankadem. Ik moet een borrel hebben, denk ik. En dan houd ik mezelf weer voor: Je *denkt* alleen maar dat je een borrel nodig hebt omdat je bang bent. Je mag je angst best *voelen* – maar ga er niet door drinken. Het gaat voorbij, net als slecht weer. Gevoelens zijn geen feiten.

Het wordt plotseling pikkedonker in het zaaltje, en ik hoor metalen deuren dichtslaan en vergrendeld worden.

Daar gaan we dan. Het wordt stil in de ruimte. Mensen verschuiven in hun stoelen. Ik kan de angst *ruiken*.

Er begint muziek te spelen. Elektronische muziek, een Moog-synthesizer of een Kurzweil. Een science-fictionachtig geluid dat wel een produkt van mijn vriend Julian kon zijn. Dan spoort een spot een jonge vrouw op, in het zwart gekleed en met een enorme zwangere buik, en een tweede spot vangt een dreigende gemaskerde mannenfiguur die met een samoeraizwaard zwaait. (Dezelfde man die daarstraks de show heeft aangekondigd?)

De samoeraivechter achtervolgt de jonge vrouw in een gestileerde dans het toneel over, de lucht geselend met zijn zwaard. Hij lijkt uit te halen naar haar hals, haar enkels, haar polsen – bleke rietstengels van vlees vergeleken bij haar puilende, in het zwart gehulde buik. Met een zoevend geluid brengt hij het zwaard op haar buik neer en haalt die open. Een dozijn ratten tuimelt naar buiten, klauwend in de lucht, en schiet weg over de verhoogde toneelvloer. Hun pootjes tikkelen over het zeildoek.

De vrouw gilt: 'Mijn kleintjes! Mijn kleintjes!'

De gemaskerde man achtervolgt de ratten, doet uitvallen naar ze, waarbij hij er een onthoofdt (een golf bloed) en andere steekt en verminkt. De vrouw staat te gillen, met luide, schrille uithalen. Ik heb mijn handen voor mijn ogen, mijn buik krampt, ik voel mijn bloed vloeien, mijn ingewanden trekken samen alsof ik op het punt sta over te geven.

Het publiek zit doodstil, als aan zijn stoelen gekluisterd. Ademloos. Het wordt steeds warmer in de zaal. Ik gluur tussen mijn vingers door. Het toneel is met bloed bespat. Enkele ratten liggen te stuiptrekken in hun doodsstrijd. Andere liggen morsdood met opengereten lijf op het toneel. Andere zijn God mag weten waarheen weggescharreld.

De gemaskerde man staat midden op het toneel met een nog spartelende rat in zijn handen. Hij ritst zijn masker los, spert zijn mond open, en bijt de rat de kop af. Hij spuwt de kop uit en begint dan het meisje met het bloed van de rat te bespuiten.

Ik geloof niet dat ik nog meer kan verdragen – ik moet hier weg. Ik vlieg overeind en begin als een dolgeworden claustrofobielijdster op de metalen deur te bonzen. Wayne probeert me tegen te houden, maar ik sla wild om me heen, in pure doodsangst dat ik nooit uit deze nachtmerrie zal kunnen ontsnappen.

De tijd wordt vertraagd tot een voortkruipende droomtijd, slow mo-

207

tion, de nachtmerrie van een negenjarige. Nadat ik wat wel een eeuwigheid lijkt op de metalen deur heb staan beuken, voel ik die wijken. Wayne en ik worden eruit gelaten, de koele voorruimte van het knekelhuis in.

Ik storm naar buiten, de straat op. Wayne komt achter me aan.

'Schatje, schatje, ging jij daar even over de rooie,' zegt hij met zijn armen om mij heen.

'Ik wil niet in een wereld leven waarin mensen dit als amusement beschouwen!'

Ik beef over mijn hele lichaam, mijn baarmoeder bloedt, mijn knieën trillen.

'Ik haat de wereld die wij gemaakt hebben! Ik haat hem!'

'Schatje, kom, ga zitten. Ik zal een borrel voor je halen.'

'Een borrel! Dat is het enige waar jullie verdomme aan kunnen denken. Een wereld die zo afschuwelijk is dat je verdoofd moet zijn om ertegen te kunnen! Ik wil niet in deze wereld leven. Ik wil terug naar Connecticut en me daar verstoppen! Dit zijn goddomme de laatste dagen van het Romeinse Rijk. Als ik God was, maakte ik iedereen dood en begon ik overnieuw.'

Wayne leidt me een kleine bistro binnen, een soort grot waar marmeren tafeltjes lichtplekjes vormen in het schemerduister en de stoelen Parijse caféstoeltjes met een rieten zitting zijn. De gasten zijn Europees tuig, passend bij de inrichting, sletterige debutantetjes (met een toelage uit het familiekapitaal) die de kunstenares uithangen, homofiele mannelijke fotomodellen die de heteroseksueel uithangen.

Wayne bestelt wijn voor zichzelf. Ik vraag om een calorievrije cola met limoen. Ik huil en bibber nog steeds. Ik klem me aan mijn glas vast als een drenkeling.

'Schatje, het is maar toneel,' zegt Wayne.

'Dat zijn echte dieren en echt bloed en een echte vrouw en een echte man. Kom me niet aan met dat gelul dat het maar toneel is. *Dit* soort troep staan we toe – maar van seks gaan we door het lint. Het is geschift, Wayne, geschift. Ik wil niet in zo'n wereld leven. Ik wil dat mensen vriendelijk en teder voor elkaar zijn en van elkaar houden. Waarom is het allemaal zo verziekt?'

Wayne legt zijn arm om me heen. 'Ik had je hier nooit mee naar toe genomen als ik had gedacht dat je er zo van over je toeren zou raken. Dan zal Madame Ada de SM-meesteres ook wel moeten vervallen. Daar zouden we hierna heengaan. Maar als je zo van streek bent, kunnen we in plaats daarvan ook naar een film gaan. Misschien dat *Bambi* ergens draait. Ik vind het best, Leila. Ik had alleen maar het idee dat je dit zou moeten zien voor je kunst. Het is belangrijk. Dit is er op het ogenblik in het nachtleven gaande. Ik vind dat je ervan op de hoogte moet zijn.'

Ik kijk hem aan met pure haat (vooral vanwege die Bambi-hatelijkheid). '*Waarom?*'

'Omdat dit de geheime geschiedenis van ons tijdperk is. Net zoals mijn bankbiljetten zet het vraagtekens bij onze normen. Wij maken hier deel van uit, en tenzij we dat geheime stukje van onszelf ontdekken dat dit spul *prachtig* vindt, kunnen we nooit of te nimmer hopen ooit van terrorisme en martelingen af te komen. Je moet de folteraar in je *eigen* hart vinden. Daarom wil ik je met Madame Ada kennis laten maken. Maar als dat je nu te machtig is, laat dan maar zitten. Dan doen we dat een andere keer wel.'

Wayne roept de kelner, die een notaatje krabbelt. Uit zijn elegante zwarte portefeuille van kalfsleer haalt Wayne een schitterende imitatie te voorschijn van een honderddollarbiljet, uitgevoerd in alle kleuren van de regenboog, net het geld van een of andere bananenrepubliek.

De kelner, een jong homo'tje van een jaar of tweeëntwintig, met een boutje door zijn linkeroor en een gouden piratenringetje door het rechter, blijft even op het biljet neerstaren en zegt dan: 'Het spijt me verschrikkelijk, meneer, maar ik kan dit niet aannemen. Wij accepteren American Express, Visa, MasterCard...'

'Neem me niet kwalijk,' zegt Wayne, 'weet je wat dit biljet waard is?'

'Nee, meneer.'

'Ik zou zeggen dat het zo ongeveer op zijn minst honderd keer de nominale waarde heeft. Als je het verkoopt – aan Leo Castelli verderop in de straat of aan Holly Solomon of aan *wie* ook – dan zou je een nettowinst van negenduizend en negenhonderd dollar op kunnen strijken. Weet jij wat je met negenduizend negenhonderd dollar zou kunnen doen?'

'Nou en of, meneer!'

'Een heel jaar toneelschool!' zegt Wayne. 'Een nieuwe auto – zij het maar een klein Koreaantje. *Tijd.* Weet je wat *tijd* waard is?'

'Meneer – het spijt me echt ontzettend, maar ik mag dit niet aannemen. Amex, Master, Visa – zelfs een privé-cheque, als u zich legitimeren kunt.'

'Wat is een jaar uit jouw leven waard? Je zou een jaar kunnen leven zonder dit snertbaantje – als je op bescheiden voet leefde tenminste. Wat is je dat waard?'

'Meneer, *alstublieft,*' zegt de kelner, nu duidelijk van streek.

'Hoe heet je?' vraagt Wayne.

'Bruce,' zegt de kelner. 'Bruce Berlinger.'

'En wat doe je voor de kost?'

'Ik ben acteur, meneer, heb les van Stella Adler, meneer.'

'Nou Bruce, hiermee kun je een hoop lessen bij die ouwe kraai betalen. En een hoop tijd voor jezelf kopen. *Dat* zul je toch zeker wel willen?'

'Meneer, dank u wel, maar ik kan dit niet aannemen.'

'Waarom niet? Je zou onze rekening van je eigen geld kunnen betalen, dit bankbiljet aan *elke willekeurige* kunsthandelaar verkopen,

jezelf terugbetalen, en het verschil in je zak steken. Je zou negenduizend negenhonderd dollar rijker zijn. Hoe kun je zoiets afslaan?'
'Meneer,' zegt Bruce, 'ik m-m-mag het gewoon n-n-niet.'
'Deel het verschil dan met je baas, als je dat een prettiger idee vindt.'
'Meneer, alstublieft.'
'Nu, het is mijn plicht om je te waarschuwen dat je hierdoor een jaar leven laat schieten. En ook dat je duidelijk het lef niet hebt om *risico's* te nemen, wat de ware kunstenaar wel moet hebben. Als je deze eenvoudige en heldere keuze al niet kunt maken, hoe wil je het dan ooit redden in de arena van de kunst? Er zijn massa's mensen met talent. Er zijn massa's mensen die er goed uitzien. Wat zeldzaam is, is het lef om risico's te nemen. Wat zeldzaam is, is het vermogen om achter je talent aan van de rand van de klip te springen om eens te kijken of je vliegen kunt. Wat zeldzaam is, is het vermogen je talent de onderwereld in te volgen om te kijken of je je weer naar buiten kunt zingen. Wat zeldzaam is, is het vermogen je talent het labyrint in te volgen om eens te kijken of je de Minotaurus kunt verslaan. Ben jij Icarus? Ben jij Orpheus? Ben jij Theseus? Of ben jij gewoon Bruce, veroordeeld om altijd Bruce te blijven?'
Bruce huilt. Tranen lopen over zijn gezicht.
'Amex, Master, Visa,' zegt hij door zijn tranen heen.
Wayne slaakt een diepe zucht en overhandigt Bruce een Amex-card. Dan steekt hij het gemodificeerde honderddollarbiljet omhoog. 'Bruce, nu moet je goed opletten. Ik ga nu dit biljet aan deze dame geven, omdat zij een ware artieste is, een ware risiconeemster. Kijk goed wat ik doe.'
En hij haalt een oude Rapidograph uit zijn zak en ondertekent de flap met: 'Voor Leila met liefs en bloed en hart en ziel van Wayne', en overhandigt mij het kunstwerk van honderd dollar.
Bruce maakt zich met Waynes Amex-card uit de voeten.
Ik besluit met Wayne mee te gaan naar de meesteres.

Madame Ada woont in een vooroorlogs gebouw in de West Village. Er is een portier. Wayne en ik reizen omhoog naar de dakverdieping, waar we op de bel voor Ph.D.* drukken. Op een wit visitekaartje op de deur staat: Instituut voor Psychodrama.

---

* Ondergetekende is dikwijls getroffen door het samenvallen van de in Amerika gebruikelijke afkorting voor de doktersgraad in de filosofie en de afkorting van die typisch Newyorkse term 'Penthouse'. Wat voor symboliek tracht Isadora Wing te bereiken door het appartement van de SM-meesteres als 'Ph.D.' aan te duiden? Wilde ze daarmee impliceren dat door deze ervaring Leila de doktersgraad verkreeg in de fijne kneepjes van het leven? Van de kunst? Ik zou willen opperen dat Isadora White-Stollermann Wing, die afhaakte van de Ph.D.-opleiding aan de universiteit van Columbia en alleen haar doctoraalexamen in de Engelse literatuur deed, altijd wat ambivalent tegenover in alle vakken afgestudeerden zoals ikzelf gestaan heeft. Hoe kon het ook anders? C.F-S, Ph.D.

Stilte.
'Ik ben benieuwd of ze thuis is,' zegt Wayne.
Ik ben opgelucht dat ze dat kennelijk niet is. Dan horen we het klikken van hoge hakken op de vloer, en zwaait de deur open.
Een Slavisch uitziende blondine met vierkante kaken, die ergens in de veertig moet zijn, gekleed in een wit leren rok, blauwe zijden blouse en zwarte schoenen met naaldhakken, staat in de deur. Ze geeft mij een stevige handdruk, en kust vervolgens Wayne op beide wangen, op zijn Italiaans. 'Hal*lo*,' zegt ze, met een glimlach die ze meteen weer afbijt. 'Ik ben Ada, of, voor mijn slaven, Madame Ada.' Ze lacht. 'Kom binnen, kom binnen.'
De grote zitkamer is leeg op een enorme leren bank – een witte – en een paar futuristische Italiaanse lampen na. De wanden zijn met spiegels bekleed. Er is nergens iets van kunst te bekennen. Er is echter wel een ontzaglijk groot terras dat over de lage daken van de Village heen uitzicht biedt op het silhouet van New York. Een adembenemend uitzicht. Iets dat elke Russische emigrant in New York zich zou wensen. We gaan op de leren bank zitten die een U midden in de kale ruimte vormt.
'Zo...' zegt Ada. 'Wayne heeft me geweldige dingen over jou verteld. Hij zegt dat wij zo op elkaar lijken.'
'Hoe ben je in dit werk terechtgekomen?' vraag ik.
Ada lacht. 'Iedereen vraagt hetzelfde.' Ze slaat ongeschoren benen over elkaar, zwaait haar voet in haar zwarte hooggehakte schoen heen en weer en lacht haar vibrerende muzikale lach.
'Laat ik je vertellen wat ik ook aan Phil Donahue verteld heb. Toen ik pas uit Rusland in dit land was aangekomen, nam een Mexicaanse vriend me mee naar een club in SoHo waar ze SM deden. De Kerker heette die, geloof ik. Ik ging uit nieuwsgierigheid, net als jij, zonder te weten hoe het op me over zou komen. Op de club zag ik mannen vastgebonden met een prop in hun mond met uitgespreide ledematen op SM-tafels liggen, met leren riemen om hun scrotum gewonden. Ik zag meesteressen in zwart leer deze mannen met de zweep slaan, waarbij de mannen dan net één teen mochten kussen – of misschien dát nog niet eens – en ik voelde me van afkeer vervuld, koel en afstandelijk, ontzettend superieur aan de mensen die dat deden. Dat was voor mij de eerste aanwijzing dat het me aan moest spreken. Toen kreeg ik plotseling een karwats aangereikt met de vraag of ik soms mee wilde doen. Ik voelde er eigenlijk niks speciaals bij, in positieve noch in negatieve zin. Ze ontblootten de billen van een man voor me – een jonge man was het, jong en knap, met een stevig kontje – en ik begon hem te slaan. En toen ontdekte ik opeens een enorm verlangen in mijzelf om dóór te gaan. Ik werd aangegrepen door een felle aandrang om hem nóg harder te slaan, en nóg harder, en nóg harder. Ik *wilde* hem werkelijk pijn doen, bloed doen vloeien, zijn vlees openrijten.' Ada zei dit allemaal op precieuze toon, waarbij ze

211

elke medeklinker zwaar aanzette en de klinkers een muzikaal Slavisch accentje gaf. Ik hing aan haar lippen.

'Zitten er ook gevaren aan, en wat voor gevaren zijn dat dan?' vroeg ik.

'Aha,' zei mijn SM-docente. 'Je stelt de juiste vraag. Dit soort seks kan je gemakkelijk *blasé* maken. Het is een verslavend middel. Je gaat erbij tot uitersten, waarbij andere seks, vriendelijke seks, tam lijkt.'

'*Bestaat* er vriendelijke seks?' vraag ik.

Ada lacht alsof ze weet wat ik bedoel. De donkerblauwe ogen twinkelen. Het gesprek dwaalt af naar andere dingen – het vegetarisme, boeken, reizen. (Het treft mij als een inconsequentie dat een leerfetisjiste geen vlees wil eten – maar laat maar zitten. Het leven is nu eenmaal inconsequent.)

Onder ons gesprek slenteren twee jonge mensen de kamer binnen. De ene is een slanke, jongensachtige, blonde jonge vrouw in jeans en een cowboyhemd, de andere een tamelijk kleine jongeman met een paardestaart en een cravatte.

'Mijn twee persoonlijke slaven,' zegt Ada. 'Roland heeft mijn initialen in een brandmerk op zijn dij staan, en Lavinia draagt mijn oorring door haar tepel. Misschien laten ze die je straks nog wel zien.'

Lavinia haalt verlegen haar schouders op, Roland glimlacht. Ik wissel blikken met Wayne, die begint te lachen.

'Lijkt het je wel wat?'

'Misschien zou Leila het leuk vinden een van de meesteressen te ontmoeten?' zegt Ada.

'Ja, dat zou ik wel leuk vinden.'

'Het lijkt haar inderdaad wel wat,' zegt Wayne.

'Laten we dan maar naar de studio gaan,' zegt Ada.

We verlaten de dakwoning, nemen de lift omlaag naar de hal, en lopen met de persoonlijke slaven achter ons aan enkele blokken verder West Village in tot we bij een smal bakstenen huis komen dat uitsluitend uit een garagedeur lijkt te bestaan.

Ada opent de deur met een elektronische pieper. Erachter bevindt zich een garage waarin twee auto's staan, en daar weer achter een tweede deur, die toegang geeft tot een wachtkamer met spiegelwanden.

Daar zitten twee jongemannen met keppeltjes op voorover gebogen naar de vloer te staren. Eén zit zenuwachtig zijn *payess* rond te draaien, de ander bladert een tijdschrift door dat *De Gelaarsde Kat** heet.

---

* In Isadora Wings aantekenboekje treffen we een hele lijst namen voor SM-publikaties aan, zoals *Leer en Schuim*, *Zweet en Zweep*, *De Gelaarsde Kat*, *Lolita in Rijgcorset*, enzovoort. Ook uitvoerige research heeft niet aan het licht gebracht of dit bestaande namen van SM-geschriften zijn of fantasieën van Isadora Wing, die een onverbeterlijk lijstjesmaakster was, en de lijst zelfs beschouwde 'als de hoogste kunstvorm van de late jaren tachtig, die de plaats heeft ingenomen van het episch gedicht uit klassieke tijden, en de op de gedachte van het doorlopend bewuste denken berustende innerlijke monoloog van James Joyce en Virginia Woolf als onze voornaamste dichtvorm.' (Isadora Wing – verbale communicatie, 1987.) C.F-S, Ph.D.

Lavinia, de 'persoonlijke slavin', fluistert: 'We krijgen hier een hoop godsdienstige types. Vooral joden en rooms-katholieken.'

Lieve God – wat zou ik graag deze beide jongemannen schilderen die hier met een keppeltje op hun hoofd zitten te wachten voor de deur van de meesteres, te wachten op de eredienst. Ik durf het niet – 'niet goed voor de joden,' hoor ik mijn moeders stem zeggen.

Ada loopt met snelle pas de wachtkamer voorbij naar een kamer ernaast, waarin een soort massagetafel met gaten erin voor het gezicht en de genitaliën staat.

'Dit is een SM-tafel,' zegt ze. 'Zie je? Je kunt van onderen van allerlei doen.'

Ze voert me mee naar een met spiegels beklede klerenkast en laat me een hele garderobe in leer en rubber zien, en schoenen en laarzen voor fetisjisten.

'Kom mee,' zegt ze. 'Ik wil je kennis laten maken met mijn topmeesteres, Larissa.'

We lopen verder de gang door naar een andere deur, kloppen voorzichtig aan, waarop een beschaafde stem antwoordt: 'Even wachten, alstublieft.'

De twee slaven en Wayne blijven wat achter; Ada neemt me bij de hand en zegt: 'Wij tweeën gaan alleen naar binnen.'

'Kom binnen!' zingt Larissa.

Ada en ik stappen een verduisterd vertrek binnen, waarin een man met zijn gezicht omlaag op een SM-tafel vastgebonden ligt.

Hij is vrij jong en blond als Dart, en heeft een beeldig kontje, schitterend gevormde kuiten met lange spieren, en een prachtige gespierde rug. Het zou Dart kunnen zijn die daar ligt, de bolling van zijn tamp omwonden met leer, een blinddoek voor zijn ogen, zijn handen boven zijn hoofd vastgebonden in de houding van een smekeling.

Meesteres Larissa loopt bij de tafel heen en weer en praat tegen hem op gebiedende maar zoetvloeiende toon.

'Wat een stoute jongen ben jij om zo vlug tot orgasme te komen. Zo zul je een vrouw *nooit* kunnen bevredigen. Wat zeg je nu?'

'Het spijt me, Meesteres,' mompelt de man.

'Wat is de gepaste straf voor je vergrijp?'

'Ik weet het niet, Meesteres.'

'Stoute jongen,' zegt Larissa en haalt met haar rijzweep naar hem uit. Hij slaakt een kreet.

'Denk nog maar eens goed na, jochie,' zegt ze, heen en weer benend en de zweep liefkozend door haar handen halend.

Larissa is een schitterend creatuur – lang, donkerharig, amandelogig, met een heerlijke stem, uitzonderlijk hoog opgerichte houding, en een lichaamstaal die zegt: 'Raak mij niet aan.'

Zij draagt haar lange kastanjebruine haar in een paardestaart die net als de tamp van haar slachtoffer met leren veters is omwikkeld. Haar lichaam met het lange bovenlijf en de lange benen is gehuld in een zwart leren minijurk met kant bij de taille en dijhoge zwarte rijglaarzen. De hakken daarvan zijn net als die van Ada's sandalen op zijn minst vijftien centimeter hoog. Ik ben verbluft dat ze er überhaupt op kan lopen – maar lopen doet ze, en even elegant als een raszuivere Arabische merrie.

'De straf?' vraagt ze. 'Of liever gezegd het werktuig voor de straf?'

'Wat u maar wenst, Meesteres.'

'Wat zei je, jochie? Harder.'

'Wat u maar wenst, Meesteres.'

'Mmmm,' zegt Larissa, zwaaiend met haar leren zweepje. 'Ik denk na. Moet het de rijzweep zijn, de karwats, de rubber slang?'

'Wat u maar wenst, Meesteres.'

Ze haalt haar roodgelakte nagels over de zweep als om de felheid ervan te beproeven, en geeft de jongeman er dan een slag mee. Nog een. En nog een. En nog een. Ze glimlacht, waarbij haar rode lippen omkrullen in een kleine vuurrode halve maan van genoegen. Hij schreeuwt het uit; zijn mooie rug is helemaal overdekt met rode striemen.

'Jij mag niet schreeuwen, jochie,' zegt ze. 'Voor elke slag zeg je: "Dank u, Meesteres Larissa," of ik verdriedubbel de slagen. Heb je me gehoord, jochie?'

'Dank u, Meesteres Larissa.'

'Goed dan.' Nu begint ze hem in ernst te geselen. Hij onderdrukt zijn kreten en mompelt in plaats daarvan: 'Dank u, Meesteres Larissa. Dank u, Meesteres Larissa.'

Mijn hart bonst mee met elke slag. Ik word nat.

Larissa, die een zeer gevoelige ontvanger heeft, voelt dit aan. Zonder een woord duwt ze mij haar rijzweep in de hand en pakt er nog een van de muur voor zichzelf. Het is alsof ze mij haar tamp gegeven heeft.

'Nu gaat nog een andere schone dame me assisteren,' zegt ze tegen de slaaf.

'Dank u, Meesteres Larissa,' zegt hij.

Ik laat de zweep op zijn billen neerkomen, eerst licht en voorzichtig, dan harder. Dan beginnen Larissa en ik hem om de beurt een felle slag toe te dienen, in harmonie met elkaars bewegingen, elkaars ritme.

'Ze is een natuurtalent,' zegt Ada tegen Larissa.

Een deel van mij staat op een afstandje toe te kijken hoe ik de man steeds harder sla, stomverbaasd dat ik hem pijn doe (waarvoor hij me bedankt). Eén aanraking en ik zou misschien klaarkomen, maar ik blijf op het randje, verbluft dat ik het zo lekker vind om rode striemen op de rug en billen van de slaaf te doen ontstaan.

Slaaf, meester – wat houdt het eigenlijk in? Een wirwar van beelden uit mijn voorbije leven passeert mijn brein. Ik gesel Dolph, Elmore, Dart, Dart. Ik neem wraak op André, op mijn vader, op iedere kunstcriticus die mijn werk ooit aangevallen heeft. Ik begrijp de aantrekkingskracht van deze plek, de gevoelens die hier ontladen worden, hun intensiteit. Elders in de samenleving is de machtsstrijd tussen mannen en vrouwen toegedekt. Hier is ze naakt. Elders veinzen mensen beschaafd te zijn, hier doen ze dat niet. Elders kussen, knuffelen, en beliegen mannen en vrouwen elkaar. Hier bewerken ze elkaar met de zweep en zeggen de waarheid. De waarheid, hoe vreselijk ook, werkt bevrijdend.

ISADORA: *Dus, wie naait nu wie? Is dat wat je zeggen wilt?*
LEILA: *Goed gesnopen, meid.*
ISADORA: *Met wie moet ik naar bed om uit deze film weg te mogen?*

Ik gesel de man harder en harder, tot zijn gemompelde bedankjes onsamenhangend worden. Ik weet niet wie hij is – het enige dat ik weet is dat hij een man is – en dat de woede die ik tegen hem voel onpeilbaar diep is. Bij een van mijn slagen kreunt hij en komt klaar met een straal wit die tussen de leren veters om zijn tamp door spuit.
'Dank u, Meesteres,' prevelt hij. En ik sla bijna dubbel in een spontane stuiptrekking van mijn eigen lichaam.
Larissa heeft het folteren van de slaaf hervat; met haar wrede rode lippen boosaardig omgekruld houdt ze een lange zwarte kaars omhoog. Hij bedankt haar als ze de kaars in zijn endeldarm stoot.

ISADORA: *Het mystieke huwelijk van mannelijk en vrouwelijk bij de Meesteres! Doe me een lol!*
LEILA: *O gij kleingelovige!*

Ik heb het gevoel waarlijk in de hel te zijn, een plek opgedragen aan de duistere goden, met deze man die hier in onderwerping zijn eigen privé-drama opvoert. Wij zijn hier allemaal omdat het met ons op de een of andere wijze fout is gelopen met de liefde en dus zoeken we pure seks, en pure macht. Ik lever mijzelf uit aan Kali – ik, die voorheen zo hield van Demeter en Persephone. Iedereen die op zijn veertigste nog geen cynicus is, kan nooit van de mensheid gehouden hebben.
Ik verlaat de slavenkamer gezuiverd en veranderd. Wayne, Roland en Lavinia staan daar in afwachting van mijn bekering.
'Larissa heeft haar slaaf nog steeds niet laten gaan,' zegt Ada, die me gevolgd is. 'Maar jij, liefje, hebt een natuurlijke aanleg voor dit soort psychodrama.'
Wayne kijkt me aan en lacht. 'Wel, wel, wel,' zegt hij. 'Ik kan niet

zeggen dat ik er zo verbaasd van sta. Leila is nooit bang geweest voor haar duistere kant.'

De deur van de badkamer gaat open, en de blonde jongeman stapt naar buiten. Hij lijkt inderdaad wat op Dart, maar hij is slechts de zoveelste die op Dart lijkt. Het wemelt in de wereld van Darts!

Wayne heeft er goed aan gedaan me hier mee naar toe te nemen. Dit was wat ik nodig had om eindelijk van mijn obsessie voor Dart af te komen, mijn manier om die te gaan begrijpen. Hoe kan hij dat geweten hebben?

De blonde jongeman bukt zich en kust Larissa's puntige zwarte teen.

'Dank u, Meesteres,' zegt hij. 'Volgende week dinsdag om vier uur.'

'Weg jij, jochie,' zegt ze koeltjes.

'Dank u, Meesteres,' zegt hij, en gaat naar huis om zijn vrouw of vriendin een pak slaag te geven.

Wayne vangt mijn blik.

'Op zeker ogenblik,' zegt hij, 'zal ik een manier vinden om dit in kunst om te zetten. Ik weet nog niet precies *hoe*. Maar het is van essentieel belang dat *iemand* het doet. Ik wil de Francis Bacon van de SM worden.'

'Francis Bacon *is* al de Francis Bacon van de SM,' zeg ik. 'Je bent te laat.'

Wayne lacht.

'Weet jij wat hij eens tegen een journalist zei die hem vroeg waar hij zijn gruwelbeelden vandaan haalde?' vraag ik.

'Nee,' zegt Wayne.

'"Ik kijk gewoon naar de lamskotelet op mijn bord," zei hij, "daar heb ik al genoeg horror aan."'

'Over de streep,' zegt Wayne. 'En dat na één avond.'

Het vertrek is met kaarsen verlicht. Dit Instituut voor Psychodrama lijkt wel uit Genets pen gevloeid. Meesteres Ada staat midden op het toneel een rijzweepje te bevoelen.

'Welkom,' zegt ze tot haar slachtoffer.

Een vrij kleine man met een volledig gezichtsmasker van leer voor staat gekneveld en wel met leren riemen om zijn handen en voeten vastgebonden aan onzichtbare haken in de met spiegels beklede wand, in de houding van het kruisbeeld. De hele *mise en scène* noodt tot ernstige overpeinzing. Madame Ada maakt geen lolletje.

'Ik ga jullie verzoeken,' zegt Ada tegen Wayne en mij, 'om jullie normale identiteit af te leggen en Meesteres Luisa en Meester Blaine te worden. Ik nodig jullie uit hiernaast jullie kostuums uit te zoeken; Meesteres Larissa zal jullie helpen.'

Het is een bevel. Wij gehoorzamen.

In de slaapkamer kies ik een roodleren corset met wel een dozijn jarretels eraan, roodleren laarzen met naaldhakken, en een blonde krullenpruik.

Larissa rijgt me in, zo strak dat mijn borsten over de bovenrand van het corset floepen.

Als ik ben ingeregen, begin ik warm te lopen.

Larissa zoekt een paar zwarte zijden kousen voor me uit, en helpt me ze helemaal in het rond aan de jarretels vast te maken. Dan helpt ze me bij het inrijgen van de hoge rode laarzen – die verbazingwekkend genoeg precies mijn maat zijn.

De krullenpruik staat uit als de manen van een leeuw. Ik ga me er-door *voelen* alsof ik iemand anders ben. Larissa doet mijn make-up en schikt mijn haar. Mijn lipstick is vuurrood, mijn oogschaduw groen, mijn wangen roodbruin. Ze smeert rouge op mijn tepels: de aanraking van haar lange sensuele vingers prikkelt me sterk.

Intussen is Meester Blaine zichzelf aan het veranderen in een stand-in voor Errol Flynn.

'Dit is de man die ik altijd heb willen zijn,' zegt hij onder het aantrek-ken van een zwartleren kniebroek, een ooglapje, en een leren hemd. Aan zijn zij bengelt een glanzend zwaard, en het ooglapje geeft hem iets sinisters.

Nu we onze identiteit afgelegd hebben, voelen we ons hevig tot el-kaar aangetrokken.

'Raak haar niet aan,' waarschuwt Larissa. 'Alleen ik mag haar aan-raken,' zegt ze tegen Wayne. Ze drukt me tegen de muur en streelt mijn tepels tot ik op het punt van exploderen sta. Dan houdt ze op. 'Het is goed om net op het randje te blijven,' zegt ze. 'De creativiteit wordt er zoveel groter door.'

Wayne slaat ons gade en wordt met de minuut harder. In zijn leren broek zit een van leren veters voorziene opening waar een flap voor kan worden vastgemaakt. Zijn tamp komt te voorschijn; hij is lang en welgevormd. Mijn blik blijft erop rusten. 'Hij die door lage lusten wordt gekweld, zal geen liefde kennen,' herinner ik mij uit de Rege-len der Liefde.

'Kom maar mee,' zegt Larissa.

Ik wankel de zitkamer binnen; ik moet nog wennen aan de laarzen. Ze zitten al even strak als het corset. Als Meesteres Luisa kan ik doen wat ik wil. Opnieuw ben ik bevrijd, als was ik een beginnelin-ge, en ik krijg ook weer het gevoel een beginnelinge te zijn.

De Zen van de SM! Ik moet hardop lachen om het idee alleen al. En tegelijkertijd bedenk ik dat ik hier een werkstuk van zou kunnen ma-ken met de titel *Het Zen van de SM*. Het kunstenaarschap is een vloek. Je kunt je niet eens aan ontuchtig gedrag overgeven zonder te-gelijk te gaan denken over een manier om het in een kunstwerk te verwerken!

'Meester Blaine,' zegt Ada, 'ga op uw knieën.'

Wayne gehoorzaamt.

'Ik wil dat u me op uw knieën blijft volgen en me assisteert bij alles waarbij ik u dat beveel. U bent mijn persoonlijke slaaf voor vanavond. Het is een grote eer om tot mijn persoonlijke slaaf te worden uitverkoren.'

'Dank u, Meesteres Ada,' zegt Wayne.

'En jij, Luisa, moet alle bevelen even strikt opvolgen als een novice in een nonnenklooster.'

'Dank u, Meesteres Ada.'

De man met het masker die tegen de muur staat vastgesnoerd beweegt zich even bij het geluid van mijn stem, schraapt dan zijn keel.

'Stil, slaaf,' zegt Ada.

'Ja, Meesteres,' zegt een stem die ik bijna herken. Ik moet me vergissen. De sfeer op Ada's instituut is de sfeer van Neukland, van de lagune der dromen – identiteiten lopen dooreen en vermengen zich. Ik herinner mij hoe de blonde man toch Dart *niet* bleek te zijn. Deze bekende stem is eveneens een geestelijk fata morgana. Ik ga in gedachten het rijtje mogelijkheden af in een poging hem te plaatsen. André? Iemand van een van zijn feestjes? Maar op zaterdagavond? Getrouwde mannen bezoeken hun meesteres door de week!

'Luisa, neem deze zwarte kaars in je hand en steek hem in het achterlijf van mijn geboeide slaaf.'

Ze smeert een kaars van vijfentwintig centimeter in met een glijmiddel en reikt me hem aan.

Ik pak de kaars aan en stoot toe. Ik ben een man die een jong meisje ontmaagdt, een piraat die zijn prooi verkracht, een vader die zijn dochter schendt. De Markies de Sade die Justine penetreert. Stephen die O* penetreert.

'Wrijf nu je tepels tegen zijn achterste,' zegt Ada.

Hij kreunt. Mijn bloed bereikt bij het steeds dieper binnenduwen van de kaars bijna het kookpunt.

Nu beveelt Ada Wayne om mij aan te raken terwijl ik de gemaskerde slaaf penetreer.

Hij gehoorzaamt ogenblikkelijk en veegt met zijn opgerichte tamp langs mijn billen; dan blijft hij roerloos achter me geknield. Ik ben tegelijkertijd vrouw zowel als man, en het wordt me bijna te machtig. De geringste aanraking van Wayne is even opwindend als penetratie.

'Beweeg jullie niet,' beveelt Ada, 'en kom niet klaar. Wie tot orgasme komt, krijgt fors met de zweep.' Na die waarschuwing is de aandrang om klaar te komen overweldigend. Ik beheers me nog net

---

* *De geschiedenis van O*, door Pauline Reage, voor het eerst in Frankrijk gepubliceerd bij Jean-Jacques Pauvert als *L'Histoire d'O*, copyright 1954. Klassiek Frans erotisch geschrift, onder pseudoniem geschreven, dat sadistische seks vanuit het gezichtspunt van een vrouw beschrijft. Een boek dat door Isadora Wing met ambivalente gevoelens bewonderd werd. C.F-S, Ph.D.

218

door aan mijn beide meisjes te denken, aan mijzelf als moeder. Hoe Wayne het redt weet ik niet, maar de gemaskerde is niet zo fortuinlijk. Het verbod heeft hem over de grens van zijn zelfbeheersing getrokken, en hij kreunt en komt klaar met een wegspuitende straal die tegen de met spiegels beklede wand kletst als de pus van een voor de spiegel uitgeknepen sappige puberpukkel.

'Voor dat pretje zul je betalen,' zegt Ada. 'Sta op, Luisa. Sta op, Blaine.'

We komen overeind en gaan een eindje van elkaar staan. Ada overhandigt ons elk een rijzweepje, neemt er zelf ook een, en laat ons zien hoe we de gemaskerde onbekende moeten geselen. Eerst op de dijen, dan op de billen, dan – fel en gemeen – op de rug. Goed getraind als hij is zegt de gemaskerde bij elke slag dank u, tot hij helemaal overdekt is met bloed en zachtjes jammert van de folterende pijn.

'Laat dat een les voor mijn andere slaven zijn,' zegt Ada op zo'n koude toon dat je bloed ervan stolt.

De gemaskerde man kreunt.

'Maak hem los,' zegt Meesteres Ada tegen de onderdanig pluimstrijkende Wayne.

Hij gehoorzaamt.

'Neem hem zijn masker af,' zegt Meesteres Ada.

Wayne ritst het masker los en trekt het de man van zijn gezicht.

Aan mijn voeten ligt Lionel Schaeffer, de bezwijming nabij en onder het bloed.

In een ander vertrek doet een aktentas *piep, piep, piep.*

18. Hoe droef is het afscheid

Triest is mijn ziel
De rust in mijn hart is heen.
Ook de beste vrienden
Gaan altijd weer uiteen.

– Bessie Smith

Zo heb ik dan de drank en Dart eraan gegeven, in ruil voor SM en discipline. Wat je vooruitgang noemt! Ik ga weer terug naar mijn silo, naar mijn celibatair bestaan, naar mijn tweeling. Ik voel me door de ervaring bezoedeld, alsof ik in de hel ben geweest en in zwavel ben gepekeld. Ada belt voortdurend omdat ze wil dat ik het 'psychodrama'-spel voortzet. Ik bel niet terug. Ik erken het bestaan van mijn donkere kant. Laat het bij die ene keer maar blijven! Hopeloos in de put, meer alleen dan ooit, probeer ik opnieuw aan het werk te gaan.

Collages van zwart leer en zwepen, SM-filmfoto's, beeldhouwwerkjes van laarzen en schoenen, boeien en ketenen, houden me een tijdje dwangmatig bezig. Ik geef ze op als goedkope nep en besluit heel bewust om nu even helemaal *niets* te doen. Ik ga een poosje braak liggen en de geest maar zo'n beetje laten dwalen. Ik ga niet schilderen, niet verliefd worden, niet piekeren over mannen of geld of werk. Ik ga alleen maar *zijn*. Ik ga proberen hier zelf uit te komen.

Wie zou ik zijn zonder dat 'ik'? Ik ga proberen de eerste persoon af te schaffen. Proberen uit de schaduw van die twee gigantische letters vandaan te komen.

Wie is Leila/Louise/Luisa nu werkelijk? Leila zou net zo goed jou kunnen zijn als de hand die het potlood vasthoudt. Haar haar, haar ogen, haar beroep, haar mannen kunnen veranderen. Al deze dingen zijn vlees. Haar kinderen kunnen een andere sekse bezitten, maar in ieder geval is Leila geobsedeerd door die hoog oprijzende I en K. Leila is dol op narcisten die niet lief kunnen hebben, omdat Leila zich*zelf* niet lief kan hebben.

Na te hebben besloten het schilderen eraan te geven (omdat het zo sterk een produkt van mijn narcisme is) en schrijfster te worden, speel ik met het idee eens wat te schrijven over mijn vallen en opstaan in de strijd om van de drank af te komen, mijn verhaal te vertellen bij wijze van illustratief voorbeeld, als waarschuwing, als bron van inspiratie voor andere vrouwen, andere mannen.

Ik begin met een notitieboek waarin ik de gebeurtenissen van de dag, gedachten, dromen, brokjes dialoog vastleg. Ik heb genoeg schrij-

220

vende vrienden om te weten dat schrijven niet gemakkelijker is dan schilderen. Maar voor mij is het aanvankelijk een pleziertje, omdat het een soort vrijstelling is van andermans verwachtingen, een hobby, niet te koop, niet te verkwanselen door André.

Ik pak een gemarmerd opschrijfboekje* dat ik ooit in Italië heb gekocht en begin in het wilde weg te krabbelen, losse gedachten vangend als waren het door een haaknaald opgehaalde draden.

Om wat *te leren ben ik hier? (schrijf ik) Want voor zover ik zien kan, is dat de enige zin van deze doortocht. Naar ik begrijp ben ik hier om verder te leren reizen, dóór te leren stromen, te leren begroeten en afscheid te nemen, maar vooral afscheid te nemen, want het leven is een voortdurend afscheid nemen.*

Ik geloof dat ik hier ben om te leren loven. Vóór de AA zou ik dat nooit gezegd hebben. Ik dacht dat het mijn opdracht was om te leren vloeken – ik dacht dat dat de essentie was van de wereldwijsheid, van de satire, van de kunst, maar nu weet ik dat juist lof iets zeldzaams en gezegends is. Een hart vol vreugde is een feest zonder eind.

Wayne wilde me zogenaamd naar de meesteres meenemen om mij het wezen van onze samenleving te tonen, maar in feite om mij deelgenote te maken van zijn cynisme en misère. Perversiteit is verzuurde liefde. Ik wilde zijn als Ada: een kreng dat mannen kon gebieden. Maar hier, buiten, weet ik dat dat niet *is wat ik wil. Ik wil leren hoe je lief moet hebben – hoe dikwijls het me ook mislukt, hoe onwaardig de voorwerpen van die liefde ook kunnen zijn, wat voor verraad ik allemaal ook ondervind – want alleen de liefde is de reis door het leven waard.*

Maar ik heb de liefde te eng gedefinieerd. Ik heb haar gedefinieerd als seksuele liefde, als de liefde tussen een man en een vrouw. Dat is ze ook, en ze is ook veel meer dan dat. Het schrijven in dit boekje is liefde, het eten klaarmaken voor mijn tweeling is liefde, mijn rozen verzorgen is liefde, schilderen is liefde...

In het Instituut voor Psychodrama van Madame Ada heb ik kinderen zien spelen met macht en pijn, in pure wanhoop omdat hun beperkte opvatting van seksuele liefde te kort geschoten was. Ik bemerkte geïntrigeerd te zijn, overgehaald, bekeerd – voor één nacht althans. Ook ik heb – even – gemeend dat verzuurde macht was wat ik zocht.

Fout. De liefde streeft *niet naar een precies afgewogen balans (en is*

* Deze aan Leila Sand toegeschreven notitieboektekstjes komen vrijwel letterlijk uit de notitieboeken van Isadora Wing; ze dateren uit eind '88, kort voor haar verdwijning. Isadora Wing begreep kennelijk dat Leila niet al zo vroeg in haar moeizaam streven naar geheelonthouding tot deze inzichten kon zijn gekomen. Uit aantekeningen op het manuscript blijkt dat ze van plan was dit hoofdstuk ingrijpend te veranderen, de aantekenschriften er misschien helemaal uit te halen. Ik heb ze laten staan waar ze in de ruwe eerste versie stonden omdat ze een aanwijzing vormen voor Isadora Wings geestelijk streven ten tijde van haar vertrek naar de Zuidzee. Naar het schijnt was er in Isadora Wings leven een echte meesteres en ook een echt model voor Wayne (in werkelijkheid een schrijver). Ondanks ijverige naspeuringen is het niet gelukt deze figuren te identificeren. C.F-S, Ph.D.

niet boos wanneer de last ongelijk verdeeld is); de liefde spreekt niet van geven en nemen, van overheersing, onderwerping, van slaaf en meester. Christus sprak van liefde, maar de kerk die Zijn naam draagt houdt zich bezig met macht. Elke religie die bekeerlingen werft wordt op die manier uiteindelijk corrupt. De enige zuivere godsdiensten zijn die waartoe we ons vanzelf aangetrokken voelen; die omhelzen we vanzelf wanneer we daar klaar voor zijn. Wat liefde is, kan ik het beste gewaar worden aan de hand van mijn gevoelens voor mijn tweeling. Ik tel de kosten niet, ik meet niets af. Als ik mijzelf op die manier kon liefhebben, mijn werk kon liefhebben, de wereld kon liefhebben, zou niets meer onmogelijk voor me zijn. Misschien zou ik eens zelfs een man op die manier kunnen liefhebben, maar het zou er nauwelijks toe doen als dat er niet van kwam, want ik zou boven het 'ik' zijn uitgestegen.

Iedereen schrijft over zijn alcoholisme en cocaïneverslaving, maar niemand vertelt er de waarheid over. Het is in de mode om op de omslag van de People *aan te kondigen dat je tot inkeer gekomen bent en een nuchtere comeback gaat maken. Echt van de drank en de drugs af raken is veel ingewikkelder, dat heeft in feite met* vrij *worden te maken. De ziekte is listig, raadselachtig, machtig. De met veel ophef gedane aankondiging niet meer te drinken of gebruiken is in werkelijkheid ook weer een fase van de ziekte. Jezelf 'genezen' verklaren wil zeggen dat je ongeneeslijk blijft. Jezelf 'van de drank af' verklaren wil in werkelijkheid zeggen dat je dronken blijft. Jezelf 'van de verslaving hersteld' verklaren wil zeggen dat je er niet van herstellen kúnt. De ziekte is als een ui; ze bestaat uit vele lagen. Je kunt blijven schillen zonder ooit bij het hart te komen. Daarom houdt schrijven over nuchter worden en blijven het grootste gevaar in – het gevaar van dronkenschap, het gevaar van de ondergang en dood.*

Het enige veilige dat je met betrekking tot je niet-drinken kunt doen is er je mond over houden. 'Liefde blijft zelden bestaan nadat zij is uitgesproken,' staat in de Regelen der Liefde. Ik heb ten opzichte van de AA datzelfde idee. Vandaar het belang van anonimiteit. Door het proces op schrift te stellen, zou je de magie buiten werking kunnen stellen.

En toch zou het belangrijk kunnen zijn dat ik mijn verhaal vertelde, het verhaal van iedere willekeurige vrouw. Het hart zou me wel in de keel kloppen als ik het schreef, omdat ik zou weten dat ik het hoogste taboe doorbrak, dat ik mijn eigen nuchter-blijven, mijn eigen leven in gevaar bracht.

Alle grote geheimen groeien alleen in stilte. Iets op schrift stellen is verraad plegen aan de diepste waarheid die het hart kent: dat zwijgen altijd wijzer is dan enig woord dat men spreken kan.

Dat moet de paradox zijn van het schrijven voor publicatie, zoals het zelfs die van het bijhouden van een dagboek is. In het woord sterf je, en alleen zwijgen kan je redden.

ISADORA: *Zó mag ik het horen.*
LEILA: *Ik lijk jou wel, hè?*

Wayne belt.

'Je bent weer eens verdwenen, hè,' zegt hij. 'Ada heeft een nieuw op-zetje voor je bedacht. Ze heeft zich vreselijk veel moeite gegeven. Jij kent haar niet, maar ze doet dit anders echt voor *niemand*.'

'Nee,' zeg ik.

'Wat bedoel je, "nee"?' vraagt Wayne. 'We zijn nog maar nauwelijks begonnen.

'Ik ben al geweest,' zeg ik. 'Ik heb mijn duistere kant gezien, jij wint, ik geef me gewonnen. Klaar.'

'Je durft niet,' zegt Wayne.

'Dat kan. Misschien durf ik niet. En misschien heb ik geleerd wat ik leren moest. Maar voor het ogenblik heb ik genoeg gehad.'

'Leila, zo *ken* ik je niet.'

'Mooi zo.'

'Wat bedoel je daarmee?'

'Nou, misschien wordt de Leila die niets te dol was nu volwassen. Misschien ben ik uitgekeken op de ervaring ter wille van de ervaring. Misschien begint er nu eindelijk es iets door die dikke schedel van mij heen te dringen. 't Is zo welletjes geweest. *Genug. Basta.* Wens Ada alle goeds van me. En jezelf ook. Kom me hier buiten opzoeken als je er zin in hebt. Ik kan op dit moment niet zo best tegen New York.'

'Tjonge – ik heb je wel *echt* laten flippen, hè?'

'Ik dacht dat dat de *bedoeling* ook was – om me te laten flippen. Of heb ik dat niet goed begrepen?'

'Je bent een vlugge leerlinge,' zegt Wayne. 'Of gewoon een bang-broek.'

'Misschien.'

'Leila, zo *ken* ik je niet.'

'Dat heb je al gezegd.'

'Hoor eens – als jij het SM-materiaal eerder gebruikt dan ik, ver-moord ik je.'

'Maak je geen zorgen. Ik werk aan iets anders.'

'Aan wat dan?'

'Aan mijzelf.'

'Jij bent *werkelijk* geflipt,' zegt Wayne.

Enkele dagen voordat ik naar Venetië zou vertrekken voor het Viva Venezia-bal en daar Lionel (mijn kandidaat-minnaar, wiens duister geheim ik nu kende) en Julian (mijn astrale maatje) zou treffen, belde Dart.

Hij belde, en hij klonk verstandig, redelijk, beheerst. Hij stelde voor samen te gaan lunchen. Ik voelde me sterk genoeg om zo'n gematigd verzoek te kunnen hanteren en ging akkoord. Misschien zou de lunch bevestigen dat ik de obsessie eindelijk had overwonnen. Sybil-le en Emmie waren ertegen dat ik ging, dus ging ik.

Een lunch. Een lunchafspraak tussen twee geliefden. Dart en ik grapten vroeger wel eens dat wanneer je samen gaat lunchen en dan ook werkelijk eet, de affaire voorbij is.

Toen de datum eenmaal vaststond, begon ik me voor te bereiden. Manicure, pedicure, gelaatsmassage, zijden ondergoed... Naar een afspraak met Dart gaan is kennelijk een onderneming die nieuwe kleren vereist, kort gezegd, geen onderneming in de sfeer van Thoreau. Pas op. Sinds ik bij de AA ben ben ik alles in die termen gaan afmeten.

Voor de SM-meesteres had ik nieuwe kleren nodig, voor het Viva Venezia-bal heb ik nieuwe kleren nodig, voor Danny Doland had ik nieuwe kleren nodig, voor de lunch met Dart heb ik nieuwe kleren nodig. De boodschap is duidelijk. Dit zijn dingen die ik zou moeten vermijden.

Maar de waarheid is dat ik nu ook weer niet *zo* vrij ben – nog niet.

We treffen elkaar bij Da Silvano in New York.

(Een kleine ironische toets.)

Hij is te laat.

Over het zijden ondergoed draag ik een zeer scherp gesneden witlinnen pakje met een gemodificeerde minirok. Ik ben even opgewonden als toen ik toekeek bij de SM-meesteres, en de gevoelens zijn niet zo heel erg anders.

Hij ziet er oogverblindend uit wanneer hij binnenkomt: blauwe, blauwe ogen (of zijn het nieuwe blauwe contactlenzen?), een nieuw blauw overhemd dat een of andere tot over haar oren verliefde dame hem moet hebben gegeven (ik *voel* het in mijn botten), kaki shorts, gymschoenen, walkman.

We omklemmen elkaars hand. Het gesprek *barst* los. Alsof we nooit uit elkaar geweest zijn.

We gaan aan een tafeltje zitten en praten, en onze ogen laten elkaar niet los – net als vroeger. Het is er allemaal nog, de magie, de scheikundige aantrekkingskracht. Als hij mijn been aan zou raken, zou ik klaarkomen.

Dart (zich over de tafel naar me toebuigend, en zachtjes mijn arm strelend): 'Ik heb je zo gemist.'

Leila: 'Ik jou ook.'

Dart: 'Ik hou van je; er bestaat niemand zoals jij. Niemand heeft ooit zo van me gehouden als jij. Niemand zal ooit meer van me houden zoals jij.'

Leila: 'Helemaal waar.'

Op mijn aandringen vertelt hij me over het delletje. 'Ze houdt van me,' zegt hij. Niet: 'Ik hou van haar.'

Dart: 'Ik ga hetzelfde doen wat mijn vader gedaan heeft: met een toelage trouwen. Ze is hard, heeft valse oogjes. Zij is niet lief, zoals jij.'

Leila: 'Waarom doe je het dan?'

Hier weet hij geen antwoord op, maar ik mogelijk wel. Haar hard-

heid biedt hem meer geborgenheid dan mijn liefheid. Hij is van S overgestapt naar M. Nu is *hij* degene die de klappen krijgt.
Leila: 'Wie is de baas in deze relatie?'
Dart: 'Ik.'
Ik glimlach tegen hem en streel zijn hand, want ik weet beter.
Dart: 'We hadden moeten trouwen.'
Leila: 'Schat, we *zijn* al getrouwd – in ons hart. Hoe zouden we nog *meer* getrouwd kunnen zijn?'
Hij huilt. Dart heeft altijd goed op het juiste moment kunnen huilen.
Dart: 'We moesten eens samen een reisje maken.'
Leila: 'Wanneer?'
Dart: 'Ik weet het niet – we zouden het wel kunnen regelen.'
Leila: 'En onze kleine juffrouw Valsoog dan? Sorry. Hoe heet ze?'
Dart: 'Sylvie.'
Ik herinner me al de boodschappen die Natasha van ene Sylvie heeft aangenomen. De afgelopen twee of mogelijk drie jaar al. Weerzin slaat in me omhoog. Ik sla mijn benen over elkaar, ik draag sandaaltjes met naaldhakken, en ik kijk toe hoe Dart verhit raakt. Twee kunnen dit spelletje net zo goed spelen als een.
Leila: 'Zou Sylvie niet achterdochtig zijn?'
Dart: 'Ze geeft me een hoop ruimte.'
Ze heeft weinig keus, denk ik. Mmm. Het heeft wel een bepaalde charme om de begeerde maîtresse in plaats van de huishoudster te zijn. Opeens moet hij nu *mij* hebben, alleen omdat ik niet beschikbaar ben. Onder zijn kaki short heeft Dart duidelijk een erectie. Het prikkelt me sterk. Ik hoor Sybilles stem zeggen: 'Dat is zijn *vak* – een erectie hebben.' Maar wat weet zij van Neukland? Heel wat, vermoedelijk.
We maken plannen voor ons mythisch reisje. Ik weet dat het puur fantasie is – weet *hij* dat ook? Ik zal tegen mijn echte miljonair zeggen dat ik weg moet voor research (Dart hoeft niet te weten dat ik het al weken geleden met hem heb uitgemaakt), en hij zal het een of ander tegen Sylvie zeggen (hij geeft zich nooit veel moeite met zijn smoesjes) en dan gaan we... waarheen? We kunnen niet besluiten.
Dart (op romantische toon): 'Nog eens naar Venetië. Nog één keer naar Venetië met jou. Ik zou mezelf een kloot afsnijden om nog één keer met jou naar Venetië te kunnen.'
Leila (praktisch): 'Dat zou onze tijd in Venetië goed verzieken.'
Dart: 'Of Wyoming. Weet je nog, Wyoming?'
Leila: 'Wie zou dat nu kunnen vergeten? En Dubrovnik.'
Dart (met zijn veel geoefende glimlach): 'Hong Kong.'
We praten over van alles: het fictieve reisje, mijn fictieve verloofde, zijn (misschien *eveneens* fictieve) verloofde, zijn (zoals gewoonlijk) ontelbare projecten. Waarom ben ik niet kwaad op hem? Omdat ik mijn woede in de *Doos van Pandora*-collage heb gelucht? Omdat ik nog steeds van hem houd? Omdat ik een of andere grens in mijzelf

225

overschreden heb en nu boven woede sta? En ik weet dat ik niet met hem zal slapen.

Houd ik nu hem voor de gek of mijzelf?

Dart: 'Je ziet er zo prachtig uit.'

Leila (denkend aan het nachtje in de stad): 'Dat komt zeker door het leven dat ik leid.'

Dart: 'Hoe gaat het met je Programma?'

Leila: 'Ik ben een paar keer teruggevallen, maar het heeft mijn leven ook veranderd. Ik word dikwijls razend op het Programma, kom ertegen in opstand. Ik weet dat het leven meer te bieden heeft dan souterrains van kerken – maar het is ook een geschenk. Ik ben erdoor teruggekeerd naar Zen, naar Thoreau, naar meditatie. Dingen waar ik al jaren geleden in grasduinde maar waar ik nooit in de verste verte iets van begrepen heb. En waar ik misschien nog maar net iets van begin te begrijpen.' (Ik besef dat ik te veel praat, zodat zijn interesse taant. Hij is ten dele ook weggegaan omdat ik van de drank af wilde.) 'Dit soort dingen kan ik maar beter voor me houden. Hoe gaat het met het *jouwe*?'

Dart: 'Ik drink zo af en toe een biertje.'

Leila (wetend dat ze het niet zou moeten vragen): 'Ga je naar bijeenkomsten?'

Dart: 'Ik word *woest* van het Programma. Al die mensen die de ene verslaving vervangen door de andere. Ik zou me nooit met die mensen willen bedrinken – waarom zou ik dan met ze samen van de drank af willen komen?'

Leila (van onderwerp veranderend): 'Hoe noemt Sylvie je?'

Dart: 'Ze noemt me DD. Of Darton-Darton... Soms noemt ze me Trick-Trac.'

Leila (grimmig): 'Geestige tante, zo te horen.'

Dart (met een traan omlaagbiggelend over zijn wang): 'Sylvie en ik hebben het tenminste *allebei* niet makkelijk. Bij jou was ik altijd een zaadje in de schaduw van jouw woud. Ik heb me nooit je gelijke gevoeld. Ik kon me niet ontplooien.'

Leila (de lulkoek onderkennend voor wat ze is, maar toch ook zijn verdriet aanvoelend): 'Lieverd, ik begrijp het. Ik begrijp het *allemaal*.'

En dat *is* ook zo. Ik weet zelfs dat dit alles op een vreemde manier nog veel moeilijker is voor hem dan voor mij – ofschoon hij een nieuw liefje heeft en ik niet, ofschoon hij geacht wordt *mij* te hebben laten zitten, al zouden mijn vrienden zeggen dat hij me gebruikt heeft.

Fout.

Ada heeft me geleerd dat we *elkaar* gebruiken, dat we allebei geven en allebei nemen, dat we allebei het psychodrama scheppen.

Was het een eerlijke ruil? Wie zal het weten? Zoals ik dikwijls tegen de tweeling zeg: 'Het leven ís niet eerlijk.'

226

Dart: 'De mensen zijn zo wreed. Ze vinden het prachtig om een liefde stuk te zien gaan. Mijn hart breekt als ik onze oude vrienden tegenkom.'

Leila: 'Ja, dat heb ik ook!'

Ik weet wat hij bedoelt. Het leedvermaak wanneer een affaire stukloopt is bijna erger dan het stuklopen zelf. Al die mensen die zo staan te trappelen om je de vreselijkste dingen over je vroegere minnaar te vertellen. Waarom kunnen ze hun kop niet houden?

Bij het afscheid kussen we elkaar. De kus heeft niet helemaal het verwachte effect. De continenten zijn verschoven; de kustlijnen passen niet meer in elkaar. We waren krankzinnig verliefd toen we in dat restaurant zaten – en nu *pffft...* voorbij.

Ik *weet* dat hij naar me toe zou komen, in Venetië of Wyoming of Dubrovnik. Maar *waarom*? Ergens tussen zijn uiteindelijk ervandoor gaan met Sylvie, de AA, de *Doos van Pandora*, en Madame Ada heb ik hem losgelaten, zonder het zelfs te weten, hem vrijgelaten in het heelal. Dat weet hij, en misschien biedt hij daarom ook aan bij me terug te komen. Hij weet dat ik hem niet weer binnenlaat. En *ik* weet het. De obsessie is voorbij. En wat is gebleven? Droefheid – overstelpende droefheid – die zelfs de begeerte die hij wakker roept het zwijgen oplegt.

Nu zit ik in het Gritti en wacht op Julian, die over drie dagen arriveert. En voel me ellendig. Ik had hier nooit heen moeten gaan – zelfs niet voor maar een week. Ik ben plotseling teruggesmeten in de tijd. Ik mis Dart tot in mijn ingewanden – om nog maar te zwijgen van het plekje iets daaronder. Is dit een soort ontbrekend-ledemaat-syndroom? Nu ik hem kwijt ben, wens ik weer hem *on*-kwijt te zijn? Na hem moeizaam te hebben losgelaten, wil ik hem nu terug. Na mijn vrijheid te hebben herkregen, verlang ik terug naar de slavernij. Ik sta doodsangsten uit dat ik weer zal gaan drinken. Maar het is voornamelijk mijn hart dat het moeilijk heeft. Het is zo leeg als een kade na het wegvaren van een oceaanstomer. Mis ik nu Dart, of heb ik last van een nostalgisch terugverlangen naar dat oude gat in mijn hart? Verlang ik alleen maar terug naar mijn verdriet?

Ze hebben me dezelfde kamer gegeven die we aan het begin van onze idylle hadden – de kamer van Hemingway. Venetië is zoals altijd een stad vol spoken, en je weet van het ene bezoek op het volgende nooit of de spoken je goed of kwaad gezind zullen zijn.

Ik stap in mijn eentje deze vorstelijk ingerichte kamer binnen, uitgeput, aan het eind van mijn krachten – zoals je altijd bent wanneer al je moleculen door een transatlantische vlucht herschikt zijn – en ik stort in. Dit is de kamer waar Dart en ik zes keer per nacht de liefde bedreven, de kamer waarin we geschreeuwd en geblaft hebben en gestoeid als jonge dieren, de kamer die we altijd pas na donker verlieten – om de straten van Venetië bij nacht af te struinen, pratend over

Ruskin, over Byron, over Tintoretto, over Shakespeare, en over hoeveel we van elkaar hielden – waarna we naar deze kamer terugkwamen en opnieuw de liefde bedreven.

Dart is weg, en ik heb geprobeerd hem te vervangen door meditatie, door de liefde van de groep, door SM, door eenzame arbeid, door het schrijven in mijn aantekenboekje. Vanavond lijkt dat allemaal niet genoeg. De dybbuk is terug, mijn gemoedsrust aan flarden. Ik ben Dart kwijt – of mijn liefde voor Dart – en ik heb mijn laatste kind verloren. Ik heb het kind in mijzelf verloren. Ik heb een zomer achter me waarin ik celibatair geleefd heb...

ISADORA: *Als je dit celibatair noemt, Sand, zal niemand je woordkeus meer vertrouwen!*
LEILA: *Je hebt gelijk.*

(...okee, als je Danny en de Meesteres niet meetelt!), en het heeft me sterk gemaakt – maar nu is al mijn bravoure vervlogen, en ik ben radeloos. De zijden wandbekleding van Fortuny lijkt alle liefde die we genoten hebben in haar glanzende draden te hebben opgezogen. Ik werp me neer op het bed, aan het eind van mijn Latijn, volkomen moedeloos.

Mijn oude hotelkamerfobie keert in alle hevigheid terug. Al de paniek en ellende die het Programma naar ik meende had uitgebannen. (Dit zijn de ergste ogenblikken uit het leven van een 'vrije' vrouw: het alleen zijn met je jetlag, het alleen zijn na een miskraam, het alleen zijn na een hartstochtelijk minnespel, het alleen zijn na een lunch met je voormalige geliefde.)

Iedereen heeft iemand, en ik ben alleen! Waarom kan ik niets laten dúren? Waarom moet ik telkens weer op de vlucht slaan en mijn leven telkens weer opnieuw inrichten? Waarom ontgroei ik elke man aan wie ik mijn leven verbind? Of gooi ik de liefde alleen maar met mijn eigen handen weg, met mijn groei als smoes?

Droefheid, pijn, wanhoop. Ik rommel in mijn bagage tot ik een van mijn kleine AA-boekjes vind en lees de gedachte voor vandaag:

> We kunnen altijd over Gods hulp beschikken; we hoeven Hem alleen maar de ruimte te geven om een rol in ons leven te vervullen, en altijd bereid te zijn om Zijn leiding te aanvaarden.

Gezeik!

Ik spring in de lagune. Sterven in Venetië zou tenminste nog artistiek passend zijn. Is het niet Venetië waar kunstenaars heengaan om te sterven?

Ik knip het licht aan, pak wat hotelpostpapier, en krabbel een briefje aan Dart.

Lieveling,

Weet je dat ik hier notabene weer dezelfde kamer heb waarin we sa-
men gelogeerd hebben? Niet te geloven, hè? Al onze liefde is hier
nog – ze stuitert van de zijden wanden op je toe. Aangezien de tijd
rondgaat, is alles weer hier – maar waar ben jij?
Je hebt eens gezegd dat we óf heel dapper, óf heel dom waren. Mis-
schien een beetje van allebei. Ik wil niet dat we ons leven afzonderlijk
doorbrengen. Hoeveel levens zal het nog duren voor we herenigd
zijn? Wat een verspilling.

Heel veel liefs,
Leila

Ik vouw het op, adresseer het zorgvuldig aan het appartement in Hoboken (Hoboken!) waar hij met zijn delletje woont, tussen mijn boeken, de kleren die ik voor hem gekocht heb, de filmfoto's die ik van
hem gemaakt heb. Ik houd mezelf voor dat ik hem dit epistel morgen
per koerier toe zal sturen. Morgen. Intussen maar eens proberen te
slapen.
Maar onder invloed van mijn jetlag kan ik de slaap niet vatten.
Ik lig in bed te woelen en te draaien, masturbeer – langzaam en verlangend, met mijn gedachten bij hem – en dan als een wilde, met
mijn gedachten *niet* bij hem. Ik doe het licht aan en begin de door
een vriend gemaakte vertaling van het bijbelboek Job te lezen (die ik
meegenomen heb omdat het aansluit bij mijn stemming). Wanneer
ik kom bij de regel 'Bedenk dat het leven is als een ademtocht', heb ik
het niet meer en begin te huilen. Het is in Italië drie uur in de ochtend, maar in Hoboken nog maar negen uur de vorige avond.
Ik draai Darts nummer. Een antwoordapparaat komt pedant en nuf-
fig aan de telefoon.
Het is de nasale stem van het delletje.
'U spreekt met het huis van Darton Donegal en Sylvie Slansky. We
kunnen nu niet aan de telefoon komen, maar als u een boodschap in-
spreekt, nemen we contact met u op. *Piep.*'
Wat is dit voor een nieuwe, georganiseerde Dart? Toen ik hem kende, had hij geen postadres, geen antwoordapparaat, geen piep.
Hij had alleen maar de meest fantastische tamp van de hele christelij-
ke wereld, de blauwste ogen, de liefste stem, en een onuitroeibaar on-
vermogen om over *wat* dan ook de waarheid te vertellen. Wordt Dart
volwassen? Ik leg de hoorn neer zonder een boodschap in te spreken.
Waar zijn Dart en zijn delletje om negen uur zaterdagavond in Hoboken? Uit eten en naar een film? Bezig zich een ongeluk te naaien in
bed, bij de klik van het antwoordapparaat onmiddellijk, lijfelijk,
wetend dat ik het ben die belt van overzee? Dat verstopte geluid dat
de telefoon maakt wanneer er uit Europa gebeld wordt, alsof er een
soort sneeuwstorm van oude liefdes woedt. Waar zijn de liefdes van
weleer? Ja, waar?

Ik krijg nog steeds Darts geblokkeerde cheques, dus weet ik dat hij meubilair op afbetaling koopt bij Seaman en een deel van zijn rekeningen zelf betaalt. Waar krijgt hij het geld vandaan? Is hij bezig volwassen te worden? Heeft hij een baan waarin hij het uithoudt?

Ver weg van alles, in Venetië – de lagune der dromen, en een en al wanhoop. Ik had hier nooit moeten komen. De moed alleen verder te gaan is vervlogen. Ze heeft me in de steek gelaten. Ik heb mezelf in de steek gelaten.

Ik loop naar het raam, doe het open, en kijk uit over de witte schuimkoppen van de Salute, het water met zijn miljoenen duistere pailletten in alle kleuren van de regenboog der hel. Venetië kan zo melancholiek zijn, zo vol geesten. Het is geen plek om heen te gaan wanneer je een geliefde verloren hebt.

Onder mij zit op het terras een Amerikaans stelletje op huwelijksreis elkaar in de ogen te staren. Voor hen is Venetië een andere stad. We kijken naar dezelfde kerk, hetzelfde water, en voelen zulke volslagen tegengestelde dingen – zij aan het begin van een liefdesgeschiedenis, ik aan het eind ervan. Hoe kunnen twee zo tegengestelde emoties in dezelfde lucht bestaan?

Een verstoring van het wateroppervlak waar normaliter de *traghetto* overheen komt stampen – het kleine gondelveerbootje dat ik bij die eerste tochtjes met Dart zo vaak genomen heb. In het glinsterende auberginekleurige water lijkt telkens een gezicht op te doemen en dan weer te verdwijnen, zodat het water nu eens van een vlak, glazig zwart is, en dan plotseling van een groenig wit.

Darts gezicht! Darts arm zwaait boven de wateren uit!

En dan zinkt Dart definitief weg onder het wateroppervlak, met een laatste *vaarwel*.

Ik zak ineen in een stroom van tranen. 'Niet nog meer ellende! Niet nog meer ellende!' prevel ik. Maar terwijl ik me verbeeld hem ten afscheid naar me zien zwaaien, weet ik tegelijkertijd dat in feite *ik* ten afscheid naar *hem* zwaai. Dit is opnieuw een stukje loslaten, opnieuw een stukje beëindiging van de obsessie. Maar ondanks al mijn ellende ga ik niet drinken – althans vanavond niet.

Op een bepaald punt sta ik op en scheur het briefje tot confetti. Ik strooi die uit over het terras van het Gritti – maar de wind waait de snippers omhoog en voert ze mee het Canal Grande in. Ik zie hoe de laatste flardjes van mijn verlangen naar Dart – die Dart, wou ik bijna zeggen – op de auberginekleurige wateren worden weggevoerd. En dan val ik in slaap, dodelijk vermoeid door mijn eigen psychodrama.

In de ochtend zijn de demonen verjaagd. Ik word wakker, gooi de ramen die op het Canal Grande uitkijken open, en adem de pracht van een ochtend in Venetië in. Ik denk aan Elmore in Chianti toen onze liefde nog fris en vers was, aan de geboorte van de tweeling, en ik weet weer hoeveel ik van Italië houd – zij het niet van Venetië. Venetië kan ik wel missen, vond ik altijd. Groen sop. Hebzuchtige winkeliers. Een soort cynisch middeleeuws Disneyland bevolkt door zwetende horden dagjesmensen. O, ik heb wel vrienden die bij Venetië *zweren*, er zelfs wonen. Mijn vriendin Lorelei in Dorsoduro, mijn oude klasgenote van de academie Cordelia Herald, die schildert in een steeds verder instortend gotisch palazzo aan het Canal Grande. Ik heb dat vroeger nooit begrepen. Venetië leek zo bestudeerd bijzonder. Maar vandaag komt Venetië me oogverblindend schoon voor. Misschien raak ik bekeerd.

Italië is natuurlijk iets heel anders – in Italië heb ik me altijd gelukkig, altijd vrouw gevoeld. Altijd wanneer ik in Italië kom, denk ik terug aan de lijst met leuzen die Emmie en ik eens hebben opgesteld voor *Het Handboek voor Amazones: Een Gids voor Vrije Vrouwen* (dat we natuurlijk nooit geschreven hebben). Leus nummer 1 luidde: 'Je bent niet te dik; je bent alleen in het verkeerde land.' Nummer 2: 'Wees zo romantisch als je wilt, maar houd het onroerend goed op je eigen naam.' Verder zijn we nooit gekomen. (In feite zou je met die twee spreuken alleen al ontzettend ver kunnen komen.)

Italië. Alles aan dit land vind ik even geweldig: De taal, waarin alles beter klinkt, vanaf 'Geef de bonen even door, alsjeblieft' (*i fagioli, per piacere*) tot 'Ik hou van je' (*te amo*). De mensen, met al hun menselijke fouten, anarchisme, excentriciteit, en toch dat grote geloof in al die dingen die *echt* belangrijk zijn: kinderen, kunst, eten, de familie, het gesprek, opera, tuinieren, schoenen. Het landschap dat hier warm en moederlijk is, met heuvels als borsten, en dan weer hoekig en mannelijk, met fallusachtige pieken. De hele laars van Italië (en ik ben dol op laarzen) wordt omspoeld door een zacht likkende, seksuele zee. Vanaf Romeinse tijden tot op heden is Italië altijd een land geweest om verliefd op te worden – een hulde aan datgene in de menselijke geest dat duurzaam is, geschift, heidens, vreugdevol, droefgeestig, tegelijkertijd banaal en goddelijk.

Het is niet zo dat ik niet van Amerika kan houden. Amerika is mijn tehuis, en dus bemin en haat ik het gelijkelijk, zoals men zijn ouders bemint en haat. Ik ken het te goed. Ik ken de enorme energie, het pragmatisme van Amerika, maar ik ken ook de getikte evangelisten, de corrupte politici, de krankzinnige verslaafdheid aan geld in mijn land. Wat ik fantastisch vind van Amerika is zijn grenzeloos optimisme; wat ik haat is de manier waarop dat optimisme er in het dwangbuis van het puritanisme wordt gedwongen. Als je X hebt, mag je Y niet hebben. Als je Q hebt, mag je Z ook hebben. Als je hersens hebt, moet je lichaam daarvoor betalen. Als je een goed lichaam hebt, moeten je hersens daarvoor betalen. Wat ik vreselijk vind van Amerika is het geloof in dualisme – het geloof in vergelding – wanneer de waarheid is dat hoe meer je hebt, hoe meer je krijgt, hoe meer je pakt hoe *minder* je hebt, en hoe meer je geeft hoe meer je

krijgt. Want het leven is op het meest primaire niveau een feestje, geen aandelenbeurs: we worden alleen rijk door te geven. Alleen door de geest te voeden, voeden we het lichaam. Alleen door het lichaam lief te hebben, hebben wij de geest werkelijk lief. Ze zijn onscheidbaar, ondeelbaar, één. Het hart van Amerika weet dit, in zijn optimisme; de politieke macht van Amerika weet het niet.
Geef, geef, geef! is de roep der goden. Daar rijmt op: Leef, leef, leef! Waarom vertoeven we anders in dit ondermaanse?

ISADORA: *Omdat er geen seks is na de dood?*
LEILA: *Weet je dat wel zeker?*

Ik kan niet geloven dat het is om belastingaanslagen, depositobewijzen, en aandelenopties te verzamelen.
Blijf in beweging, blijf reizen. Wanneer ik reis, weet ik dat ik in mijn natuurlijk element ben. Want wat is het leven anders dan een doortocht? Toen ik jonger was, heeft Italië me aan het schilderen gehouden. Ik heb er mijn voet in het doopvont van het leven gedoopt.
De telefoon gaat.
'*Pronto.*'
'Leila – met Cordelia. Ik hoorde dat je in de stad was.' Cordelia's slepend zuidelijk accent is door twintig jaar in Italië niet aangetast.
'Hoe weet je dat in vredesnaam? Ik ben net gisteravond gearriveerd.'
Cordelia lacht. 'Venetië is een *heel* klein plaatsje, liefje. Ik *weet* het gewoon. Ik bel nu om je uit te nodigen voor een drankje rond half zeven, zeven uur vanavond. Er komen nog wat mensen – drijfhout en rijshout, zoals we vroeger zeiden.'
'Heel graag.'
'Ik ben *verhuisd*, liefje. Ik zit nu in het Palazzo Barbaro. Vraag maar bij de portier in het hotel. Iedereen kent me. Iedereen kent *iedereen* in Venetië.'
'Ga jij naar het Viva Venezia-bal?'
'Niet als ik niet hoef, liefje. Het is dé gebeurtenis van het seizoen, maar ik *haat* dat soort dingen. Te veel cotillons in mijn slecht bestede jeugd – liefje, dat is de voornaamste reden waarom ik uit Charleston ben *weggegaan*. Ik doe mijn best me zoveel mogelijk op te houden onder de gekken, de geliefden, en de dichters.'
'Goeie ouwe Cordelia.'
'Zie wat van de Biennale als je enigszins kans ziet, die is van het jaar werkelijk *goed*.'
'Okee, baas.'
'Kom om zes uur, zodat we even kunnen praten voordat de zwetende horde uitvreters arriveert. Hoe noem jij die, liefje?'
'Hoe noem ik *wie*?'
'Uitvreters – in het jiddisch.'
'*Schnorrers*,' lach ik.

'Ik mis die idioterie van je, Zandberg.'

'Ik heb jou ook gemist,' zeg ik.

We lachen allebei en hangen op. Vrienden en vriendinnen. Wat zou ik zonder mijn oude vrienden en vriendinnen doen? Ik kleed me aan en begeef me dwars door Venetië naar de Biennale.

Een heiige nazomerzondag in Venetië. Beierende klokken. Een tafereel dat door Monet geschilderd kan zijn: een sluier van vocht verzacht de contouren van de *campanili*, de lucht, het water. Geen wonder dat de schilders hierheen stroomden, waar de lucht en het water elk moment een andere vorm aannemen in een kaleidoscoop van licht. Venetië is de enige stad waar elk uitzicht bijna voor driekwart uit hemel bestaat. Wanneer ik de *vaporetto* naar de Biennale neem, begrijp ik plotseling alles van het licht van Venetië, het licht waar Ruskin, Turner, Monet op afgekomen zijn – en vóór hen alle grote Veneziaanse schilders, vanaf Carpaccio, Titiaan, Tintoretto, en Veronese tot aan Guardi en Canaletto. Plotseling *zie* ik Venetië alsof het voor de eerste keer is. Komt het door mijn nuchter zijn, door de triomf van mijn gezonde verstand? Komt het door mijn maenaden en kristal? Komt het doordat ik Dart kwijt ben? Ik *zie* de moten van licht die Turner schilderde. Ik begrijp alles van het licht, alsof het diep in mijn binnenste gloeit.

Op de kunstacademie kreeg ik les van een fantastische oude leraar, een figuratieve schilder uit Rusland, die Stoloff* heette. Hij zei altijd dat het verschil tussen een matig schilderij en een geweldig schilderij de spanning was, het gevoel dat de schilder niet alleen het object zelf geschilderd had, maar ook de lucht tussen het object en hemzelf, waardoor het hele schilderij veranderde en tot zijn eigen unieke schepping werd. Ik heb nooit echt begrepen wat hij bedoelde; nu begreep ik het.

Waar het bij het schilderen om ging, was het vangen van de lucht – van het licht dat trilde in de lucht tussen jou en datgene wat je wilde vereeuwigen. En waarom? Omdat je alleen dan de dans van de moleculen schilderde, de dans van de moleculen die datgene wat wij 'de realiteit' noemen bepaalt.

Daar ging het om – om die dans te schilderen. Maar eerst moest je die *zien*. Stoloff zei ook altijd: 'Jullie zijn hier niet om te leren schilderen maar om te leren *zien*. Omdat, als je maar zien kunt, het schilderij er vanzelf komt. Maar de meeste zogeheten kunstenaars zijn blind.'

---

* Isadora Wings grootvader Samuel Stoloff was haar eerste tekenleraar. Hij leerde haar tekenen toen ze nog klein was. Hij was een van haar muzen, en ze liet geen gelegenheid voorbijgaan om hem in haar werk ten tonele te voeren. Ze citeerde hem tijdens haar leven graag, zoals ook tijdens een van onze gesprekken: 'Iedere stomme idioot kan een schilderij maken, maar je moet een genie zijn om het te verkopen.' C.F-S, Ph.D.

233

Hij was al tien jaar dood, maar nu begreep ik eindelijk wat hij geprobeerd had me bij te brengen. De uitdrijving van de alcohol uit mijn lichaam leek me wel een nieuw stel zintuigen te hebben geschonken: ogen, oren, neus – ze functioneerden allemaal alsof ze nog maar net geschapen waren. Ik kon me zonder atmosferisch ruis instellen op de kosmos; ik kon zien zonder bril, ik kon de bloemen ruiken zonder neusklemmen op!

Wat ik vóór alles leerde, was dat het leven verder gaat. Wat ik leerde, was dat ik in mijn eentje niet alleen was. Ik zou leren mijn gesternte te volgen, waarheen het me ook leidde. Als deze avond in Venetië me dan niets anders had opgeleverd, had hij me tenminste dit éne ogenblik van helderheid geschonken. Ik had eindelijk de les van mijn oude leraar begrepen. Ik zou nu naar huis kunnen gaan als ik dat wilde.

Maar ik deed het niet. In plaats daarvan ging ik om zes uur naar Cordelia.

Cordelia woonde op de bovenste verdieping van het Palazzo Barbaro, in welks verbazingwekkende bibliotheek Henry James sliep toen hij aan *The Wings of the Dove* begon. Het was een enorm appartement met vakkenplafonds, een *salotto* die op het Canal Grande uitkeek, die Jamesiaanse bibliotheek met beschilderde panelen, en een uitzicht op de pannendaken en daktuinen van Venetië, en een keuken die eens het atelier van Sargent geweest is. Cordelia's schilderijen – monumentale paardefiguren (als van een soort krankzinnige Rosa Bonheur die op de abstracte toer gegaan was) – waren overal, opgehangen of tegen de muur gezet.

Cordelia omhelsde me. Toen deed ze een stapje achteruit om me schattend op te nemen, zoals vrouwen van een bepaalde leeftijd dat doen. Nog niet dood. Nog niet aan het aftakelen. Nog een paar goeie affaires in het verschiet. (Gek zoals we ons leven afmeten in affaires, zoals vrouwen van een ander tijdperk het hunne in kinderen plachten af te meten.)

Cordelia heeft blond haar dat tot haar middel reikt, doordringende groene ogen, prachtige jukbeenderen. Ze is lang, met brede schouders waardoor een denimoverhemd er even elegant uit kan zien als een kostuum van Armani. We omarmen elkaar.

'Je ziet er geweldig uit,' zeg ik. 'Is het nog steeds dezelfde Italiaan – of een nieuwe?'

'Geloof het of niet, 't is nog steeds Guido, liefje. Ik denk dat onze relatie nog steeds stand houdt omdat we niet bij elkaar kunnen zijn. Deze Italiaanse liaisons duren eindeloos. Het moet waar zijn wat Dumas gezegd heeft: "De ketenen van het huwelijk zijn zo zwaar dat er twee voor nodig zijn om ze te dragen – soms drie." Het is zeker waar dat als we vijftien jaar geleden getrouwd waren, we nu waarschijnlijk niet meer bij elkaar zouden zijn.'

'Nog steeds waanzinnig verliefd?'

'Ja, liefje. Met de nadruk op waanzinnig.'

'Woont hij nog steeds bij zijn vrouw?'

'O, zeker. Ik zie hem van tien tot twaalf 's morgens en soms van zes tot acht 's avonds. Het is meer dan de meeste getrouwde stellen hebben. Kwaliteitstijd – noemen ze dat niet zo? Geen slecht systeem. En de rest van de tijd schilder ik.'

'Verlang je er nooit naar met hem samen te kunnen wonen?'

'Natuurlijk wel. Maar steeds minder. Ik stap 's avonds in bed met al die kunstgeschiedenispillen om me heen opgestapeld, en dat kun je niet maken met een man – dat vinden ze altijd vervelend. Soms, net voor ik in slaap val, wens ik wel eens dat ik iemand had om mijn armen omheen te slaan. Maar dat gaat weer voorbij – en dan slaap ik. En 's morgens *is* hij er. En jij?'

'Dart Donegal heeft me bijna op de knieën gekregen – maar ik begin alweer overeind te komen. Op sommige ogenblikken ervaar ik ineens een gevoel van vrijheid dat me verbijstert, een soort geluksgevoel waar je je hele leven op gewacht hebt.'

'Houd dat gevoel *vast*, liefje; er is *werkelijk* een leven na de persoonlijke vrijwording. Wanneer je ophoudt bang te zijn dat je alleen achter zult blijven, wordt het allemaal echt heel eenvoudig. Het leven is zo vol en rijk, je kunt het gewoon niet op. Ik zou het vroeger nooit geloofd hebben, liefje, maar het zijn *werkelijk* de beste jaren van mijn leven. Ik huppel praktisch door de straten. Ik pieker nooit over Guido. Hij wel over mij, de arme schat – hij heeft het gevoel dat hij iets misloopt, en dat *is* ook zo. Wanneer ik gasten van thuis heb – vooral mannelijke gasten – staat hij werkelijk op de campo te loeren, als een spion. Hij is ervan overtuigd dat ik dan met iemand anders naar bed ga, wat ik zeer beslist *niet* doe. Italiaanse mannen zijn mucho macho – tegelijkertijd tiranniek en zwak. *Hij* denkt dat hij het recht heeft om *mij* te verbieden gasten te ontvangen, maar ik heb niet het recht om iets te zeggen van het feit dat hij elke dag weer teruggaat naar La Bella Barbara. Liefje, ze is gewoon *vreselijk* – een van die koude, modieus geklede mannequins, die eerder van Zwitserse dan van Italiaanse afkomst lijken. La Kutta Plastica, noem ik haar. Hij *zweert* dat ze al in tien jaar geen seks meer hebben gehad. Getrouwde mannen zweren dat altijd, maar in dit geval zou het misschien nog wel waar kunnen zijn ook. Hoe dan ook, ik ben *echt* dol op hem. Natuurlijk gooit *hij* van tijd tot tijd z'n kont tegen de krib, omdat hij plotseling bedenkt dat *ik* in feite vrijer ben dan hij. Maar hij verdringt het dadelijk. Eigenlijk geweldig om een man te zijn, niet, liefje? Ze zijn in staat tot volstrekte ontkenning van de werkelijkheid. In New York zou ik er waarschijnlijk moeite mee hebben en een nette echtgenoot willen, maar in Italië lijkt het gewoon *uitstekend* zo. Het leven is hier zo *bevredigend*; zo *rijk*. Ik vind het al heerlijk om vis op het Rialto te kopen, uit het raam te kijken en boten voorbij te zien komen, naar de *traghetto* te lopen en de gondelier te zien zwaaien en te horen schreeuwen: "Ciao, Cordelia!" Ik voel me net de plaatselijke excentriekelinge. Ik kan me geen beter leven voor een schilder of schilderes voorstellen – of voor wie ook.'

'Ik had dit jaar bijna een nette echtgenoot gehad. Een antiekhandelaar. Het was *vreselijk*. Eerst was het natuurlijk allemaal fantastisch – echte dineetjes, en al mijn vrienden en vriendinnen die een zucht van verlichting slaakten. Die wilde kat Leila opeens getemd, uit de problemen, onder de pannen... Toen raakte hij me opeens niet meer aan. Ofwel, hij naaide me niet meer. Uit rancune, denk ik, omdat ik zijn hart geraakt had. Het hart is op het ogenblik uit de mode in New York.'

'Dat is het altijd geweest, liefje. Daarom ben ik er weggegaan. En toen keek hij jou erop aan, hè, liefje? Goeie God – wanneer mijn vriendinnen uit New York overkomen en me vertellen wat daar tussen mannen en vrouwen gebeurt, ben ik *nog* blijer met Guido. Dit is tenminste nog *menselijk*. In New York schijnt het te wemelen van workaholic-yuppies die al hun kostelijke lichaamssappen aan Wall Street spenderen! Vertel *jij* me nu eens – zie ik dat verkeerd? Per slot van rekening ben ik in 1968 weggegaan.'

'Wacht maar tot ik je over mijn nacht met de SM-meesteres verteld heb.'

'Wat zeg je nou?'

'Mijn nacht bij Madame Ada, in zwart leer en met zwarte kaarsen in je reet.'

'Leila, liefje, het is tijd dat je wegkomt uit dat New York. Ik zeg je, het is daar gevaarlijk voor je...'

De deurbel gaat, ter aankondiging van het arriveren van de eerste gasten.

We circuleren in de bibliotheek, tussen de in leer gebonden boeken, de antiquiteiten, een mengeling aan veelkleurige gasten uit Venetië, New York, Londen, Parijs, Hong Kong.

Het is de gebruikelijke nazomerparty bij Cordelia – dezelfde party waar ik al twintig jaar bij binnenval. Dezelfde elegante homoseksuele dichters (hun gelederen jammerlijk uitgedund door de plaag van de jaren tachtig), dezelfde in Venetië wonende kunstenaars, dezelfde excentrieke scheepsmagnaten, dezelfde schrijvers, bezig bij te komen van het floppen van hun romans – of van successen die ieders wildste verwachtingen hebben overtroffen – dezelfde dames van zekere leeftijd op zoek naar Guido's, dezelfde lesbiennes in scherp gesneden maatkleding, lesbiennes in slecht gesneden maatkleding, dezelfde ernstige studenten in de kunstgeschiedenis (of in de musicologie, of in de kunst van de Renaissance) die voor het eerst in Venetië zijn en ruiken naar de rijen boeken van de Marciana-bibliotheek of de Cini-stichting, met ogen stralend als sterren omdat ze in Venetië zijn en helemaal omringd door kunst en ze het allemaal nog niet kunnen geloven.

En dan is daar plotseling te midden van al deze oude getrouwen een nieuw gezicht.

Door het vertrek vol vertrouwde onderwaterfauna heen komt hij op me toezwemmen, de zeemeerman, soepel van beweging, slank in zijn witlinnen overhemd en beige linnen pantalon, met een enigszins spottende glimlach op zijn gezicht; zijn jukbeenderen staan schuin zoals die van Pan, zijn ogen zijn zeegroen, bespikkeld met bleekgoud, zilver, platina, zijn warrige krullen lijken op die van een jonge Bacchus, en zijn oren, ik zweer het, zijn nét even te puntig – hij moet absoluut ten dele sater zijn.

Ik kijk omlaag naar zijn voeten, in de verwachting hoeven te zien, of op zijn minst vinnen, maar ik zie alleen maar crèmekleurige instappers en geen sokken.

Zijn ogen boren zich in de mijne.

'Ciao, Leila,' zegt hij, op een toon alsof hij eigenlijk zegt, 'Schatje, draai je om, ik wil je van achteren pakken.'

De lucht is vol goud en zilver. Elk lichtspikkeltje schittert van de seks.

'Hoe weet jij mijn naam?'

'*Tu sei famosa. Ho visto la sua fotografia molte volte nel giornale.* Neem me niet kwalijk – ik spreek je taal nauwelijks. Ik ben Renzo Pisan.'

'Renzo il Magnifico,' zeg ik in zijn groengouden ogen kijkend.

Hij raakt mijn haar aan.

'We hebben hetzelfde krulhaar,' zegt hij. Het is een heel goed teken. Venetiaans haar. 'Mag ik je meenemen voor een tochtje door Venetië per boot?'

'Wanneer?'

'Morgen, om elf uur?'

Wat kan ik met enige mogelijkheid anders zeggen dan 'ja'?

ISADORA: *Probeer voor de verandering eens 'nee'!**

---

* De lezer heeft nu vast wel opgemerkt dat Isadora het hatelijkst tegen Leila is wanneer Leila het meest van haarzelf weg heeft. Deze terzijdes tussen romanfiguur en schrijver zullen waarschijnlijk typisch voor de meeste schrijvers zijn, maar alleen in een enkel zeldzaam geval als het onderhavige beschikken we over zwart-op-wit bewijs ervan. C.F-S, Ph.D.

19. 'Neem twee gondeliers
en bel me morgenochtend terug'

Ik heb negentien kerels en ik wil er nog één,
Ik heb negentien kerels en ik wil er nog één,
Als ik die ene erbij krijg, stuur ik die negentien heen.

– Bessie Smith

Om elf uur de volgende ochtend komt hij me bij het Gritti ophalen;
in het ochtendlicht lijkt hij nog meer op een sater dan gisteravond in
de schemering.
We tuffen naar het midden van de lagune, waar de zeemeeuwen wonen die op zoek naar vis omlaag komen duiken en neerstrijken op
boeien en rottende houten palen.
Achter ons schijnt in een waas de zon, uitgelopen over de hemel,
ontploft tot atomen.
Ik laat me achterover zakken in de boot en koester me in de zonne-
warmte, beseffend dat ik nergens anders liever zou willen zijn dan
hier.
We varen en varen. Een dromerige, glinsterende dag, met Venetië
steeds verder achter ons. Vanaf de lagune lijkt Venetië plotseling zo
klein – allemaal spitsen en torens laag aan de horizon, als de kroon
van Cybele.
Midden op de lagune gaat hij voor anker, laat me mijn ogen afwen-
den terwijl hij zijn keurige linnen broek en overhemd verruilt voor
zijn zwembroekje. Ik trek alles uit op mijn badpak na en we gaan
achter in de boot zitten, waarbij we elkaar aanraken en toch nog niet
helemaal aanraken, zoals dat bij geliefden gaat vóór de explosie,
wanneer het besluit om minnaar en minnares te worden al gevallen is
maar nog niet uitgevoerd.
Hij streelt mijn wang, mijn borsten; hij buigt zich naar me toe en
kust me, en plotseling verdrinken we in elkaars mond, in het land
van tong en tand, en dreigt de natuur, zo rood van tand en klauw,
ons te overmeesteren. Hij raakt me aan, en aan de manier waarop
hij me aanraakt – alsof hij een deel van mijzelf was dat verlangt zijn
grenzen te leren kennen – weet ik dat het alleen nog maar een kwestie van kiezen is of we elkaar zullen beminnen in de boot, of in mijn
hotel (waar Julian naar verwachting over twee dagen uit Californië
arriveert) of naar zijn huis zullen gaan (waar hij volgens Cordelia
woont met zijn Duitse vrouw die een onvervalste principessa is). Ik
ga akkoord met alles wat hij wil. Hij hoeft zijn vinger maar te krom-
men en te zeggen *vieni*, kom, en ik ga mee.

238

We spelen eindeloos, liggen in de zon, waarbij we ons met elkaar verstaan op die rudimentaire wijze van geliefden – je geur, je aanraking – en dan puffen we uiteindelijk terug naar zijn huis en bedrijven wild de liefde op de divan in zijn kantoor, waar de vloer bezaaid ligt met bouwtekeningen.

Zijn huis ligt op een klein eilandje (dat op geen enkele kaart staat) dicht bij Burano. Het is een vrij kleine villa, gebouwd door een volgeling van Palladio, omsloten door tuinen vol Grieks-Romeinse beelden en vreemde, primitieve, uit de lagune opgeviste stenen.

Er is niemand, alleen een volière vol kanaries die tijdens ons liefdesspel ononderbroken tjirpen, alsof ook zij er plezier aan beleven.

Ons minnespel heft de grenzen tussen ons op; we worden één persoon. Eerst komt hij maar een heel klein eindje bij me binnen, waarbij hij telkens zegt: '*Apri a me, apri a me*' (ga open, ga open), alsof al zijn behoefte erop gericht is me te bezitten, te vullen, me hem volledig te doen kennen.

Wanneer je seks zo bedrijft, is het geen seks meer maar een eenwording, het slaan van een brug tussen twee afzonderlijke werelden, een verlaten van het lichaam. En het is zo zeldzaam, en zo iets wonderbaarlijks. Je kunt er eeuwig naar blijven zoeken zonder het ooit te vinden.

We vallen in slaap in een poel van zweet en sappen; worden wakker, en vrijen opnieuw; vallen weer in slaap; worden weer wakker en vrijen opnieuw.

'We zijn net een oud echtpaar, dat nog steeds heel dol op elkaar is,' zegt hij. En zo is het. We waren vanaf de eerste aanraking volledig met elkaar vertrouwd. We beminnen elkaar als was het vandaag onze twintigste trouwdag, een weerzien na lange tijd, zo perfect passen we bij elkaar.

Met zijn roodgouden haar en groengouden ogen ziet hij eruit als een *giovanetto* van Bronzino. Om zijn hals draagt hij een zwart koordje met de leeuw van Sint-Markus en een Davidsster eraan. Hij is een architect die in Italië belangrijke gebouwen ontwerpt en hij is betrokken bij een restauratieproject in het getto van Venetië. Iets in hem roept al mijn vrouwelijkheid en al mijn joodsheid wakker – een krachtige combinatie. Hij bezit een zekere hoffelijkheid, een *gentilezza*, die me aan de Italiaanse Renaissance herinnert. En toch heeft hij ook iets enigszins berekenends – *furbo*, listigs – wat naar de geoefende Casanova riekt. Het is zo moeilijk uit te maken. Ik ben bij mijn lurven gegrepen en opnieuw Neukland in gesleurd, en alle beoordelings- en onderscheidingsvermogen hebben me verlaten.

Ik zit met Renzo in hartje Neukland – zelfs al is Julian ook hier, samen met mij in het Gritti. 's Middags verzin ik een of ander excuus – een interview, foto's, een borrel bij vrienden in Venetië – en ga bij de steiger wachten tot Renzo me ophaalt.

239

Stipt klokke twee verschijnt hij, zodra hij weg kon, met schending van het gewijde Italiaanse lunchuur. Komt me oppikken in het kleine motorbootje – een klassieke Riva – *tjoeke, tjoeke, tjoek* – in witlinnen broek, blauwlinnen jasje over een gestreept gondeliershemd; zijn lichaam is heel slank en ruikt naar zweet en zoutmoeras, ovulatie en de maan.

Ik stap in de boot die me naar het midden van de lagune dragen zal, en we zingen ordinaire Amerikaanse liedjes – 'Are You Lonesome Tonight?' bijvoorbeeld – onder het wegpruttelen in de zonneschijn, laten midden in de lagune het anker vallen en bedrijven in het volle zicht van zeemeeuwen en laag overkomende vliegtuigen de liefde in de boot. Venetië is plotseling bijna in de horizonstreep weggezakt – een laag, onaanzienlijk silhouet, ondanks de horden toeristen met Michelingidsen in de hand, de graatmagere mondaine dames die zich daar voor het Viva Venezia-bal verzameld hebben, de obers door wie je altijd getild wordt, de hotelhouders, winkeliers, restauranthouders, en de heen en weer kruisende homo's die nu allemaal aan 'safe sex' doen, wat dat ook moge zijn.

Renzo en ik doen niet aan safe sex. In Neukland is niets safe. We zinken weg in een waterig Atlantis, daar midden op de lagune, waar we communiceren via tamp en kut, en wanneer we spreken is dat alleen in het meest rudimentaire Engels en steenkolen-Italiaans.

De taalbarrière is onoverkomelijk, maar maakt alles ook intenser beladen. Renzo beweert Engels te spreken als een Zoeloe. En mijn Italiaans is, na al deze jaren, toch alleen maar geschikt voor het overleven op een onbewoond eiland.

Ik noem hem 'Carissimo Troglodito' (of 'Liefste Holbewoner'). Hij noemt mij 'Piccola Pittrice' (of 'Kleine Schilderes'). Ik zou me dat adjectief van niemand anders laten aanleunen, maar uit zijn mond klinkt het als een compliment. Hij naait me vanuit elke mogelijke positie tot ik tranen van vreugde schrei. De punt van zijn tamp weent bij het te voorschijn komen uit zijn broek eveneens. Hij draagt geen ondergoed. *'Piange per te,'* zegt hij. Hij huilt om jou.

Hij probeert me zwanger te krijgen. O, wat hebben Latijnse mannen toch een heerlijk inzicht in het oervocht en wat daar de bedoeling van is. Wij Amerikanen hebben de bedoeling van seks uit het oog verloren. Seks heeft te maken met baby's. Neukland is de Verleiding; de Liefdestunnel leidt naar de Speelkamer, via grotten vol bloederig endometriumvocht en zoutig sperma.

En Julian? Julian wacht in de hotelsuite, waar hij symfonieën schrijft in zijn hoofd (en in zijn muziekschrift), wel en niet wetend wat ik in de lagune heb uitgevoerd.

Julian en ik zijn zielsverwanten. We begrijpen de roerselen van elkaars hart en ziel volledig en toch naaien we niet. Beiden vreemdelingen afkomstig van een verre androïde van de geest, spreken we dezelfde taal, de taal van buiten de ruimte.

Bij mijn terugkomst vraagt Julian me of ik een gondelier ontmoet heb. En ik zeg, 'Ja,' en dan beschrijf ik seks in een boot met deze onweerstaanbare naamloze gondelier. En Julian blijft me geboeid aanstaren terwijl ik mijn avontuur beschrijf, dat bij het vertellen nog extatischer wordt.

Met Renzo en Julian samen heb ik nu alles wat ik nodig heb – en toch weet ik dat deze idylle niet eindeloos kan duren.

ISADORA: *Ik denk dat celibaat nooit eindeloos kan duren.*
LEILA: *O, stik!*

Afstand houden, houd ik mezelf voor. Afstand houden is de sleutel tot het hele bestaan. Ik wil alles voelen, opgaan in de belevenis, en toch wil ik weer bij mezelf terug kunnen keren. Ik wil neerzinken tot op de bodem van de lagune en toch weer boven kunnen komen. Ik wil mijzelf helemaal weg kunnen geven en toch een stukje van mijzelf overhouden om opnieuw uit te kunnen ontstaan – net zoals een octopus, die je aan stukjes snijdt en in de lagune mikt, weer tot een hele uit kan groeien.

Wat een angstaanjagend leven heb ik voor mezelf uitgekozen, of heeft de muze voor me uitgekozen! Om telkens en telkens weer naar de bodem van de lagune te duiken op zoek naar verlies van identiteit, op zoek naar zelfvernietiging.

En toch ben ik gelukkig. Ik ben vergeten hoe gelukkig je zijn kunt wanneer het met de seks goed zit. Ik was het zingen op straat vergeten en de zonneschittering op het haar van je minnaar. Ik was Dart vergeten!

Zingend als tieners voortstuiven over de lagune – ik was de wonderbaarlijke verrukkingen van een nieuwe liefde vergeten – wie heeft er nu nog behoefte aan Ada en haar zwarte leer en kaarsen?

ISADORA: *Eindelijk zijn jij en ik het eens een keertje eens!*

Afstand houden. Is het mogelijk om lief te hebben en toch volledig in het heden te leven? Loopt liefde niet altijd vol anticipatie op de zaken vooruit? Wachtend op Renzo's telefoontjes raak ik helemaal over mijn toeren, krankzinnig, geobsedeerd – al die dingen die ik gezworen heb nooit meer te zullen worden. Ik droom van een baby met zijn groengouden ogen. Mijn eierstokken beginnen te schrijnen. Hoe kun je afstand houden met schrijnende eierstokken? Kan het vrouwtje van de soort dan nooit alleen maar existentialistisch bezig zijn?

Julian en ik liggen de hele nacht te praten met onze armen en benen om elkaar heen.

'Eens,' zegt hij, 'zullen we elkaar beminnen – maar dan niet vanuit seks maar vanuit liefde, door de tijd beproefde, ware liefde.' Ach, het land der beloften!

241

Julian en ik zijn al eeuwen vrienden. Hij is de enige mens bij wie ik ervan op aan kan dat hij samen met mij de dans van de moleculen zal zien, en me niet voor gek zal verslijten. Hij was de enige aan wie ik vol vertrouwen leiding kon vragen toen ik in Connecticut door de tijd en ruimte heen was gevallen en mijn moeder door het bos zag klossen. Hij lachte me niet uit. Toen ik hem uit Venetië belde, zei hij: 'Neem twee gondeliers en bel me morgen terug.' Als ik hem vanuit de vierde dimensie had opgebeld, had hij waarschijnlijk hetzelfde gezegd.

Tussen Julian en mij bestaat een stilzwijgende overeenkomst: we mogen samen geen seks hebben. Ik weet niet precies hoe dat besluit tot stand gekomen is of wie het genomen heeft. Misschien zijn we te veel broer en zus om voor de verleiding te bezwijken.

We knuffelen elkaar. We douchen samen. We eten naakt aardbeien in bed, maar we voelen ons veel prettiger als we met onze armen en benen om elkaar heen geslagen liggen te praten en te dromen dan we ons ooit naaiend zouden kunnen voelen. Soms praten we de hele nacht, masseren elkaars rug en benen, en zweven in het kosmische bed door de ruimte. Overal waar we zijn wordt het bed een schip tussen de sterren. Boven ons hangen vreemde planeten in de ruimte. We spreken over het niet-bestaan van tijd, de vage scheidslijn tussen vlees en lucht. We genezen elkaar door samen te lachen. Wanneer we samen op straat lopen, staren mensen ons aan omdat we net twee giechelende kleuters lijken. Kunnen we ons leven samen doorbrengen ook al naaien we nooit? Die vraag houdt ons beiden bezig. Ik weet dat er diverse relaties tussen mensen bestaan, die niet helemaal vleselijk zijn. Aangezien de ziel en het lichaam elkaar op verschillende manieren overlappen, aangezien het vlees en de geest meer terreinen met elkaar delen dan dat onder de navel, kan ik van Julian houden zonder datgene wat de wereld 'seks' noemt, maar ik vermoed dat dit hem van tijd tot tijd dwars zit omdat hij zichzelf, zoals de meeste mannen, beoordeelt naar de stijfheid van zijn tamp.

Op een avond zitten we om één uur nog op het Piazza San Marco te luisteren naar het laatste nummer van de band bij Florian. Zoals gewoonlijk spelen ze 'New York, New York' vals. We zitten ergens om te lachen wanneer we plotseling een dame van rond de vijftig zien die eruitziet als een zwerfster.

'Laten we haar een drankje aanbieden,' zegt Julian.

'Okee,' zeg ik.

Julian staat op en nodigt haar aan ons tafeltje. Eerst stribbelt ze tegen, maar dan komt ze bij ons zitten omdat ze wel aanvoelt dat het geen kwaad kan (mijn aanwezigheid stelt haar gerust).

Ze komt uit Ohio; ze heet Gladys, en ze werkt al bijna tien jaar als lerares Engels in Milaan. Ze is weg van Italië. Ja, soms heeft ze wel heimwee.

Met haar magere nekje, sliertig bruinachtig haar, klein haakneusje en naar binnen staande tanden behoort ze tot die mensen die nog het meest op een vogel lijken – net zoals Renzo nu eens een meerman en dan weer Pan is, zoals Julian een hond is (een zijdeachtig wit Maltezer leeuwtje), zoals ik een rode kat ben, zoals Dart een grote blonde Labrador retriever is (die op onvoorspelbare wijze in een vos verandert).

'Jullie lijken zo gelukkig met elkaar,' zegt Gladys. 'Hoe lang zijn jullie tweeën al getrouwd?'

'O, al *eeuwen*,' zegt Julian.

'Waar wonen jullie?'

'In Malibu,' zeg ik, 'en in Connecticut. We delen het jaar in tweeën.'

'Wat is het geheim van jullie huwelijk?' vraagt Gladys weemoedig.

'We slapen niet met elkaar,' zegt Julian.

Gladys kijkt alsof ze het in Keulen hoort donderen.

'Echt waar,' zegt Julian. 'Ik slaap in een doos en zij slaapt in het bed. Je zou er van staan te kijken hoe dat bijdraagt aan de instandhouding van onze relatie.'

'Je *meent* het,' zegt Gladys, half ongelovig, half verlangend te kunnen geloven dat *ergens iemand* een goed huwelijk heeft, tegen welke prijs ook.

'Grappig hoe het allemaal begonnen is,' zeg ik. 'Op een dag kregen we een vrij groot huishoudelijk apparaat bij ons huis in Malibu bezorgd – een wasmachine was het geloof ik, of misschien een droger. En mijn man Fred hier zei: "Schat, ik heb altijd zo graag in een doos willen slapen – vind je het heel erg als ik het eens probeer?"'

'Je *meent* het,' zegt Gladys.

'Ja heus,' zegt Julian. 'Dus legde ik een donzen slaapzak in de doos, met een kussen, een teddybeer en zo, en probeerde hoe het beviel. Ik vond het *heerlijk*! En sindsdien heb ik altijd in de doos geslapen, en Alice hier slaapt in het bed...'

'Niet in dezelfde doos, natuurlijk,' zeg ik. 'De eerste doos is al versleten.'

'We hebben toevallig net een *nieuwe* doos gekregen,' zegt Julian. 'Het geheim van ons huwelijk is dat we een onafgebroken aanvoer van nieuwe dozen hebben.'

Gladys kijkt vragend van mijn gezicht naar dat van Julian; ze wil het graag geloven, maar ook geen sufferd lijken (zoals wij allemaal).

'Jullie houden me voor de gek,' zegt ze.

'Helemaal niet,' zegt Julian. 'Het huwelijk is al moeilijk genoeg als beide partijen in hetzelfde bed moeten slapen. De dozen zijn de oplossing.'

'Zeker weten dat jullie me niet voor de gek houden?' vraagt Gladys.

'Zeker weten,' zeg ik, nu met het gevoel dat het overeind blijven van dit verzinsel voor ons alle drie onontbeerlijk geworden is.

'Wat doe jij voor de kost?' vraagt Gladys aan Julian.

'Ik zit in de schoenen,' zegt Julian. 'There's no business like shoe business.'

243

'Interessant,' zegt Gladys.
'Daarom komen we voortdurend in Italië,' zeg ik, 'vanwege de schoen-business. Ze maken de schoenen hier in de buurt – vlak bij Padua.'
'*"There's no business like shoe business, like no business I know,"*' zingt Julian. Plotseling kijkt hij Gladys aan. 'Heeft iemand je ooit verteld hoe mooi je bent?'
Ze kijkt hem opnieuw half ongelovig en half verlangend aan, en haar hele gezicht verzacht zich. De haakneus, het piekerige haar, de vaal-bruine musseoogjes worden mooi door de toverkracht van zijn blik. Ik zie hoe deze uit de lucht gegrepen bewering door de kracht van Julians intentie waar wordt. En ik weet dat ons aller leven kan worden omgetoverd als we dat maar krachtig genoeg wensen en die wens op ons leven gericht blijven houden, zoals de laserstraal van Julians prachtige ogen op Gladys' nu opeens prachtige gezicht.

De volgende avond ben ik weer met Renzo in de lagune en rijden we zingend over de wateren.
De lagune is doortrokken van het licht van de ondergaande zon en aan de andere kant van het uitspansel komt de volle maan op. De zeemeeuwen krijsen. Het is te volmaakt, te magisch, te zeer een cli-ché, en zoals vele clichés is het ook werkelijkheid. We deinen in het opalen doorschijnende azuurblauw-roze zon-maanlicht op de golf-slag, we laten het anker vallen, en beginnen elkaars huid aan te ra-ken alsof de huid net uitgevonden is en wij Adam en Eva zijn die op het punt staan in Noachs ark te stappen en het hele mensenras op stapel te zetten.
We spreken rudimentair Engels en rudimentair Italiaans.
'*Tu sei diavolo,*' zeg ik. Een duivel, dat ben je.
'Dat vind jij leuk,' zegt hij. 'Jij zou alleen door een duivel te vangen zijn. Een amazone kan alleen door een centaur worden ontvoerd.'
En dan schieten de woorden te kort en communiceren we met onze vingertoppen, met onze tongen, met de streling van onze tenen over het oppervlak van onze huid. Buiten, binnen, zon, maan hebben geen betekenis en wij wiegen in de boot die elk voor de ander is, in de lagune der dromen, tegelijkertijd vloeibaar en met sterren be-zaaid, waternat en toch gemaakt van trillend licht.
'*Mio troglodite,*' zeg ik.
'*Pelle di luce, pelle liquida di stelle, occhi di luna...*' zegt hij.
'*Siamo animali,*' zeg ik.
'*Anima, animali,*' antwoordt hij.
Hij hangt lui achterover in de boot, ruikend naar seks, naar oersap; de top van zijn tamp huilt om mij.
We kussen elkaar, bijten elkaar, stoeien.
'Welk dier ben jij?' vraagt hij.
'*Sono cane, fidele,*' zeg ik, maar ik weet dat ik eigenlijk meer kat dan hond ben.

'*Non e vero*,' zegt hij. '*Tu sei gattina*. Ik zie je nagels, ook al probeer je ze verborgen te houden.'

Dit steekt mij. Meent hij het? Of is het maar een spelletje tussen geliefden?

'*E tu?*'

'Ik ben een vos, een slimme vos,' zegt hij.

(Mijn vriendin Emmie zegt altijd: 'Luister goed naar wat ze bij het begin van een verhouding zeggen; daarmee vertellen ze je hoe het af zal lopen.')

'Ga nu slapen,' zegt hij, legt me achterover neer in de boot, trekt de drukkertjes van mijn kanten bodystocking los, en begint me heel langzaam in diverse houdingen te naaien. We zitten nu allebei half rechtop en de tranen stromen me over de wangen. Hij naait mc alsof hij elk deel van mij binnen wil gaan, Amerika ontdekken.

Ik kan niet ophouden met huilen en kreetjes slaken, en als ik bijna klaarkom, roept hij: '*Dai, dai, dai*' (toe maar, toe maar) en '*Apri a me, apri a me*' (ga open, ga open).

Hij houdt op, begint weer te bewegen, beweegt, houdt op, beweegt opnieuw – tot ik klaarkom, volledig van hem vervuld, ingelijfd, voor altijd, en hij komt tegelijk met mij tot ontlading en vult mij met zoutige sterren.

Ik huil nog steeds, maar als ik tot mezelf kom zie ik hem naar me kijken, gereserveerd, van een afstand.

'Wat wil je van mij?' vraag ik.

'*Il sesso*,' zegt hij. Seks. 'En nog een tweeling. Als de tweeling komt, zal ik *monogamo* blijven.'

Ach, beloften, beloften. Deze man zal nooit of te nimmer een *uomo monogamo* worden, evenmin als Julian mij ooit zal naaien. Maar mijn helder oordeel is fietsen, want hier, in Neukland, bestaat zoiets als een helder oordeel niet.

'Kunnen wij fifty-fifty doen?' vraagt hij, 'ook al ben jij een amazone? Of 49-51?'

We zijn van seks overgegaan op macht, hebben die onvermijdelijke sprong gemaakt.

Ik lig met mijn hoofd in zijn schoot. De hemel wordt donker. Er verschijnen sterren.

'Je hebt zo'n fantastisch lichaam,' zegt hij. 'Je ontspant je volledig. De eerste keer bijna, de tweede keer nog iets beter, en deze keer helemaal.'

En ik bedenk dat dit is waar seks voor zo'n groot deel om draait, om de wens van de man volledig in de vrouw door te dringen, haar tot de zijne te maken. Zonder deze behoefte aan overmeestering, bezit, bestaat er geen dierlijke seks. Er bestaan intellectuele spelletjes over slapen in een doos. Er bestaan verbale grapjes over 'shoe business'. Maar zonder dit dierlijk binnendringen functioneert seks niet, en alleen wanneer seks op deze manier functioneert, kun je Neukland betreden.

245

Draait het in laatste instantie dan allemaal om de tamp en of die al dan niet *functioneert*? Draait het allemaal om de grootte van die tamp?* Vrouwen zeggen nee, nee, nee, goed geïnstrueerd als ze zijn door mannen die in angst leven dat hún jongeheer te klein is. Mannen zeggen nee maar bedoelen ja, want hun hele gedrag verraadt dat het enige wat hen *echt* iets kan schelen is *of* en *hoe* hun tamp functioneert. Thom, Elmore, Dart, Danny, Lionel, Renzo, Julian – ik heb nog nooit een man ontmoet wiens leven niet beheerst werd door de grootte en stijfheid van zijn tamp.

Dit is nu wat vrouwen nooit durven zeggen. Waar we vastbesloten over liegen. En waarom? Omdat het maar al te waar is. De grootte en stijfheid van een mans tamp bepalen zijn leven. Ze bepalen hoe hij tegenover zichzelf staat. Ze bepalen of hij zichzelf mag. Een man die tevreden is met zijn tamp is tevreden met zichzelf. En een man die zijn tamp niet kan vertrouwen, kan nooit zichzelf vertrouwen. Of een vrouw. Of een andere man.

Ligt het werkelijk allemaal zo simpel? Ik vrees van wel. De pornofilms, de babyolie, het leer, de zwarte kaarsen, het zijn allemaal compensaties voor tampen die niet functioneren. Of grillig functioneren. Want als ze functioneren, hoef je er eigenlijk alleen maar muziek en maanlicht bij te hebben. Of stilte en zonlicht. Of schemerlicht, gedempt licht; elke soort licht (of duister) is dan goed.

We starten de motor en gaan op zoek naar een *trattoria* die open is. We tuffen zachtjes voort, uitkijkend naar een plekje om aan te leggen. Nergens plaats om de Riva te parkeren (werkelijk net New York!) en geen enkele *trattoria* open (werkelijk net Connecticut!).

Ik ben weemoedig gestemd nu ik zo volledig ontsloten ben. Ik probeer mijzelf aan het idee van afstand houden te herinneren, maar het werkt niet. Ik wil terugkeren naar mijn kern, mijn gelijkwaardigheid, maar Neukland wil me niet loslaten. Ik ben totaal vergeten dat het *nu* het enige is dat telt, en ik ben verzonken in mijmeringen over een toekomstig bestaan met Renzo.

Tenslotte vinden we een tentje waar we sandwiches kunnen krijgen en die nemen we mee terug naar midden op de door maanlicht overgoten lagune, waar we ze dromerig opeten, luisterend naar de kreten

---

* Volgens de meeste autoriteiten varieert de gemiddelde lengte van het mannelijk lid zo weinig dat variaties statistisch te verwaarlozen zijn. Isadora Wing had kennelijk het idee dat er verschil tussen het ene en het andere lid bestond. Ze verdeed een niet gering deel van haar kort en tragisch leven aan het zoeken naar het fata morgana van de perfecte penis. De Godin zij dank dat het monogame bestaan mij een dergelijke onnozele queeste bespaard heeft! Het zou een indiscretie zijn om in dit verband professor Frederick Stanger, Ph.D.'s genitaliën ter sprake te brengen, maar het moge voldoende zijn als ik zeg dat 'Renzo il Magnifico' (wiens ware identiteit in mijn op stapel staande biografie van Isadora Wing onthuld zal worden), bij hem vergeleken in geen enkel opzicht in het voordeel is. C.F-S, Ph.D.

van de meeuwen in de intense stilte en elkaar in de ogen starend. Wat is Renzo's geheim, vraag ik me af. Hij houdt een deel van zichzelf achter, zoals ik zou wensen te kunnen. Op bepaalde ogenblikken heb ik sterk het gevoel dat ik hier alleen maar de Italiaanse tegenhanger van Dart bij me heb – alweer een Don Giovanni, maar dan een authentieke: de Latijn die de rol vervult zoals het *hoort*. Was bij het ontvangen en marmer bij het behouden. Ben ik domweg opnieuw voor Don Juan gevallen?

ISADORA: *Wil je echt het antwoord weten?*
LEILA: *Nee.*

We blijven in de lagune om de maneschijn tot de laatste seconde te savoureren. Dan brengt hij me terug naar mijn hotel, naar Julian, en naar mijn droefgeestige ik.

'*Niet* verliefd op hem worden, liefje,' zegt Cordelia.
We zitten in de tuin bij Corte Sconta te lunchen, omringd door de gebruikelijke veeltalige horden die Venetië tijdens de week van de Regatta binnen stromen.
'Over wie heb je het?'
Cordelia schenkt me een laat-die-flauwekul-nou-maar-blik.
'Renzo Pisan, natuurlijk. Liefje, hij is de Romeo van het Rialto, de Casanova van Cannareggio, de Don Giovanni van Dorsoduro, de gigolo van het Palazzo del Giglio, om het nog maar niet te hebben over het Gritti, het Bauer-Grünwald, enzovoort. Zij laat hem een tijdje rustig pootjebaden – en ook andere prettige onderdelen van zijn anatomie amuseren – en dan geeft ze een ruk aan zijn ketting en komt hij haastig naar huis gescharreld, met zijn staart tussen zijn benen, om zo te zeggen... Het enige dat erger is dan je eigen gigolo hebben, liefje, is die van iemand anders lenen.'
'Wie is die *zij* dan?'
'Kijk daar, dan kun je haar zien... *Zachtjes* praten dus.'
Ik kijk. Aan een lange tafel zit, half verborgen achter een klimrek met wijnranken, een mooie blonde verschijning in een zachtglanzend violet pakje en een paarse hoed behangen met paarse druiven. Aan haar broze vingers glinsteren Kostbare Juwelen; om haar hals fonkelen smaragden die meer in aanmerking komen voor het Viva Venezia-bal dan voor een lunch in dit eenvoudige restaurant in Castello. En naast haar zit Renzo, heel erg de *cavalier servente*, en schilt haar vijgen.
Ze houden hof aan een tafel vol modieuze *finocchie* en Amerikaanse jetsetters. Renzo ziet me niet.
'Wat weet je van hen?' vraag ik Cordelia.
'Of ik *alles* weet, weet ik niet, maar ze zijn al zo lang getrouwd als *wie* ook zich maar herinneren kan. Zij is een loepzuivere *Prinzessin*

247

uit Wenen – en hij is een jood uit een Spaans-joodse familie. Haar *moeder* heeft hem toen hij nog maar een baby was aan het eind van de oorlog uit de handen van de nazi's gered, hem grootgebracht alsof ze zijn eigen mama was, zijn tweelingbroer trouwens ook, maar in hém zag ze wat; ze liet hem voor architect studeren, met haar dochter trouwen, zette onroerend goed op zijn naam. Naar het schijnt zijn ze ooit wild verliefd op elkaar geweest; misschien zijn ze dat nog wel. Stel je dat eens voor! De nazi-prinses en het joodse bedelaartje! Bedenk eens wat jouw meesteres daar niet allemaal mee zou kunnen doen! Renzo leeft in een wonderlijke *ménage à trois* met zowel de dochter als de moeder. Ik weet niet wie er thuis wie pakt, maar buiten huis pakt hij *iedereen*. De mama is ook een typetje. Toen ze nog heel jong was, is ze ooit getrouwd geweest met graaf zus of zo, en sommige mensen noemen haar nog steeds "de kokende gravin" omdat ze ooit een Julia Child-achtige tv-show op RAI-DUE gehad heeft. Ze is helemaal druk met restauratieplannen voor de synagoge in het getto. Goedmaken wat Hitler misdaan heeft. Ze financiert Renzo's dromen.

Op zijn Latijnse-man-manier is hij volstrekt trouw. En een briljant architect. En je kunt er verzekerd van zijn dat ze alles van jou weten, of *zullen* weten, zodra jullie verder zouden gaan. Hij gaat nooit bij hen weg, liefje, seks is seks, maar geld en een goede positie, dat zijn *blijvende* waarden. Mama heeft hem al zijn eerste grote opdrachten bezorgd en daar blijft hij haar dankbaar voor, al zou een Amerikaan dat niet zijn; die zou daarom op moeten stappen. Wij Amerikanen zijn *erg* romantisch en geloven in het telkens veranderen van baan om hogerop te komen. De Europeanen zijn veel praktischer dan wij. Vergeet dat nooit, liefje. En La Mama is La Mama. En zijn vrouw is oogverblindend – zij het een tikkie koud. Ze laat hem schaduwen. Ze weet *alles*.'

'Hoe wist *jij* ervan?'

'Beledig me nu niet, Zandberg. Dit is *mijn* woonplaats. Venetië is een dorp. Ik zag hem op je toe fladderen, en denk nu niet dat niemand jullie in en uit mama's Riva heeft zien stappen, en hoe beeldig je ook bent, misschien mag ik je toch de suggestie aan de hand doen dat je niet de *eerste* knappe vreemdelinge bent die hij verleid heeft?'

'Heb jij...?'

'O, eeuwen en eeuwen geleden. Ik herinner me een allerleukste draai in zijn heupen en een paal om zeer zeker wél over naar huis te schrijven – als je thuis tenminste een moeder à la Auntie Mame hebt zitten. Maar hij is te reptielachtig naar mijn smaak. Ik herinner me uit de States zuiderlingen die *net* Renzo waren. Ik heb ze liever wat minder leuk om te zien, *serieuzer*. Jij hebt altijd een zwak gehad voor schooiers, parasieten, gigolo's en gladakkers. Wat maakt het uit dat deze een jood is. (En net zo Spaans als Don Giovanni.) Je kunt er nog steeds niet thuis mee komen aanzetten!'

'Ik heb niet *altijd* gladakkers gehad...'

'Nou, niet altijd. Maar wel sinds je *echt* beroemd geworden bent. Liefje, ik begrijp het beter dan wie ook. Het Cher-syndroom, het Sunny von Bülow-complex... ik zou er een boek over kunnen schrijven... En hij is *super* in bed. Dat weet *tout le monde*. Ik lijk me vaag een bovenmenselijk uithoudingsvermogen te herinneren. Maar raak er niet aan verslingerd. Hoe zit het met die aardige Julian van je?'

'We zijn maatjes – verder niks.'

'Impotent?'

'Ik weet niet meer wat dat betekent. Julian vibreert op de muziek der sferen.'

'Wil niet of kan niet?'

'Wie zal 't weten? Maakt het wat uit? We zijn broer en zus. Ga het nou niet zitten afbreken. 't Heeft zijn eigen vreemde bekoring. Het houdt langer stand dan seks.'

'Lieve God, dat is de nieuwe ziekte van geslaagde mannen: Verminderde Seksuele Begeerte. Of ze willen of kunnen 'm niet omhoog krijgen – of ze krijgen 'm wel omhoog en weigeren dan om klaar te komen. Weigeren te bezwijken voor de *onwaardigheid* van het orgasme. Ze gaan domweg in staking, in protest tegen de vrouwenemancipatie. Gewoon *afschuwelijk*, dat is het.'

Ik kijk even naar Renzo en mijn hart slaat ettelijke slagen over. *Misschien verlaat hij haar wel voor je*, fluistert de duivel me in het oor.

'Vergeet het maar,' zegt Cordelia die mijn gedachten leest.

'Ben ik *zo* doorzichtig?' vraag ik.

'Dat is *iedereen* als ie het te pakken heeft. En laten we eerlijk zijn, Venetië is Venetië, en vergeleken met Italiaanse mannen zijn Amerikaanse mannen allemaal houten klazen. Italiaanse mannen *bewegen* zich als gegeleerde consommé, *spreken* als Pinot Grigio, en *naaien* met al dat verbale vuurwerk erbij. Gefluisterde versregels – zonder twijfel gepikt uit de libretti van Lorenzo Da Ponte, een tweede Venetiaanse Renzo. Die naam *vind* ik wel wat. Renzo Pisan. Dat heeft wel iets.'

'Hij heeft me nooit over *haar* verteld. *Of* over mama.'

'Dat doet hij heus nog wel, zodra jij de vergissing maakt hem te vragen een nachtje bij je te blijven, of je mee uit lunchen te nemen, of een weekendje met je naar Asolo of Porto Ercole te gaan. Hij is *altijd* om zes uur thuis. En verandert dan weer in een pompoen, neem dat maar van mij aan. En hoe meer je hem op zijn huid zit, hoe harder hij er uiteindelijk vandoor gaat. Dat kun je óók van me aannemen. Hij is net zo bang zich te binden als al die Amerikaanse vrijers, maar hij heeft de familie als buffer. Dat is Italiaans.'

'En wat is dan wel het verschil tussen jouw situatie met Guido en deze?'

'Alle verschil van de wereld, liefje. Guido en ik zijn praktisch getrouwd, Renzo graast de markt af. En *wat* voor een markt! Mooie

Amerikaansen, Françaises, Italiaansen, allemaal hier met vakantie, allemaal gewoon popelend van verlangen zich te laten inpakken door de fatale charme van Italië. Lees Luigi Barzini maar eens. Renzo en zijn type zouden een *jaargeld* van het Italiaanse ministerie van Toerisme moeten krijgen! Een wipje op het water bij maanlicht voor elke schone *straniera*. Komen ze jaar na jaar terug naar Italië. Weet je, mijn vriend Luke, de schilder, heeft een vriendin – een getrouwde sekstherapeute uit LA – die elke zomer twee weken in het Danieli komt logeren, alleen om te wippen met de gitarist? Hij speelt waardeloos gitaar, maar kennelijk is hij in bed geweldig. *Supergoed* behangen, is mij verzekerd.'

Ik kijk Cordelia aan en kan haar plotseling niet meer uitstaan. Ze is gewoon *jaloers*, denk ik bij mezelf. Hoe zou Renzo niet althans een *klein* beetje om me kunnen geven? Zou iemand zo kunnen naaien en zich toch niet bij de ander betrokken voelen?

ISADORA: *Lezer, jij weet het antwoord daarop.*
LEILA: *Jij mag de getuige niet beïnvloeden.*

Net op dat moment komt hij met de principessa en hun hofhouding op ons toe.
'De bekende schilderes, Leila Sand,' zegt hij tegen de prinses, die een koude blik over me laat glijden ter inschatting van het risico. Dan kust Renzo me de hand op die duizeligmakende Europese wijze, waarop anders alleen in je wildste fantasieën lippen huid aanraken. Aan de manier waarop hij me aankijkt – zich wel bewust dat *zij* scherp oplet hoe hij me aankijkt – kan ik zien dat hij een geoefend huichelaar is. Hij lijkt door me heen te kijken, alsof hij niet het geringste verlangen had om in welk gedeelte van mij ook door te dringen, nog minder in mijn lichaam dan in mijn ziel. Maar net voordat ze wegwandelen, draait hij zich om en kijkt me nog eens aan, en zijn gouden ogen glinsteren: 'Leila, *apri a me, apri a me, apri a me.*'

Julian en ik blijven de hele nacht wakker en praten over manieren om ons leven opnieuw in te richten.
'We gaan naar Bali,' zegt hij, 'of de Fiji Eilanden. Of de Trobriand Eilanden. We kopen gewoon een eilandje.'
'Kun je echt eilanden kopen?'
'O zeker. We kunnen de rest van ons leven doorbrengen zonder nog één maat enge ruimtemuziek te schrijven of nog een doek te schilderen. Ik bezorg je twee mooie Balinese jongens om je van dienst te zijn – en we drinken kokosmelk, eten tropische vruchten, en lezen Proust.'
'Heerlijk,' zeg ik en laat na hem erop te wijzen dat ik gek zou worden als ik niet schilderde – omdat ik niet schilder voor geld. Ook hoef ik niemand om me 'van dienst' te zijn.

ISADORA: *Dat wil je wel, maar 't mag niet zo genoemd worden.*

Dit zeg ik allemaal niet. Ik zeg alleen maar: 'Julian, je vergeet dat jij volledig van roomservice afhankelijk bent.'
'Ik kan me wel met kokosnoten behelpen,' zegt Julian. 'Het gaat erom dat ik nooit meer voor Hollywood zal hoeven werken. Dan ga ik fuga's of symfonieën schrijven. Gedichten zelfs... Weet je dat ik poëzie schreef voordat ik een Hollywoodprostitué werd?'
'Ik geloof van wel. Draag me eens een gedicht voor?'
'Okee – dit is er eentje dat ik eens in Florence geschreven heb toen ik nog maar een jonkie was.

    In de lengende schaduwen van de populieren
    wandelen wij op deze heuvel, tussen de rijen goudsbloemen in de aar-
    de,
    en door het labyrint van buxushaagjes,
    samen bij het klepelen van klokjes in de schemering...'

'Prachtig. Kun je de rest ook opzeggen?'
Julian denkt na. Zijn intelligente ogen draaien omhoog. Hij communiceert met zijn planeet. $E = mc^2$. 'Nee.'
'Julian, ik heb je lief met geheel mijn hart – maar weet je wel hoe *weinig* aandacht dichters krijgen? Je zegt dat je de pest hebt aan Hollywood, maar je bent aan de limousines, de privé-straalvliegtuigen, de secretaresses gewend; je *weet* niet hoe het is om genegeerd te worden. Je bent zelfs in geen dertig jaar in de ondergrondse geweest. Ik wed dat je niet weet wat een penning kost.'
'Vijftig dollar?'
'Ik ga het je *niet* vertellen! Waar het om gaat, je bent altijd op de loop voor je agent, je zaakwaarnemer, je advocaat, de telefoon, de telefoon, de telefoon. Weet jij hoe het is als de telefoon *nooit* overgaat?'
'We hebben dan geen telefoons, we hebben palmbladeren.'
'Wanneer het palmblad nooit overgaat?'
'Palmbladeren worden niet *geacht* over te gaan.'
'Inderdaad – maar je wordt gek wanneer ze dat niet doen.'
'We zijn al gek.'
'Da's waar. En hoe voorzien we de tweeling van onderwijs?'
'Leraren, privé-leraren. Scholen zijn troep. Een school is alleen maar een manier om kinderen sociaal te indoctrineren, ze in te voeren in de waarden van de maatschappelijke klasse van hun ouders. Huisleraren of gouvernantes zijn veel beter. We zullen ze net zo grootbrengen als de Trobrianders dat doen – dat zijn de enige mensen die de volmaakte oplossing voor liefde en seks hebben.'
'Hoe is die dan?'
'Nou, de kinderen zijn vanaf de prepuberteit tot ze een jaar of acht-

251

tien zijn seksueel volkomen vrij. Ze naaien er als gekken op los en bevredigen hun nieuwsgierigheid volkomen. Dan trouwen ze wanneer ze achttien zijn en blijven monogaam – afgezien van de jaarlijkse drie dagen van het Yamfestival, waarin iedereen zijn gang kan gaan!'

'En als je nou de griep hebt tijdens het Yamfestival?'

'Op de Trobriand Eilanden krijg je geen griep.'

'Denk jij dat Mike en Ed een leven in de beschaafde wereld aan zouden kunnen als ze op die manier waren opgegroeid?'

'En waar *vind* je die beschaafde wereld, als je zo goed wil zijn mij dat te vertellen? In Hollywood? In New York? In Venetië? De waarheid is dat de beste meisjes *buiten* de invloedssfeer van onze cultuur worden grootgebracht, ergens waar ze niet worden gehersenspoeld. Beryl Markham bijvoorbeeld, grootgebracht bij Afrikaanse krijgers. Het enige dat de beschaving meisjes bijbrengt is dat ze verondersteld worden inferieur te zijn. Dan kun je beter palmbladeren en Yamfestivals hebben. Je zou ze in feite een grote dienst bewijzen. Denk er eens over na, Leila; ik meen het echt.'

'Weet jij wat Gandhi zei toen ze hem vroegen wat hij van de westerse beschaving vond?'

'Nee.'

'Dat die een goed idee zou zijn!'

En we lachen en omhelzen elkaar en vallen uiteindelijk nog steeds giechelend met onze armen om elkaar heen in slaap.

Ergens tijdens de nacht gaat de telefoon. Ik rol me om en graai de hoorn van de haak.

'Leila, schatje,' zegt Dart. 'Leila, schatje.'

Ik schiet wakker. Dit lijkt wel een telefoontje uit het dodenrijk.

'Wat is er aan de hand?' vraag ik.

'Alleen dat ik je mis, schatje.'

'Daar kom je wel overheen,' zeg ik.

'Ik liep over Madison Avenue, schatje, en wat zie ik daar in de etalage van een galerie? De Lone Ranger! Weet je nog, de Lone Ranger, schatje?'

'Hoe zou ik die ooit kunnen vergeten.' (Dart heeft het over een van mijn filmfoto's waarop hij gekleed was als de Lone Ranger, met zijn revolver zwierig in zijn broek gepropt, zodat die leek te bollen als over een tamp.)

'Door jou,' zegt Dart, 'weet iedereen nu alles van mijn grote spuit...'

Klaarwakker nu, en weer teruggezogen in een wereld die ik losgelaten had, zeg ik op montere toon: 'Lieverd – daar wist de hele wereld al *voor die tijd* alles van.'

'Alleen een handjevol ingewijden,' zegt Dart.

'Een paar honderd*duizend* ingewijden,' zeg ik.

Ondanks zichzelf moet Dart lachen. De manipuleerpoging is mislukt.

'Welterusten, schat,' zeg ik opgewekt, leg neer en ga weer slapen.

De middag voor het Viva Venezia-bal lig ik in de lagune met Renzo te vrijen in de Riva.
Ik ben zo tot over mijn oren verliefd dat ik de verboden vraag stel.
'Houd je een beetje van me?' vraag ik.
Hij dekt mijn mond toe met zijn hand.
'Vraag niet naar de belangrijkste dingen in het leven,' zegt hij.

20. Wilde vrouwen hebben geen hartzeer

Heb je een vent en wil je dat ie bij je blijft,
Behandel 'm dan nooit fatsoenlijk, anders heeft ie overal een wijf,
Van mij wisten ze wel dat ik daar niet over dacht,
Ik laat ze werken, dag en nacht,
Want wilde vrouwen deert niks meer.
Wilde vrouwen hebben geen hartzeer.

– Ida Cox

Het Viva Venezia-bal is voorafgegaan door lunches, teas, diners, bij welke gelegenheden skeletmagere mondaine dames uit New York met op varkens gelijkende echtgenoten (of modieus slanke escortes) hebben gecirculeerd onder de Italiaanse (en Oostenrijkse en Franse en Engelse) skeletmagere mondaine dames met op varkens gelijken-de echtgenoten (of modieus slanke escortes), en bij elkaars wangen in de lucht gekust. Aangezien ze in Italië zijn, hebben ze bij *beide* wangen in de lucht gekust. (In New York zouden ze maar bij één wang in de lucht kussen.)

Het publiek is sterk *Town & Country*, een zeer oneerlijke *Kermis der IJdelheid*. De Marchesa van zus kust de Principessa van zo. De escorte van Park Avenue negeert de escorte van de Via Veneto of de escorte van Avenue Foch. Gemeenplaatsen worden gespuid, in drie of vier talen. Ja, we zijn allemaal al eens eerder in Venetië geweest. Nee, we zijn dit jaar niet in Cortina of Gstaad geweest; we zijn naar Vail gegaan. Ja, het was beestachtig heet in Lindos. Nee, de Oriënt-expres naar Bangkok gaat nog niet. Mustique in januari? St. Bartho-lomew's in februari? Herfst in New York? Kerstmis in Sankt Mo-ritz? Kenia? Aspen? *Wie* is er met de zoon van haar beste vriendin vandoor gedaan? Zomaar weggelopen van Rosay? Ze is toch niet *echt* bij die aardige Piero weg. Toch wel? En James? Is die nog steeds ambassadeur in... Welk land is het ook al weer? En zijn ze nog steeds getrouwd? Nou, dat is dan tenminste iets, de hemel zij dank. Zij komt er wel overheen – maar *hij*?

Aldus begint het bal! Het is een smoorhete avond op het Canal Grande, en het Palazzo Pisani-Moretta – een indrukwekkend bouw-sel uit de zestiende eeuw – eens het toneel van hertogelijke feesten en intriges, is nu helaas veranderd in een Rent-a-Palazzo.

Mensen stappen uit hun gehuurde gondels en *motoscafi*, met een er-gerlijk zelfingenomen uitdrukking op hun gezicht. Ze hebben inge-pakt en uitgepakt. Ze hebben een fooi gegeven en rondjes gegeven. Ze zijn voortdurend bezig geweest met het overtroeven van elkaar en hun vrienden – die arme lieverds – nog steeds in de voorspelbare Hamptons of Litchfield, Kennebunkport, Newport, of (God verhoede het) Westport. Venetië is *altijd* sjiek. (Althans vanaf de eerste september tot de vijftiende september.) Vóór die tijd kijkt men wel uit zich er te laten zien. En daarna wordt het weer tijd om eens te gaan kijken wat er gaande is in New York, in Londen, in LA.

Daar stappen ze uit hun boten – Lacroix ruist langs De Givenchy, Ungaro fladdert Lagerfeld voorbij, Rhodes glinstert naast Valentino, Ferré komt achter Saint Laurent aangezweefd.
Darling, darlina, tesoro, lieverd, schat, liefste, engeltje, berekenende kleine slet die je bent...
Hier zitten we nu allemaal in Italië met al de mensen die we in New York altijd al zien! We gaan *hier* al evenmin tegen hen praten als *daar.* We zijn hier om gezien te worden. We zijn hier omdat dit de eindstreep is van een wedstrijd waar we al sinds ons tweede in meelopen. (Hoe zijn we trouwens in deze wedloop terechtgekomen? We weten het bij God niet.) We zijn hier omdat *we hier zijn.* Is dat *helemaal duidelijk?*

Aangezien ik arm ben opgegroeid in Washington Heights, zou dit soort dingen meer indruk op me moeten maken. En dat *deden* ze ook, in het begin, toen mijn gezicht voor het eerst deuren open deed gaan, mijn naam een 'Sesam open u' werd, en mijn schilderijen de magische combinatie vormden die het slot terug deed springen.
Een wereld van mensen die het helemaal gemaakt hebben! Waarom kijken ze dan zo *grimmig,* en waarom zijn ze dan zo gejaagd, getrouwd, nerveus? Hoort rijk zijn niet *leuk* te zijn?
Ik heb F. Scott Fitzgerald gelezen. Ik weet dat de rijken anders zijn dan jij en ik. Maar ze lijken zo nagelbijterig gespannen, zo opgejaagd, zo angstig. Misschien hadden ze het in de jaren twintig leuk. Nu lijkt rijk zijn wel een *baan.* Wat is er geworden van het in ijdelheid slijten der dagen?
Een broodmagere, net een windhond lijkende jetsetlady (met een leerachtige okerkleurige huid, uitstekende heupbeenderen, kaken, ellebogen, neus, knieën), komt in een rode Valentino en behangen met robijnen binnenzweven aan de arm van een mietje met een aardbeineus. Het is mevrouw Rentier, de befaamde 'Slim' Rentier – befaamd om haar slankheid, haar escorte met de rode neus, de gymnastiekleraar die ze onderhoudt op Ninth Street, haar echtgenoot de bankier, die nooit uitgaat. Die zit in de van airconditioning voorziene herenkamer aan Park Avenue te kijken naar oude Super Bowl-wedstrijden en de Pakistaanse huisbediende (Ismail van tweeentwintig) te liefkozen. Hij komt mij vanavond slimmer voor dan deze hele zwetende kudde.
Daar heb je mevrouw Leventhal, de in maatje 34 geklede *grande dame* van Beekman Place, Pound Ridge, en Port Antonio. Zij is de aidskoningin van New York – een felbegeerde titel. En ze heeft haar

ontwerper bij zich, wiens nieuwe collectie haar echtgenoot financiert; die schattige punkerige dwerg Mij Nehoc (Jim Cohen achterstevoren gespeld), die een wit Nehrujasje draagt, een ring door zijn linkeroor, een smaragden knopje in zijn rechteroor, en een smaragdgroene harembroek met smaragdgroene sloffen voorzien van fallisch omhoog krullende punten.

Mij Nehocs laatste collectie was nog meer Lacroix dan Lacroix. Hij liet Maori modellen opdraven die gekleed waren in een mandje bij wijze van rok, en twee halve kokosnootdoppen bij wijze van bh. De Terug-naar-de-Natuur, *Noble Savage*-Look, noemden ze het in de *Vogue*. ('Na te veel seizoenen van drukke opschik is de natuur weer ontzaglijk fris en staan natuurlijke materialen weer aan de top!')

En hier komt lady Eglantine Brasenose uit Melbourne, de weduwe van de scheepvaartkoning van de Stille Zuidzee. En de prins en prinses Rupert van Engeland, vanaf Kensington tot aan Mustique en Hong Kong bekend om hun open huwelijk. En Pia Le Quin, de weelderige, getaande Amerikaanse actrice die ooit bijna met een Rothschild getrouwd is, maar het ging niet door. (Haar carrière ging vóór – ofschoon ze haar carrière nu wel door kan trekken, zoals ze in Hollywood zeggen.)

En hier hebben we Renzo Pisan met zijn principessa, die dit festijn georganiseerd heeft samen met haar tegenhangster uit New York – de uiterst slanke, bijna gebalsemd lijkende mevrouw Rentier, de mummie van de high society!

Renzo is geen mummie. Zelfs in zijn smoking *wasemt* hij seks, seks, en nog eens seks uit: zijn ogen zijn halfgesloten, in zijn piqué rokhemd fonkelen discreet diamanten boordeknoopjes, hij draagt een grijszijden cummerbund om zijn slanke taille, een grijszijden das om zijn goudgebronsde hals, een smoking waarin zijn slangeheupen en zijn brede schouders goed uitkomen, en grijze zijden instappers om in te kunnen dansen, dansen, dansen. (*Ballare, ballare, ballare* – in het Italiaans klinkt het bijna precies als datgene waar het het meest op lijkt.)

De principessa is indrukwekkend lang en statig in een geelzijden hemdjurk van Ungaro bezaaid met gigantische fuchsia's. Haar goudblonde haar is doorvlochten met juwelen, om haar dunne ge'lift'e hals fonkelen gele diamanten, haar armen zijn in armbanden gevangen, haar vingers in ringen geperst.

Hij voert haar mee bij een bottige elleboog, als een kranig sleepbootje dat de *Queen Elisabeth II* voortduwt (ofschoon hij eerder een speedboot met sigarettenreclame erop is dan een sleepboot). Zijn oogleden trillen als hagedissestaarten als hij me ziet. *Apri a me*, zeggen ze.

Julian en ik drijven nader om de principessa en mijn 'gondelier' te begroeten.

Ze bekijkt schattend mijn japon, een zeeblauwe Emanuel of Londen, met grote mouwen en een van baleinen voorzien lijfje waardoor mijn borsten omhoog worden gestuwd, ten gerieve van Renzo. Julian is in een smoking uit Hong Kong, speciaal voor dit feest gemaakt door een binnen vierentwintig uur leverende kleermaker. De smoking is voorzien van een vuurrode voering, een vuurrode cummerbund en een bijpassend vlinderdasje.

Julian buigt voor Renzo, als Repelsteeltje die buigt voor Assepoesters prins. Hij heeft geen idee dat deze glibberige, smalheupige verschijning met de verwarde krullenkop mijn 'gondelier' is, die met zijn oogleden *dai, dai, dai* naar me seint.

'*Piacere,*' zegt de principessa en steekt ons een gemanicuurde hand toe die schittert van de juwelen.

Dan worden we meegesleurd door de opdringende menigte, die in alle kostelijke opschik zweet van de hitte onder de duizend druipende kaarsen.

De warmte die al deze lichamen afgeven is verbijsterend! Ik denk aan het ongedeodoriseerde zestiende-eeuwse Venetië, toen dit palazzo nieuw was, en ik betwijfel het of ik een kaartje voor een tijdmachine* zou kopen en naar dat tijdperk terugkeren, als ik daar ooit toe werd uitgenodigd.

En hier is André McCrae, aangespoeld op het getij. Hij draagt een schitterend jacquet en noemt me nog steeds 'Tsatskeleh!'

'Dit is Julian Silver, de componist,' zeg ik tegen André, 'mijn liefste vriend.'

'Wat doe je hier, Silver?' vraagt André. 'Je wordt geacht op Mars te zijn.'

'Leila is hier om Venetië te redden, en ik ben hier om Leila te redden,' zegt Julian.

En ons gelach voert ons mee omhoog over de met rood tapijt belegde trap.

Kaarsen flakkeren, mensen zweten, japonnen van tienduizend dollar raken vertrapt en verscheurd onder door maatschoenen gekoesterde voeten. Ik denk eraan hoeveel beter dit allemaal zal klinken bij lezing in de uitgaanspagina van de krant dan het in werkelijkheid is. In de krant wordt niet geschreven over zweet, over beuzelpraat, alleen over luisterrijke namen en luisterrijke oorden, om de naijver te wekken van die geluksvogels die thuis zijn gebleven.

Maar daarom *zijn* ze hier toch ook? Om de naijver te wekken van de thuisblijvers.

Een wereld van winnaars die de afgunst wil wekken van de verliezers (die eigenlijk in zekere zin de winnaars zijn omdat zij *thuis* kunnen

---

* Zonder twijfel een ironische verwijzing naar Isadora Wings voorlaatste roman *La Pittoressa*, die zich afspeelt in het Italië van de Renaissance, en gebaseerd was op het idee van Einstein dat alle tijd tot in eeuwigheid in het heden aanwezig is. C.F-S, Ph.D.

blijven). O, wat is het allemaal ingewikkeld – en eenvoudig!

We gaan langzaam, langzaam, *piano, piano*, de trap op, en wachten in de rij om op de foto te gaan zodat de verliezers ons kunnen benijden wanneer die foto's in de krant verschijnen.

De hemel zij dank dat je zweet niet kunt fotograferen!

En wie is dat daar voor mij op de trap? Een zwierig mannetje in een nette smoking met een prachtig in kersroze chiffon uitgedoste vrouw.

Kan het echt Lionel Schaeffer zijn? En hoe moet ik hem in vredesnaam groeten na de nacht met de zwarte kaarsen?

Hij draait zich plotseling om en tuurt zoekend de trap af, alsof hij mijn gedachten heeft opgevangen.

'Leila!' roept hij vrolijk, alsof Meesteres Ada nooit bestaan heeft.

'Lionel!' roep ik vrolijk, alsof Meesteres Ada nooit bestaan heeft.

Is dit wat wij westerse beschaving noemen – doen alsof we niets met ons geheime leven te maken hebben?

In een helder door kaarsen verlicht vertrek lopen mensen in de rondte en vormen groepjes en praten en wenden zich weer af – net als figuurtjes op een muziekdoosje, bezig met hun stijve, zich steeds herhalende dans.

O, wat is het allemaal dodelijk *saai*!

Ik ben tenminste met Julian, dus kan ik zeggen: 'O, wat is dit allemaal dodelijk *saai*!' Hij lacht instemmend en haalt een Bellini voor me bij de bar. Ik zet het drankje neer zonder er zelfs maar aan te nippen. Ik weet dat als ik een slokje neem mijn hoofd alleen maar zal beginnen te kloppen en het binnen afzienbare tijd af zal laten weten.

'Ik kan niet meer drinken,' zeg ik tegen Julian.

'Doe het dan niet,' zegt hij. 'Op de Trobriand Eilanden zullen we betel kauwen.'

'Ik popel,' zeg ik.

En plotseling staan Lionel Schaeffer en zijn beeldschone vrouw Lindsay in het gewoel vlak vóór ons.

Lionel slaat het jasje van zijn smoking open en wijst. 'Turnbull and Chung,' zegt hij.

Lindsay trekt een vies gezicht.

'Je kunt hem *nergens* mee naar toe nemen,' zegt ze.

Ik vraag me af of ze enig idee heeft van Meesteres Ada, zijn bezoek aan Litchfield County, van welk geheim plekje in Lionels ziel ook. Ogenschijnlijk niet. Maar zij draagt het collier van Paloma Picasso, met chrysolieten en diamanten, en ik niet – dus dat is kennelijk wat haar niet-weten haar oplevert – en ik mag dan wel zoveel weten, maar ik heb niets om mijn hals hangen. Vrouwen worden betaald om weg te kijken, om niet te zien, of om wel te zien maar niets te zeggen. Eens zal ik hier iets van schilderen. Och, was ik maar Hogarth, Goya, Daumier! Dit *fin de siècle* heeft behoefte aan het oog van een satiricus. Zelfs Roly-poly Rowlandson was al goed!

'Julian, Lionel,' zeg ik. 'Lindsay, Julian.'

'Leila, Lindsay,' zegt Lionel.

'Natuurlijk ken ik Leila nog,' zegt Lindsay. 'Wie zou zo'n begaafde kunstenares kunnen vergeten?'

'Dank je,' zeg ik.

'Je hoeft *mij* niet te bedanken,' zegt Lindsay, '*jij* bent degene met het grote talent.'

Ik zie dat haar houding tegenover mij veranderd is. Toen we elkaar voor het laatst zagen, bij de McCraes, was ze vastbesloten mij te negeren om Lionels belangstelling de kop in te drukken. Nu heeft ze haar strategie gewijzigd. Ze vrijt me *op* om zijn belangstelling de kop in te drukken. Ik herinner me ooit zoiets met Darts delletjes gedaan te hebben. O, wat lijkt dat nu allemaal ver weg! Mijn bezetenheid van Dart is doorbroken door mijn bezetenheid van Renzo! Is dit een vooruitgang? Het *voelt aan* als een vooruitgang, maar ik vrees dat ik alleen maar in Neukland terecht ben gekomen.

ISADORA: *Een beetje zelfkennis is een gevaarlijk ding.*

In mijn azuurblauwe zijde ga ik naar het toilet. Een rij dames slingert zich om een scherm heen. Net als in New York zijn hier in Venetië de voorzieningen voor de dames minder ruim bemeten dan die voor de heren. De herenafdeling is niet bezet. Ik besluit de *gabinetto degli uomini* te kraken. Ik zeil in mijn enorme blauwe rok naar binnen en wie anders komt daar net op dat moment naar buiten dan Renzo il Magnifico? In een seconde is hij in het herentoilet terug, samen met mij, doet de deur op slot en wendt preuts zijn ogen af terwijl ik van de voorzieningen gebruik maak, me afveeg, en mijn handen was en droog. En dan, met ongelooflijke vlugheid, is hij op zijn mooie knieën gevallen, met zijn hoofd onder mijn crinoline gedoken, heeft hij de drukknoopjes bij mijn kruis losgemaakt en ontwringt hij met zijn geoefende tong kreungeluidjes aan mijn mond. Het gebeurt met de snelheid van een droom. (Misschien is het werkelijk een droom?) Hij draagt geen ondergoed onder zijn smoking. De rest is stilte, gepunctueerd door kreungeluiden.

Ik herstel mijn make-up. Hij schikt zijn das en cummerbund recht, en gaat als eerste het herentoilet uit, met bedeesd neergeslagen ogen. Daarna ga ik naar buiten. Buiten staan twee heren te wachten met een vreselijk blasé gezicht, alsof dit in Venetië een dagelijks gebeuren is (en dat is ook zo). En dus maar weer terug naar het bal!

Wanneer de tijd daar is, worden Julian en ik naar onze tafel gebracht. Het is geen goede tafel. We zitten boven, bij de perifere figuren, de zwervers en de klaplopers, zo ver mogelijk van Lionel vandaan. Is dit een vergissing? Of is het Lionels bedoeling me bij Lindsay uit de buurt te houden? (Niet dat we überhaupt met elkaar zouden kunnen praten, in dit kabaal.)

259

Julian kijkt de tafel langs. Een dove oude man met een kunstgebit dat klikkende geluiden maakt. Een onbelangrijke organisatrice van een onbelangrijk Newyorks bal, een modeontwerper wiens faam tanende is, een verlopen Italiaanse actrice – een tafeltje van passé grootheden op het winnaarsbal! Julian, die altijd beweert dat dit soort dingen hem niets kan schelen, is woedend.

'We zijn te oud,' zegt hij, 'en te rijk om drie uur lang op deze gammele gouden stoeltjes te zitten!' En hij grijpt mijn arm en voert me mee de zalen door, waar het verstikkend heet is, de met rood tapijt beklede trap af en naar een wachtende *motoscafo*.

'Laten we maar wat gaan eten bij Harry's bar,' zegt hij, 'en dan huren we een gondola, met drie muzikanten.'

Dus daar gaan we, naar Harry's bar, in smoking en baljapon. Ik heb het gevoel heel stout te zijn, zowel vanwege het feit dat we van het bal zijn weggelopen als vanwege mijn intermezzo met Renzo op het herentoilet (hoeveel ben ik mijn analytica nu schuldig?), en Julian is enorm met zichzelf ingenomen vanwege zijn daad van protest tegen de slechte tafel.

'Ik dacht dat zulke mesjokke dingen als slechte tafels jou niets deden?' zeg ik tegen Julian wanneer we op ons gemak bij Harry zitten met *acqua minerale* en broodjes met boter.

'Het kan me ook eigenlijk niets schelen,' zegt Julian. 'We hebben alleen te weinig leven over om dat zittend op die *stoelen* – met die *mensen* – door te brengen – zie geen kwaad, hoor geen kwaad, spreek massa's kwaad.'

'Het kan je wél schelen,' zeg ik. 'Geef nu maar *toe* dat het je wel kan schelen.'

'Leila, dat is niet waar, echt niet.'

'Wel waar.'

'Ik weiger hierover te gaan redetwisten.'

'Best,' zeg ik, maar ik ben kwaad. Ik heb Julian voor dit fuifje gevraagd – en nu heb ik het gevoel dat hij er is weggelopen om mij een kat te geven. Of heeft hij lucht van mijn gondelier gekregen?

Ik laat de zaak rusten. Het leven is te kort. We bestellen *risotto*, *fegato alla veneziana*. We schertsen wat, we bekijken het publiek in het zaaltje. De gebruikelijke elegante Venetianen en opzichtige Amerikanen. Het gebruikelijke uitschot aan de bar. Twee jonge homofiele binken met bij elkaar passende punkkapsels – de ene zwart met groene strepen, de andere platinablond met fuchsiaroze strepen. Een Engelse dame van zekere leeftijd die het evenbeeld van Vita Sackville-West is. Een Chinese heer met roze wangen, in een ouderwetse zijden pyjama.

En dan ontdekken we aan een tafel in de hoek het Gelukkige Paar. Zij is ongeveer veertig, hij ongeveer vijftig. Of misschien zijn ze even oud en hebben voor hem de jaren zwaarder gewogen dan voor haar. Ze drinken elkaar toe met Bellini's, zitten met hun armen in elkaar gehaakt, kijken elkaar diep in de ogen.

'Weet je nog Saint-Paul-de-Vence in '84?' vraagt hij.
We horen haar antwoord niet; maar aan haar glimlach weten we dat ze het nog weet.
'Zijn ze getrouwd, denk je?' vraag ik Julian.
'In geen miljoen jaar,' zegt hij. 'Ze wonen in dezelfde stad. Ze zijn allebei met iemand anders getrouwd. Ze ontmoeten elkaar elke woensdagmiddag en op dit soort vakanties. Ze komen al twintig jaar elke september naar Venetië.'
'Wat een romantisch verhaal!' zeg ik.
'Maar niet beter dan slapen in een doos, toch?'
'Ik vraag me af hoe het werkelijk zit...'
'Beter om het niet te weten,' zegt Julian.
'Ik wil het toch weten. Ik ga het vragen.' Ik sta op, maar Julian houdt me tegen, trekt me terug op mijn stoel.
'Ik heb veertig jaar in mijn onderhoud voorzien door het op *muziek* zetten van dit soort fantasieën,' zegt Julian, 'ik heb datgene *geschapen* wat wij romantiek noemen. Het zit allemaal in de opbouw van de akkoorden. Bepaalde melodieën beroeren het hart. *Geloof* me. Je kunt het beter niet weten.'
'In godsnaam, Julian, ik wil alleen maar weten of ze getrouwd zijn.'
'Nee, dat wil je niet weten,' zegt hij. 'Beter van niet.'
'En als ze getrouwd *zijn?*'
'Als ze getrouwd zijn, trouw ik met jou, blijf altijd voor je zorgen en koop je eigen eiland in de Zuidzee voor je.'
Ik sta op en loop naar het Gelukkige Paar.
'Neem me niet kwalijk,' zeg ik. 'Mijn vriend en ik hebben een rare weddenschap afgesloten. Ik hoop dat u het niet onbeschoft vindt dat ik het vraag – maar zijn jullie getrouwd?'
'Ja,' zegt de vrouw.
'Nee,' zegt de man.
Ik ga naar Julian terug en rapporteer haar 'ja'.

We varen zingend over het Canal Grande, begeleid door een accordeonist, gitarist, violist. Weer zit ik te zingen in een boot – deze keer met Julian, en ik voel me waanzinnig gelukkig.
De in het water wiegelende paleizen begroeten ons ondersteboven in de wonderbaarlijke maneschijn. Ik denk aan Renzo, en omhels Julian, net zoals ik denkend aan Julian Renzo zou kunnen omhelzen, en ik besef dat ik als ik maar aan mezelf vast kan blijven houden alles kan hebben om de rest van mijn leven tevreden te zijn.

ISADORA: *Twee mannen, die te zamen één mens vormen.*
LEILA: *Hét antidepressivum voor elke vrouw!*

Ik zal onderweg altijd reisgenoten tegenkomen – of anders heerlijk alleen zijn. Maar ik heb geen excuus om bang te zijn. Onder het al zingend met Julian over het Canal Grande varen zie ik een vage glimp van een leven zonder mijn angst. Wie zou ik zonder mijn angst zijn? Zou ik nog steeds Leila zijn?

Sybille heeft me eens mijn angst in haar kluisje laten deponeren.

'Die bewaar ik voor je tot je hem terug wilt,' zei ze. 'Je kunt hem terugkrijgen wanneer je maar wilt.'

Toentertijd begreep ik haar niet echt, maar nu schieten bij de herinnering de tranen me in de ogen. Sybille bewaart mijn angst; ik kan alleen verder.

Die nacht blijven Julian en ik in het Gritti praten tot het ochtendgloren.

'Ik weet dat je een verhouding met iemand hebt,' zegt Julian, 'en heus, ik vind het best. Ik wil graag dat je gelukkig bent. Je kunt me alles vertellen.'

'Je weet toch al van mijn gondelier?' zeg ik.

'Dit is meer dan een gondelier,' zegt Julian.

'Dat zou ik niet zo weten,' zeg ik. 'Bovendien wordt de betovering verbroken als ik jou ervan vertel.'

'Maar als je me niets vertelt, laat je na de waarheid te vertellen. En dat verbreekt de betovering tussen ons.'

'Inderdaad een dilemma, hè?'

'Laat me je eens een verhaal vertellen,' zegt Julian, 'een verhaal over mijn leven dat ik je nooit verteld heb omdat ik het tot heel kort geleden had weggestopt...'

We installeren ons in onze speciale positie met onze benen ineengestrengeld.

'Toen ik als klein jongetje in Toronto woonde,' begint Julian, 'gingen mijn moeder en vader vaak op reis – in het vaudevillecircuit – en mijn oudere zusje en ik bleven dan lange perioden alleen achter. Mijn zusje was nog maar ongeveer vijftien, en erg, erg mooi – en in sommige opzichten was ze het eenzaamste meisje dat ik ooit gekend heb. Ik moet ongeveer tien zijn geweest toen dit gebeurde – ik begon net seksuele gevoelens te krijgen. Voortdurend zo geil dat ik bijna uit mijn vel barstte – en al mijn eerste natte dromen had – waar ik helemaal niets van begreep.

De deur van de slaapkamer van mijn zusje had een glazen ruit waar mousselinen gordijnen voor hingen – en elke middag sloot ze zich op om een dutje te doen. Dit moet op een middag in het weekend gebeurd zijn, aangezien ik niet naar school was. Ik deed beneden huiswerk, en plotseling moest ik haar iets vragen. Ik ging naar boven, en liep de gang af naar haar kamer, maar iets weerhield me ervan om die zomaar binnen te vallen. Het mousselinen gordijn was in de hoek een beetje opzij geduwd – het was zo'n gordijn met een koperen roede aan de onder- en bovenkant – en ik bleef heel stil staan en gluurde vol schuldbesef naar binnen.

Mijn zusje lag op haar bed in haar perzikroze peignoir, die bij haar dijen uiteen was geschoven. En er hing een perzikkleurige zijden shawl over de lamp. De hele kamer baadde in een rozige gloed.

Ze bewoog een fijne hand ergens in de buurt van haar opengeslagen peignoir. Ik werd overvallen door een gevoel van desoriëntatie. Mijn hart begon te bonzen. Mijn penis stond recht overeind. Mijn hele wezen leek te pulseren. Ik wist dat ik niet hoorde te staan kijken, maar ik kon me niet van die plek losrukken. En toen verdwenen haar vingers binnen in haar en ze begon ze liefdevol, teder, in en uit te bewegen. Het werd me te veel. Mijn penis en haar vingers waren één – en ik kwam klaar met een explosie die me een luide kreet deed slaken. Mijn zuster keek op, zag me, begreep, en kwam naar de deur om me binnen te laten.

"Julie," zei ze – ze noemde me Julie – "wees maar niet bang." Ik stond te trillen op mijn benen. Ze leidde me naar het bed. We gingen er samen op liggen met onze armen en benen om elkaar heen. "Julie – als je begrijpt dat dit iets moois is, zul je iets weten wat maar heel weinig mensen weten." En heel zachtjes, heel zachtjes bracht ze mijn hand naar haar vagina en liet me ieder deel van haar verkennen, en ze vertelde me wat ik doen moest, en hoe ik haar moest aanraken, en begon weldra ook mij aan te raken. Het was het zoetste en prachtigste moment van mijn leven. Volkomen onschuldig, de seks van de Hof van Eden voordat de slang verscheen. En na afloop bleven we bij elkaar liggen, net zo verstrengeld als jij en ik nu.

Nu komt het gedeelte waar ik niet over wil praten, het gedeelte dat ik veertig jaar heb verdrongen, en waar ik pas onder hypnose weer toegang toe heb gekregen.

Twee dagen later werd ze midden in de nacht met spoed naar het ziekenhuis gebracht. Ik herinner me alleen maar dat ik buiten haar kamer stond en een verpleegster tegen een andere hoorde zeggen: "Die hoer is niet lang meer op deze wereld." Ik heb haar niet meer levend teruggezien.'

'Waar is ze dan aan gestorven?' vraag ik zwakjes, zoals je doet wanneer je overspoeld wordt door emoties en daarom probeert om de 'feiten' vast te prikken, alsof feiten ons zouden kunnen redden.

'Dat heb ik jaren niet echt geweten. Blindedarmontsteking, zeiden ze, maar ik wist dat dat niet klopte. Ik denk dat het een buitenbaarmoederlijke zwangerschap moet zijn geweest die niemand heeft onderkend. Natuurlijk was ik ervan overtuigd dat ze door mijn toedoen was gestorven.'

'Natuurlijk.' Ik druk hem tegen me aan. Mijn ogen staan vol tranen.

'Het ergste moet nog komen. Mijn ouders zijn ook nooit meer naar huis teruggekeerd. Ze zijn ergens in de Midwest omgekomen bij een auto-ongeluk. Ik weet niet eens of ze dat van hun dochter nog geweten hebben. Ik bleef achter bij mijn tante en nicht. Op een avond hoorde ik hen over me praten: "Ik wil hem niet hebben," zei mijn

tante. "Ik vind het een engerd." Ik pakte mijn tas en liep weg.'
'Je was toen tien?'
'Ik was tien. In bepaalde opzichten ben ik nog steeds tien.'
'In bepaalde opzichten zijn we dat allemaal,' zeg ik.
'Daarom vind ik dat we niet over seks zouden moeten liegen,' zegt Julian. 'Het leven is te kort.'
'En seks is niet van de rest van het leven te scheiden, hè? We dachten van wel, maar zo is het niet. Dat is de tragedie van onze generatie – dat we gedacht hebben dat de seks ons zou kunnen redden.'
'Niets kan ons redden,' zegt Julian, 'zelfs liefde niet. Maar we kunnen de wereld minder eenzaam voor elkaar maken – soms althans. Soms dat nog niet eens.'
'Mijn hele leven,' zeg ik, 'heb ik niets anders gewild dan seks en vriendschap bij elkaar te brengen – en het lijkt me minder te lukken dan ooit.'
'Hier net zo,' zegt Julian. 'Daarom fascineren de Trobriand Eilanden me zo. Ik wil weten of er werkelijk een samenleving bestaat waarin de mensen het schuldprobleem hebben opgelost.'
'En wat denk je?'
'Als je Malinowski leest zou je denken van wel – maar hij is hopeloos achterhaald. De Eilanden der Liefde – zo noemden ze ze in de jaren twintig, maar ik denk dat het niet meer is dan de zoveelste mythe over de "nobele natuurmens". Gauguin, Robert Louis Stevenson, Melville, Michener – denk eens aan al die laagjes in de mythologievorming. Toch droom ik ervan er eens heen te gaan. Ik heb er altijd van gedroomd erheen te gaan... Ik wil daar sterven, en de plek waar je wilt sterven is de plek waar je wilt leven...'
'Wil je het echt weten, van de gondelier?'
'Ja.'
'Nu – wanneer ik je zo over je zusje hoor praten, wordt me wel duidelijk dat mijn gondelier, net als Dart, alleen maar de zoveelste versie van de onmogelijke geliefde is – kort gezegd, van pappie: de verboden man, de demonische man, de dybbuk, de incestueuze nachtmerrie. Hij is prachtig, maar natte dromen zijn altijd prachtig. Maar hij is buiten je bereik. En hij hoort aan iemand anders toe, aan mama...'
'Zoals wij allemaal,' zegt Julian met een dromerige blik in zijn ogen.
'En wanneer we elkaar beminnen, verdwijnen alle barrières tussen ons – net zoals wanneer jij en ik met elkaar *praten*. Waarom kunnen we het niet allebei hebben – vleselijke genoegens en woorden?' vraag ik.
'Ach,' zegt Julian, 'omdat dan de vraag wordt, waarom zouden we nog componeren of schilderen? We componeren en schilderen om onze verdorven wereld weer op de been te helpen, en het is alleen omdat de wereld verdorven is, dat ze de schoonheid die wij scheppen *nodig* heeft. In de hemel zouden we zo van Gods schoonheid vervuld zijn, dat we niets zouden hoeven scheppen.'

'Allemaal sofismen.'

'Nee, toch niet. Wat is gemakkelijker te schilderen – de hemel of de hel?'

'De hel,' zeg ik.

'En wat is leuker om te lezen – de *Inferno* of de *Paradiso*?'

'De *Inferno*.'

'We hebben dus een verdorven wereld gekregen om ons menselijk potentieel te prikkelen. In het paradijs zouden we ons allemaal dood vervelen.'

'En toch wil je nog steeds naar de Stille Zuidzee? Wil je de Gauguin van de elektronische muziek worden?'

'Ik wil een opera over dit alles schrijven,' zegt Julian. 'En ik ben op mijn manier een componist die vanuit zijn eigen ervaringen werkt. Ik wil beginnen met een klein jongetje dat zijn zuster door een gordijn beloert – en dan wegvaren naar Polynesië met een volwassen man op zoek naar het paradijs. Ik wil *de* grote panoramische opera over 's mensen zoektocht naar het paradijs schrijven.'

'We zoeken allemaal naar het paradijs,' zeg ik. 'En we schijnen nooit te beseffen dat we het hier bij ons hebben, op ditzelfde moment, waarop we met onze armen en benen om elkaar heen in deze hotelkamer door het heelal suizen...'

'Ik weet het,' zegt Julian. 'Maar het paradijs is per definitie altijd *daar* en niet *hier*. Zelfs als je met je volmaakte minnaar zou *trouwen*, zou je binnen niet al te lange tijd allebei allerlei zorgen hebben over de aannemer, de schilder, de ouderavond, de inkomstenbelasting – jouw onbereikbare held zou maar al te bereikbaar worden. Dan kun je beter hém voor de seks houden en mij voor het praten...'

'Maar ik wil seks en praten in één persoon. Dat is toch zeker niet zoveel gevraagd?'

'Ik heb het nooit gevonden,' zegt Julian, 'behalve in mijn akkoorden, dus waarom zou het jou wel lukken?'

'Omdat jij er niet in gelooft, en ik wel.'

We zakken weg in de slaap.

De volgende dag ga ik met Julians zegen Renzo per watertaxi opzoeken op zijn wonderlijke eiland in de lagune.

Het huis is verlaten op de tjirpende kanaries en een onzichtbaar dienstmeisje na. De beide prinsessen zijn voor de hele dag naar Milaan, hun winterkleding passen. Door de ramen stroomt het zonlicht naar binnen. Water uit de lagune bespikkelt ons met lovertjes van licht wanneer we elkaar beminnen.

Tussen ons is het minnespel zozeer iets van het heden dat het een soort meditatie wordt. Het verloopt volkomen vloeiend, zonder begin of einde, en lijkt geen seks, maar een vleselijk paradigma voor afstandelijkheid.

We *kennen* elkaar: lichaam kent lichaam, ziel kent ziel. We hebben elkaar gekend vanaf het eerste ogenblik dat we elkaar ontmoetten en vanaf de eerste keer dat we de liefde bedreven. Er heeft nooit enige vraag over bestaan, nooit enige twijfel of het perfect zou zijn. Of we praten of niet, eten of niet, we zijn altijd, altijd met elkaar in harmonie, verenigd, in contact.

Hij raakt mijn borst aan. Het water rimpelt over ons heen, en maakt lichtstrepen over het plafond. Ik raak zijn haar aan, zijn tepels. Hij zuigt op mijn onderlip. Hij ontdoet zich van zijn linnen hemd en linnen broek. Ik ga in zijn armen liggen, ruik zijn oksel, ermee tevreden mijn armen om hem heen te hebben, hem aan te raken, zonder naar meer te streven, niet uit op een orgasme. We bevinden ons onder water, zwemmen door licht. Alleen de geur van zijn huid, de aanraking van zijn fluweel, zijn muskus, daar heb ik al genoeg aan.

De vloeiende lijnen van zijn lichaam brengen me tot verrukking; het is er helemaal voor mij, zonder afscheidingen, zonder grenzen. Een verrukking die beweegt als de wateren van Venetië, steeds verandert en toch hetzelfde blijft.

Hij zuigt op mijn lippen, mijn borsten, noemt me zijn Piccola Pittrici, en dan zijn we zonder te weten *hoe* het gebeurd is binnen in en buiten elkaar, benen gespreid, benen bijeen, en hij zegt: '*piano, piano*,' en beweegt, beweegt, beweegt langzaam in mij heen en weer om het lang te laten duren. Zodra ik klaar begin te komen, houdt hij op, laat me volledig ontspannen, zodat het me tenslotte niet meer kan schelen of ik klaarkom of niet, met hem binnen in me, volledig binnengedrongen, volledig in bezit genomen, teruggeschonken aan mijzelf, teruggeschonken aan de natuur.

Vreemd, is het niet, dat wij mensen ons *zelfs* in ons liefdesspel zozeer van de natuur distantiëren dat de anticipatie van een orgasme, het naar dat orgasme toe werken, zelfs de liefde tot iets teleologisch maakt, tot iets beladen met verwachtingen, spanningen, druk. Renzo doet mij volkomen in het ogenblik opgaan omdat *hij* dat zelf óók doet, omdat zijn seks geen programma kent, vrij is van elk moeten of verwachten. En dus begint als ik besloten heb niets te doen, alleen maar het ogenblik te ervaren, in het ogenblik te *zijn*, mijn lichaam vanuit zijn eigen zoet, wil-loos verlangen aan zijn crescendo. Renzo beweegt, beweegt, houdt op, houdt op. Maar mijn orgasme is begonnen en ik gil het uit en hij legt zijn hand over mijn mond (het meisje, het meisje), en bereikt dan zelf zijn climax, met zijn groengouden ogen half dicht, zijn gezicht net dat van een faun, bruin, met schuin oplopende lijnen, lachend, vlak vóór het orgasme een ogenblik ernstig, en dan weer zacht, week, ontspannen.

We liggen samen terneer, Pan en Ceres, de god van de wouden en de godin van het graan, en we ruiken onze eigen muskus, onze liefdesgeur – en dan klepelen de klokken en is het twaalf uur en moeten we gaan, wij twee Assepoesters van de dag, door de klokslagen van het middaguur veranderd in pompoenen.

266

Ik stroop mijn masker af. Leila, Louise, Luisa, glipt weg en nu is er alleen nog maar een door een ongeziene muze voortgedreven vrouw; haar pen krast driftig in het schetsboek, haar lichaam schrijnt van liefde, haar hart is licht en blij omdat ze weet dat ze niets gedaan heeft om deze zegeningen te verdienen en ze weet dat goddelijke liefde onvoorwaardelijk is. Ze verkeert in staat van genade. Ze heeft zin om te huppelen, om voor de Madonna neer te knielen, om tekeningen en schilderijen te verzinnen die vreugde zullen doorgeven aan de vreugdelozen, geloof aan de ongelovigen, en liefde aan de liefdelozen. Ze wil dat iedereen het leven zal savoureren en verheerlijken omdat het een feestdis is. Je kunt zó toetasten. Je hoeft alleen maar je mond open te doen, je hand te openen, elkaar lief te hebben, God te danken, en je te verheugen.
In zijn eenvoudigste vorm is het leven een gebed. Wij bidden op vele manieren. Dit is de mijne.

Ik overdek bladzij na bladzij met tekeningen en woorden voordat ik die avond in slaap val.

Slapend naast Julian droom ik dat ik een rolstoel op mijn rug door Venetië draag. De stad bestaat uit besneeuwde alpen en rotsige ravijnen met ver daaronder een glinsterende lagune. Ik draag deze loodzware rolstoel de beijsde hellingen op en af omdat ik bang ben dat ik op een dag niet meer zal kunnen lopen. Ik vervloek het ding om zijn zwaarte.
Gooi die rolstoel toch weg! zeg ik tegen mezelf. Je kunt lopen! Je bent alleen maar verlamd geweest door je angst.
Ik klauter in de rolstoel en stuif als een wilde langs de wand van het ravijn omlaag. De rolstoel schijnt te vliegen, en rolt dan beneden uit tot hij stilstaat. Ik kom op wonderbaarlijke wijze overeind, geheel in licht gekleed, en gooi de rolstoel in de lagune.
Ik word wakker. Naakt loop ik de badkamer in en ga voor de spiegel staan. Ik baad in een stralend licht. Mijn hart gloeit.
Aha, zeg ik, dit is het. Dit is wat wij moeten leren beseffen. We hoeven nooit alleen te zijn. Wij zijn opgetrokken rond de goddelijke vonk. Het vlees is alleen maar bedoeld ons een les bij te brengen. We leren de les en gaan verder. Ik behoud die zekerheid de hele dag wanneer ik alleen Venetië in ga, op verkenningstocht.

De volgende morgen ga ik dapper in mijn eentje naar een tentoonstelling van tekeningen van Oude Meesters op het mooie eilandje waar de door Palladio ontworpen kerk van San Giorgio Maggiore midden in het bassin van San Marco staat. Met zijn groen gemutste *campanile*, zijn vredige klooster, zijn verlaten theater, is dit eilandje de lieflijkste plek van heel Venetië.
Ik laat Julian knutselend aan zijn partituur in onze hotelkamer ach-

ter en ontloop Renzo's opdraven per boot bij het terras van het Gritti om twee uur. (Ik sta ervan versteld dat ik zo goed afstand kan nemen. Ben ik in een man veranderd – of alleen in een wijze vrouw?)*
Alleen en vervuld van een diepe vreugde ga ik tekeningen van de Oude Meesters bekijken.

Tekeningen bezitten voor mij een directheid die schilderijen missen. Je ziet het proces, je ziet de geest van de kunstenaar aan het werk. In de lijnen zelf wordt het spel van de geest onthuld.

Ik blijf staan voor een tekening van Domenico Campagnola, van een man die een vrouw bedreigt onder een dichtbebladerde populier. Zijn door de lucht zwierende voorhoofdslok, haar opgeheven arm, haar opgeheven knie, de worsteling tussen hen in de donkere arcering van penne-inkt zou je kunnen associëren met een moord of met een ruwe verleidingspoging, afhankelijk van hoe je het bekijkt. (Vangt je oog bijvoorbeeld de aanduiding van een dolk onder de boom in zomertooi? Heeft hij geen broek aan, of is de kunstenaar alleen spaarzaam met zijn lijnen geweest?)

Hij blijft voor alle eeuwigheid op het punt haar te doden (of te kussen). Dit worstelend paar blijft voor alle eeuwigheid gevangen in het moment voordat het mannelijk lemmet het vrouwelijk vlees doorboort. Liefde of moord? Een calamiteit of een versmelting?

Aangezien ik geen antwoord op deze vragen heb, wandel ik van de tekening weg naar de volgende. De onthoofding van de heilige Catherina interesseert me minder, evenals een *paesaggio* en een voorontwerp voor een Laatste Avondmaal. Ik slenter langs de schetsmatig getekende Maagden met schetsmatig getekende Kindekes, de vingeroefeningen voor plafondgodinnen, de Abrahams bezig met het offeren van Izaäks, de oude mannen, de ridders, de Bacchussen – en dan kom ik bij een nimf van Veronese die door een loverrijk boslandschap (met rondscharrelende babydraakjes) achtervolgd wordt door een doelbewuste sater (die er uiteraard net zo uitziet als mijn Renzo).

De dans van de seks – achtervolging, ontwijking – van nimf en sater, faun en bosgodin, is al duizenden en nog eens duizenden jaren aan de gang. En ik ben niet bepaald de eerste die die dans op papier vast heeft willen leggen. Zolang het vlees bestaat, zal er ergens een kun-

---

* In dezelfde tijd als dit gedeelte werd een zeer onthullend stukje in een van de aantekenschriften geschreven. Daarin zegt Isadora Wing: 'Het einde van Leila's verhaal moet de suggestie wekken dat zij voor het eerst van haar leven gereed is haar leven als lijdend voorwerp op te geven en zelf onderwerp te worden. Niet dat ze Renzo dan niet mag houden. Maar ze kan hem niet op dezelfde manier tot minnaar hebben als ze Dart had (of Dart *haar*). Ze moet weg kunnen wandelen. Hem kunnen houden en toch weer aan het werk gaan, hem niet haar leven laten beheersen. Ik heb het gevoel dat je, als je van de drank af en over de veertig bent, op die manier een minnaar moet kunnen hebben. Liefhebben en loslaten. Dat moet uit het einde blijken. Het is nog niet goed. HERZIEN.' C.F-S, Ph.D.

stenaar of kunstenares overeind komen uit de warmte van het kluitje lijven in het hol en zich moeizaam op haar of zijn knieën werken om tekeningen – woorden – op de wand van de grot neer te krabbelen om de Goden en Godinnen te behagen – of te ergeren. We blijven ons hart blootleggen in de hoop dat het nooit zal ophouden te kloppen. IJdele hoop! Zolang ik leef zal ik, dat weet ik, de pen blijven vasthouden die deze sater, deze nimf, deze duistere wereld vol draken portretteert.

En hier hebben we een bosgod en bosgodin getekend door Tiepolo, week en ontspannen na de liefde. Hij kust haar boven op haar menselijk voorhoofd; zij sluit haar scheefstaande ogen in extase. Haar hoeven zijn even harig als de zijne, maar ze heeft mensenborsten en een mensenhart, en hem heeft Neukland voor een kort ogenblik zacht gestemd. De kunstenaar heeft haar eerst een opgeheven rechterhand gegeven en die dan weer doorgekrast, alsof hij niet wist of hij haar al dan niet die macht zou geven.

In gedachten veeg ik die krassen uit. Ik pak mijn notitieblokje met de omslag van gemarmerd papier en teken vlug mijn versie van het tafereel van Tiepolo. Mijn 'faunin' ligt even loom terneer als de zijne, maar de hand die ze gegeven houdt omklemt een tekenpen. Dromerig tegen de ruwe, behaarde schouder van haar faun geleund legt ze dit kortstondig tafereel van lust, van liefde, voor toekomstige toeschouwers vast.

Ik zal naar huis gaan en een serie tekeningen over het thema nimf-en-sater maken. Ik zal al tekenend mijn geestelijk evenwicht hervinden. Noch de Trobriand Eilanden met Julian, noch Venetië met Renzo zijn de oplossing. Ik héb mijn oplossing.

Ik houd hem in mijn hand.

269

Noot

Hier eindigt het manuscript met de diverse tekentjes en tussenvoeg-sels, en op de laatste pagina en ettelijke A 4-tjes staan de volgende onthullende regels van de schrijfster aan zichzelf.

Durf ik dit te publiceren – zelfs na herziening en vermomming? Is het het waard om alles wat ik aan liefde en innerlijke harmonie gekend heb op het altaar van de drukpers te offeren? 'Schrijven is een vorm van bidden,' heeft Kafka gezegd. En daaraan heeft Auden toege-voegd: 'En niemand die oprecht bidt, wil dat een derde zijn gebeden hoort.' Kan ik dit niet maar beter verbranden dan zelf te branden? Kan ik maar niet beter voortworstelen op de weg naar de geheelont-houding dan die in de waagschaal te stellen door die worsteling op te tekenen? Ik doe er beter aan 'Julian' en 'Renzo' (die allebei nog een rol in mijn leven spelen) onverstandig maar innig lief te hebben – dan hen als 'karakters' ten tonele te voeren, terwijl ik hen allebei te goed ken om te denken dat ik hen juist gekarakteriseerd heb. Ik heb hen op verschillende wijze lief. En zelfs 'Dolph' en 'Theda'. 'Sybille' die mij telkens opnieuw het leven redt. En 'Emmie' en natuurlijk de 'tweeling'.
Moeten wij dan datgene wat wij liefhebben *altijd* vernietigen? Toen Oscar Wilde schreef: 'elkeen vernietigt dat wat hij bemint', bedoelde hij toch niet 'elke schrijver'?
Ik zal het doek met het gezicht naar de muur zetten, het manuscript braak laten liggen, terwijl ik met Sebastian naar de Stille Zuidzee ga. Ik ben Margaret Mead en Bronislaw Malinowski aan het lezen en ook andere modernere antropologen, in voorbereiding op de tocht. We zijn van plan om te gaan vliegen en trekken, trekken en vliegen. Alleen mijn dochter en zijn zoon, en natuurlijk Lily, die onze getuige was, weten dat we het afgelopen weekend getrouwd zijn. Onze con-cessie aan het burgerlijk fatsoen. Niet twee aan twee de ark met zil-verwerk binnen, maar de ark met een Ballanca, een Kurzweil, drie computers, twee beelden van Nancy Graves, een verzameling teke-ningen van Oude Meesters, een eerste editie van *Leaves of Grass*, een eerste editie van *Endymion*, vijf huizen, en wat dies meer zij...

We hebben het eigenlijk gedaan vanwege een weddenschap die we eens na een bal in Venetië gesloten hebben. En we hebben elkaars kinderen geadopteerd zodat als een van ons tweeën dood gaat... Vrienden tot in eeuwigheid. Ook al wacht 'Renzo' op me in Venetië, en gaan 'Danny' en ik nog steeds van tijd tot tijd uit eten en lachen we nog steeds veel samen, en is 'Dart' van 'Sylvie' af en belt hij dikwijls voor een praatje. Komt zelfs af en toe een weekend samen met me weken in het hete bad. Nu het dwangmatige eraf is zijn we meer oude vrienden dan geliefden. Al worden we van tijd tot tijd weer door het oude vuur verteerd. Ik heb de obsessie doorbroken door het boek te schrijven. Maar dat wil nog niet zeggen dat ik het moet uitgeven! Ik laat het gewoon op mijn bureau liggen, met in grote rode letters CONCEPT erop, en ga er met Sebastian, Margaret en Bronislaw vandoor naar de Trobriand Eilanden!

Als het boek kwaliteiten heeft, overleeft het mijn welwillende veronachtzaming. Tijdens mijn afwezigheid zal het rijpen en dan kan ik als ik weer thuis ben flink aan het fatsoeneren gaan.

Geheugensteuntjes:

A. Oorspronkelijke idee onthouden van een modulaire roman die terug en vooruit kan grijpen.

B. Mogelijke titels: *Any Woman's Blues*, *Het hartzeer van elke vrouw*, *Iets om lief te hebben*, *Het tao van de vrouw*, *Wilde vrouwen hebben geen hartzeer*.

C. De Roman als duiveluitdrijver en als gebed – dit zou ook een thema in het boek moeten zijn – maar dan gezien vanuit het standpunt van de kunstenaar.

D. De Regelen der Liefde en de Twaalf Stappen als parallel lopende universums –

E. Vergeten.

LEILA: *Bon Voyage!*
ISADORA: *Dank je.*

Nawoord

door Caryl Fleishman-Stanger, Ph.D.

Uit de tussenwerpsels in het manuscript, en uit de afsluitende noties van de schrijfster, valt gemakkelijk te begrijpen dat Isadora Wing *Any Woman's Blues* zag als een roman – in uitvoering – een leven in uitvoering –...

Maar niets had ons kunnen voorbereiden op het vreemde vervolg op het verhaal van dit boek.

Na een arbeidzaam jaar van manuscriptbewerking en intensieve redactiearbeid (de aard van deze moeizame arbeid behoeft nauwelijks aan andere wetenschappers te worden verduidelijkt), deed Isadora Wing wat Mark Twain bij een andere gelegenheid had gedaan. Zij verscheen in den vleze, duidelijk *niet* dood, waardoor ik genoodzaakt werd mijn biografie *Thuisvlucht: het duizelingwekkende leven van Isadora Wing*, waarvan de verschijning nu in 1995 gepland is, ingrijpend te herzien, en bepaalde substantiële veranderingen in het onderhavige werk aan te brengen.

Niemand die zich in de jaren 1989-'91 niet op een andere planeet bevonden heeft, kan de berichten in de kranten over het vreemde geval van Isadora Wing, dat uitvoerig door de media is belicht, over het hoofd hebben gezien.

'SCHRIJFSTER GEVONDEN IN STILLE ZUIDZEE' schreef *The New York Times*, die Wing later ook nog een interview heeft afgenomen voor hun wetenschappelijke rubriek, met betrekking tot haar unieke voedingsgewoonten tijdens haar gedwongen verblijf op een onbewoond eiland in de Salomons Eilandengroep.

'SCHRIJFSTER EET MADEN IN HET PARADIJS' schalde de pas gefuseerde *Daily Post* bij een zeer korrelige foto van een uiterst magere Isadora Wing, zwaaiend vanaf het dek van een zeer luxueus jacht met achter haar een groot aantal dooreenkrioelende en champagneglazen klinkende jetsetters.

Het thans voor u liggende boekwerk verkeerde in iets andere vorm al in het page proof-stadium toen mevrouw Wing de wereld versteld deed staan door haar verbazingwekkende terugkeer uit het rijk der doden. Ik was door niets in mijn uitgebreide wetenschappelijke opleiding noch mijn even uitgebreide levenservaring voorbereid op de confrontatie met een dergelijke ongelukkige eventualiteit.

Voor mevrouw Wing optredende advocaten lieten geen tijd verloren gaan om onder bedreiging met juridische stappen kopieën op te eisen van het manuscript, de galley proofs, page proofs, contracten, brieven, en andere 'geschriften' – zoals ze in juristenjargon heten. Ik was gedwongen eveneens een advocaat in de arm te nemen.

Er volgde een lang, oorverdovend zwijgen, zoals dikwijls het geval is bij juridische procedures. Ik begon te vrezen dat Isadora Wing, die door haar ervaringen in de Stille Zuidzee duidelijk volkomen veranderd was, deze vertraging gebruikte om de publicatie van de roman voor onbepaalde tijd tegen te houden, om redenen waar alleen maar naar te gissen valt.

De schrijfster had mij eens tijdens een interview toevertrouwd dat zij haar romans (afgezien van haar historische liefdesgeschiedenissen) alleen kon schrijven door zichzelf wijs te maken dat ze nooit gepubliceerd zouden worden. Dergelijk opzettelijk zelfbedrog was kennelijk noodzakelijk om haar in staat te stellen een buitengewone openhartigheid te handhaven, zonder angst voor vergelding. Dus bevroedde ik in haar langdurig juridisch gemanoeuvreer een poging à la Salinger om te verhinderen dat *Any Woman's Blues* überhaupt ooit het daglicht zou zien.

Na vele maanden onderhandelen van mijn eminente advocaten, Delarue, Warrick, Trumbull & Slotkin (met bijzondere dank aan Arnold Sheldon Slotkin, mijn vertrouwde rechtskundig adviseur en vriend), die in samenwerking met de even eminente advocaten van de uitgever, Harley, Takashimaya, Cohen, Robertson & Fleisch (met bijzondere dank aan Roselynn 'Chiyo' Takashimaya) trachtten tot overeenstemming te komen met Wings advocaten Wolfe, Zhivago, Cheatham & Greene, werd een minnelijke schikking getroffen.

Bij deze schikking werden alle partijen verplicht tot geheimhouding met betrekking tot de financiële en juridische details van de onderhandelingen. Ze voorzag eveneens in de opname van mijn Voorwoord en Nawoord in Isadora Wings roman, en in de handhaving van mijn voetnoten (maar alleen als elk ervan duidelijk als van mij en niet van de schrijfster werd geïdentificeerd – vandaar hun onorthodoxe vorm). Nog een centraal punt waar de schikking in voorzag was dat er nog een gedeelte onder de titel 'Later' door Isadora Wing zelf aan toegevoegd zou worden.

Ofschoon het mij niet is toegestaan hier over juridische en financiële kwesties uitlatingen te doen, mag ik *wel* zeggen dat de onderhandelingen zich vele maanden bewogen rond Isadora Wings interrumperingen bij haar eigen roman, waarbij de schrijfster met haar eigen schepping, de hoofdfiguur Leila Sand, in discussie schijnt te gaan en deze het vuur zelfs flink na aan de schenen lijkt te leggen.

273

Isadora Wing kwam aanvankelijk met het verzoek deze volledig uit de tekst te verwijderen, samen met mijn voetnoten, en dit boek te laten presenteren als 'een conventionele roman'.

Via onze vertegenwoordigers kon ik haar ervan overtuigen dat deze interrumperingen, die nonchalant en in het wilde weg op het manuscript waren neergekrabbeld, een nieuwe en verfrissende om niet te zeggen een humoristische manier waren om de dialoog tussen auteur en hoofdfiguur bloot te leggen die zich in het hoofd van *alle* romanciers – van alle mensen – af moet spelen, maar waarop ons meestal eerst lang na het overlijden van de schrijver een blik vergund is.

Na vele maanden juridisch gehakketak stemde Isadora Wing er met tegenzin in toe ons zowel de voetnoten als de interrumperingen te laten handhaven, maar alleen als de laatste *in haar eigen handschrift* werden weergegeven, zoals ze ook in de marge van het manuscript staan, en ook alleen als ze haar eigen Nawoord mocht schrijven, in welke vorm ook die ze daarvoor verkoos.

Ze stipuleerde eveneens dat mijn voorwoord uit 1989 in die vorm en met de oorspronkelijke datum gehandhaafd moest blijven, en dat elk onderdeel van voorwoord en nawoord gedateerd moest worden 'om het niet-bestaan van de tijd aan te geven'. Wat ze hiermee bedoelde kan ik niet doorgronden, ook niet na overleg met andere vooraanstaande kenners van de feministische literatuur. Naar mijn mening doet Isadora Wings Nawoord meer vragen rijzen dan het beantwoordt. Niettemin is het hierbij weergegeven, precies zoals ze het geschreven heeft.

Caryl Fleishman-Stanger, Ph.D.
Paugussett, Connecticut,
oktober 1991

Later, later, later, later, later
Nawoord
door Isadora Wing

Ik heb u tot een hemels noch een aards, een sterfelijk noch een onsterfelijk wezen gemaakt, zodat gij uzelf als een vrij en vaardig beeldhouwer geheel tot de vorm van uw eigen keuze kneden kunt.

– Pico della Mirandola

Stel dat je dit boek opensloeg en een computerchip draaide Bessie Smith af die 'Any Woman's Blues' zong? Zou dat je overtuigen van het bestaan van de oneindigheid? Een roman is een vreemde lusvormige structuur. Schrijfster en hoofdfiguur vormen samen een soort Möbiusband. De schrijfster schrijft omdat ze haar eigen dood voorziet. Jij (lezer, lezeres) leest het boek wanneer ze dood is en wekt haar daarmee weer tot leven. Zoals dit boek mij tot het leven heeft laten terugkeren. Zoals jouw ogen en hart mij weer hebben laten leven (ik schreef daar bijna 'hebben laten lachen' – wat eveneens waar is).

Dus hier ben ik weer. Uit de dood opgewekt door je liefde en je betrokkenheid (of je haat en je betrokkenheid). Niet dood. Maar terug.

Derhalve:

Later:

Ik ben weer terug. Zoals een andere schrijver eens bij een andere gelegenheid gezegd heeft: meldingen van mijn overlijden waren sterk overdreven.

Wat Caryl Fleishman-Stanger, Ph.D., je misschien wel of misschien ook niet verteld heeft over 'mij' of mijn 'laatste' roman (die *zij* – met haar eigen doeleinden voor ogen – voor druk heeft klaargemaakt), ik ben *niet* dood, maar terug – ik, Isadora White-Stollermann Wing, alias Leila Sand, Louise Zandberg, Candida Wong, Antonia Uccello, *und so weiter*.

De rust en vrede in de Zuidzee hadden niet helemaal het verwachte effect. 'Sebastian Wanderlust' organiseerde – net als 'Julian Silver' – fantastische weekends en gondelvaarten over het Canal Grande, maar ook hij was maar een gewoon mens en had zijn eigen verborgen motieven. Toen zelfs het paradijs hem niet van de euvelen der beschaving af kon helpen, gaf hij, net als 'Danny Doland', mij daar de schuld van. En dat was zo ongeveer dat. Daarna konden we onze

275

vriendschap *noch* ons huwelijk meer redden. Het was slimmer geweest om het maar helemaal niet te proberen met het paradijs.

Hoe kan ik ons avontuur in de Stille Zuidzee beschrijven zonder opnieuw een hele roman te schrijven? Zal ik je vertellen over de Papoea-koppensnellers die op de schedels van hun voorouders slapen? Over hoe ze de schedels van hun vijanden bij wijze van even zovele amuletten om hun hals hangen ter voorbereiding op een ontmoeting met onbekenden? Over hoe hun mannen en vrouwen apart wonen, in afzonderlijke onderkomens, en elkaar in het bos treffen als ze willen paren? Zal ik je vertellen dat al onze midlife crises en angst voor de ouderdom voor hen helemaal nergens op slaan, aangezien ze zo'n hard bestaan leiden dat ze toch niet ouder worden dan vijfenveertig? Zal ik je vertellen dat weliswaar de mannen op krijgstocht gaan, maar dat het de vrouw is – een raad van grootmoeders om precies te zijn – die bepaalt *wanneer* er gevochten gaat worden en met wie? Zal ik je vertellen hoe het is om dagenlange trektochten te maken dwars door zwermen muskieten en plakkerige vliegen heen, rivieren vol krokodillen over te steken, je kleding in verrottende flarden om je heen te zien hangen en overal op je huid blaasjes van insektebeten te ontdekken? Zal ik je vertellen over een bloederige rituele doorboring van het neustussenschot? Over een rituele wedergeboorte? Over hoe het is om toe te kijken hoe de hersenen van een gekoppensnelde vijand uit een met een stenen bijl gemaakt gat geschept worden en met een bamboespatel op een *an* – een van een sagopalmblad gemaakt dienblad – neergelegd? Dit waren maar enkele van de dingen die we gezien hebben. Een tijdlang begonnen we te geloven dat de mens er goed aan zou doen om naar het stenen tijdperk terug te keren – een tijd waarin men geen behoefte had aan psychoanalyses of de AA. Maar we hoeven daar niet zo vreselijk verlangend naar uit te kijken aangezien het erop lijkt dat onze hybris-dolle 'beschaving' sowieso op de stenen tijd afkoerst en dat het nog maar een kwestie van minuten op de klok van de kosmos is of we zijn allen weer koppensnellers. Eigenlijk zijn we zelfs nooit met koppensnellen opgehouden.

Toen ik me na mijn terugkeer uit de Zuidzee steeds uitvoeriger in de etnologie ging verdiepen, viel het mij opeens op dat in alle Indo-europese talen het woord voor 'schedel' hetzelfde is als dat voor 'kop' (*coppa, Kopf, kapala*), dat het gebruik van schedels bij wijze van drinkbeker algemeen voorkomt (zelfs Byron deed eraan mee!) en dat derhalve de Heilige Graal heel goed een afgehouwen hoofd kan zijn geweest. Waanzinnig, waanzinnig, zeg je nu. Misschien heb ik *kuru* gekregen (die fatale neurologische aandoening die de Papoea's oplopen door het eten van de hersenen van gekoppensnelde vijanden)? Of misschien ben ik hier iets op het spoor? Van één ding ben ik zeker: de stam van het woord *genie* is dezelfde als die van het woord *genitaal*, derhalve gaat het verband tussen seks en creativiteit even ver terug als het koppensnellen en is het een even algemeen verschijnsel. Al mijn worstelingen met mijzelf om de seks eraan te geven hebben slechts tot innerlijk tumult geleid. Ik was beter af geweest als ik mij bij mijn aard had neergelegd in plaats van er zo wanhopig tegenin te willen gaan. Maar om de ware vervoering te brengen moet de seks, net als drugs, in zeer selectief en gewijd verband worden genoten: niet zomaar à la bonheur, zoals in onze cultuur, en niet ter bereiking van een algemene verdoving, maar alleen gekoppeld aan een specifiek visionaire zoektocht.

Ja, we *zijn* een vliegtocht gaan maken en we *zijn* neergestort (hierover later meer)... maar er was heel handig een verlaten eilandje in de buurt (net als in een cartoon in de *New Yorker*) en daar zijn we naar toe gezwommen.

Ongeveer negen maanden later en niet meer helemaal zo romantisch in onze opvattingen over de steentijd werden we gered door een Amerikaanse miljardair en zijn echtgenote van Poolse afkomst, die voorbij kwamen varen in een schoener vol beroemdheden, een soort narrenschip, waarop we met gejuich binnen werden gehaald, net als op een van 'André McCrae's' party's. Je kunt je wel voorstellen wat een cultuurschok dat was – om voor de *People* en de *Time* het champagneglas van Tiffany gevuld met Krug '61 te heffen na voor je gevoel wel tien jaar lang maden en naaktslakken, rauwe vis en rotte wortels gegeten te hebben. (In het stenen tijdperk verlies je alle besef van tijd.) Ik moest al even nodig naar de tandarts, als naar de manien pedicure. En ik begreep nu pas goed waarom het bereiken van een hoge leeftijd er in het primitieve menselijke bestaan niet bij was. (Het is trouwens toch niet zo erg leuk om ouder te worden dan je tanden.) Na de van veel vreugdetranen vergezeld gaande hereniging met mijn dochter, mijn ouders, mijn zusters, mijn juridische, financiële, en literaire executeurs-testamentair, en de sensatiepers thuis (wiens kortstondige onfrisse aandacht, het moet gezegd, een bemoedigende opleving van de belangstelling voor enkele van mijn minder bekende titels veroorzaakte – evenals voor die eeuwige topper *Bekentenissen van Candida* – vernam ik dat Caryl Fleishman-Stanger Ph.D. (die ik me niet eens kon herinneren *ontmoet* te hebben) in mijn afwezigheid dit manuscript haastig voor publicatie gereed had gemaakt. Mijn door mijzelf uitgekozen literaire executeur-testamentair, Randy Cornwallis, was na het geven van een lezing op Paugussett College onder geheimzinnige omstandigheden gestorven. Of hij het slachtoffer is geworden van boze opzet of van het Mensa-eten kan ik niet zeggen. Ook was ik niet zo zwaar getroffen als ik misschien geweest was als Cornwallis mij niet tot de heldin van *zijn* postume roman gemaakt had! Randy Cornwallis bleek heel wat doder dan ik, en naar mijn mening was professor Fleishman-Stangers alibi niet zo waterdicht als het wel had mogen zijn. (Maar ik ga zo laat na het gebeuren niet meer de Miss Marple uithangen!)

Ik heb aan veel manieren gedacht om te verhinderen dat Caryl Fleishman-Stanger, Ph.D., mijn onvoltooide roman zou publiceren: moord, proces, verminking, ik heb talrijke eminente juridische en literaire raadslieden geraadpleegd. Na grondige overpeinzing heb ik (net als Pooh-Bah in de *Mikado*) besloten om de straf aan te passen aan het vergrijp, en Caryls versie van 'de werkelijkheid' *uit te geven zoals ze is*, zodat alle geachte lezers en lezeressen in één oogopslag kunnen zien welke afstand er bestaat tussen de realiteit van een schrijfster en die van haar biografe, de door haarzelf benoemde 'deskundige'.

Natuurlijk was het na mijn ervaring in de Zuidzee onmogelijk om *Any Woman's Blues* (of *Het hartzeer van elke vrouw, Iets om lief te hebben, Het tao van de vrouw*, of *Wilde vrouwen hebben geen hartzeer*) netjes af te sluiten. Mijn leven had zich te ver ontrold. Misschien had ik het boek wel met de Franse slag af kunnen maken, maar nooit in de sfeer waarin het begonnen was. Het was begonnen als een kroniek van een verslaving, van een manier om zich aan een obsessie te ontworstelen en door te stoten naar een nieuwverworven innerlijke harmonie, en mijn verblijf op het onbewoonde eiland had me het allemaal zo ver achter me doen laten dat het boek overbodig was geworden.

Op een onbewoond eiland ga je de beperkingen van de fictie inzien, de beperkingen van het 'on'mens-zijn, en ga je er net als Swift, net als Gulliver, naar verlangen je alleen met dieren te verstaan.

Het helder inzicht verkregen door het maandenlang in leven blijven op maden en wortels met als gezelschap een intellectueel (die je beker [*Kopf, coppa*, enzovoort] in New York, Beverly Hills en Venetië tot de rand gevuld gehouden heeft, maar in het stenen tijdperk zo hulpeloos is als een klein kind en gevoed, verzorgd en iedere seconde bemoedigend toegesproken moet worden) verandert werkelijk je hele kijk op het menselijk bestaan, het genotsprincipe, de doodswens, drugsverslaving, liefdeverslaving, SM, bezitvormingsneigingen, kapitalisme, perversies (evenals je kijk op de voor deze 'kwalen' aangewezen 'remedies'). Laat ik volstaan met te zeggen dat ik weldra zal pogen iets over deze ervaringen te schrijven – ofschoon ik eigenlijk het gevoel gekregen heb dat woorden vrij nutteloze werktuigen voor de renovatie van het menselijk brein zijn en dat datgene wat we bij het zwijgend mediteren doen beter werkt, en er niet te vergeten ook nog eens esthetischer uitziet.

Alles bijeengenomen staat het mensenras en wat het met zijn schitterend potentieel gedaan heeft me behoorlijk tegen. Ik geloof dat we beter af waren toen we de hersenen van onze vijanden nog uit hun hersenpan lepelden om hun geestelijke vermogens in ons op te nemen. Als boeken ons zouden kunnen redden, waarom blijven de beste ervan dan ongelezen, terwijl wij maar blijven voortstuntelen en roepen om steeds meer verhandelingen over hoe we rijk kunnen worden, hoe we slank kunnen worden, hoe we onze gelaatshuid kunnen voeden in een verhongerende wereld?

Negen maanden op een onbewoond eiland, waarin je de elementen alleen hebt kunnen bevechten met stukjes schelp, palmbladeren, casuarisbotten, en kapotte nagels brengen je een gezond respect bij voor alle werktuigen waarvan onze God/Godin ons voorzien heeft, en een gezonde afkeer van de troep die wij daar in vele opzichten mee hebben aangericht.

Ik heb altijd naar mijn eigen ervaringen in de sfeer van die van Thoreau verlangd en hier kreeg ik die met geweld opgedrongen – mijn eigen Walden Pond in de Stille Zuidzee en geen nieuwe kleren.

Wat ik daar leerde was volledig bij het ogenblik te leven. God weet dat ik *echt* geprobeerd heb me zorgen te maken om mijn dochter – tenslotte is je zorgen maken de voornaamste drug van de moderne beschaving – over mijn moeder, mijn vader, over mijn diverse nichten en neven, vrienden en vriendinnen, minnaars. Maar daar was *geen tijd* voor. Alleen al het dagelijks ritueel van het bemachtigen van voedsel en onderdak hield mijn gedachten zo bezig dat ik geen *kans* kreeg de toblobben te gebruiken.

Ik raakte de overtuiging toegedaan dat de beschaving een soort collectieve waan was, fopperij van een dier dat in geen enkel opzicht aan domesticatie toe was. Dat al onze speeltjes en middelen tot snelle communicatie – telefoon, telex, fax, jet, ruimteveer – de kwaliteit van ons leven eerder hadden doen af- dan toenemen, en dat de romanfictie, moderne kunst, film, theater, op hun best oneerlijk en misleidend waren, en op hun ergst volkomen leugenachtige spiegels van de realiteit.

Ik besloot vanaf dat moment alleen nog maar poëzie, gebeden, meditaties te schrijven, om het 'IK' te elimineren, om een nieuwe vorm te bedenken om de tijdloosheid van het bestaan te vangen en langs woorden voorbij te reiken naar de onbegrensde en onveranderlijke werkelijkheden die aan onze lompe verschijning op deze aarde vooraf gingen en nog lang na ons zullen voortbestaan.

Derhalve is het volstrekt onbelangrijk of ik Leila ben, Isadora, Louise, Caryl, of zelfs iemand die wij geen van tweeën kennen. Dit zijn allemaal slechts maskers die een tijdje tegen mijn gezicht blijven plakken en er dan afvallen zoals ook het vlees eronder wegvalt. De maskers zijn er alleen maar om ons begrip te vergemakkelijken – aangezien we vanaf onze vroegste jeugd het beste leren van een gezicht dat aan dat van een mens doet denken. Maar het blijven maskers, en in die wetenschap huist alle wijsheid.

Aangezien ik van plan ben om van nu af aan alleen nog maar poëzie en psalmen te schrijven, zul jij, lieve lezer, misschien nooit meer een boek van mij lezen – aangezien in onze scherts-literaire wereld de meest waardevolle woorden ook meestal de minst gelezene zijn.

Daarom, vaarwel, ik heb oprecht genoten van onze ogenblikken te zamen. Ik heb het heerlijk gevonden je aan het lachen en aan het huilen te maken. Dikwijls heb ik onder het schrijven ook zelf gelachen of gehuild. Ik heb al mijn lezers oprecht lief. Ik wil jullie oprecht het leven redden. En ook mijzelf.

Ik zal van nu af aan alleen nog poëzie schrijven omdat alleen poëzie, die buiten de tijd staat, boven de tijd uit stijgt. Als ik in onzichtbare inkt kon schrijven, zou ik het doen. Want wij schrijven toch allemaal al in onzichtbare inkt, waarbij onze woorden opstijgen naar de hemel als even zovele asvlokjes uit de hel, die omhoog vliegen naar het aangezicht van God, in wiens stralen ze verdampen.

Ik zou het woord 'IK' willen elimineren – het uit mijn wordprocessor, mijn geest, mijn pen slaan. Ik zou mijzelf op willen doen gaan in andere wezens – in dieren, de zee, steen, zand, leden van de plantenwereld, mythische wezens.

Als Leila, als Louise, als Isadora, neem ik afscheid van jullie allen, met het verzoek elkaar zo innig lief te hebben als jullie kunnen, dapper te zijn, in contact te treden met jullie God, en je best te doen de leugenachtigheid te bestrijden waar ze maar opduikt – op de allereerste plaats in jezelf.

De oude romanschrijfster die ik was (en nog steeds ten dele ben), kan geen weerstand bieden aan de tropie om het verhaal af te maken, ten gerieve van de lezer (en van mijzelf), dus daar gaan we – het afwerken van de losse draadjes, zoals in een roman uit de achttiende of negentiende eeuw. Ik ben te zeer het brave romanschrijfstertje om mijn karakters in het luchtledige te laten bungelen.

Nadat 'Isadora' was opgehouden met publiceren (en steeds langere perioden in een trappistenklooster doorbracht), werd Caryl Fleishman-Stanger, Ph.D., omdat de natuur een vacuüm niet verdraagt, de 'expert' en spreekbuis met betrekking tot Isadora's werk. Ze gaf cursussen, schreef geleerde artikelen, brieven aan de *Times Book Review*, verscheen bij de MLA, enzovoort, dit alles met het oogmerk een Isadora Wing te scheppen die ze nooit gekend had en die ook nooit werkelijk bestaan heeft.

'Sebastian' of 'Julian', ging terug naar LA, scheidde met wederzijdse instemming van de schrijfster, trouwde een lief jong ding, en ging, zich beklagend dat hij eigenlijk opera's over de ijdelheid van 's mensen streven en over geestelijke verlichting wilde schrijven, door met het componeren van elektronische deuntjes voor Columbia, Fox, Universal, en anderen. Hij schreef, produceerde, en maakte de muziek bij een enorm succesrijke film met de titel *Papoea, Verschoppeling* (onder het regisseurschap van Leonard Nimoy, zoals u zich herinneren zult) en daarna steeg zijn prijs per partituur tot 1 miljoen dollar, en moest onafwendbaar zijn naam over de titel heen. Klemgezet door zijn grootse stijl van leven en zijn nieuwe vrouw (die voor hun beider identieke Ferrari's kentekenplaten bestelde met daarop de teksten: VERDIEND en VERBRAST), zwoegt hij tot op de dag van vandaag voort achter zijn synthesizer, een bewonderenswaardig handwerksman, in grote afkeer van zijn bestaan.

'Bean/Dart/Trick' kwam uiteindelijk eveneens terecht in de stad met het kengetal 213, als de echtgenoot van een oudere actrice, nog steeds dromend van 'Leila/Louise/Isadora', zijn enige echte grote liefde, en bijrolletjes spelend in *Rambo V* tot en met *X*. Hij blijft zijn zaad even vrijgevig over zuidelijk Californië uitstrooien als hij dat over New York en Connecticut deed, en vervloekt zijn karma, zijn vader en zijn sterren om het feit dat hij nooit voldoende pit heeft gehad om zijn Casanovacomplex op te geven voor de enige vrouw van wie hij ooit werkelijk gehouden heeft. Maar tussen mannen en hun vaders zijn goede bedoelingen per slot van rekening van nul en gener waarde. 'Dart' geeft zijn vrouw de schuld van zijn gebrek aan succes en idealiseert met elk jaar dat verglijdt 'Leila' steeds meer.

'Emmie' publiceerde haar boek over de menopauze en verdiende opnieuw een klein fortuin, schonk de *New Penguin Dictionary of Quotations* de term 'menopauze-chic' en deed het in alle opzichten uitstekend omdat haar hart zuiver is – ofschoon ook weer niet *zo* zuiver (aangezien ze tenslotte schrijfster is). Ze houdt nog steeds van haar getrouwde Griek en is iedere keer blij hem de haven binnen te zien varen.

'André' kwam eveneens in de buurt met het kengetal 213 terecht, na zijn galerie verkocht, zijn vrouw aan de kant gezet, en een tweeëntwintigjarige actrice getrouwd te hebben, en werd een 'indie prod' en een fanatiek consument van reformvoedsel. Je nederige kroniekschrijfster staat werkelijk verbaasd dat zoveel van haar figuren naar de streek met het kengetal 213 getrokken zijn – maar je weet wat ze van Zuid-Californië zeggen – alles in de Verenigde Staten dat niet aan de grond is vastgespijkerd, glijdt daar uiteindelijk heen.

En de 'tweeling' of 'Amanda Ace' – een zo levenskrachtig kind dat ze verdubbeld, met haar tweeën, in het kwadraat verheven lijkt. Na haar moeders verdwijning, en verbazingwekkende terugkeer, schreef ze op haar elfde een boek dat een bestseller werd. Het *Kinderhandboek voor het leven* heette het, en de kinderen van de moderne tijd konden erin vernemen hoe ze hun middelpunt moesten zoeken en geestelijk gezond, ongeschonden en drugsvrij konden blijven, ondanks de neergang van de gestoorde, tot allerlei verslavingen voerende beschaving van hun ouders.

Haar literaire carrière is tijdelijk opgeschort door haar bereiken van de puberteit, en 'Mike' en 'Ed' alias 'Amanda' gaat nu net als elk ander kind van haar leeftijd naar school, maar zij heeft een agent, een zaakwaarnemer, en een advocaat, om de aanbiedingen (voor tvshows, films, interviews, investeringen) die wekelijks binnenstromen te schiften. Het blijft nog te bezien of zij de hormonale wedloop van de adolescentie door zal komen zonder althans tijdelijk haar gevoel voor humor te verliezen. Tenslotte is ze haar moeders dochter, en tussen dochters en hun moeders zijn goede bedoelingen helaas van nul en gener waarde.

Nog later:

Misschien ben ik te hard, te haastig geweest.

Vlak na mijn terugkeer uit de Zuidzee verkeerde ik in shocktoestand, was ik geestelijk de kluts kwijt, en niet zo'n beetje ziek ook nog. Nu is er enige tijd verstreken, en zie ik in weer eens slachtoffer te zijn geworden van mijn neiging om in uitersten te vervallen. Vastbesloten als ik was om uitsluitend gedichten te schrijven heb ik dus helemaal niets geschreven. Weidse uitspraken hebben de neiging je daarna te doen verstommen, je ongeluk te brengen. Gedichten en psalmen komen ongenood wanneer men met zijn gedachten ergens anders is. Het trappistenklooster bleek evenveel machtswellustige monniken te herbergen als er op macht beluste advocaten, kunsthandelaren, grote bazen, fusie-gekken, en politici in de 'echte' wereld zijn. De retraîte heeft me al evenmin verder geholpen als de Stille Zuidzee. Het leven gaat voort.

Ik woon nu de ene helft van het jaar in Connecticut en de andere helft in een langzaam verbrokkelend gotisch palazzo in Venetië. Mijn dochter gaat naar een internationale school in Zwitserland en komt in het weekend thuis.

's Morgens schrijf ik in mijn schriften met gemarmerde kaft en om elf uur belt 'Renzo' drie keer (ons afgesproken seintje) en bedrijven wij hartstochtelijk de liefde gedurende precies een uur en een kwartier voordat hij naar huis gaat voor de lunch.

Ik krabbel in mijn schriftjes, zorg voor mijn dochter, bid tot de Madonna (Isis, Isjtar, Astarte, Lilith, en Eva) in de volgens de stijl van Palladio opgetrokken kerk van de Redentore, ga zwemmen, koop fruit, bezoek vrienden en vriendinnen. Misschien word ik ondanks mijn leeftijd nog wel zwanger. Misschien ga ik te zijner tijd zelfs nog wel een roman schrijven.

Wat ik geleerd heb is dat het leven verder gaat. Dit palazzo, deze minnaar, dit masker, deze naam, dit gezicht, zijn niet blijvend, maar iets in de menselijke geest is dat wel. Dat 'iets' uit zich in de liefde, in de seks, in de poëzie, in het schillen van een perzik, in het plukken van een roos, in het gebed. Er is alleen maar sprake van ogenblikken die in andere ogenblikken overgaan. We proberen ze tegen te houden, ze 'orde' op te leggen om ze op een of andere wijze tot iets teleologisch te maken, maar zij weigeren te blijven waar ze zijn; ze weerstreven al onze pogingen tot orde, *ordine*, *Ordnung*. Een roman moet een begin hebben, een middengedeelte, een einde, maar het leven heeft dat niet. Het enige moment dat telt is het *nu*.

Zo kwam vanmorgen mijn minnaar bijvoorbeeld om tien uur veertig. Later schreef ik de volgende regels in mijn dagboek: 'Wanneer we vrijen, drijven al mijn boeken op het water weg als even zovele stukjes papier.'

Grappig dat ik bekend ben – of was – vanwege het feit dat ik over seks geschreven heb, maar de seks waar ik over schreef was voor het grootste deel iets mechanisch, onbevredigends, in zekere zin gewelddadigs, een scheuring tussen lichaam en ziel, iets vol vergelijkingen en teleurstellingen, *amore astratto*, zoals 'Renzo' zegt. In ons geval is het minnespel zozeer iets van het heden dat het een soort meditatie is. Niet te beschrijven, iets volkomen vloeiends zonder begin en zonder einde.

Veel later:

Net als ik gedaan heb, zul je bij het overlezen van dit boek zeggen – maar ze is nog niet van de drank af: ze heeft zich nog niet echt gewonnen gegeven. Ze *flirt* met de overgave – maar ze is nog niet helemaal vastgelopen; ze is *niet* volkomen bereid.

Wie is ze? Doet het ertoe? We lijken allemaal voldoende op elkaar om elkaar tot wilde explosies van identificatie met de ander te brengen: zo kunnen we schrijven, schilderen, bidden. Zo kunnen we verhalen verzinnen en dan ontdekken dat ze waar zijn. Zo kunnen we boven onszelf uitstijgen.

Mijn laatste getrouwde man was degene die mij me uiteindelijk gewonnen deed geven. Hij heette Marcus. We ontmoetten elkaar bij een dineetje in een zolderappartement in SoHo – een van die zolderappartementen stampvol kostbare kunst – Jasper Johns, Cy Twombly, Helen Frankenthaler – en op bestelling gemaakt meubilair. De mensen waren ook op bestelling gemaakt. Europuin. Debutrutjes met toelagen. Goede juwelen van de Via Condotti en Old Bond Street. Kastelen aan de Rijn en landhuisjes in Orvieto. Schoenen van Azzedine Alaia. Pakjes van Chanel. God zegene de mode die ons telkens iets anders laat willen. En ons onnozel en oppervlakkig houdt, terwijl we graag diepzinnige dingen zouden zeggen.

Hij had zilverkleurig haar, reebruine ogen, een korte schaduw die glinsterde. Een door vissers ergens uit Ierland gebreide trui. Een door hippies ergens uit Costa Rica geweven das. Instapschoenen gemaakt van ongeboren big – of van Winnie-the-Pooh. Hij zat in het kunstcircus – aankoopadviseur. Met één been in New York en het andere in Londen. Hele grote bons. Maar hij deed mijn hart smelten doordat hij jiddisch sprak.

Hij was doodziek van Eurotuig en verlangde naar Brooklyn. Hij droeg Brooklyn mee in zijn ziel. Zoals pappie.

Vonken sprongen tussen ons over. Zoef. Zoef. Bing, bang. Tintel. We ontsnapten. Naar zijn zilverkleurige limousine met de rookkleu-

rige ramen en het faxapparaat. Ik pijpte hem, maakte dat ik wegkwam, in de wetenschap dat mannen alles zullen doen om je te bezitten – ook al lijken ze je dan weer niet te willen wanneer jij net besloten hebt dat je hen wél wilt. (Ach, het mysterie tussen mannen en
vrouwen: waarom zitten ze ons zo onvermoeibaar achterna wanneer
ze uiteindelijk *ontzet* zijn als we niet meer weglopen? Testosteron,
testosteron, en nog eens testosteron.)

We begonnen een affaire vol knoflook, blues, en boter. En sap. En
nog eens sap. Hij was intelligent, grappig, telepathisch begaafd (hij
kon in ieder geval *mijn* gedachten lezen). Hij had de ogen van mijn
grootmoeder. Binnen twee maanden was ik hopeloos verliefd. En hij
was hopeloos getrouwd. At van twee walletjes, zoals de rest van de
heren der schepping, en was hulpeloos overgeleverd aan zijn on-
macht iets anders te doen. Hij hield van mij: hij had het maar moeilijk met mij. Hij wilde me onder zijn hoede nemen, maar daar hij een
man was was hij zwak en besluiteloos als het op het maken van keuzes aankwam. Ze hoeven er nooit véél te maken, waar of niet? Wat
vrouwen betreft tenminste. Ze hebben gewoon te weinig oefening.

Toen ik een weekend alleen was, ging ik met een oude vlam op stap
om de trance te verbreken.

Deze vlam was aan de drank. Hij dateerde uit de tijd dat ik ook nog
dronk. Dus dronken we. We dronken in Westport, in Redding, en in
Darien. We dronken in Rye en in Harrison en in Bedford. Hij gaf
over. Ik ging onderuit. Romantisch, hè?

De volgende morgen werd ik wakker in een mij onbekend bed, onder een stapel jassen. In de kamer ernaast speelde muziek. Een mager Indiaas meisje stond voor een spiegel haar sari om zich heen te
wikkelen en dan weer los te winden. Naast me lag een bleke jongeman op het bed te slapen.

Paniek. Radeloosheid. Het kloppend hoofd. De droge mond. On-
vermogen me te bewegen. De kernoorlog komt eraan, evenals de financiële ondergang. Kanker, aids, verlamming. Contactlenzen blijven tegen mijn oogleden plakken. Ik werd snikkend wakker. Maar
zonder tranen.

Plotseling besefte ik dat al mijn dagen en maanden van onthouding
conditioneel waren: God, ik zal niet drinken als U maakt dat dit
boek een succes wordt. God, ik zal niet drinken als U maakt dat ik
deze minnaar krijg. God, ik zal niet drinken als U me liefde bezorgt,
lust, poen. Natuurlijk had ik zelf niet het idee dat ik God voorwaar-
den stelde. Maar hier komt het bewijs. Als het werk of de affaire op
een of andere manier tegenviel, ontstak ik in woede en ging weer aan
de drank.

Ik struikel het bed uit en val op mijn knieën. Ik beef over mijn hele lichaam. De tranen stromen me over het gezicht. Ik wil van de drank
af omdat ik van de drank af wil, zeg ik. Ik wil het omdat ik het wil.
Méér dan ik een boek wil. Of een man. Meer dan *alles*. Ik wil het

omdat ik het wil. Omdat ik er net zo naar verlang als naar het leven zelf. Ik ben *volkomen* gereed.

Met die uitbarsting kwam een lichtheid van hart die ik nooit gekend had en een licht dat ik nooit gekend had, alsof God mijn hart had opgepakt en het als een frisbee over de maan heen had geslingerd. Alsof mijn hele lichaam uit licht bestond.

Ik heb sindsdien geen druppel aangeraakt.

Noch een getrouwde man.

Veel, veel later:

En nu ben ik dus thuis. Weer in Connecticut. De esdoorns staan op mijn heuvel te gloeien zoals de sinaasappels oplichten in de vuilnisbakken van New York. Een ruit van licht kleurt het plafond van mijn schrijfkamer. Een spookachtig bleke volle maan zweeft over de heuvels. Ik zit te schrijven. Bessie zingt. Mijn dochter is er.

Voor de eerste keer in mijn leven heb ik het gevoel van lucht onder mijn vleugels vast kunnen houden. Ten langen leste vlieg ik.

Ik kan je niet vertellen dat dat komt door een man, of door een boek, of door de maan. Ik kan je alleen vertellen dat ik uit de gevangenis die ikzelf ben, ben losgebroken en dat ik mij zonder angst door de wereld heen beweeg.

Het heeft niets te maken met het van de drank af zijn, wat alles met vrijheid te maken heeft. Het heeft iets te maken met genade.

Connecticut, Venetië, New York, Californië, de Zuidzee... Wat maakt het uit als God in je hart woont en elk woord een meditatie is, een lofzang?

In de Stille Zuidzee heb ik, al voortvliegend over de atollen en de koraalriffen, waar het binnenste van de aarde met veel geweld door de glinsterende wateren gebroken is, gezien dat wij een speciale verantwoordelijkheid hebben omdat wij de eerste beschaving zijn die de wolken van beide kanten ziet – die *letterlijk* vliegt. We zijn dichter bij God dan mensen uit andere tijdperken ooit geweest zijn, en toch verder van Hem vandaan.

Het Icarustijdperk, noem ik dit. Het tijdperk van de vleugels van was. Geen wonder dat we onze leegte proberen op te vullen met verdovende middelen, met eten, met seks. We verlangen naar geestelijke waarden, dus wenden we ons abusievelijk tot de mens.

We kunnen onszelf uit de ene cultuur in de andere laten vallen – zelfs sneller dan ons bewustzijn het bij kan houden. Uit het stenen tijdperk in het tijdperk van de ruimtevaart. Voor ons is de tijd gecomprimeerd. Alle tijdperken bestaan tegelijkertijd.

Wat ik me altijd van de Stille Zuidzee zal herinneren is al het nat, de vochtigheid die ik er op mijn huid voelde. Mijn lichaam voelde daar anders aan. Ik wist dat het uit water bestond. En uit lucht. En de geur van de Zuidzee: frangipani, copra, sago, modder en bloed. En het kabaal van de insekten 's nachts. En het ondoordringbare duister van de dorpen. De aantrekkingskracht van de cultuur uit het stenen tijdperk – het buiten de tijd leven. Opstaan met de zon. Gaan slapen met de maan. De dagen zijn eeuwigheden lang. De eeuwigheid slechts dagen.

De geluiden van het regenwoud – het rumoer van cicaden. De krant in Port Moresby: *Nu Gini Tok Tok*. Is het pidgin de taal van de toekomst? Een mengeling van talen. De gekartelde bergen tegen de blauwe, blauwe lucht. 'Vrouwen en kinderen dragen geen speren.'

Toen het toestel neerstortte in de Salomonszee (het was helaas geen Beaver, maar een Grumman Goose), was ik niet bang. Al die paniek die ik had voorzien – en toen het echt gebeurde was ik kalm.

Het haperen van de motor. De neerwaartse spiraal. De dalende hoogtemeter. De wolkkastelen. Het kraken van de radio. Mijn man die lachte. De duikeling omlaag naar zee. Het blauwe water. De tijd die stilstond. Mijn leven. De kosmos. De eenheid van die twee.

Ik vond in mijzelf kalmte in de overtreffende trap – alsof ik naar de hel geweest was en zingend teruggekomen.

De adrenaline nam de touwtjes in handen – en het oude dierlijke deel van de hersenen. Kalmpjes maakte ik me uit de ravage los, kalmpjes duwde ik de deur open, kalmpjes zwom ik haaien voorbij.

Net zoals bij mijn bevalling weet ik er nauwelijks meer iets van. Maar ik heb juist gehandeld. Ik leef nog.

Onderlegd als ik was in de luchtvaartliteratuur was ik me er zeer goed van bewust dat ik Amelia Earharts territorium betrad toen ik over de wolkensteden tussen Fort Darwin en Port Moresby heen vloog. De uit wolken opgetrokken kastelen die ze beschreven heeft – vol wazige waterspuwerachtige figuren die wellustig gluren naar de vrouw met voldoende lef om de hemelen te trotseren – verheffen zich boven vreemde rotseilanden waar stenen vingers naar de sterren wijzen. Hier zijn we niet neergestort. Later pas, toen we van Port Moresby naar de Trobriand Eilanden vlogen, deed de lucht met haar geringe tolerantie voor het menselijk falen een poging ons op te eisen voor haar broeder de zee.

Daarover weldra meer. Maar eerst moet ik nog verklaren waarom ik eigenlijk heb leren vliegen – afgezien van mijn liefde voor Amelia Earhart, Anne Morrow Lindbergh en Beryl Markham. Vliegen leek de laatste nog te overwinnen barrière van de angst. Toen ik het eenmaal onder de knie begon te krijgen, ontdekte ik nog een andere reden waarom ik was gaan vliegen: ik zag plotseling in hoe rond de aarde was, hoezeer ze een eenheid vormde en wat een kostbare kleur groen is.

Bij het doorbreken van de aantrekkingskracht van de aarde verheft zich het hart, openen zich de chakra's, ziet het derde oog. En hier, levend op de buitengrens van de planeet, in het domein van de lucht, worden we ten volle van ons menselijk potentieel vervuld.

Een vrouw die haar hand op de joystick heeft, in moeiteloze harmonie met de wil van de wind – of zo lijkt het althans tot de wind draait – heeft van geen enkele man iets te vrezen. 'Ik wil het doen omdat ik het doen wil,' schreef Amelia Earhart aan haar man tijdens wat haar laatste vlucht zou blijken te zijn. 'Vrouwen moeten proberen dingen te doen, net zoals mannen dat geprobeerd hebben. Wanneer het hen niet lukt, moet hun falen anderen een uitdaging aanreiken.'

Anderen een uitdaging aanreiken!

De woorden klonken luid in mijn oren terwijl ik door de wolkenkastelen heen omlaag tolde, mijn hoogtemeter nutteloos alle kanten uitsloeg, en een slang van vuur achter de romp van het toestel aankronkelde.

Mijn man zat te lachen. Hij had altijd lachend willen sterven – *kuru* zeggen ze daar, een lachende dood – en hij vond het helemaal prachtig. Hij wilde niet gered worden.

Dit heb ik tot dusver nog niet over 'Julian' of 'Sebastian' (noem hem maar hoe je wilt) verteld; hij wilde dolgraag sterven voordat de 'oude dag' hem kwam opeisen. Dat was een van de redenen waarom de Zuidzee hem zo aantrok, waarom hij zo onverbiddelijk naar koppensnellers en kannibalen als de Dajaks toegezogen werd, waarom hij me meevoerde op een uitputtende en gevaarlijke trektocht door het nog in de steentijd verkerende Nieuw-Guinea voordat hij zich door mij naar de Trobriand Eilanden liet vliegen. En waarom hij teleurgesteld was dat niemand ons opat.

Hij hoopte de dood te vinden, hoopte die te pakken te krijgen voor die hém te pakken kreeg. De opera over de zoektocht naar het paradijs was niet meer dan een smoesje: hij was niet op zoek naar een opera, of een film: hij was op zoek naar de laatste flikkerende lichtshow van zijn leven.

'Laat gaan!' riep hij toen we in de spiraal terechtkwamen. En hij probeerde mijn hand van het hoogteroer weg te trekken – en krankzinnig lachend, zijn witte haar wapperend in de wind, begon hij dingen het toestel uit te smijten: de reddingsvesten, voedselpakketten, brandstof.

Toen, en alleen toen, werd ik door paniek aangegrepen. Alleen had ik het wel doorstaan – maar de gekte van een man zou me fataal worden, zoveel wist ik wel. Met een wilde zwaai (vast en zeker de enige die het lot me toe zou staan), liet ik een benzineblik op zijn hoofd neerdalen, en – o verbijstering – ik sloeg hem buiten bewustzijn!

Hij mompelde en dommelde en droomde terwijl ik het toestel uit de spiraal haalde, net voordat we op het schuine wateroppervlak neerkwamen – maar het was te laat, en het vliegtuig was te ernstig beschadigd om weer te kunnen klimmen. We kletsten neer, stuiterden even op, en het vliegtuig begon nu pas goed te branden. Ik klauterde er op tijd uit. Sebastian/Julian liet zich tegen al zijn oorspronkelijke wensen in in zee trekken. Met tegenzin kwam hij tot het besef dat God en niet hij de teugels in handen hield.

We zwommen weg, het brandende toestel uit een ooghoek in de gaten houdend, en bleven zwemmen tot koraal onze knieën schaafde en onze tenen openhaalde.

Het eiland wenkte. Was het een fata morgana? Is dit – mijn stralende heuvel? Is alles dat? Ja.

Nu leef ik mijn leven als een krijger. Ik weet dat het leven een tijdverdrijf is, geen beproeving, een spel, geen werk.

Terug in het in felle herfstkleuren gehulde Connecticut, aan de rand van de eeuwigheid, terug bij mijn kind, mijn (sluimerende) rozestruiken, mijn hond, mijn gedichten, mijn kruidentuin, besef ik méér dan gezegend te zijn. En niet alleen.

Ik beweeg mij naar het licht.

Ik fladder met mijn vleugels als een mot, al is het maar om uiteindelijk in vlammen te sterven. Schrijvend, schilderend, biddend, de liefde bedrijvend, stervend in de donkere plekken tussen het licht.

Zoals Leila zegt: 'Zolang het vlees bestaat, zal er ergens een kunstenaar of kunstenares in het hol overeind komen uit de warmte van het kluitje lijven en zich op zijn of haar knieën werken om tekeningen – woorden – op de wand van de grot neer te krabbelen om de Goden en Godinnen te behagen – of te ergeren.'

Mijn verhaal heeft geen einde. Als Chinese doosjes in doosjes, als Russische popjes in popjes, als een ui met al zijn laagjes, blijven wij ons hart blootleggen in de hoop dat het nooit zal ophouden met kloppen.

IJdele hoop!

Mijn hart klopt in deze woorden.

Ik (wie dat ook mag zijn) stel mij Leila voor die zich jou, lieve lezer, voorstelt al zoekend naar een tehuis, naar vrede, naar moeder, naar vader, naar God, naar Godin, en vol hoop om de sleutel tot innerlijke harmonie te vinden tussen de omslag van dit boek. Zoals ik deed toen ik het schreef.

Neem je pen of penseel en schilder jezelf je hoekje uit. Adem in. Adem in. Zit stil.

Ik zal je helpen.

Dit is mijn gebed zowel als mijn liefdesbrief aan jou,

Isadora